男配角罷工後會發生的事
1
AUTHOR
Sookym
iLLUST
MITORI
男配角罷工後
會發生的事
When the
Third Wheel Strikes Back

目錄
contents

Chapter 01	一人追降	003
Chapter 02	急流泛舟	027
Chapter 03	她的消息	049
Chapter 04	女皇宮熱門講師	067
Chapter 05	小客人	083
Chapter 06	公爵家疑雲	115
Chapter 07	無預警登場	147
Chapter 08	方向盤	171
Chapter 09	傲慢與偏見課程	195
Chapter 10	碩果僅存	229
Chapter 11	就當作郊遊吧	253
Chapter 12	神國花花公子	279
Chapter 13	嘩啦啦暈頭轉向	305
Chapter 14	逃出皇宮第一名	333
Chapter 15	第二人生	351

When the
Third Wheel Strikes Back

CHAPTER
01

一人迫降

「鄭恩瑞！」

我一邊大喊，一邊從床上彈坐而起。平常我的睡眠品質都很好，也不會說夢話，不知道為什麼會突然喊著妹妹的名字驚醒。

雖然醒來的方式比較戲劇化，身體倒是神清氣爽，感覺不像做了惡夢或睡姿不良。

「王子閣下。」

哇，嚇我一跳！我被突如其來的說話聲嚇得渾身一震，轉過頭去，只見一位陌生人站在床邊。

「你是誰？為什麼會在我家……？」

「您睡得可還舒適？」

「什麼？」

而且闖入者不只一名。一群擁有不同膚色、髮色和瞳色的陌生人，在床邊排排站盯著我看。其中一位端著金光閃閃、像是臉盆的東西，另一位的臂彎掛著白色毛巾，還有一位……

「離早膳時間還有一小時，請您先洗漱吧。」

「什麼？」

當人在徹底不知所措的時候，真的只說得出「什麼？」兩個字，而且腦中除了「什麼？」之外也一片空白，這就是我現在的狀態。

哪裡有隱藏攝影機嗎？會不會是恩瑞向某家電視臺報名了什麼節目？我用剛睡醒的腦袋迅速搜尋最合理的答案。

「我想您還沒有完全清醒。」

「是這樣沒錯……」

「應該是旅途的舟車勞頓未消，王子閣下遠道而來，這也是人之常情。」

舟車勞頓？這又是什麼意思，最近綜藝節目的整人橋段都這麼講究嗎？

明明我平常的生活就只有公司和自家兩點一線，竟然還想到要在我身上加這種詳細設定。

恩瑞在哪裡？她在副控室之類的地方看我嗎？

「這……這裡是哪裡？」

我盡量讓自己的語氣顯得平穩。可以選擇的問題不多，因為環顧四周，此處既不是我的房間，也不是我家客廳。

這個空間目測和我家差不多大，光是床的尺寸就有朋友家一整間套房那麼大，周圍還擺滿了看起來很昂貴的家具。壁紙上的那個又是什麼？該不會是真的金箔吧？

「您想必是累壞了。」

一開始出聲喊我的那名中年男子只是用公事公辦的語氣這麼說道，並沒有回答我的問題。他向身旁的人示意，其中一位少年立刻上前倒水，然後將玻璃杯遞給我。

「請先喝杯水，讓身體清醒一下。」

「喔，謝謝。」

我下意識接過杯子，一口氣喝掉半杯，然後才驚覺自己有多蠢。

如果裡面裝的不是水怎麼辦？難道這其實是一場綁架？

先說結論，那就只是一杯普通的水而已。還有，這才不是什麼綁架或電視節目，我只是穿越了。

「啊。」

就著臉盆盥洗時，映照在水面上的那張臉完完全全是另外一個人，遇到這種狀況的我只有輕輕驚呼一聲，簡直就是奇蹟。我把所有慌亂和尖叫壓在心裡，掌心冷汗直冒。

「請問現在能否為您更衣？」

「……好。」洗漱完的我順從地回答。

在這種情況下，就連小學生也不會作出惹人懷疑的突兀舉動，或是亂發脾氣大叫「我要回家」之類的。剛才還能用沒睡醒當藉口，現在肯定不行了。

現階段最重要的是，我必須先掌握自己目前的處境，才能擬定對策。

「王子閣下，恕我們冒犯了。」

兩位看起來年紀還很小的侍從靠近我，開始幫我換衣服。

如果是平時，我才不會讓陌生人隨便碰我的身體，但因為實在太過震驚，就這樣默默接受了侍從為我服務。

幾乎每本穿越小說的主角都會說「如果是夢，這也太真實了吧」，現在我總算也能體會了。布料接觸肌膚的感覺，還有衣領摩擦的聲音，這些細節都太過鮮明，根本不需要捏自己，也知道這不是夢。

「有沒有哪裡感覺不適？這是皇室裁縫師參考神國王室的常服後，為您製作的服飾。」

「很剛好，不錯。」

我摸了摸異常合身的肩線與袖長，試著在腦中拼湊線索。

從建築內部的裝潢和這些人的衣著來看，這裡很明顯是「當代奇幻」的世界觀。

我把昨天在家裡讀的網路小說《以為死了結果成為征服者君王》從清單裡刪除，因為那個故事的主角是穿越到古羅馬的皇帝身上。

「這裡有鏡子。」

為了讓我確認穿上新衣的整體效果，那位中年男子命令侍從們搬來一面巨大的全身鏡。

我輕輕吸了一口氣。

剛才透過水面倒影，只能知道這不是我的身體而已。等看清楚整個人實際上長成什麼樣子，應該就能知道我穿越到哪裡了吧？

「……嗯。」

「您還滿意嗎？」

鏡中的陌生青年回視著我。修長的身形，一頭明亮金髮配上紫色雙眼，只是輕輕一抿，唇角便勾起淺淺笑意，無論誰來看都會承認是個美男子。

呃，這是怎樣……

「是，謝謝。」我喃喃地隨口回應。

誰還管什麼衣服滿不滿意，擁有這種外貌等級的人，很有可能就是主角啊。

不過近年來黑髮主角是主流，在我讀過的作品中，從沒看過有哪個主角是金髮設定。這樣的話，「我」非常有可能是重要配角，例如主角的摯友、同伴、競爭對手，或是中等 BOSS 級別的反派。

回家計畫還沒有頭緒，又開始擔心自己或許得扮演什麼重要角色，我的心情不禁有些忐忑。

「有請王子閣下移步用早膳，讓我來為您帶路。」

我沉默地點頭，在轉身之前，看了最後一眼鏡中的自己。身高和我差不多嗎……咦？

「……好像在哪看過。」

「王子閣下？」

「啊！抱歉，沒什麼。」

我隨便敷衍一句，就跟著中年男子走出房間，其他侍從則緊隨在後。浩浩蕩蕩一行人順著走廊前進，沿途是一扇又一扇的巨大玻璃窗，隨著廣闊的庭園景色在眼前鋪展，我也趁機整理思緒。

首先，我占用的這副身體，本尊的身分是從「神國」來的「王子」。雖然這些字湊起來有種莫名的熟悉感，卻想不起來他到底是誰。

我還沒聽到這些人提起王子的名字或神國的國號，也不知道這位王子為什麼會大老遠跑過來。既然這裡有「皇室」，那應該是個由皇帝統治的帝國，我也還不知道國名。

「王子閣下，就是這裡。」

中年人打開餐廳門，引導我來到巨大的餐桌前，禮數周全地為我拉開椅子。

「請問您今早想搭配什麼飲品？我們備有大陸南部出產的咖啡豆、北方栽種的茶葉等等，有諸多品項能供您選擇。」

從我睜開眼睛到現在，一直主導所有對話和行程的這位中年男子，向我介紹他的名字是「班傑明．吉拉登」。他還補充說「雖然能力尚嫌不足，但目前是由我帶領這座朱利耶宮內的侍從」，可是無論是人名還是宮殿名稱，對我來說都很陌生。可惡。

「麻煩為我準備花草茶。」

話剛說完，我才想起自己正在別人的身體裡。

我原本的身體有嚴重的胃炎，不太能消化咖啡因和酒精，甚至連碳酸飲料都不太行，所以反射性說出平常去咖啡廳會點的東西……

如果換成這副身體，應該就不會有影響了吧？我腦海中閃過異想天開的念頭，認真考慮要不要點杯紅酒來喝喝看。

「……抱歉，是我的疏忽，我知道了。」

沒想到班傑明在聽見我的回答後，讓人看不出心思的平靜表情竟然短暫露出破綻。

我懷疑是不是自己做錯了什麼，不動聲色地觀察其他侍從的反應。他們的表情也不對勁，但感覺又不太一樣，看起來像佩服，又像有些驚訝。

一杯花草茶有什麼特別的嗎？

「我們為您準備了洋甘菊茶。」

「謝謝。」

侍從們一陣忙碌後，端上壺口還冒著煙的茶壺和配套的茶杯。

「請問餐點是否符合您的口味？」

「非常好吃，調味恰到好處。」

我沒有說謊。剛出爐的熱騰騰麵包、奶油般綿密的濃湯、生平第一次嘗到的醬料，還有香味四溢的肉類料理，最後再加上新鮮水果。這是一頓讓人視覺滿足、味蕾也感到幸福的早餐。

這些人專程叫我起床、協助梳洗換裝又帶我來吃飯，實在不像會在食物裡下毒，所以我放心地享用了早餐。我得先填飽肚子，讓腦袋順利運作，才有力氣找出回家的方法不是嗎？

「您吃得相當乾淨呢。」班傑明的語氣染上訝異。

回過神來，我發現自己正在用叉子刮空沙拉盤。雖然我來自另一個世界，但也知道這樣做好像不太對，便連忙放下餐具。

「哈哈，看來我這一路上真是累壞了，吃得比平常還多呢。我吃飽了。」

我只好借用班傑明說過的話。雖然不清楚從神國到這裡有多遠，但本地人都認為需要舟車勞頓了，這麼說應該不會錯吧。

「請問是否該撤掉餐後甜點？」

「不用，甜點有另一個胃。」

飯後甜點除了一整杯剛泡好的國寶茶，我還將有著滿滿卡士達內餡的蛋塔一掃而空。當我切開第三塊蛋塔、張口咬下的同時，侍從們紛紛發出「哇」的驚嘆聲，不知道是不是也想嘗嘗看。

「我吃飽了……」

回到房間後，我把身體埋進沙發，蓋上班傑明遞過來的毯子，此時聽見了侍從們細微的笑聲。

雖然本來就沒什麼期望，但顯然我的第一印象已經沒什麼魅力可言了。

「王子閣下，請問需要為您拿來一些推薦書刊嗎？」

「好，謝謝。」

其中一位小侍從親切地詢問，我立刻毫不猶豫地接受了。有書可以看當然好啊，只要可以獲得這個地方的相關線索，怎樣都好。

我也考慮過自己穿越的可能不是網路小說，而是其他不同類型的作品，但直覺又告訴我不是這樣。

首先，高中畢業以後，我就幾乎沒在看網路漫畫或漫畫書了。再來，雖然我經常和家人一起欣賞電影或連續劇，可是最近並沒有接觸過這種類型的古裝劇。而且二十歲以後也和文學讀物漸行漸遠，如果說是音樂劇又好像差太多了。

當然，我也可能是掉進了真實存在的「異世界」，但比起這種籠統的假設，我更寧願這裡是某人創作的作品。

結果考慮到最後，還是只剩下網路小說這個選項，只是我在上下班途中瀏覽過的作品實在太多，到現在都還找不到方向。

「下一個行程是什麼呢？」我向班傑明詢問道。

在去餐廳和返回臥室的路上，我特地仔細觀察走廊上的裝飾品和鑲嵌紋樣，可惜沒發現什麼線索。用餐時，湯匙與餐刀尾端銘刻的紋章也是第一次見到。看來還是必須主動出擊才行。

「……您沒有下一個行程。」

嗯？他剛才的表情是不是有點尷尬？

「王子閣下昨晚漏夜抵達，女皇陛下吩咐我們，務必讓您今天好好休息。」

「我知道了，那明天的行程呢？」

對方沉默不語，看來果然有鬼。那張典型管家角色的完美面具，有一瞬間出現了裂痕。見狀，我的思緒倒是越來越清晰。

「休息一整週嗎？」

「是的。」

「只待在這座宮殿裡好像有點無聊，我可以去其他地方轉一轉嗎？」

我幾乎不假思索地脫口問出最後一個問題。明明是客居他國皇宮的王子，卻沒有任何外交行程，真讓人起疑。

班傑明答覆時的神情顯得非常過意不去。

「王子閣下，很抱歉，這是不可能的。」

「為什麼？」

他對上我的視線，又立刻垂下目光。

「若是您實在煩悶，或許可以到庭園散散步。」

「那也不錯。您知道我的歸國日期嗎？」

「……」

原來如此，這位王子被軟禁在這裡了。

不僅孤身一人遠離故土，八成也是獨自被關在這座異國的宮殿中。雖然待遇還算不錯，但就連出門散步都必須先和侍從商量。

這種情況只有一種解釋……

「我想出去走一走、消化一下，剛才往窗外看的時候，庭園的景色實在很美。」

我成了質子。

「……容我先向上請示。」

見我點了頭，班傑明低聲對其中一位侍從吩咐。

「你去找羅米洛宮的卡普頌總管，向他稟告葉瑟王子要求前往庭園散步。」

我從沙發上一躍而起，不敢相信自己的耳朵。終於找到答案了，我卻心慌意亂，一口氣堵在了喉嚨。

王子的名字是「葉瑟」，聽起來竟然和我的名字一模一樣，我不禁在心裡默念——「鄭睿瑞[1]」。

「王子閣下？」

班傑明和侍從們都看了過來，我一時間僵在原地，說不出話來。和我名字同音的虛構人物，又是我知道的角色，那就只有「葉瑟．威涅諦安」了。

1 「睿瑞（예서）」與「葉瑟（Jesse）」的韓文發音相同。

「啊……」

我眼前一黑，只覺得頭暈目眩，彷彿腦中的血液一口氣被抽光。

「王子閣下！」

「您還好嗎？」

班傑明驚慌的聲音立刻被其他小侍從手足無措的呼喊淹沒。

我勉強撐住自己搖搖晃晃的身軀，靠著沙發扶手緩緩坐下。暈眩感慢慢退去，我抬起頭來，視野也清晰許多。

首先，我需要一些時間來整理目前這個情況。看著眼前一張張寫滿擔憂和焦慮的臉龐，我擺出若無其事的笑容。

「看來我的體力恢復得比較慢，可以讓我獨自靜一靜嗎？」

「難怪。」

我一動也不動地坐在原處，不由自主地喃喃自語。

難怪我會覺得眼熟。這不是我第一次見到葉瑟．威涅諦安，因為恩瑞之前給我看過很多他的同人圖。

「是？」

受我之託送提包過來的小侍從，正張著大大的眼睛盯著我。那只提包是這副身體的主人——葉瑟．威涅諦安從神國帶來的隨身行李。

對於自己無緣無故嚇到這孩子，我感到有些抱歉，於是以盡可能溫和的語氣表示沒事、讓他回去休息。

看著少年關門離去後，我盤腿坐到地板上，打開了行李。

「……怎麼會真的空手過來啊？」

確實，他既然是來當質子的，準備伴手禮也很奇怪，而且吃穿用度都會由皇室包辦，又何必帶大包小包的東西過來。雖然是這樣沒錯，但東西少到這種程度是怎樣？

我連提包內袋裡的小口袋全都翻遍了，卻只在王子的行李中找到一本小記事本，還有幾件看起來像是旅程途中換穿的簡單衣物。

沒有武器、沒有財寶、沒有錢，什麼都沒有。還是說……全部都被皇室沒收了？

「唉。」

我從地上爬起來，翻開了記事本。還以為可以找到他在路上寫的隨筆日記之類的，結果裡頭連一滴墨水都沒有，這個懶鬼。

會不會是施了什麼我不知道的魔法？我不死心地來到壁爐邊，試著烘烤內頁，結果還是什麼都沒有。

「這傢伙還真是豁達啊。」

除了這句評語我也不知道還能說什麼，索性把記事本翻回第一頁。反正我也需要紙筆來整理目前已知的資訊，乾脆直接寫在這本裡面，再自己收好就好。

我坐到寫字桌前，笨拙地拿起擺在一旁的鵝毛筆，將筆尖壓在紙頁上。一團黑色液體自筆尖擴散，我在第一頁最上方寫下我穿越的這部作品大名——

《辭職後成為異世界女爵》

我感覺到自己的手在發抖，於是用力呼出一口氣。

「鄭恩瑞，妳到底做了什麼啊……」

低聲念著妹妹的名字，我開始努力地擠出自己記得的相關情報。

《辭職後成為異世界女爵》，簡稱《辭異女》，是一部讓全韓國陷入瘋狂的暢銷浪漫奇幻網路小說。

浪漫奇幻類型的作品通常簡稱為「浪奇」，《辭異女》的超高人氣重寫了浪奇的歷史，每一天都在創造新的銷售紀錄。不僅橫掃所有網路小說閱讀平臺的浪奇類第一名，霸榜即時、每日、每週、每月熱銷排行，還經常登上長銷排行榜。就算是不看浪奇小說的人，也多少聽過《辭異女》或看過封面。

《辭異女》在創下前所未有的浪奇類小說百萬銷量紀錄後，也積極跨界經營不同類型的媒體改編。

最早開始進行的是網路漫畫改編，第一話首度上線時湧入的瀏覽人次，甚至直接癱瘓了韓國最大網路漫畫平臺的伺服器。也有消息指出《辭異女》已獲得鉅額投資，預計製作成動畫影集。

除此之外，還廣邀知名配音員錄製《辭異女》廣播劇CD，在預購開跑的兩分鐘內便搶購一空，後來在粉絲的聲援與謾罵下，追加製作的數量達到了百分之三百。

最近甚至請來當紅演員錄製有聲書，不僅收錄《辭異女》的官方原聲帶，主角的主題曲還是由近來最受歡迎的偶像獻聲，理所當然又搶占了歌曲排行榜第一名。

你問我怎麼會知道得這麼清楚？

「不知道這到底算幸運還是不幸。」

因為我妹妹鄭恩瑞（二十歲，大學生），正是這部作品的超級狂粉。用狂熱來形容好像還不太夠，但總之就是這麼回事。

《辭異女》是恩瑞十九歲那年，也就是在去年一月左右開始連載的作品。對於面臨三月就要成為高三生、情緒敏感的恩瑞來說，《辭異女》是絕佳的避風港。

搞砸六月模擬考時，《辭異女》是她的慰藉；九月模擬考獲得好成績時，她快樂地說多虧《辭異女》給了她衝刺的動力。等她在修能考試[2]考出了亮眼分數，自然也是差不多的反應。

「這是我人生中最重要的小說，真的！它要是完結了，我該靠什麼活下去？」

2 大學修學能力試驗（대학수학능력시험），韓國的大學升學考試，於每年十一月舉行。

恩瑞小我九歲，她和大哥更是足足差了十二歲。我和哥哥都把最小的妹妹當成女兒來照顧，所以馬上就被恩瑞對《辭異女》的熱愛波及，有如兩張捲入颱風中身不由己的健身房傳單。

為了幫恩瑞預購廣播劇CD，我還專門打開當初大學搶課時用的倒數計時器。而在家工作的哥哥播放的工作歌單是《辭異女》的原聲帶，因為恩瑞堅持要幫《辭異女》刷榜。

於是，當我們兄妹三人圍坐在餐桌邊吃飯時，《辭異女》絕對會出現在話題中。某一天，恩瑞聊到最新連載的劇情，義憤填膺地分析為什麼男配角「葉瑟．威涅諦安」必須成為男主角。

「塞垃圾真的不行啦，他又惹到我們克莉絲朵了。她應該和葉瑟在一起才對！」

一開始聽到恩瑞把和我同名的角色掛在嘴邊，我總覺得渾身不自在。但就像所有事情一樣，到最後都會習慣成自然，反正那只是小說裡的人物。

「男主角的名字叫塞垃圾嗎？」

「啊，哥，這個問題你上次問過囉。」

「因為他做人實在太渣太垃圾，粉絲都叫他塞垃圾。」

恩瑞一直強推我和哥哥去讀一下《辭異女》，哥哥非常認真地追到了故事中段，後來就宣布棄坑，表示這部作品實在不是他的菜。恩瑞雖然覺得很可惜，但也沒有勉強他。

至於我，去年初光是準備離職和找新工作就已經身心俱疲，換到新職場後又忙著適應環境，連原本固定在追的三、四部網路小說都沒時間點開來讀。

那時恩瑞也清楚我的狀況，所以沒有再催我去看《辭異女》。等她確定錄取大學，緊繃的精神狀態總算鬆口氣之後，推廣《辭異女》的頻率也自然降低了。

哥哥常說，聽恩瑞高談闊論《辭異女》比作品本身有趣多了。雖然我沒看過《辭異女》，但也默默贊同。

沒錯，我並不是《辭異女》的讀者，可惡。

「連讀都還沒讀，怎麼就穿書了？」

我自嘲地笑了一聲。現在既然知道自己就是葉瑟．威涅諦安，那大概也能猜到為什麼會穿越了。

昨天恩瑞看完傍晚更新的連載後哭得很傷心，一下說她的血壓飆高、一下說要私訊作者聊人生，崩潰了好一段時間後，又宣布要先睡一覺起來再說，還不到十點就把自己關進房間。

這全是因為在最新一話中，葉瑟．威涅諦安死了。

「這是穿越外加時光倒流嗎？」

目前這個應死之人依然活蹦亂跳，肯定是有誰為了救他才把我送到過去。我猜可能和妹妹恩瑞有關，所以並非本作讀者的我才會穿越進來。

不對啊，那恩瑞自己穿書不是更好嗎？她可是重讀了不知道多少次，對這部小說的枝微末節倒背如流，為什麼不是這種死忠讀者，反而是我來穿越？

恩瑞這孩子充滿行動力又獨立自主，如果真的有這種救人的機會，她早就衝第一個自己上了，才不會推給哥哥。

難道，恩瑞的傷心難過只是我穿書回到過去時間點的起因，真正送我來的其實另有其人？

「……真是的，也太沒道理了。」

越想越複雜，還是一步一步來吧。我現在能做的事，就是先列出手邊掌握的情報。

我在記事本上寫下自己在這個世界的名字，然後記下我記得的資訊，雖然都是些片面的內容。

△**葉瑟．威涅諦安**

我穿越的對象，《辭異女》男配角，神國王子。

被軟禁在朱利耶宮的質子，目前還不清楚原因。

後來在戰場上爲了保護皇儲而犧牲。

接著，我在下方寫上主角的名字「克莉絲朵」……

「她姓什麼？薩科奇？」

不對，好像不是這個。恩瑞平常都喊她「我們家孩子」，或是「我們克莉絲」，實在很難記住她姓什麼。

△**克莉絲朵**

《辭異女》女主角，粉色長捲髮，天藍色眼睛，個性精明幹練。

原本是離職的上班族，後來穿越到異世界的人物身上。

擁有女爵頭銜，所以大概是貴族之女。

因為常看到《辭異女》的封面，我才會記住她的髮色和眼睛顏色。腦中浮現女主角被守在身旁的男子摟著腰的圖片時，也想起了那名男子的臉。

「塞垃圾的本名是什麼啊？」

男主角到底叫什麼名字？即使擁有對得起男主角身分的帥臉和霸氣，但妹妹只會叫那傢伙塞垃圾，以至於我根本想不起他的本名。

不過我很確定第一個字的發音是「塞」。

△**塞垃圾**

《辭異女》男主角，帝國皇儲，黑髮配上橙色眼睛。

和克莉絲朵有最萌身高差。

據說是劍術大師。

據說人品極度垃圾。

多虧恩瑞經常開口閉口就用「那傢伙以為自己是什麼臭皇儲就怎樣怎樣……」狂罵，我才會記得男主角是皇儲這件事。雖然沒讀過原作，但幸好妹妹碎碎念的時候我都有在聽，希望之後會慢慢想起更多她提過的故事內容。

在這之後，只要是還有印象的資訊，我就一股腦寫進記事本。像是昨晚妹妹哭訴的劇情、上週的閒聊，或是上個月外出吃飯時聽到的那些內容。

隨著時間流逝，很可能會逐漸淡忘或混淆細節，最好還是趁想到的時候就趕快寫下來。動筆寫不僅可以重新複習，還可以加深記憶。

就這樣，我洋洋灑灑填滿了紙頁，轉眼間太陽已然高掛天空。這時，我寫下最後一個標題。

△**我的目標**

如果沒猜錯，應該就是為了拯救這位即將死在戰場上的王子，我才會穿越到他身上。

如果想讓一個註定戰死的人活下來，最簡單的方法就是不要參戰。

而想讓一個會為皇儲捨棄性命的人活下去，唯一的方式就是別和對方產生交集。

理論上有很多辦法可以做到，但偏偏推動劇情的關鍵元素，就是我和皇儲圍繞著女主角產生的情敵關係。

聽恩瑞說，葉瑟．威涅諦安是為了克莉絲朵的幸福，才犧牲自己去救皇儲。所以說，最好也不要和女主角克莉絲朵牽扯不清，才能提高存活機率。

我毫不猶豫地寫下最後一段文字。

△**我的目標**

不要和主角群扯上關係，努力活到戰爭結束，健健康康平安回家！

謹慎行事，不出風頭，好好吃飯，低調保命。

不違背良心，但也不要多管閒事。

無論是對上還是對下，待人處世都要盡全力察言觀色。

「哈，這對邊緣人來說根本不算什麼。」

如果是要我介入其他人的感情，可能還不好說，但換作是成為毫無交集的路人甲，那我就自信滿滿了。這可是母胎單身的人才能有的信心，我不禁引以為傲。

就這樣，我花了一整個早上在整理筆記，而後又用剩下的獨處時間做了件多餘的蠢事。

「……狀態欄？」

當然，眼前並沒有出現任何半透明的視窗或文字。還以為我也成為了那種穿越小說的主角，結果現實是殘酷的。

發現自己的自我意識太過剩，我尷尬得要命，臉頰和眼眶都熱得發燙。看來是時候去吃午餐了。

「王子閣下，我為您帶來了幾本推薦書刊。還有，陛下允許您隨時前往庭園散步。」

「太好了，謝謝。」

中午重複了一遍與早餐相同的流程，吃完午飯後，上午幫忙拿提包過來的小侍從，又帶了幾本書和好消息給我。

班傑明和其他侍從早就退下了，我原本以為這孩子也會馬上離開，但少年觀察著我的反應，躊躇不前。

「你是不是有話想說？」

「啊，那個……」

少年漲紅了臉，一副不知所措的樣子。

他看起來十四歲左右？有著一頭泛著螢光的天空藍髮色，以及令人印象深刻的金色大眼。

「我……我叫做加奈艾．卡拉瑪爾，是卡拉瑪爾子爵家的長子。」

「我是葉瑟．威涅諦安。」

果然，是我沒印象的名字。只聽別人自我介紹有點尷尬，所以我也報上自己的名字。這大概稍微緩解了少年的緊張，只見他露出燦爛的笑容。

加奈艾頂著通紅的臉，立刻回應道：「閣下，我認為帝國裡應該沒有人不知道您尊貴的名號。帝國內有許多虔誠的信徒，每個人都對您感到好奇，雖然沒有表現出來……神國王族的神官親臨皇宮，這是一件非常具有歷史意義的事。」

哇！我剛才是一口氣接收到大量情報了嗎？

我緊緊閉上忍不住想張開的嘴，努力維持從容的表情。如果可以，我現在就想從懷裡掏出記事本，把加奈艾說的話全部寫下來。

虔誠的人民、王族神官、具有歷史意義的事。

加奈艾又繼續說，他很遺憾是以這種形式和我見面，不過依然很開心可以隨侍在我身邊，這是卡拉瑪爾家族的榮幸。意思大概是說，他很遺憾我是以質子的身分來到這裡，但很開心能夠面對面見到我。

我也很訝異，如此活潑健談的孩子是怎麼在今天早上控制住自己的？

「加奈艾，你今年幾歲？」

「二月時就滿十六歲了，比您小十二歲。當時我正準備入宮，所以只舉辦了簡單的成年禮……」

加奈艾靦腆地笑了笑，繼續嘰嘰喳喳說個不停。

他已經滿十六歲的話，依照韓國的年齡算法就是十七歲，不過看起來比實際上要小很多呢……

咦，等等，如果我比那孩子大十二歲，也就是說現在這個我已經滿二十八歲了。原本的我也是滿二十八歲，居然和葉瑟．威涅諦安同年，這也是新的情報。

「這麼小就入宮，真是辛苦你了。」

「嘿嘿，才不會呢。老實說，就是因為聽說您要來，我才會主動請求入宮。子爵也沒有反對，還表揚我說這是繼承家族志業的決定呢。」

才和加奈艾聊了幾句，我就獲得不少新情報。雖然只是非常片段的資訊，不過對於我這個沒讀過《辭職後成為異世界女爵》原作的人來說，這些全都是珍貴的背景資料和設定。

接著，加奈艾又說：「雖然身為下位者，自己提出這種事很厚臉皮，不過還是想請您對我們不用這麼拘謹。」

看來他是想和我拉近距離，所以我就答應了，這孩子高興得差點跳起來。

「這樣的話，如果您不介意……能不能請您為我進行告解聖事呢？」

「啊？」

我慌得連聲音都破了，不懂話題怎麼會突然扯到這邊。

見到我的反應，加奈艾比我更慌張，胡亂地揮動雙手。

「不、不用太正式！您遠道而來應該還很疲倦，可以等明天或後天，不！就算是下週也沒關係，無論什麼時候，只要是您方便的時間……」

少年垂頭喪氣，可能是擔心自己造成了我的困擾。快沒氣的人是我好嗎，怎麼會拜託我聽他懺悔啊？

隨後我才想起來，加奈艾剛剛就有提到我是王族神官。《辭異女》的男配角竟然是神官，恩瑞提過這件事嗎？

「嗯，過陣子再找個有空的時間。」

這麼說來，我好像聽恩瑞說過「我們葉瑟老公不只臉蛋至聖，就連職業都那麼神聖」之類的話。

加奈艾聽完我那種類似「改天一起吃飯吧」的韓國人典型客套話之後，臉上立刻找回了笑容。

我必須更謹慎才行。在搞清楚神官確切來說是要做什麼、這些人信奉的到底是什麼神之前，我都不能輕舉妄動。

加奈艾離開後，我坐到桌前翻閱他送來的書刊。

《李斯特雙週刊——帝國上流社交界大小事》

《李斯特帝國史：綜觀與威涅諦安神國之交流》

《主神的賜予》

一本薄薄的雜誌、一本歷史書，還有一本似乎是散文集，書名是故意頭尾同音嗎？[3]不論如何，我現在可以確定帝國的國名叫做「李斯特」了。

3 書名原文為《주신께서 내게 주신》，其中「主（주신）」與「賜予（주신）」發音相同。

這三本書對我都很有幫助，而且類型完全不同，讀起來應該很有趣。可見加奈艾不僅做事很有條理，觀察力也相當敏銳。也對，畢竟是在皇宮裡擔任侍從，就算原先不懂，終究會被迫學會察言觀色。

我先拿起了雜誌。封面最上方有一行小小的印刷字體，寫著「聖曆一六一三年三月十五日」。下方則是超大字體「神國花花公子蒞臨帝國」，該不會是在說我吧？

被譽爲神國第一美男子的葉瑟・威涅諦安王子將在兩天後抵達帝國。據皇室官員透露，雖然王子作爲質子前來，但入宮的正式身分會是由威涅諦安神國派遣的「告解神官」。在神國上流社交界緋聞不斷的王子，究竟會對李斯特的社交界造成何種影響？接下來便由神國王室專家——薩拉・貝利亞爾爵士，深入分析自斷交後便與帝國隔閡三十年的神國王室氛圍，以及葉瑟王子本人的性情。

……情報量真大，要學的東西堆積如山啊。這是我翻開雜誌後的第一個想法。

在讀其他小說的時候，那些主角不是在故事開頭獲得超強機緣，就是開場能力直接開外掛，差不多都是這樣的劇情。換成是我，卻得先整理填鴨式筆記再反覆背誦，上次這麼用功還是修能考試的時候。

「不對。」我抬起手往臉上一拍。

那些都是身為「主角」的待遇，至於我，只是主角人生中可有可無的男性角色之一而已。聽恩瑞講的劇情也知道，男配角終究只是「配角」，永遠無法成為「男主角」。

再想想早上自己一個人測試狀態欄時發生了什麼事——什麼都沒有，我立刻心如止水地掏出懷裡的記事本，另一手拿起桌上的鵝毛筆。

我的目標是成功生還然後回家，並不是拯救或征服這個世界。

接下來，我真的窩在房間裡埋頭苦讀。雖然也時不時會自我懷疑，覺得我人都穿書了，這樣到底是在幹嘛，但靠著想回家和家人一起做鐵板辛奇炒飯來吃的意志力，還是撐了過去。

偶爾，那些年輕的侍從會送來點心和花草茶，每個人都帶著閃閃發光的眼神，應該是加奈艾跟他們說了些什麼。只要和我對到眼，或是我朝他們不好意思地笑笑，這些少年就會立刻滿臉通紅，匆匆跑出房間。

「唉唷，我的腰啊。」

還以為王子的身體會有哪裡不同，結果原來和我一樣，只要長時間維持同一個坐姿，肌肉就會僵硬緊繃。

我緩緩起身走向窗邊，打算伸展一下身體，順便吸收維生素D。

「咦？」

沒想到窗外有人。在可以一覽建築後方的窗戶外，出現了幾道人影。

我的房間在朱利耶宮東翼末端的走廊盡頭，人影的位置則是在宮殿的西側，所以看不太清楚長相。只知道那一群大約有五、六個人，其中兩位手裡拿著武器在對練。

此時我才發現，原來朱利耶宮的後方有座練武場，能聽見兵器相互碰撞的「鏘鏘」聲。

——鏘啷！

乍響的刺耳噪音讓我猛然一縮，聽起來像是劍被打斷了。仔細一看，把對手的劍砍成兩截的那一方正左手持劍，低頭看著自己的右手，握緊拳頭又放開。

接著那人緩緩抬頭，對上了我的視線。

「呃！」我連忙拉上窗簾，退離窗邊。

這完全是出於本能的反應，而且我有一種感覺，如果現在往外看，會發現他依然緊盯著這邊不放。

剛才真的有對到眼嗎，會不會其實是我的錯覺？可是……那道目光實在太強烈了。即使相隔一段距離，還是能清楚感受到對方落在我身上的明確視線，而不是在看其他東西。

「王子閣下？」

「啊，嚇我一跳！」

我差點原地跳起來，還沒恢復平靜的心跳又漏了一拍。

「真是抱歉，我敲了好幾次門，但您都沒有回應。我有些擔心，就擅自進來了。」

「……沒關係，我很好。」

反而是我的反應嚇到了班傑明才對，我有點不好意思地清了清喉嚨。

「我剛剛在欣賞窗外風景，沒想到這裡居然還有練武場。」

「原來如此。朱利耶宮後方是皇室專用練武場，皇子殿下偶爾會在這個時間練習劍術。」

皇子？除了恩瑞每天掛在嘴邊罵的皇儲以外，還有其他皇子嗎？

所以那位皇子就在外面那群人之中？

也許是察覺到我眼中的好奇，班傑明不疾不徐地接著說明。

「是的，外面那位正是賽德瑞克．李斯特皇子殿下，帝國的第一皇子，也是唯一的皇孫，必將輝煌如日之人。朱利耶宮前方的羅米洛宮就是皇子殿下的居處……」

賽德瑞克．李斯特，帝國的第一皇子、唯一的皇孫，再加上未來的「輝煌如日之人」，這樣看來，皇子在不久之後就會成為皇儲。

我想起來了，《辭異女》男主角之所以暱稱「塞垃圾」，就是因為他名字的諧音很像垃圾[4]。塞垃圾、賽德瑞克，我腦中瞬間拼出非常簡單的填字遊戲。

難不成，剛才和我對到眼的人就是……

「由於朱利耶宮世世代代都是由居住在羅米洛宮的皇室成員掌管，所以皇子殿下也是朱利耶宮的負責人。若是閣下需要，我也可以為您安排與皇子殿下會晤。」

「不用了，沒關係。」我果斷地回答。

4 垃圾的韓文是「쓰레기（sseuregi）」，與「賽德瑞克（cédric）」發音類似。

提到皇子，班傑明似乎變得比較健談。可是我今天早上才下定決心要離皇儲，不對，是離那個現在還是皇子的傢伙遠一點。當然，就住在隔壁應該很難完全形同陌路，但我還是想從第一天開始就盡量避免和他打交道。

「我啊，希望往後都像今天一樣，過著寧靜的生活就好。」

「……」

班傑明露出意外的表情。考慮到我身上貼著的「神國花花公子」標籤，他會有這種反應也很正常。

「我明白自己如今的處境，所以也只想把時間花在讀書、和小侍從們聊聊天這些事情上。至於與大人物的會面，只希望不會有太多這種機會。」

「王子閣下，如果您對於我們的侍奉或朱利耶宮的陳設有任何不滿意……」

「不，沒這回事。」在班傑明產生不必要的誤會之前，我打斷了他的話。「我只是想活著回家。可以的話，最好是四肢健全地離開。」

語畢，我微微一笑。這都是發自內心的實話。

CHAPTER 02

急流泛舟

從那天之後，又過了一週。

「參見威涅蒂安神國第一王子葉瑟・威涅蒂安閣下。」

「您好，園丁師傅。」

「葉瑟王子閣下，您今天來散步的時間真是早！」

「是啊，我很好奇早晨的庭園會有什麼樣的風景。」

面對園丁們的熱烈歡迎，我滿面笑容地回應——說謊完全不打草稿。早上的庭園確實非常漂亮，但我這麼早出來才不是為了欣賞美景。

在此之前的五天，我的每日例行公事如下：吃早餐，早餐後摸魚一下，然後翻一翻最新一期的《李斯特雙週刊》和其他舊刊，了解帝國的時事變化。

午餐後，我會在陽臺上閱讀加奈艾與其他小侍從推薦的歷史類書籍，探索帝國的根源。當身體開始痠痛，就到庭園裡散步一小時再回房。

然而……

「山茶花很美吧？羅米洛宮後院是皇子殿下喜歡的地方，所以我們非常盡心照料。」

「是啊，真的很美。」我吐出毫無靈魂的回應，雖然只有我自己聽得出來。

沒錯，他們的皇子就是問題所在。那位賽德瑞克・李斯特，綽號「塞垃圾」，未來將成為皇儲的《辭職後成為異世界女爵》男主角。要不是他每次都選在我下午散步的時段跑來練武場揮劍，我原本是能在午後盡情享受戶外空氣的。

「鬱金香季馬上就要到了，現在每個宮廷園丁都忙得團團轉。您從神國遠道而來，我們本來也想讓您看看紫色的鬱金香……」

其中一位園丁的臉上寫滿惋惜。這座庭園的鬱金香不開花嗎？

「沒關係，之後還有機會。」

我一笑置之，反正本人對花沒有研究，看不到鬱金香也沒什麼大不了。園丁們紛紛向我鞠躬，很快便拿起園藝剪繼續工作。

話說回來，明明班傑明說的是皇子「偶爾」會使用練武場，但是從我在窗外看到人那天算起，每天都會見到他在朱利耶宮後方的練武場練劍。

現在又沒有戰爭，而且根據班傑明的說法，皇子已經擁有全帝國最頂尖的武藝，他這樣也太認真了吧，是壓力很大嗎？

總之，我選擇避開練劍時間出去散步，畢竟我可不想因為活動軌跡重疊而不小心偶遇皇子。可是就在幾天前，他卻換成在我散步的時間去練武場了。

我不清楚他的日程表為什麼要改，但是身為房客，除了配合房東又能怎樣？就算是浪奇類小說，房地產的所有權人依然是絕對的甲方。

從今天起，我決定成為一個喜歡在早上散步的人。

「王子閣下，要為您準備茶嗎？」

「好，謝謝。班傑明和大家都一起來喝杯茶吧。」

班傑明看起來有些為難，但還是點了點頭，加奈艾和其他孩子則眉開眼笑地跑去搬桌椅和端茶點。

在我第一次提議大家一起喝茶吃點心時，立刻遭到班傑明反對。他說皇室規矩相當嚴謹，侍從和王族同桌不成體統。

我向他抗議「班傑明和孩子們明明都出身貴族世家，為什麼我們不能一起坐下來喝茶」，接著訴苦「大家盯著我一個人喝茶很尷尬」，可是都沒有用。

最後我是靠「我在神國都是這麼做，如果無法接受，只好請你們另謀高就了」這句話，強行爭取到朱利耶宮的茶點分享時間。

「王子閣下，今天的點心是瑪德蓮[5]！」

「還有餅乾，聽說是剛烤好的哦！」

「加奈艾，你不要用跑的。你跑的話，雙胞胎也得一起跑了。」

加奈艾他們帶回一只超大的野餐籃和一張折疊桌，我則笑著提醒這些眼裡只有餅乾的小朋友。

恩瑞小時候就是這樣。我們三兄妹的胃口都還算不錯，尤其是恩瑞，從小只要看到食物就失控。

幾名少年瞬間布置好了茶桌，大家便圍著桌子隨意入座。

「每人都可以吃三塊餅乾、兩塊瑪德蓮唷。」

「是！」

當班傑明以專業手法為大家倒薄荷茶時，我也將餅乾分到孩子們的小盤子裡。沒辦法，如果我不先動作，他們絕對不會伸手。

「謝謝您，閣下。」

「感謝恩賜。」

「不過就是點心，說什麼恩賜呢。」

我說的話逗得孩子們笑出聲來。這些少年盯著點心時，眼神都散發著與年齡相符的雀躍光芒，真是惹人憐愛。

這幾位小侍從頂多只有十幾歲，希望他們至少在我面前可以過得輕鬆一點。扣除班傑明，侍從中最年長的加奈艾也才剛滿十六歲，接受這些小孩服侍常常讓我渾身不自在。

每次在叫我起床再協助我洗漱的孩子臉上發現睡意，都會讓我產生莫名的罪惡感。簡直不敢想他們早上都要幾點爬起來準備上工。

「這些是留給園丁的餅乾。加奈艾，你等一下拿去分給他們。」

5 瑪德蓮（Madeleine），又稱貝殼蛋糕，是一種貝殼形狀的經典法式小蛋糕。

「王子閣下真的很溫柔呢。」

呃，我只是看著那些上了年紀的長者在眼前出賣勞力，自己卻遊手好閒地在這裡享用點心，心裡有些過意不去而已。這種話我實在說不出口，只好微笑帶過。

上午的茶點分享時間過得還不錯。班傑明介紹了我居住的朱利耶宮和前面那棟皇子住的羅米洛宮，侃侃而談這些宮殿的建築風格。我聽完的感想只有羅米洛宮侵害了朱利耶宮的日照權。

至於吃完餅乾的小朋友，則是嘴甜得不行，紛紛表示「自從王子來了以後，我都沒做過惡夢」。一切都是那麼安穩平靜。上週也是如此和平，如果往後都能一直這樣就好了。

「那我先去分點心給園丁。」

「嗯，辛苦了。」

清空杯盤的加奈艾起身離座，其他小朋友也一窩蜂跟上去，說要幫忙倒飲料。眨眼間，茶桌邊就只剩下我和班傑明了。

周遭安靜下來後，氣氛顯得有些尷尬，我舉起茶杯靠近嘴邊，這時班傑明先開了口。

「閣下，您的晨間散步感覺如何呢？」

「很不錯，相當提神醒腦。」

感覺我現在立刻回房讀書，腦袋應該很快就能吸收內容。早晨時光賴在床上滾來滾去當然是最棒的，但出來呼吸新鮮空氣也不賴。

「王子閣下讀了很多書呢，我聽說您的涉獵範圍涵蓋雜誌、歷史書，以及主神教聖書和釋義本，不分類別體裁。」

我的背脊一陣發涼，他怎麼正好在我想到書的時候也聊起書來？

不過我多少能理解班傑明的話題選擇，因為他服侍的對象，現在就和住在超豪華考試院[6]的考生

6 考試院（고시원），專為進入韓國各大城市應考的考生準備的出租雅房或套房，空間狹窄。

沒兩樣，只是這個考試院叫做皇宮而已。

侍從們送來的每一本書刊都被我仔細畫出重點，再分別整理成筆記，甚至出題考自己，努力研習《辭異女》的各種設定。所有能對應上恩瑞那些隻言片語的資訊都很重要，因此被我用五顆星標記起來。

畢竟我又沒有「作者」或「系統」賦予的天才記憶力或技能，只能像這樣倚靠自己的頭腦。偶爾我也會自我懷疑和沮喪，不知道自己到底在幹嘛，但是都靠著必須活下去的信念撐過去了。

現在的我除了每天例行散步一小時，其餘時間都在閉門讀書，既不外出也不運動，說話對象就只有在這裡工作的人。

「因為我想過寧靜的生活，又沒有其他合適的興趣和嗜好。」

「聽說王子閣下還特別要求孩子們為您找來《李斯特雙週刊》的舊刊。」

咦，這有哪裡不對嗎？雖然說《李斯特雙週刊》是報導帝國上流社會八卦和相關新聞的雜誌，但刊登的也不是什麼三流的不實內容。這本雜誌上還有很多貴族的公開投稿和採訪，對於像我這樣的人可說是非常優良的資訊獲取管道。

「閣下既然這麼關心帝國的社交界，我可否冒昧請教，您為何不願會晤重要人士呢？」

啊，這種前後矛盾確實可疑，我必須謹慎回答。

「我比較內向，」這是真的。「所以更喜歡透過文字接觸各種事物。」

早知道就先讀一下《辭異女》了。

「閣下的性格與李斯特這邊流傳的形象相去甚遠呢。」

「傳聞不就是這樣嗎？總是言過其實。」

「您說得沒錯。」

班傑明的回應相當簡短，那雙布滿皺紋的眼睛凝視著我。

「王子閣下，我的義務是竭盡所能服侍您。無關您是否來自其他國家，也無關您是否以質子身分而來，這些都不重要。」

「這……這樣啊。」

這是他第一次提到「質子」兩個字，氣氛突然變得太過嚴肅。

「還有，我的『服侍』也包含保護閣下的安全。」

「原來如此。」

「但是，若王子閣下對我有所隱瞞，恕我難以確保您的安危。」

「什麼？」

這是在說我有事情瞞著他吧？我一臉驚慌，而班傑明只是靜靜地望著我。

可是班傑明比誰都更清楚，我這段時間的活動範圍僅止於房間、餐廳和庭園而已，並沒有時間、也沒有空間去圖謀什麼不能說的祕密。

「……班傑明，我並沒有隱瞞您任何事情。」

其實有，但我隱瞞的是這裡其實是小說世界，而你只是其中的登場人物，這些話就先跳過吧。

「您也知道，我是一個連進出皇室書庫都無法獲得許可的人，也從來沒有離開過您的視線範圍，神國和我之間更是沒有任何書信往來。」

「是的，我知道。」

「那您突然說這些話的用意是？」

「……」

班傑明此時才終於垂下目光，在這一刻，他的臉看起來比平時蒼老許多。

「不清楚您是否知悉，我是虔誠的主神教信徒。」

他突然轉移了話題，我連忙在腦中翻找最近學到的內容。主神教是威涅諦安神國的國教，李斯特帝國裡信仰主神教的信徒占總人口的百分之八十，而葉瑟．威涅諦安正是主神教的神官。

「我不知道，我還以為只有加奈艾是信徒。」

「大家都稱朱利耶宮為『冷宮』，侍從大多是被貶職才會分派到這裡。但如今不同以往，因為您要來的消息事先傳開了。」

我完全跟不上話題的節奏。一向沉穩少言的班傑明，開始滔滔不絕地吐露心聲。

「擁有堅定信仰的貴族子弟前仆後繼地爭取朱利耶宮的侍從職位。不僅是培養出殉教者的卡拉瑪爾子爵家，就連我們吉拉登伯爵家，也希望家族成員能在王子閣下身邊獲得一席之地。隨侍您的其他孩子，同樣都是經過嚴格的審查程序才獲選的信徒。」

我不懂班傑明為什麼要對我說這些，不過聽到這裡，我終於明白這群孩子對我無條件釋出善意的原因了。對這些小朋友來說，我就是個新奇的外國人，外加名字出現在雜誌上的名人兼神的代理人。

「我已經做好了殉教的覺悟。」

「等等，您怎麼突然說這種話？」

我嚇得拚命擺手。什麼殉教？對於生活在二十一世紀大韓民國的上班族來說，這個主題實在太衝擊太沉重。

班傑明看著我，繼續說道：「那些孩子能懂什麼！在面對死亡時，他們只會變得無比脆弱，即使獲賜主神的力量也無濟於事。」

「班傑明，冷靜點。孩子們不會有危險。」

我偷瞄一眼班傑明的茶杯。他喝的又不是酒，為什麼會冒出這麼偏激的發言？難道發生了什麼事？

「王子閣下，恕我斗膽請求。還請您向我承諾，您會成為一位對信徒負責的神官。」

「好，我承諾。」

「請您向主神起誓。」

【我向主神起誓。】

我的聲音帶著嗡嗚響起，聽起來就像開著麥克風講話，我嚇得全身一顫。下一秒，桌子竟然發出金光。

「天啊……」

班傑明看著地面發出讚嘆，我連忙順著他的視線往下看。

光源並非來自桌子。只見一座散發金黃光芒的圓形魔法陣，正以我為中心向外擴散開來。

「……我第一次見到範圍這麼大，又如此耀眼的聖所。」

班傑明好像知道這是什麼，不像我，整個人因為突發狀況呈現當機狀態。大約十秒後，我才意識到「在地上召喚出金色圈圈」正是我被賦予的角色能力。

雖然親身經歷這種只在遊戲中看過的特效讓我目瞪口呆，但直覺告訴我，如果現在開口問「這是什麼？」會是非常蠢的行為。

【無論如何，我都不會讓孩子們因我而受到傷害，班傑明也是。】

彷彿置身KTV包廂，我的聲音再次迴盪在空氣中。

這時，覆蓋庭園的圓形光芒也逐漸淡去，很快便消失得無影無蹤，簡直像知道我說完了才收工一樣。

「王子閣下已傳達了神諭，我相信您。」

「……」

班傑明對我露出這一週以來最柔和、最明快的表情，但我無法回應他。我發現自己還有太多該學的東西，現在一心只想奔回房間，很難控制臉上的表情。

先是「聖所」、「神諭」，再加上班傑明突兀的態度，我想了解背後的原因。

此刻的我，就像還沒讀完考試範圍就要上場的考生一樣焦慮。

「加奈艾，陪我聊聊吧。」

我終於闔上了練習題……不對，是闔上神學書，然後叫住加奈艾。

早晨散步時看起來超級幸福的加奈艾，下午卻明顯變得坐立難安。應該說，他從午餐侍應那時開始臉色就不對勁了。就算問他，他也只是乾笑著含糊帶過。

「王、王子閣下。」

「你先坐下，吃過飯了嗎？」

他低聲回答吃過了，一雙金色大眼飄忽不定。這孩子顯然是從班傑明那邊聽到了什麼，又或是發生了一些他原本不知道的衝擊事件。

至於班傑明，這個讓我焦慮起來的元凶從散步後就不見蹤影，不知道去了哪裡。他沒有解答我的任何疑惑就消失了。

「早上在庭園時，班傑明對我說了些奇怪的話，你知道原因嗎？」

「呃。」

任誰都能看出他知道得不少。看來就算加奈艾再怎麼會察言觀色，在演技或說謊方面可能就沒什麼天分了。還是因為他在我面前無法隱藏心思？

「既然和我有關，我就有知情的權利。」

肯定不是什麼大問題，我努力壓抑內心的不安。

我這一週真的過得很安分，到目前為止都順利按照計畫避開和皇子碰面。而且也沒聽到任何《辭職後成為異世界女爵》主角克莉絲朵的消息，換句話說，男女主角和我的活動範圍都沒有重疊過。

「那個，王子閣下，也就是說……」

我靜靜等待下文。我很清楚，逼迫這個年齡層的孩子快點老實交代只會適得其反，至少恩瑞以前就是這樣。

「那個……我聽說遭小偷了。」

「嗯？」

什麼？小偷？不是什麼間諜，而是竊賊？到底是什麼不得了的東西被偷了，才會讓班傑明覺得有必要對我說那些奇怪的話。

我百思不得其解的表情，反而讓加奈艾鬆了一口氣。

「閣下果然對這件事一無所知，我就知道這和您沒關係。」

「雖然是這樣沒錯，可是班傑明甚至提到了什麼殉教，就算與我無關，我也必須搞清楚到底是怎麼一回事。」

我有一種預感，在某個我不知道的地方正在發生驚天動地的大事，說不定就是推動《辭異女》故事主線的事件。

就算我費盡心力不想被捲進劇情的洪流，但小石頭終究無法成為磐岩，等到哪天急流湧起，也只能任由自己被沖走。即使如此，我至少也要知道掉進去的這條河長什麼樣子，哪裡是急流、哪裡又是緩流。

「聽說有寶物——而且還是神器，不見了……」

——咚咚。

加奈艾的話被沉重的敲門聲打斷，我側頭看向房門。

「請進。」

我的話音剛落，班傑明便開門走了進來，加奈艾也迅速從座位上起身。我原本想問班傑明剛才都上哪去做什麼了，怎麼現在才出現，但他搶先了一步。

「王子閣下，您有客人來訪。」

「客人？」

「是皇室禁衛隊副隊長——伊莉莎白．穆特爵士。」

真是瘋了。

「我不記得與人有約。」

「抱歉打擾了，王子閣下。」

一位年輕女性突然從班傑明身後站出來，恭敬地朝我行禮。見狀，我也慌忙站起身來。

女子有著一頭向內彎的橄欖色齊肩短髮，以及一雙動人灰眸，制服上則掛滿了展示功績的各種勳章。

「李斯特帝國與威涅諦安神國邊界處發生了重大竊案，為此，我急需向閣下請教幾個相關問題，還請見諒我不曾事先求見。」

眼前這種情況，不原諒她只會顯得不通情達理，甚至是可疑，於是我緩緩點頭，緊張地嚥下唾沫。不管我心底有多清楚她的身分，也拒絕不了這場會面，簡直就是剛才的腦內比喻直接現場上演。

只不過，這好像已經不是掉進河裡，而是不小心搭上了急流泛舟。

我到這裡之後唯一偷走的就只有呼吸的氧氣，所以我抬頭挺胸，提醒自己，本人問心無愧。

「您果然只喝不含提神成分的茶飲呢。」

穆特爵士率先打破沉默，品嘗著加奈艾端上來的洛神花茶。我現在已經明白這句話的含義了。

一般來說，主神教神官不會喝含有提神成分的飲料，也就是拒絕咖啡因和酒精。理由是當大腦處在強行提神或判斷力不足的狀態時，無法進行正確的神力修煉。不過《主神教的教規與信念》這本書的第一章也提到，現今只有非常虔誠的神官才會遵從這項傳統。

所以我剛穿書那天說要喝花草茶的時候，班傑明和其他孩子才會這麼驚訝。畢竟那可是人稱「神國花花公子」的傢伙，他們大概沒料到王子會如此信守教義。

其實我只是瞎貓碰到死耗子，恰巧歪打正著而已。

「香味真不錯，應該推薦皇子殿下嘗試看看，他每次都只喝特濃咖啡。」

「我們可以直接切入正題。」

聽到我打斷閒聊，她露出意外的神情。但我並不需要「賽德瑞克皇子是喜歡義式濃縮咖啡的受虐狂」這種情報。

「我相信穆特爵士應該也很忙，您都說這是一起重大竊案了。」

更重要的是，我不想和妳聊太久。

「其實工作都是由禁衛隊長全權處理，副隊長基本上和名譽職位沒什麼兩樣。您可以叫我伊莉莎白就好了。」

她笑著回應，我費了一番力氣才讓嘴角微微上揚。這位伊莉莎白爵士可是伯爵家的繼承人，她的職位才不是什麼名譽職。

「那就恕我冒昧請教您幾個問題。」

禁衛隊副隊長又喝了一口茶，這才慢條斯理地開始審訊。她捧著茶杯的左手上，帶著一枚閃閃發亮的戒指。

「請問您三月十七日那天晚上人在哪裡，又做了些什麼？」

「三月十七日的話……是我到達皇宮的第一天，我應該是洗漱完就睡了，什麼都沒做。」

我在這裡醒來那天是三月十八日的早上，所以不太確定前一天的事。不過，既然負責照顧和監視我的班傑明是這麼說的，那就應該不會錯。

「請問您在就寢前後有接觸任何外來者嗎？」

「沒有。您不妨詢問班傑明，答案會比較準確。我那天實在太累了，記憶有些模糊。」

「我已經問過了，他的回答和您一樣。」

所以班傑明才會消失好幾個小時啊！我點了點頭。

「那再麻煩您依照順序說明三月二十四日接觸過的每一個人。」

「昨天嗎？嗯……加奈艾和雙胞胎過來叫我起床。換穿衣服的時候，班傑明也在這裡。下午散步時，有碰見園丁師傅，我還沒記住他們的名字。」

「我們通常不會記住他們的名字。」她的聲音中帶著笑意。「閣下真的就和加奈艾說的一樣，不僅對侍從相當親切，也很尊重園丁。」

那是因為侍從的年紀都比我妹妹還小、園丁不是和我爸媽就是和我奶奶同一輩，但我不能這麼說。

「因為這樣比較自在。」所以我用這種方式表達，雖然不合群，但帶著恰到好處的真誠。

「您說侍從中有對雙胞胎？」伊莉莎白爵士轉移了話題。

「啊，他們是貝朗男爵家的孩子，長得不像，只有身高一樣。」

那兩位整天跟在加奈艾身後打轉的少年都是十三歲。介紹完後我總結道，在這之後我就沒見過任何人了。

我身邊隨侍的固定班底本來就只有班傑明、加奈艾和貝朗家雙胞胎，其他侍從只會在人手不足的時候過來幫忙一下。

「貝朗男爵家嗎？我小時候曾經去拜訪過。」

「……這樣啊。」

「男爵和夫人都很親切。也是久違了，我應該去信問候一下。」

不知道審訊是不是結束了，爵士開始閒話家常。她剛剛好像也沒問到什麼重要問題。

隨後，爵士從座位上起身，俐落地向我行禮致意。

整場審訊的氣氛未免太輕鬆了，明明早上在庭院班傑明還為了竊案的事反應激烈，加奈艾也因此心神不寧，而且伊莉莎白爵士自己也說這是「重大事件」，結果這樣就收工了。

當然，我真的什麼都沒做，所以這其實才是正常的發展。

「下次見了，王子閣下。」

在爵士踏出房門前，她回頭向我道別，我則是以微笑含糊帶過。

這種和「皇子摯友」計畫外的碰面，僅此一次就夠了。

「王子閣下，您今天辛苦了。」

加奈艾對我說道，他為我端來一杯水放在床邊的桌上。

我坐在床上翻閱KUMON[7]……不對，是翻閱《神力運用的理論與實踐》，聞言抬起頭來。

「加奈艾今天接受盤問也很辛苦吧？明明是其他地方發生的竊案，實在不懂為什麼要找我們問話。」

「您別說了，我真的是快嚇死了。」加奈艾重重嘆了一口氣。

伊莉莎白告別朱利耶宮之後，我向班傑明詢問了竊案的詳情。根據班傑明的說明，那座遭竊的「邊境神殿」距離皇宮非常遙遠，必須通過重重領地關卡，然後再穿越國境，即使快馬加鞭也要一週才能抵達。

「那裡不是戒備森嚴嗎？」

這是我在書上讀到的，邊境神殿坐落在李斯特帝國和威涅諦安神國的交界處，是這片大陸上規模最大的聖殿，同時也是教皇的住所——雖然目前並沒有教皇在任。

由於教皇在當選後會立即喪失原屬國籍，他所在的邊境神殿便被視為中立地帶，由帝國和神國共同護衛。

「沒錯。可是我聽羅米洛宮的侍從們說，神器竟然就這樣憑空不見了，現場沒有留下任何痕跡，也沒有目擊者。就算是神國偷走的好了，那也應該是直接偷渡回神國境內，我不懂他們為什麼要來為難您。」

我也覺得很可笑，根本是看我這個質子好欺負。可是一個被送到帝國當質子的王子，即使真的是竊案的幫凶，又怎麼會在明知進入皇宮可能會被搜查行李的情況下，還把寶物夾帶進來？

「就當作是調查相關證人吧。」我無所謂地說。

7　來自日本的大型民營教育事業機構，推出涵蓋學齡前至高中程度的多種自學教材。

而且今天伊莉莎白的表現和措辭其實不算嚴肅。如果他們是認真懷疑我有嫌疑，那來的應該會是禁衛隊長，而不是她這個副隊長。又或者，我會被帶去哪裡受審。

「是。晚安，王子閣下。」

「晚安，加奈艾。」

加奈艾道完晚安，熄了燈，轉身離開房間。我朝他的背影揮揮手，慢慢地躺下。

我盯著黑暗中的天花板，想起了恩瑞。她有提過這段劇情嗎？

好像沒有。雖然我記得恩瑞講過神殿和儀式，卻想不起任何關於寶物失蹤或「我們葉瑟」被冤枉之類的內容。

看來我的預感有誤，哪有什麼急流泛舟。結果根本不是什麼大事件，都怪周圍的人情緒太激動，害我也被影響了。

沒錯，預感[8]只是一種洋芋片。

——喀嚓。

就在這時，有人沒敲門就逕自打開房門走進來——是雙胞胎侍從貝朗兄弟。

我坐起身，只見兩名少年安靜地站在黑暗中。

「孩子們，有什麼事……」

唔呃。

我的喉嚨一緊，像是瞬間被什麼掐住了脖子。我慌忙抓向頸間，但那裡什麼都沒有。明明什麼都沒有……

「咳咳……」

……我卻無法呼吸。別說是聲音了，甚至連一絲喘氣的動靜都傳不出來。我控制不住地緩緩軟

8 預感洋芋片（예감 과자），韓國知名品牌 ORION 的非油炸洋芋片產品。

倒，只能緊盯著站在面前的兩名少年。

月光下，貝朗雙胞胎的神情顯得格外陌生。每次見到我都會露出笑容的兩張小臉，現在就像冰雕般冷酷無情。這到底是怎麼回事？

「辛基，準備進行聖禮。」

「你還是先集中精神吧，彼得。他在反抗呢。」

「咳咳、唔……」

辛基？彼得？那並不是雙胞胎的名字，至少和我知道的名字完全不一樣。

即使喉嚨只能發出破碎的聲音、整張臉憋得通紅，我仍然拚命保持清醒。

「別依賴你的魔力，試著引出更多神力。」

「知道了。」

「咳呃！」

「辛基」建議「彼得」之後，我的呼吸變得更困難了。

這兩人打算殺了我。就算我跟不上整個情況，只有這一點肯定沒有誤解。不知道是動了什麼手腳，兩個小侍從顯然不用碰到我就能殺人。

「唔呃、咳！」

「您還真是頑強啊。」

「王子殿下，您就認命吧。這是主神的旨意，也是女王陛下的抉擇。」

明明變聲期都還沒結束，兩人口中卻接二連三冒出可怕的話。

額頭上可以清楚感受到青筋鼓脹，但我咬緊牙關，奮力搖頭。是要認什麼命，認命什麼啦。

「咳咳、唔呃……」

「快完成了。」

我整個人頭暈目眩，視線因為缺氧變得模糊。這讓我重新意識到，眼前的這一切、這個世界，就是我所經歷的「當下」，是「真實的」。如此冰冷的瀕死感受絕不可能是虛構。

好可怕……恩瑞、哥哥，還有媽媽的臉一一在我眼前閃現。

「咳咳、呃嗯……」

「好，很好。」

樂諾・貝朗……不，「彼得」頂著那張純真的臉，卻吐出冷酷的字句。

我緊盯著眼前的少年，拚了命地回想剛才在《神力運用的理論與實踐》中讀到的內容。缺氧的腦袋艱難轉動，記憶一片混亂，我根本沒把握會成功，但就算是這樣……

「開始進行聖禮吧。」

「嗯。」

「唔咳……」

……病急亂投醫總比坐以待斃好上千百倍！我咬牙振作精神，現在必須集中注意力。

我開始祈禱，與此同時，「辛基」的腳下也出現一個散發金光的小圓圈。

「偉大榮耀的大陸之神啊，請聆聽我的祈禱。」

──偉大榮耀的大陸之神啊，請聆聽我的祈禱。

雖然不清楚祂是否會接受，但……拜託，請救救我。

「彼得，等一下。這是……」

「我們做得到，快點。」

「你這個笨蛋，我不是那個意思！」

……幫幫我。

──錚──！

──砰！

【滾開，你們這些臭小鬼！】

「哇啊！」

一座金色的圓環如爆炸般從我體內湧出，「神諭」的力量讓兩名少年如子彈般整個人彈飛出去。我終於可以順利呼吸了。

龜裂的牆壁映入視野，臥室的玻璃窗也全數破碎。吊燈搖搖欲墜，地面同樣隆隆震動。散落四處的書籍紙頁翻飛，有如狂風掃過的蘆葦。

在一片混亂的黑暗中，只有我腳下的金色圓環散發明亮的光芒。

【唔咳咳，別過來！】

我嘶啞的聲音透過神諭嗡嗡迴盪，兩名少年才剛站起身，雙腳就彷彿被塗上了瞬間膠，緊緊黏在地板上。

「你、你怎麼會有這種……」

「咳、咳咳……呼呼……」

我大口抽氣，急切地調整呼吸，但還是咳個不停，眼眶被窒息導致的生理淚水燙得發紅。

「怎麼可能……你不可能擁有這種程度的神力！」

「難道真的是你偷走了神器？」

【還不閉嘴？】

兩個小鬼還在大吼大叫，我不耐煩地再次使用神諭，緊緊封住他們的嘴。

深呼吸後，我探頭看向床下。果然，一座閃閃發亮的金色圓陣鋪展在地面上，和我在書中看到的一模一樣。

這就是以太環的最小單位——「聖所」，可以保護神官免於遭受外力傷害。之前我對班傑明做出承諾時，在我腳下出現的也是同樣的東西。

在環展開期間，我所說的話全都會成為「神諭」。不過，根據神官的神力強弱，神諭的約束力也天差地別。如果接受神諭的對象擁有更強大的神力，那麼當此人抗拒時，神諭就無法發揮作用。

也就是說，這兩個小鬼的神力應該遠不如我，才會對我的神諭毫無招架之力。

【不准咬舌，也別想自殺。】

「唔……」

不管他們的真實身分是什麼，又是基於什麼理由要殺我，現在都得讓他們活著。如果不搞清楚前因後果然後擬定對策，我一定還會面臨同樣的危機。

仔細一想，這兩人剛才是用「王子殿下」這種尊稱，又說這是「女王陛下的抉擇」，難道說神國內部……

——碰！

「葉瑟王子閣下！」

「我們是皇室禁衛隊！放下武器！」

房門原本就因為我施展的環而搖搖欲墜，最終還是壯烈倒下了。以伊莉莎白爵士為首，一群舉著劍的騎士一窩蜂衝進來，讓已經夠混亂的房間瞬間升級成菜市場。

幾位看起來武藝高強的禁衛隊員擋在我身前，擺出保護的架勢。而班傑明緊隨其後，只見他的臉色蒼白如紙，迅速扶住站不太穩的我。

「趴下！動作快！」

「唔唔！唔！」

其他禁衛隊員將兩名罪犯綑綁起來。即使雙唇被封住，少年們依然表情凶狠地奮力掙扎。

一位試圖壓制史提夫·貝朗……不，是壓制「辛基」的禁衛隊員神色有些驚慌，因為少年的雙腳緊緊黏在地上、無法移動。

「王子閣下，請您收回神諭，不然我們難以押送犯人。」推斷出原因的伊莉莎白爵士對我急聲說道。

但我連張嘴的力氣都沒有。不知道是因為緊張的情緒鬆懈下來了，還是恐懼的後遺症現在才出現，身體完全使不上力。我的雙腳一軟，強烈的暈眩同時襲來。

「啊……」

「王子閣下！」

身體倒下的感覺十分陌生，彷彿靈魂出了竅，視野還停留在上方，軀體卻沉沉下墜。

「去找宮廷醫師來！快點！」

「該死，那邊的，去請樞機主教殿下過來一趟！」

失去意識前，我似乎聽到了這些臺詞，大概吧。

「到底想不想過寧靜的生活？」

耳邊傳來男子的說話聲，獨特的中低音讓我昏沉的精神為之一振，聲線也無比優美，彷彿配音員正在進行演出。

我想撐起眼皮看看這是誰，可惜我的腦袋雖然清醒了，身體卻依然不受控制。

「他體內的以太流動已經穩定下來了。」

「意思是說他就快醒了吧？」

反問的聲音屬於伊莉莎白爵士，但我沒聽見男子回答，取而代之的是椅腳摩擦地面的細微響動。

「賽迪，你還會再過來嗎？」

伊莉莎白爵士問道，回應她的卻只有漸行漸遠的腳步聲。

此時我才意識到，這一切可能只是一場夢。雖然我不覺得胸悶或喘不過氣，但目前這種身體無法動彈、只有意識清醒的狀態，實在很像鬼壓床。

想到這裡又開始昏昏欲睡，而我沒有抗拒這股睡意。

CHAPTER

03

她的消息

「你醒了嗎？」

我睜開雙眼，映入眼簾的是陌生的天花板……才怪，眼前是我這一週以來躺在床上就會看到的熟悉壁紙。

我仍然是「葉瑟．威涅謫安」，不是鄭睿瑞。

發現自己沒有回到那個有恩瑞和哥哥在的家，我失望地慢慢側頭，看向說話聲傳來的方向。

「你好。」

那是一位中年女性，正朝我溫柔微笑。她的紫紅色長髮綁成一束側馬尾，垂放在單側肩膀上，充滿善意的米色雙眼細細打量我的狀態。

這還是我第一次親眼看到有人戴單邊眼鏡，好酷。

「你因為以太失控而昏倒了，幸好恢復得比想像中要快。」

「請問……咳咳，請問您是……？」

聽見我沙啞的聲音，她將放在床邊桌上的水杯遞過來。我坐起身，接過水喝了一口，有種奇怪的既視感縈繞在心頭。

仔細一看，雖然天花板很眼熟，但這裡並不是我之前的房間，只是壁紙花色一樣而已。

也對，原本的房間被搞成那樣，應該沒辦法住人了。我想起那間牆壁裂開、窗戶全毀的「考試院」，沒想到自己才穿越一週就破壞了一間房。

「我是歐蕾利．波帝埃，你可能聽過？」

「啊……」我的嘴巴不由自主地張大。

歐蕾利．波帝埃，我當然知道，怎麼可能不知道。她非常有名，名聲響亮到在每一本我讀過的書上都能找到她的名字。

歐蕾利是皇子的教母，曾經兩度拒絕公爵爵位，而且還是女皇的密友，亦是她「宗教上的伴侶」。

「參見聖潔的樞機主教殿下。」

「我也很高興見到你，王子閣下，不必起身了。」

這位帝國唯一的樞機主教含笑回應，見我打算下床，她擺手勸阻。

沒想到這種大人物竟然就這樣出現在我面前。我常聽恩瑞提到她，所以知道波帝埃樞機主教是《辭異女》的主要出場人物之一。

「歐老師在克莉絲朵面前根本是塞垃圾的濾鏡嘛，哇喔。連我都差點被她說服了，口才真的很好。」

也就是說，「歐老師」是撮合男女主角的一種媒人型角色。之前面對伊莉莎白爵士時，我還勉強能控制內心的慌張，可是現在換成樞機主教，我只覺得頭暈目眩，胃裡一陣陣翻攪。

「首先，我想代表皇室向你致歉，這次事件有絕大部分必須歸咎於帝國方的疏失。雖然女皇陛下因政務繁忙不克前來探望，但對於讓你遭遇此難，陛下深表遺憾。陛下也允諾，往後凡是你有任何需求，都會予以通融。」

我看著眉頭輕蹙的波帝埃樞機主教，緊緊握住手中的空杯。

這個人在劇情中扮演的角色極為關鍵，與皇室的關係更是密不可分，從長遠來看，和她打交道肯定沒有好下場。但是基於同樣的理由，從她那邊獲得的情報也肯定價值不菲。

在昏過去之前，那時的我是真的差點就死了。多虧先前讀的書派上了用場，才勉強保住小命，但是……

如果除了白紙黑字以外，我還能從其他人身上學到如何活用知識，或是對自己身處的環境有更多了解，情況說不定會比現在好很多。

我已經下定決心要平安回家，所以不能再讓這種事重演。為此，我必須充分運用每一個到手的機會。

「我希望能得到解釋，從頭到尾、全部。」

「那麼我會解釋給你聽，從頭到尾、全部。」

她動作輕柔地拿走我手上的杯子，重新裝滿水再遞給我，然後也為自己倒了一杯。

「那兩人到底是誰？他們現在怎麼了？」

「如果你是指辛基和彼得兩兄弟，他們是神官和聖騎士，受神國派遣前來暗殺你。」

……雖然我有猜到，可是也太狠了。那兩人的年紀還這麼小，怎麼能讓他們做這種事。

「這種事有可能做到嗎？我聽說這些侍從都是經過複雜的審查程序才能進宮。」

「是的，因為審查的過程被人動了手腳。」

她抿了一口水，神情染上哀戚。

「貝朗男爵家是帝國南方鄉村的小貴族，信仰極為虔誠。當你要來帝國的消息傳開，男爵夫婦便決定送自己的孩子前來服侍。由於第一個孩子已經成為家族繼承人，便由雙胞胎次子和三子參與侍從選拔。聽說他們一家大小和樂融融地做好了安排。」

「貝朗男爵家嗎？我小時候曾經去拜訪過，男爵和夫人都很親切。」

我想起伊莉莎白爵士說過的話。

「兩個孩子在通過書面審查後，便搭乘馬車前往皇都參加面試。因為傳送門的費用太過昂貴，所以不列入考慮。而後，兩人就在穿越南方的凶險森林時遭強盜殺害，馬夫也當場喪命。」

即使不繼續聽，我也能猜到接下來的殘酷後續。

「那些強盜偽裝成了貝朗雙胞胎。」

樞機主教點了點頭。

「兩名強盜，也就是辛基和彼得，他們的年齡及體格都和死去的孩子差不多。而讓這兩人蒙混過關的關鍵，是他們同樣身為雙胞胎這一點，因為和書面資料一致，面試時並沒有受到懷疑。皇室禁衛隊推測，貝朗家的受雇者中應該有人被買通了，所以他們家的侍從選拔資料才會被洩漏給神國。」

「所以，神國在收到貝朗雙胞胎的情報後，就送來符合條件的人，將雙胞胎換成了刺客？」

「沒錯，在你來此之前，他們就謀劃好了一切。」

錢，竟然只是為了錢，就把十三歲孩子的命賣掉了。刻骨的無力感讓我狠狠咬牙，恩瑞從來沒提過《辭異女》還有這種面向。

這部小說本來就是這樣嗎？還是只有「男配角」周圍才會發生這種慘劇？如果是後者，那我現在能理解為什麼恩瑞總是替王子打抱不平了。

「為了當上你的侍從，這兩人事先接受全方位的訓練，順利通過了所有選拔關卡。又是從面試開始便一直頂著這兩張臉，侍從長和班傑明根本無從懷疑起。」

波帝埃樞機主教冷靜地說完。

「所以他們怎麼了？被處死了嗎？」

「他們還活著。」她盯著我看的眼神有些微妙。「幸虧你應對得當，下達了讓他們無法自盡的神諭。如果是『普通』情況，暗殺失敗受縛的刺客，會選擇自行了斷來保護指使者。」

「那他們……？」

「是的，既然有幸留下活口，禁衛隊又成功收押，那麼就必須挖出那兩人所知的一切。」

「嚴刑逼供嗎？」我咬了咬唇。

這絕對不是說我已經原諒了他們對我做的事，我對那兩個殺人犯的厭惡和失望，也絕不會因為這一週多的朝夕相處就減輕。只是身為生活在二十一世紀的韓國人，能夠接受的懲罰還是有一個明確的界線。

罪犯理所當然應該關進監獄。為了抓到教唆犯，審問也是必要的手段。但是，我實在無法輕易接受用殘忍的方式給予懲罰，尤其對象還是十幾歲的孩子。

「若是我不在，他們確實可能會那麼做，但幸好我的能力還算不錯。」米色的雙眼微微彎起。「我的神諭非常強大，要淨化那些被洗腦一輩子的孩子，對我而言並非難事。」

那可真是太好了。

一直在觀察我的她，這次輕笑出聲。

「你和我聽說的一樣，是個善良的孩子呢。」

「不，那兩人必須受到懲罰。即使未成年，他們也至少殺了三個人，甚至還打算殺掉我。」

「沒錯。因為他們盯上客居皇宮的他國王子，我們會以涉嫌殺害皇室成員未遂的罪名進行處置。就算因為貝朗夫婦或你的仁慈得以保住性命，他們也必須用往後餘生來贖罪。」

我點點頭。雖然我自己死裡逃生了，但只要想到有兩個孩子和馬夫因為飛來橫禍失去性命，心裡就不太好受。

「現在可以輪到我提問了嗎？」

「什麼？是要問我嗎？」

「我認為，你心中的疑問應該還沒有全數解答，同樣地，我也想消除些許過去三天所累積的好奇。」

「……我會誠懇地回答您。」

原來我昏迷了三天啊。我直視樞機主教難以解讀的目光，努力過濾掉其他想法。

她措辭謹慎地開口：「我知道……你在神國並沒有受到尊重。」

嗯，我也知道這件事。恩瑞有聊過葉瑟．威涅諦安那不太體面的家庭結構，而最新一期的《李斯特雙週刊》也刊登了相同的內容——有別於女王和親王所出的兩位公主，葉瑟王子是女王和神官外遇生下的私生子。

「每位帝國人都清楚，將你作為質子送來的主要推手，正是神國的沃爾諾親王。」

看來對正牌老公而言，王子果然是他的眼中釘，那刺客也是那傢伙派來的囉？

見我聽完這番話依然心平氣和，波帝埃樞機主教又輕聲繼續。

「他會派刺客對付你，也不是什麼意想不到的事。只要王子以質子身分在此喪命，帝國便難辭其咎，而這對親王而言，不失為一種嫁禍的好方法。刺客兄弟也供認了。」

「原來如此。」

「根據供詞，他們的計畫是在殺害你之後，將死因偽裝成自殺。配合你因神殿竊案而接受調查的時機，正好能嫁禍成畏罪自盡。」

都已經送來當質子了，幹嘛還要這樣趕盡殺絕？不過這大概和葉瑟王子是神官的兒子有關，因為神官在神國擁有無可比擬的地位。

神國王族的直系血脈在出生時就會接受洗禮，然後培養成神官，即使神力天賦再怎麼薄弱，只要滿十六歲就會晉升主教。也就是說，只要是有資格繼承王位的人，不管長大之後會不會跑去當騎士或魔法師，都會無條件兼具神官頭銜。

至於直系王族以外的人，如果想成為神官，唯一的途徑就是天生擁有強大神力。但從史書上來看，這似乎並不常見，沒有王族血統的平民百姓成為神官的情形，平均一個世代只會出現一位。

因此，神國女王和平民出身的神官相戀並育有一子，才會被譽為「轟動全大陸的世紀愛情」。而神國百姓在支持女王長女愛麗莎王儲為正統繼承人的同時，也對神官之子葉瑟投以絕對的熱愛。

更別說葉瑟王子還擁有一雙據說只會出現在主神後裔身上的紫色眼睛，人氣簡直突破天際。所以從另一個角度來看，王儲的父親——沃爾諾親王會有危機感也很正常。

順道一提，以上全都靠我翻遍群書畫出別人家的家系圖，才能這樣倒背如流。在這些情報中，從恩瑞那裡聽來的內容就只有葉瑟王子是私生子、眼睛是紫色的，還有「他的家庭關係只能用危機四伏來形容」。

「不過，親王似乎沒料到你具有如此強大的神力，那兩個孩子完全不是你的對手。」

波帝埃樞機主教的眼底閃過異彩。

我吞了吞唾沫，這也是我無法理解的地方。如果他們知道葉瑟王子是一名強大的神官，理論上應該會派比他更厲害的人過來，才能悄悄解決掉他。可是親王送來的刺客不但被我的以太失控轟飛、失去戰鬥能力，也無法抵抗我的神諭。

「怎麼可能……你不可能有這種程度的神力！」

「難道真的是你偷走了神器？」

我想起那兩個小鬼對我大吼大叫的話，面對我身上湧現的力量，他們看起來比我本人還要震驚。這就很奇怪，葉瑟王子在神國王城長大，如果他天生就擁有強大神力，親王不可能一無所知。難道是離開神國後，才靠後天幫助獲得神力的？到底是什麼時候的事？不，這有可能辦到嗎？

感覺頭隱隱作痛，我決定實話實說。

「我也不清楚是怎麼回事。」

「嗯。」

「我不知道自己的神力這麼強大，只是抱著不能就這樣死掉的想法向主神祈禱而已。」

「結果你就爆發出足以拆毀牆壁的強大以太，而且聖所還大到能覆蓋整個房間。」

「……對。」

她微微歪頭，抹去所有表情的臉上透出寒意。

「是你從邊境神殿偷走了神器嗎？」

「不是。」我立刻回答。

雖然不知道問題走向為什麼突然轉彎，但既然我是清白的，就沒必要猶豫。

聞言，樞機主教卻緩緩闔上雙眼。

【主神啊，請您務必寬恕這孩子所說的謊言。】

——啪沙……！

在她開口的瞬間，巨大的金色圓陣立刻出現在臥室地板上。那是一座既華麗又繁複的聖所，我施展的環完全無法相提並論。

然而，我還沒從耀眼奪目的陣紋中回過神來，環已經轉完一圈，無聲無息地消失了。我這才意識到她對我做了什麼。

「剛才是……」

「抱歉，我本來打算利用告解聖事拆穿你的謊言。」她苦笑了一下。「獲得原諒的懺悔者會引發特殊的以太反應，既然聖所毫無動靜，就表示你身上並沒有需要寬恕的罪。你說的是實話。」

哇，居然用告解聖事來測謊，樞機主教可以這樣嗎？

原來聖事還有這種活用方法，我不禁深感佩服。而且，這也證實了葉瑟王子並沒有在我不知道的時候偷走神器，我暗自鬆了一口氣。

「我該走了。」

我還在走神，樞機主教卻已經從座位上起身。

「雖然想聊的還有很多，不過有人在找我了。」

等等，她要走了？這樣就結束了？

就像我一眨眼就見到這位樞機主教，她的告辭同樣毫無預警。

「您現在就要離開了？」

「每週一、三、五的上午十一點，我的辦公室大門會為你敞開，想要來問什麼都歡迎。」

雖然句型讓我回憶起大學的指導教授，不過這是再好不過的提議了，反正我也打算從樞機主教身上盡可能挖掘情報，於是沉著地點頭回應。

「對了，等伊莉莎白過來的時候，能不能請你表揚她一下？是她最先察覺到這對雙胞胎的可疑之處。」在走出房門前，樞機主教補充道。

「伊莉莎白……是穆特爵士嗎？」

「嗯，因為她是個謙虛的孩子，不會主動提起這件事。」

「我小時候和皇子殿下一起去貝朗男爵家作客過，所以見過男爵夫婦的所有孩子。不論怎麼想，當年明明長得一模一樣的雙胞胎，長大後怎麼可能變得完全不像，所以特別在意。」

「原來如此。」

「長相變化或許也不是不可能發生，不過就當作是皇室禁衛副隊長的直覺吧，我還是緊急派人走傳送門去男爵家確認狀況，也諮詢了皇子殿下的看法。果然，我的直覺是正確的。」

謙虛？是誰說她很謙虛？看著伊莉莎白爵士滿臉自豪地回顧自己的英勇事蹟，我喝了一口南瓜茶。

南瓜茶有甜甜的香味，真不錯。這壺南瓜茶還是因為我不想讓哭腫臉的加奈艾繼續擔心，才主動向廚房點餐的。

「男爵夫婦確實很久沒有收到雙胞胎的聯絡，但以為只是傳送門太貴，所以還在耐心等待驛馬車送信回去。誰也想不到孩子們竟然會遭遇那樣的事吧。」

大概是被勾起了惻隱之心，伊莉莎白爵士吸了吸鼻子。

其實在第一次見面時，我就隱隱覺得爵士的個性並不像她表現出來的那麼文靜，現在看來，她的表情變化甚至比我原本想的還要豐富生動。所以之前是因為她是來查案的，才會表現得比較嚴肅？

「一收到從男爵家問出的證詞，我就立刻率領禁衛隊趕去朱利耶宮，沒想到他們已經動手了。很抱歉我們晚了一步。」

「別在意，我反而要謝謝您。如果爵士當時沒有趕到，我的性命就不保了。」

「我只是做了自己該做的事。」她微微一笑，一雙灰眸閃閃發光。「朱利耶宮位在皇宮最深處，要費一番工夫才能抵達，所以先前在布防時比較疏忽，只安排了最精簡的衛兵人數。之後我們會進行調整。」

於是，爵士滔滔不絕說起朱利耶宮的衛兵增員計畫，我的心思卻落在該不該向她打聽「神殿寶物失竊案」這件事情上。

雖然在樞機主教出面證實我不是犯人後，這件竊案就與我無關了，但老實說，我有點好奇事件的前因後果。可是，既然我從來沒聽恩瑞說過與竊案有關的劇情，就代表這個事件不太重要，這樣的話，我真的有必要追根究柢嗎？

「啊，我也會為您安排好春季舞會期間的護衛。」

「嗯？舞會？」

我吃驚地反問，所有雜念像退潮般瞬間從腦中清空。

我的反應讓伊莉莎白爵士張大了雙眼。

「您不知道嗎？也對，昨天才公布舞會日期，您應該還沒聽說吧。」

說到這裡，爵士低聲喃喃著「看來加奈艾也沒心情去注意這個」，像是在自言自語，然後才繼續說明。

「李斯特皇宮春季舞會，是帝國上半年度最大型的社交活動，許多年輕勳爵和女爵都會藉此機會在社交界初次亮相。由於發生了暗殺未遂的事件，之前曾短暫傳出舞會要延期的消息……不過在您昏迷的這幾天發生了一件大喜事，後來就說要照原定計畫舉辦舞會了。」

伊莉莎白爵士停頓了一下，喝了口南瓜茶。然而，這片短暫的沉默之中卻透出詭異的不祥預感。

「是薩爾內茲公爵的獨生女——克莉絲朵．德．薩爾內茲女爵，聽說她的病終於痊癒了。」

「……」

我無法控制表情，只能舉起茶杯藏住臉，努力表現出若無其事的樣子。

克莉絲朵．德．薩爾內茲，《辭職後成為異世界女爵》的主角，那位我絕對不能產生交集的人物。

我的心猛然下墜，沉甸甸地跳動著。

「閣下，您有聽說克莉絲朵．德．薩爾內茲女爵的情形嗎？」

「沒有，我沒聽過。」

我回答的聲音聽起來還可以吧？

「先了解也不是什麼壞事，在李斯特帝國內，尤其是在社交界，這件事沒有人不知道呢。我聽說您也很關心社交界的消息。」

我默默拿起眼前的鹹乳酪泡芙往嘴裡送，總覺得嘴巴應該要吃點什麼，心裡才會平靜一些。

「聽說在三年前，女爵才剛舉行完成年禮，便得了會陷入昏睡的不明疾病。生病的第一年女爵還會醒來，可是從第二年開始，她就像隻不會動的洋娃娃那樣一睡不起。」

「……這樣也太可憐了。」

「是啊！女皇陛下當時非常關心，還派遣宮廷醫師常駐薩爾內茲公國。能得到女皇青睞的人不多，公爵就是其中之一，向來備受寵信。」

大量《辭異女》的原作設定撲面而來，全都是恩瑞沒說過的內容。即使我拼拼湊湊讀完了快一年份的《李斯特雙週刊》和其他月刊，這些細節也沒有出現在任何雜誌上。

「沒想到沉睡不起的克莉絲朵．德．薩爾內茲女爵，終於在三天前甦醒了，就是您昏倒的那天晚上。」

這種恐怖的巧合讓我全身寒毛直豎。難道是我闖了什麼禍？她是因為我才醒過來的嗎？

不，應該不關我的事。我輕輕搖頭，在心裡默念恩瑞常掛在嘴邊的話，這只是「主角的故事終於揭開序幕」而已。還是不要自我意識過剩，才能找回健康的人生。

「聽說女爵現在非常健康，很難相信是沉睡了三年的人。不過她醒來後好像一直想吃辣的食物，看來人病久了，口味也會跟著改變呢。」

啊……聽到「辣的食物」就能確定了。那位時隔三年終於甦醒的人，已經被某位韓國上班族穿越了。

「總之，雖然女爵才剛離開病床三天，但已經有不少人預測，她會藉由這次的春季舞會在社交界初次亮相。而且為了祝賀女爵病癒，陛下似乎也打算大肆舉辦這場舞會。」

既然伊莉莎白爵士是位高權重的穆特伯爵家繼承人，根本沒必要去接觸或散播謠言，那麼她說的這些應該大部分都是事實。

「真是可喜可賀。」

「對吧？不過其他也準備亮相的勳爵和女爵可能就不這麼想了。那些人正忙著把全皇都的裁縫師都叫去重新訂做禮服呢。」

我搖搖頭，不太懂這些話是什麼意思。伊莉莎白爵士看著我，無奈地嘆了口氣。

「他們擔心會被克莉絲朵·德·薩爾內茲女爵搶走全部的風頭，所以才要準備更華麗的服裝。」

無論做再多都贏不過主角啦，我在心裡默默吐槽。雖然無預警聽到克莉絲朵的近況確實讓我慌了一下，但美食很快又讓我冷靜下來。反正是和我沒有關係的人，我已經決定要形同陌路了。

「當然，他們真正該提防的另有其人！」伊莉莎白爵士將一縷橄欖色髮絲勾到耳後，露出意味深長的笑容。「也就是葉瑟王子閣下。」

「啊？」

為什麼會出現我的名字？我渾身一震，第五塊泡芙從手中摔落。

「您來到皇宮不過一週就捲入暗殺事件，還憑藉一己之力英勇存活下來。不要說貴族了，就連平民都忙著談論閣下的事蹟呢。」

「您只是在開玩笑，對吧？」

「才沒有。我聽說大家現在最關心的事，就是您會帶誰去參加舞會，還有當天會穿哪款服飾和跳哪種舞。」

我緊閉雙眼再睜開，鹹乳酪口味的泡芙順著喉嚨滑進胃裡。受到關注又怎樣？

「嗯，我不可能去參加舞會。畢竟依我現在的情況，就連到庭院散步，都必須徵得女皇陛下的允許才可以去呢。」

「我聽說陛下會正式邀請您出席。」

不是吧……為什麼會變成這樣？

「我猜應該是暗殺未遂的事件讓皇室形象大受打擊，所以想藉由公開展現王子閣下仍然健在，以此恢復皇室威信。」

我感到一陣暈眩，所以他們就要我到主角在社交界初次亮相的皇宮舞會露面？

就算我一本浪奇小說都沒看過，憑直覺也知道無論如何都不能去。對我來說，參與這種事件說不定比被雙胞胎兄弟暗殺還要危險。

遇到攻擊，我至少還能施展環擋一下，如果是被捲入主角的劇情主線，到時肯定用什麼方法都逃不掉。

「我那天應該會很忙。」

「咦？我還沒告知您日期呢。」

「畢竟我是為了履行告解神官的職責，才會住進這座皇宮，所以必須聽聽大家的懺悔。」

我想到什麼就說什麼，雖然是臨時擠出的藉口，但聽起來足夠冠冕堂皇。我可是以「告解神官」身分入宮的質子，就應該盡自己的本分才對。至於「男配角」的本分，那可不關我的事。

「那天大家應該都會來參加舞會……」

「您可能有所不知，皇宮內無法參加舞會的人數，肯定遠遠超過出席者。」

我想起在穿書第一天請我聽他告解的加奈艾，還有總是熱情迎接我的園丁師傅、侍從和廚師，一張張笑容在我眼前浮現。

「為了他們，我會以神官身分留守。」

我露出燦爛的笑容，越想越覺得這是個完美的藉口。

「陛下，歐蕾利．波帝埃樞機主教到了。」

「請她進來。」

帝國皇帝——菲德莉奇．李斯特調整原本半躺的姿勢，從沙發上坐直，免得樞機主教看到又要對她嘮叨坐姿不良、要顧慮年紀等等。

女皇剛整理好皺成一團的領巾，樞機主教就出現了。樞機主教的裝扮與去朱利耶宮「探病」時不同，現在是一身頭戴主教冠的正式袍服。

「樞機主教歐蕾利．波帝埃覲見降臨凡間之陽。」

「蘿拉，妳先退下。」

聽到指示，侍從長在低聲應答後退到門外，偌大的辦公室內便只剩下皇帝及樞機主教。歐蕾利熟門熟路地坐到女皇對面的沙發上，端起事先為她準備好的咖啡啜飲一口。

「為什麼這麼慢？」

「妳一召喚我就過來了，朱利耶宮離女皇宮很遠嘛。」

相較於菲德莉奇的不滿，樞機主教露出柔和的笑容。

方才，當腦中響起契約者召喚她的聲音時，歐蕾利．波帝埃立刻起身告別了葉瑟王子。青年那雙錯愕的紫眸，此刻依然歷歷在目。

「所以，情況如何？」

「如果妳是指葉瑟王子，他非常健康，沒有受傷，精神層面的打擊應該很快就能恢復。」

「妳知道我不是在問這個。」

女皇櫻桃色的雙眼瞬間染上煩躁。面對這位兒時玩伴的火爆脾氣，歐蕾利嘆了一口氣。

「經歷那種程度的失控，以太卻不到三天就穩定下來。他所擁有的以太總量，恐怕連我都難以估算。」

「意思是……」

聽見意料之外的回答，女皇難得欲言又止，而樞機主教輕聲接下話尾。

「所以他身邊的侍從能夜夜好夢實屬正常，被如此濃厚的以太環繞，心情還能不好才奇怪吧。最近賽迪的狀態好轉，應該也是多虧了那孩子。」

「……還真難跟上妳說話的節奏。」

「是不是妳最近揮太多劍了？也稍微讀點書吧。」

雖然是一如既往的小玩笑，女皇卻不像平時那樣展顏。此刻的話題實在太過沉重、太過嚴肅，她無法一笑置之。

「以太量居然龐大到連妳都無法衡量，難道那小子有望成為教皇？」

「誰知道呢？」歐蕾利的聲音如歌唱般輕盈。「那充其量只代表他的容器承載了多少以太，但神力目前可是還在主教級。」

「之前情報稱他是徒有虛名的主教，原來都是假的。」

「沒錯，事實上，他可以一個人輕鬆擊敗司祭級的神官和聖騎士。」

兩人安靜了片刻，女皇撥了撥她不久前嫌礙眼才剪短的銀髮。

「所以真的是王子盜走了祈願之聖盤？」

女皇的目光掃過茶几上的文件，這是帝國軍整理後上呈的報告，內容是幾天前從國境傳來的消息。

位在李斯特帝國及威涅諦安神國交界處的「邊境神殿」，是全大陸規模最大的聖殿，不僅作為教皇的居所，也保管著大陸上為數不多的神器之一——祈願之聖盤。

傳說中，只要在這件神器中注入鮮血許願，不論是誰，主神都會為其實現願望，「祈願之聖盤」之名便是由此而來。

而在神器失蹤後，有人開始懷疑不久前通過邊境前往帝國的葉瑟王子，認為他有機會進入神殿接觸到聖盤。可是這種假設存在漏洞，因為作案時間短得幾乎不可能達成，而且在王子的行李中也沒有發現任何贓物。

根據報告，事發當天確實只有王子一行人通過管制嚴格的邊境關卡，但即使如此，王子仍然不具備冒險行竊的動機。如果失蹤的神器就這樣不再出現，王子身上這些薄弱的疑點也就不成立了。

「我還是不清楚，該不該把這件事視為竊盜。」

「亞當，回答我的問題。」

聽見樞機主教刻意迴避問題，女皇喊出了她的中間名。雖然這麼催促對方，但女皇並非不知道樞機主教的遲疑從何而來——祈願之聖盤其實完好無損，依然擺在神殿原位，在神聖光芒的籠罩下展現神器的風采。

即使目前教皇之位懸缺，聖盤仍然是僅有教皇才能動用的神器。如果不是獲選為教皇之人，別說移動聖盤了，就連指甲都無法碰觸這件神器。

問題在於……聖盤並非原封不動。

「就算聖盤本身無損，但聖水消失也是不能忽視的問題。」

「我知道，伊夫。」樞機主教平靜地回應。

聖盤還在原處，但盛裝在盤內的聖水卻完全消失了，連一滴都不剩。

傳說中，聖水是自古以來便盛裝於聖盤內的神之物，並非人為注入。這意味著，聖盤和聖水長久以來被視為一體，聖水的枯竭，就等同聖盤遺失。

「我再問一次，王子是吸收了聖水才獲得這樣的力量嗎？」

「那孩子是清白的，我親自確認過了。」

歐蕾利平靜的目光直視女皇，而菲德莉奇也清楚，樞機主教所謂的「親自確認」有怎樣的含義。

「人類最後一次碰觸聖水的紀錄是在六百年前，當時有位貴族想獲得教皇的力量，卻在喝下聖水後原地自燃而亡。」

「主神還真是慈悲。」女皇嘲諷道，她雖然曾是信徒，但早已失去對主神的敬愛。

菲德莉奇．李斯特有種預感，聖水消失的真相，大概將永遠石沉大海。

CHAPTER
04

女皇宮熱門講師

「哇，皇宮怎麼會大得像城市一樣？」

「哈哈哈。」加奈艾聽完我的話就笑了。

在我恢復意識那天，加奈艾頂著哭腫的臉來看我，一見到我又放聲大哭。不僅被視為朋友的雙胞胎背叛，又目睹我在鬼門關前晃了一圈，這孩子肯定嚇壞了。幸好他這兩天的氣色看起來好多了。

——喀噠、喀噠。

馬車搖搖晃晃地前進，我靠在窗邊欣賞風景。今天是我第一次離開朱利耶宮和那座庭園，踏足皇宮的其他地方。

「現在是上午十點四十分，幸好我們能準時赴約。」

「是啊，謝謝你。」

歐蕾利．波帝埃樞機主教上次告訴我，每週一、三、五的上午十一點都可以去找她面談。可是老實說，我覺得這只是她平時就有空的時間，不是特別為我空出來的行程。畢竟來別人家當質子的王子算哪根蔥，帝國最受尊敬的神職人員怎麼可能一週空出三個時段給我？

於是我抱持著這種心態，在早餐時簡單講起這件事。沒想到班傑明和加奈艾的反應不只是驚訝，已經到了驚恐的程度。

「請問您剛才說什麼？」

「樞機主教說有任何想問的事，可以在每週一、三、五的上午十一點去找她……」

「班傑明閣下，我立刻去拿正裝過來！」

「加奈艾，也記得去通知羅米洛宮的侍從！說我們需要馬車！」

「是！」

我被兩人的氣勢嚇了一跳，告訴他們「今天就去也可以，我正好有很多問題想問」，結果班傑明……

「葉瑟王子閣下，您不是可去可不去，而是務必要赴約。」

他不只這麼回答，還用眼神斥責我。這是在不久前，大概九點左右發生的事。真的好想再休息一天啊。我也知道既然有機會向樞機主教打聽情報，當然要趁早。可是才剛度過生死關頭，我現在只想讓腦袋放空一段時間。

所以說，那些可以在搞定大事件之後馬上再接再厲，無縫接軌下一個事件的網路小說主角，精神到底有多強韌啊？

嗯，不對。他們做得到是因為身分是主角，而我只是區區配角，弱一點不是很正常嗎？所以也只能安慰自己，我已經盡力了。

「早安，葉瑟王子閣下，歡迎蒞臨女皇宮。」

「您好。」

在我走神的時候，不知不覺已經爬上女皇宮正門的階梯，來到了入口處。一名看起來職位不低的侍從正站在大門前等候，這時我才實際感受到，樞機主教那天說的並不是客套話。

「您是第一次到訪女皇宮，就由我親自為您引路，前往波帝埃樞機主教殿下的辦公室。」

「謝謝。」

我乖乖跟著侍從走進大門，而班傑明和加奈艾就跟在我身後。

女皇宮的正式名稱是「斯納爾宮」，不過很少會用到，大部分的人都直接叫它「女皇宮」。當初聽班傑明介紹時我並沒有多想，直到現在親眼見識後，才理解為什麼會有這樣的別稱。

因為除了「女皇宮」之外，沒有其他詞彙能呈現這座宮殿壓倒性的龐大及金碧輝煌。

光是大廳天花板的高度，目測就超過三十公尺，而且不只是柱子，那些掛在牆上的肖像畫和裝飾品也都無比巨大。光可鑑人的大理石地板延伸至每個角落，一塵不染地閃閃發亮。

如果將朱利耶宮比喻成商務旅館，那麼女皇宮顯然就是每晚要價四千萬韓元[9]的五星級豪華飯

9 約台幣一百萬元。

店。

「請往這邊。」

我們爬上樓梯來到二樓走廊，一路上遇到的女皇宮侍從，每一位都停下腳步向我無聲行禮。而且，幾乎所有人的目光都會停留在我的眼睛上，大概是覺得紫色的虹膜很新奇吧。

「殿下，葉瑟．威涅諦安王子閣下到訪。」

「進來吧。」

侍從輕敲一扇巨大的桃花心木門，裡面立刻傳出親切的回應。

這時，班傑明退後一步，低聲說：「我們會在此等候。」

「王子閣下，希望您度過一段愉快的時光！」加奈艾緊握雙拳，對我悄聲說道。

愉快的時光，說得好。

「咳，等等，等一下！」

「施展的動作太慢了，你必須緊緊抓住體內的以太流向。」

「呃啊！」

——砰！

這已經是第四次了。

「唔……」

我整個人往後一摔，滾了半圈才站起來。樞機主教宏偉的環形「聖所」把我逼到了房門邊，腳下連立足空間都沒有。

這不是面談時間嗎？什麼時候變成沒有防護措施的實戰課了？

「你還有時間想其他事情。」

「我、我錯了！」

我猛然回過神來，見她將聖所俐落地縮小，我也加快腳步回到房間中央。腳下的地面刻著一款向下指的箭頭紋章，正是主神教的象徵。

「可以了！」

——啪沙……！

我迅速施放聖所。神奇的是，這次我並沒有祈禱或給予神諭，僅憑個人意志就召喚出圓陣來。雖然相較於樞機主教閃耀著豪華陣紋的聖所，我的圓陣就像幼兒園小朋友的塗鴉，不過總算是順利施展出來了。

「那就試著堅持一下。」

「咦？殿下，您這是作弊……！」

樞機主教朝我站立的位置大步走來，帶著她的聖所撞向我腳下簡陋的環。

——啪嚓！

兩座聖所的交界處立刻炸出金色火花，有如焊接的火星那樣跳躍噴灑。

——滋滋滋……！

「請等一下！」

「撐住。」

「呃……」

一股難以形容的感受襲向我，有點像頭痛，但比起疼痛，可能更接近壓迫感。彷彿有股看不見的強勁力道緊緊壓住我的腦袋，要我「走開、退下」。

明明樞機主教連一根手指頭都沒碰到我，我的腳跟卻被往後推去。

「有沒有感覺到神聖力量的流動？」

「有……」

不可能感覺不到，因為充斥我體內的「以太」就在心臟周圍躁動，彷彿在奮力抵抗她那股強大的力量。這種體驗和阻止雙胞胎刺客那次差很多，當時的我忙著碰運氣亂喊一通，根本沒有察覺以太的存在。

但是，現在我清晰地感覺到了。那是一股既像液體又像氣體的暖意，彷彿一張暖洋洋的電熱毯，讓人心情愉悅。

「緊緊抓住它。」

「什麼？」

我抬起眼，對上了波帝埃樞機主教的目光。她戴著造型像條魚的尖尖主教冠，紫紅色的側馬尾垂放在一邊，眼神一如我們初次見面那時，散發著從容不迫的風采。

「想像你掐住了它的咽喉，將它置於你的掌控之下。」

「唔……」

樞機主教瞪圓的米色雙眼和說的話都隱約透出凶狠，感覺有點可怕，我遲疑了一下，但還是照她的指示去做。不管怎麼說，樞機主教看起來是打算教我一些東西，所以我遵循她那稍嫌直白的說法，奮力去壓制以太。

「沒錯，就是這樣。」

更具體來說，是我想像自己正在壓制以太。腦中浮現用生魚片刀剁下活蹦亂跳比目魚的畫面，難道這就是所謂的意象訓練嗎？

「很好，就這樣繼續堅持十秒，一、二……」

她開始計時，同時正式推進聖所，朝我的聖所壓迫過來。

——滋滋滋！

金色火花猛烈飛濺，我的圓陣邊緣像是要碎裂般岌岌可危。

「咳……」

「五、六……」

十秒太長了，我感覺額頭冒出冷汗。我努力將以太的循環導向腳尖，盡量穩住站位，就算只是多撐一下也好。

——錚！

「……九、十。」

讀秒一結束，兩座聖所也隨之消去。我的聖所瞬間原地蒸發，彷彿一盞被關掉的燈，至於樞機主教的聖所，則像是滲入地板般輕柔地緩緩消散。

「等一等，請讓我稍微躺一下……」

沒等到她回答，我就已經癱倒在辦公室地板中央的主神教象徵上。

「呼……」

「那就是你的『神力』。」

我費力側過頭，望向波帝埃樞機主教。剛剛她在叫我控制以太時，眼神簡直冷若冰霜，現在又恢復原本的慈眉善目。

「先不說一般人，就連大多數神官都無法區別『以太』和『神力』的概念，甚至有很多人相信這兩者為同物。」

「原來……如此。」

其實我原先也這麼認為，畢竟我只是靠書臨時抱佛腳，基礎知識當然薄弱。之前我都胡亂混用這兩個名詞，她居然還聽得懂我在說什麼，真厲害。

「若說以太是來自神的祝福，那麼神力便是駕馭以太的能力，是進行操縱和命令的力量。」

我下意識點頭，親身體驗過後，確實很快就能理解。

「一個人的靈魂，也就是所謂的『容器』，其中會盛裝多少以太，從出生起便固定了。但神力不同，只要努力鍛鍊、不懈地循環體內的以太，就能持續變強。」

她真的是很懂教學技巧的老師，我不禁打從心底佩服。

我慢慢站起身，深深呼吸，感覺體內躁動的以太逐漸平靜下來。

「感謝您的建言，殿下，不過……」

「因為我說過要為你解惑啊。」

樞機主教的回答像是一眼就看出我打算問她「您為什麼要教我這些」。她微微一笑，俐落地坐回沙發上。

相較於我身邊的一團亂，她後方的巨大辦公桌和成堆文件完好如初，彷彿剛才什麼事都沒發生。

「雖說以太是與生俱來的天賦，但我也清楚你的以太屬於例外。對於這份不知從何而來、又是如何出現的未知力量，你想必相當好奇，難道不是嗎？」

「……對，您說得沒錯。」

我大致拍了拍身上皺巴巴的衣物，然後在樞機主教的示意下來到沙發這邊坐好。

「無論擁有再多以太，若是不具備足夠的神力去駕馭，那就毫無用處。相反地，神力出眾的人，即使天生的以太再少，也能利用細膩的操控大展身手。」

這些說明都很容易理解。這時她停頓了片刻，才又謹慎地開口。

「我們與神國針對質子一事進行協商時，神國使者聲稱你的主教頭銜徒有其名，雖然在王宮長大，卻不曾接受正規的神官教育，並不會對任何人構成威脅。所以我和陛下對你的判斷也僅只於此。」

「……」

「然而，你不僅獨自擋下司祭級神官和聖騎士的聯手攻擊，今天面對我的力量，又能在沒有受過訓練的基礎下成功抵禦。」她笑咪咪地說道，「無論怎麼看，你都是貨真價實的主教級神官。」

「那兩位現在視我為威脅了嗎？」

「若要當作威脅，確實也能這麼看。」

這是個模稜兩可的回答。

「但是，我認為你會是李斯特皇室的一大助力，長遠來看，說是能惠及帝國的未來也不為過。」

「咦?」

忽然被人這麼看好,我不禁瞪大雙眼。

「你身為質子,返國的機會本來就渺茫。現在看來,神國的態度也……事已至此,他們應該不會歡迎你回去。」

「是,確實是這樣。」

葉瑟王子家那串該死的家系圖浮現在我腦中。威涅諦安親王為了鞏固寶貝女兒愛麗莎王儲的地位,不惜將我送來當質子,甚至還派刺客來暗殺,目的就是要讓我客死異鄉。

「冒昧請教,您是希望我做些什麼嗎?」

如果樞機主教打算用教學作為交換來找我幫忙,那我會考慮看看。與其讓女皇把我視為有主教實力的潛在威脅,這種條件交換的合作安全多了。

當然,前提是那必須與《辭異女》的主角克莉絲朵和賽德瑞克皇子都毫無關連才行。

「真是聰明的孩子。」她直視我的眼睛,開口道。「——有個孩子。」

「孩子?」

「嗯,我希望你能幫助他。」

可能是我的錯覺,樞機主教的眼神有種放手一搏的迫切感。

她的條件居然是要我幫助一個小孩,我原本冒出的念頭都是些宮廷內鬥、權力傾軋、宗教清洗之類的國家大事,一時有點茫然。

「您希望……我怎麼幫忙呢?」

不管是什麼,幫助一個小孩肯定比參與那些大事簡單很多,這樣也不錯。而且和小孩有關的範疇,我確實比較有自信。

小我九歲的恩瑞幾乎算是我和哥哥養大的,我敢打包票,雖然我和哥哥都未婚,但一般父母養育小孩的流程,我們多多少少都經歷過。

「你應該口渴了吧，要不要喝點什麼？」

沒想到波帝埃樞機主教在這時轉移了話題，我不解地在她臉上看來看去。但這位不愧是位高權重的樞機主教，完全看不出來她在想什麼。

她朝我微微一笑，然後叫來侍從準備飲料。

「這是為樞機主教殿下準備的咖啡，葉瑟王子閣下則是生薑茶。」

「謝謝。」

沒過多久，侍從就端上冒著白煙的茶壺組，還有一杯咖啡。

就連樞機主教都選擇喝咖啡，像我這樣的人卻說要喝花草茶，難怪班傑明第一次聽到時會那麼驚訝。

不知道是不是在門外待命的班傑明轉達了我的喜好，放在我面前的是無咖啡因的飲品。我在現實世界只喝過用生薑茶醬沖泡的生薑茶，眼前這壺的做法好像不太一樣。漂浮在杯中的檸檬片讓生薑茶的餘韻更清爽，很好喝。

侍從沒有逗留，很快便退出辦公室，於是我開始煩惱該不該再問一次「幫助小孩」的事。

「抱歉，我現在沒辦法告訴你更多詳情。」

樞機主教用咖啡潤喉後，率先打破沉默，看來她並不打算迴避這個話題。

「就目前而言，只要記住有位需要你幫助的孩子便足夠了，這件事對你沒有害處，我保證。」

「那孩子是生病了嗎？」

「類似。」

「就連名字或年齡都沒辦法告訴我嗎？」

「嗯，等到你能更穩定地駕馭力量，而我們也能完全信賴彼此時……我打算到時候再介紹那孩子給你認識。」樞機主教輕聲回道。

我別無選擇，只能點點頭，反正這是筆不錯的交易。只要接受樞機主教的私人輔導，我的神力肯定會變強，這樣就能好好地保護自己，提高生存機率。

交換條件只是要我去幫助一個小孩，她還保證這樣對我無害，目前看起來是沒有什麼需要擔心的地方。而且，這麼做等於是和樞機主教建立了某種師徒關係，可以進一步降低女皇可能會對我產生的戒心，這就是額外收穫了。

啊，對了，女皇！我有一件事還沒問到。

「殿下，還有一件事。」

「請說。」

「印象中，您說過女皇陛下允諾……若是我有任何需求，都會給予通融。」

「是的，沒錯。你有什麼需求嗎？」

本來是沒有，不過幾天前有了。

「聽說這次的春季舞會可能會請我出席，如果可以的話，希望能允許我不去。」

「真是意外。」

樞機主教的眼睛微微睜大，接著被逗得笑出聲來。

看來我在雜誌上的「神國花花公子」稱號無人不知無人不曉，帝國上下不論身分地位，都認定我是個熱衷交際的派對咖了。所以才會每次我決定多一事不如少一事時，所有人的反應都是驚訝，或者一聽到我要待在房間裡看書，眼睛馬上瞪得像兔子一樣又圓又大。

「那天你有其他的計畫嗎？」

「嗯，我打算去承擔自己來此應盡的義務。」

這部小說的主角——克莉絲朵．德．薩爾內茲肯定會出席春季舞會，我不想和她有任何交集。產生交集就是死路一條，而我的立場是必須保住自己的小命。可是，我沒辦法對樞機主教解釋這些。

「既然我是以告解神官的身分而來，那我想聽取皇宮裡每一個人的告解。」

我的回答讓樞機主教的米色雙眼一亮，表情顯得興味盎然。

「他們大概會從凌晨開始排隊吧，我要準備號碼牌來發了。」

皇室禁衛副隊長伊莉莎白爵士停下手中的餐刀，用非常認真的表情對我說道。

我切了一塊里脊肉，正在投餵旁邊侍立的加奈艾，聽到這句話後，不可置信地轉過頭。

「會有這麼多人來嗎？」

「對於普通老百姓來說，能夠向這麼親民的主教級神官告解，可是一生中難有一次的珍貴機會。因為一般神殿大多只有司祭級神官，主教級別都忙著政治鬥爭，很少露面。所以說，葉瑟王子閣下打算親自聽大家懺悔的消息一傳出去，肯定會有人連夜跑來露宿排隊。」

說完，她姿態優雅地繼續切肉，橄欖綠的短髮輕柔晃動。

「這樣禁衛隊的工作量也要增加了，我很抱歉。」

「哎唷，不用這樣。領了薪水本來就該工作，而且這可是樞機主教殿下和您聯手推動的聖事，這才是最重要的。」伊莉莎白爵士笑道。

告解聖事明天就要開始了，為了協調流程，我們才會緊急約來邊吃午餐邊討論。

「禁衛隊員中也有不少人想去告解呢。」她補充說道。

我默默一笑，然後開始切我的第三盤牛排。

波帝埃樞機主教對李斯特帝國的影響力之大，簡直像是怕有人不知道她是《辭異女》的重要出場人物一樣。身為帝國唯一的樞機主教確實不容小覷，但主要還是因為她身上的「女皇宗教伴侶」頭銜。

這裡所說的「伴侶」並不是夫妻，而是指共事的伙伴。在李斯特皇室，尤其是那些能觸及皇位的人，對他們來說「政治伴侶」或「宗教伴侶」是必要的存在。

政治伴侶是透過婚姻結合，宗教伴侶則是經由那個什麼……契約，對，經由契約締結。這些都是我從雜誌上拼湊出的資訊，就我的理解，前者屬於策略聯姻，後者比較類似靈魂伴侶。

作為這種心靈相通的存在，只要是樞機主教知道的事，女皇都能同步得知，而樞機主教不知情的事，女皇也不會知道。所以女皇的所作所為肯定有納入樞機主教的想法，樞機主教的一舉一動也可以視為女皇的默許。

也就是說，我能擔任告解神官，除了樞機主教的支持之外，背後還有來自女皇的通融。都正式獲准不必出席舞會了，我的工作熱情簡直空前高漲。

「樞機主教殿下會舉薦您，大概是因為殿下也曾經當過告解神官。」

「殿下也當過？」

我一邊問伊莉莎白爵士，一邊切下一塊肉排塞進加奈艾嘴裡。班傑明皺了皺眉，假裝沒看見。加奈艾乖乖接受餵食的樣子，讓我想起了恩瑞。

「沒錯。理論上，皇宮內的神職工作應該圍繞著皇室成員的信仰生活，但住在這裡的皇族本來就沒幾個，其中會向陌生神官掏心掏肺的人又更少了，所以被派來的神官幾乎都只顧著吃喝玩樂。不過樞機主教殿下不一樣，殿下年輕時也是以告解神官的身分入宮，聽說她每天都會守在神殿，等候聆聽告解。」

「就算都沒有人會去神殿？」

「沒錯。後來殿下就遇見了現在的女皇陛下，兩人建立起深厚的友誼。」

「真是了不起的緣分。」

明明是可以打混的涼缺，她卻選擇踏實工作，於是遇見了未來的女皇，成為女皇一生的知己，這種劇情發展根本只有在小說裡才找得到。

這裡確實是小說就是了。

「殿下應該是想起往事了吧？看著您就回想起自己年輕的時候。」

「可能是這樣吧。」

「而且，您還說無論信徒的身分，都會為對方進行告解聖事。」

「對，殿下似乎很好奇會有什麼樣的反應和成果。」
「王子閣下，您不該這樣餵侍從吃東西。」
班傑明還是忍不住插話了。我拿著叉子的手在半空中頓住，但還是有話要說。
「聽說你們要到下午三點才能吃午餐，正值發育期的孩子，要餓到三點也太過分了。」
「這是侍從習以為常的生活方式，您的行為可能會對加奈艾的身心成長產生長遠的負面影響。」
「我知道了，這是最後一口。」
我笑咪咪地把餐具繼續往上舉。雖然加奈艾很在意班傑明的視線，但還是老實吃掉最後一口肉排，旁觀這一幕的伊莉莎白爵士哈哈大笑。
「你跟了一個好主人呢，加奈艾。」
「穆特爵士，您別取笑我了。」
伊莉莎白爵士的話讓加奈艾滿臉通紅，嘟囔著回應。
話說回來，這兩個人……本來就認識嗎？
「那麼，我們要從早上開始開放告解室嗎？」
清脆的嗓音喚回我跑遠的思緒，我轉向伊莉莎白，仔細說明想好的規畫。
「對，我也沒辦法整天待在神殿，所以打算一天分成三個場次進行。時段是上午十點半到十一點半、下午三點到四點，還有晚間八點到九點。」
「這樣您也太累了。考慮到往返神殿所需的時間，減成每天兩個場次如何？」
「嗯，我再考慮看看。」
班傑明也提過同樣的建議。我原本確實是想一天開兩場就好，可是都已經知道皇宮裡有這麼多人等著見我了，實在很難只顧自己的意願。
反正每週一、三、五上午都要去找樞機主教上課，沒辦法進行告解聖事，算起來和一天兩場也差不多。

接下來每天都要和陌生人聊天，雖然我完全沒有這方面的自信，但只要想成是一種「傾聽」，信心就馬上多到滿出來。

「我們先依照王子閣下的意願進行，日後若閣下感到力不從心，可以再視情況調整時段或次數。」

最後還是班傑明提出了乾脆的解決方案，伊莉莎白立刻大力贊同。她舉起高腳杯致意，用來替代酒水的葡萄汁在杯中晃盪。

隔天一早，迎接我下馬車的赫然是一條長長人龍，從神殿大門往外排了快一百公尺遠，看來伊莉莎白爵士沒有在開玩笑。

只見隊伍人聲鼎沸，人人興奮得滿臉通紅，手裡都捏著一張小紙條。那就是號碼牌嗎？

「是王子閣下，閣下來了！」

「什麼？在哪裡？我看不到！」

「不要推我啦！」

「參見神國第一王子閣下！」

「大家好，來了好多人呢。」我一臉尷尬地向大家打招呼。

從皇宮各處前來的信徒顯得手足無措，有些人用手摀嘴，有些人不斷朝我鞠躬。被夾在這個場景中的我除了尷尬還是尷尬。

這時，有幾位長者朝我伸出手。是不是應該過去握手啊？我才踏出一步，一名禁衛隊員就立刻擋在我面前。可能是發現整條隊伍瀕臨失控，其他隊員紛紛抬起手臂阻擋人群。

「王子閣下，請隨我來。」

「啊，好的。」

一起坐馬車過來的伊莉莎白爵士用沉穩的聲音對我說，我帶著班傑明和加奈艾急忙跟上。等我們快步來到入口處，兩名穿著胸甲的騎士立刻推開沉重的正門。

神殿內部悠悠展現在我眼前，身後喧鬧的動靜逐漸離我而去。

「哇……」

這是我穿進《辭職後成為異世界女爵》的世界後，第一次踏入「神殿」。我目不暇給地左顧右盼，對一切都感到新奇。

以建築風格來說，畢竟作者和我一樣是普通的地球人，筆下的神殿也處處給我眼熟的印象。比方說，建築外觀就類似希臘神話的神殿，內部風格則偏向宏偉的歐式教堂。

不過還是有明顯不同的地方，例如天花板不是拱頂，窗戶也並非彩繪玻璃窗，而是有著精緻花格結構的鏤空採光窗。

「告解室在這邊。」

伊莉莎白姿態莊重地示意神殿中堂的一角，我握緊拳頭，邁開步伐走過去。

CHAPTER 05

小客人

「王子閣下，您覺得還可以嗎？」

伊莉莎白爵士在告解室外恭敬地詢問。

「很好，寧靜舒適。」

我這麼回答後，她的笑聲傳了進來。我也在裡頭坐下，好好打量四周。

這裡和我在電影中看過的告解室完全不一樣，不過既然是小說裡虛構的宗教，不一樣也很正常。內部空間大到坐下後還能伸直雙腿，而且椅墊的彈性超棒。天花板也很高，站在裡面都不需要低頭。

「我們準備讓第一位告解者進來了，如果您有任何需求，或是出現危急情況，請拉一下掛在您左邊的鈴繩，我們就在神殿外待命。」

「好，謝謝。」

我轉過頭，果然在左手邊看到一條長長的繩子。拉繩從告解室天花板垂墜下來，底端綴著華麗的流蘇，顏色和繩編花紋感覺都很高級，乍看之下還以為是房間的裝飾品。

而在我右手邊是一扇巨大的花格窗，窗戶的另一側便是讓告解者懺悔的隔間。仔細一看，木製窗格交錯拼出的向下箭頭圖案，似乎就是主神教的象徵。

——喀噠。

隔壁間傳來告解者走進告解室的動靜。我拿起一旁的玻璃水瓶，用加奈艾為我準備的鼠尾草茶潤潤唇。沒事的，不用緊張，我已經把對答流程都背下來了。

「這位信徒，您好。」

「您好，王子閣下。」

「咦？」那是我非常熟悉的聲音。「班傑明？」

「對，是我。」

透過細密的窗格鏤空，能隱約看見一道端正的管家剪影。

「您來告解嗎？」

「是的，不需要排隊是侍從享有的特權，請寬恕我。」

「哈哈哈。」

我忍不住笑了出來。雖然知道班傑明不是在開玩笑，但就是這樣笑果才更好。

笑過之後，可以感覺到緊繃的身體稍微放鬆下來，壓力也沒那麼大了。

【我原諒您。】

在我降下神諭的同時，我的聖所——一座金色光環也點亮了告解室的地板。獲得寬恕的班傑明身上好像出現了以太反應，但由於隔著木窗，從我這邊看不太清楚。

「我上一次懺悔還是在一年前。」

「我明白了，也請告訴我您的其餘罪過。」

在普通對話和神諭之間切換，其實沒有想像中那麼難。之前我因為擔心平常說話也會不小心變成神諭，就想像以太有個水龍頭，可以在不打算使用神諭的時候把水龍頭關上。練習幾次以後，很快就成功了。

順道一提，我的實驗對象是加奈艾。

「我懷疑過葉瑟王子閣下。」

「……」

「只因王子閣下受到禁衛隊調查，我便臆測或許是您偷了神器，可是又搖擺不定。一方面認為您不是那樣的人，一方面又無法消除自己的疑懼，最終只能請王子閣下起誓。」

對耶，我確實發過誓，緊接著那天晚上就是生死一瞬間，所以完全忘了這回事。我想起班傑明在朝露未乾的庭院中，要求我成為一位對信徒負責的神官，也想起那一刻他臉上的神情。

「我擅自抱持疑心，貿然侮辱了高貴之人，求您寬恕我的罪過。」

這個嘛，現在回想起來，其實我也沒什麼好生氣的。

班傑明是虔誠的主神教徒，聽說他為了服侍我，還特地從羅米洛宮請調到朱利耶宮。沒想到，為了信仰自請降職後，他所服侍的王子，明明身為主教卻捲入了重大竊案。站在班傑明的立場來看，會對我說出那番話也不難理解。

而且寶物遭竊的時間點，偏偏又和我通過國境的時間點恰巧吻合。所以雖然我覺得有點冤枉，但還不到記恨的程度。可是，班傑明似乎很難原諒懷疑神官的自己。

【沒有關係，我相信主神也會寬恕您。】

告解室內迴盪著我輕柔的聲音。隔壁出現了比剛才更強烈的以太反應，但我還是看不清楚。

「閣下，謝謝您。」

班傑明的聲音顯得輕鬆多了，我苦笑了一下，心想他這段時間應該很煎熬。

「王子閣下，您該賜予我補贖了。」

「啊，好。」

對耶，還得做這件事。所謂的補贖，就是讓有罪的懺悔者對自己的錯誤做出補償。

第一次在《主神教神學入門》中讀到「補贖」時，我不太能理解，還以為是「既然原諒你了，那就把捐款交出來」。不過我現在已經知道補贖是什麼了，畢竟研究了很多範例。

【請您明天和我一起吃早餐、午餐、晚餐，當然也要算加奈艾一份。】

我不清楚現實中的宗教如何規定補贖，但至少在《辭異女》中，補贖內容是由神官決定，因為神官是能運用「主神權能」——以太的人。

「閣下，這種事算不上補贖……」

【您不是請求我的原諒嗎？不是很抱歉會經懷疑我嗎？這就是我賜予的補贖。】

從隔壁傳來班傑明幾不可聞的嘆氣聲。

「我知道了，我會忠實地付諸實行。」

我露出微笑，喝了一口鼠尾草茶。這樣一來，不僅班傑明能擺脫內疚，我也可以不用在侍從面前獨自填飽肚子，真是令人開心的一舉兩得。

目前看來，所有進展都很順利。

「您好，這位信徒。」

「……王子閣下，您好啊。」

「加奈艾？是你嗎？」

「我……我的最後一次懺悔是在上個月。」

我想忍著不笑，結果失敗了。隔間裡的第二位告解者是加奈艾，我能感覺到他的侷促不安。

「那個，王子閣下！看到班傑明閣下來告解，我也想來，所以……不久前，您答應過要聽我懺悔的。」

「沒錯，我確實答應過你。讓我聽聽看吧。」

我這麼回答後，加奈艾咳了兩聲，清了清喉嚨。我自然豎起了耳朵，因為實在很好奇他想懺悔什麼。

「王子閣下入住皇宮的第一天……我為您帶去了幾本適合您閱讀的書籍。」

「嗯，我記得。」

「可是……有一本雜誌裡……刊登了侮辱閣下的文章。我、我原先不知道，我拿給您的時候並沒有那種想法……只是因為急著將書拿給您，不知道怎麼會……」少年說到最後竟然哽咽了。

這又是在講什麼，我愣了愣。雜誌是指《李斯特雙週刊》嗎？裡面有罵我的內容？

「我犯了藐視尊貴之人的罪……請原諒我……」

「等一下，加奈艾，我聽不懂你在說什麼。」

「我很抱歉，王子閣下……」

該不會是雜誌封面上「神國花花公子」之類的標題？報導中確實有寫我是遠近馳名的風流浪子，還是眾多緋聞的主角，但我看了其實沒什麼感覺。

倒不如說，我反而認為很有幫助，因為這本雜誌讓我知道了很多之前不知道的角色設定。原來加奈艾一直在意到現在啊。

「王子……」

【加奈艾，沒事的，我覺得那些內容很有趣，對我也很有幫助。】

「非常感謝您……」

【雖然沒有什麼需要原諒的事，但我還是寬恕你吧，真的。】

在寬恕的回聲中，隔壁湧現大量的以太反應。聽見加奈艾的啜泣聲，我想到了一個非常合適的補贖方式。

【你的補贖是繼續推薦好書給我，還有盡可能告訴我更多新消息。】

「新消息……？」

【嗯，尤其是賽德瑞克皇子殿下和克莉絲朵．德．薩爾內茲女爵的消息。】

雖然我指定了兩個和我都沒什麼交集的人，但加奈艾沒有多問。獲得寬恕這件事好像讓他太開心了，完全沒有深入思考補贖的內容。

「是，我會忠實地付諸實行。」

「很好，謝謝你。」

這對我來說再好不過了，不然什麼都不知道，又該怎麼避開主角？既然克莉絲朵已經醒了，我就必須提前掌握她和男主角的動向才行。

加奈艾離開後，我在告解室越坐越茫然。現在我在主持的到底是告解聖事，還是國民脫口秀節目啊？

「所以說，您把中間名告訴不是老婆的其他女人，然後就被老婆趕出家門了？」

「是啊是啊，就是這樣。我以主神之名發誓，這不是出軌！那只是我在酒吧認識的女人……」

瘋子！我就問你幹嘛把中間名告訴在酒吧認識的女人？等等，不對啊，你為什麼會在酒吧認識她？這不叫出軌，什麼叫出軌？

我現在的感覺就像吃了一百顆地瓜又沒有水喝，一口氣全堵在胸口。簡直像在看什麼戀愛諮商節目的直播。哥哥每次用蒸汽吸塵器打掃的時候，都會打開這種節目邊看邊罵。

「這位信徒，依照慣例，中間名只能分享給親密家人或戀人。至少在神國是如此，難道帝國不一樣嗎？」

我現學現賣地講出從《李斯特雙週刊》學到的知識，像是本來就知道的常識一樣。

根據這片大陸的習俗，世人取名時都會在名字和姓氏之間無條件加一個中間名，而這個中間名只會分享給家人、配偶、婚約對象，以及非常親近的朋友知道。

以上情報都擷取於一篇主題是「能聽到葉瑟王子中間名的她會是誰？」的週刊報導，還把我和一堆連長什麼樣子都不知道的貴族千金放在一起討論。

「這個嘛，帝國也是一樣的。可是我又沒做什麼，只是想說交個新朋友……」

「才認識幾個小時，您就和她成為可以知道中間名的親密好友？」

「那是……實在慚愧。請原諒我，王子閣下……」

還真是超級無敵好朋友，好到不行呢，你們兩個到底做了什麼才變得這麼親密？我嘖了一聲，然後施展聖所，地面就像開了燈一樣亮起來。

【這不是我要不要原諒的問題，是否原諒您，應該由尊夫人決定。請您回去跪在家門前，向夫人據實以告，並真心誠意地道歉，發誓再也不會犯這種錯，還要寫下保證書。建議您最好連酒都順便戒了。】

「這……這也太殘酷……」

【這是主神賜予您的補贖。】

金色的以太環閃閃發亮，緩緩順時針轉了一圈。因為我不接受對方的懺悔，所以沒有出現寬恕的以太反應也是天經地義。

【如果尊夫人不原諒您，那也請您接受。】

我直接截斷他的後路。我不清楚他們夫妻相處的實際情況，如果他求饒也得不到原諒，那就是他本人在這段期間已經把夫妻間的信任消磨光了。

「謹、謹遵吩咐……」

男人用近乎爬行般的低沉聲音嘀咕著，然後打開門走出告解室。聽到他拖著腳走遠的聲音，我嘆了一口氣。

「這都是什麼事啊……」

一開始的時候，我的良心還有點過意不去，想說像我這種別說去信仰了，連對「主神教」本身都一知半解的人，可以只因為有以太就這樣扮演神官嗎？

就算我這麼做都是為了生存，對方也只是小說裡的虛構人物，可是當面欺騙眼前活生生有血有肉的人，我還是很有心理負擔。更何況，這又牽扯到了「宗教信仰」。

不過在聽完幾個告解之後，我就釋懷了。不只剛才那傢伙，更早之前還有一個也很誇張，他是怎麼說的……對，那傢伙明明賴帳，居然還有臉說：「只要等個十年我就有能力還錢了，這樣算很嚴重的罪嗎？」

相比之下，我這種人還真是良心多到氾濫了。如果是在以前，我可能會獲頒兩臺冰箱以茲表揚。

——叩咚！

「唔噢。」

我嚇了一跳，飛快轉向聲音來源。那是從隔壁傳來的，但聽起來明顯和打開告解室門的聲響不同。

「是誰？」

在發問的同時，我施展了聖所，這不是用來進行告解聖事，而是為了防身。大概是因為經歷過雙胞胎刺客的襲擊，身體的反應速度比平常更快。

「唔……」

隔壁傳來屬於人類的聲音，還有布料摩擦的窸窣聲。

「您是告解者嗎？」

我把鼻子貼在木窗的細密花格上，努力查看另一邊的隔間。雖然視野狹隘，但比起隔著距離，至少能看得更清楚一點。

……那是小孩嗎？

「你沒事吧？有哪裡不舒服嗎？」我小心翼翼地開口詢問。

木窗後多出一個低垂著頭的孩子，歪歪斜斜地坐在告解者的座位上。那頭烏黑髮絲陣陣顫動，狀況顯然不太對勁。

我很確定剛才聽到的聲音不是腳步聲，也不是開關門的響動，他到底是怎麼進來的？

「你的父母親在哪……」

就在這時，那孩子突然抬起頭，灼灼如太陽的橙色雙眼與我四目相對。

「……你在這裡做什麼？」男孩皺著眉問道。

我錯愕地張嘴，有一瞬間啞口無言。

「我……我正在聽取告解，畢竟我是神官嘛。」

面對這種灼亮的凜然目光，總覺得必須誠實回答才行，絕對不是因為我的氣勢輸給這個小孩了。

「又沒人叫你做這些。」

男孩的回答帶刺，陌生的尖銳態度讓我吃了一驚，一時間反應不過來。對初次見面的長輩講話沒大沒小，這到底是誰家的孩子，怎麼這麼沒禮貌？

不，不對，重點不在這裡。

「如果您有任何需求，或是出現危急情況，請拉一下掛在您左邊的鈴繩。」

我想起伊莉莎白說過的話，朝左邊伸出手。

「如果你身體不舒服，我去請宮廷醫師過來，你等……」

——啪嚓！

——唰！

寒意瞬間從頭灌到腳，我渾身寒毛直豎，本能地往後一縮。我緩緩轉過頭，看見了那把擦著臉頰驚險飛過的匕首。

鋒利的匕首不只削斷了掛在我左手邊的拉繩，還深深釘進後方的告解室牆面，只留下被削斷的流蘇繩結在地上滾動。

我猛然回頭看向木窗，只見花格之間出現一道被匕首貫穿的裂縫。

「呃……」

「少輕舉妄動。」

他是想警告我別叫人過來吧，但話才說到一半，男孩就沒動靜了。

下一秒，我聽見有東西倒下的撞擊聲。

「你等等，我馬上過去。我不會叫其他人來的。」

雖然驚魂未定，但我不忘撿起掉在地上的流蘇，藏進寬鬆的袖子裡。我打開告解室的門，一出來就看到遠處的神殿正門也打開了，推門而入的騎士朝我行禮。

「王子閣下，我們要讓下一位告解者進來了。」

「請先等一下，我想看看這邊的隔間長什麼樣子。」

我隨口搪塞一句，騎士大概是以為我想要休息，於是朝我再次行禮，便關上門出去了。這樣應該至少爭取到了十分鐘的空檔。

「我要進去了，我什麼都不會做。」

我在告解室外輕聲說完，然後迅速打開隔壁間的門，一眼就發現倒在地上的那個小孩。

我立刻趕到他身邊，跪下來小心翼翼地確認男孩的狀況。匆忙之間，我也沒有忘記關上身後的門。

「孩子，你在冒冷汗。」

「唔……」

其實我很清楚，遇到這種突然冒出來又來歷不明的男孩，我這樣多管閒事並不是什麼明智之舉。尤其是幾天前我才差點死在年紀不大的少年手上，明明知道不能因為對方是小孩就掉以輕心。

可是，即使如此……

「是不是發燒了？」

反正我已經施展了聖所，他應該沒辦法對我造成傷害。

「別碰我！」

男孩惡狠狠地大吼，揮開了我靠近的手。那雙橙色眼眸亮得驚人，彷彿兩簇燃燒的火焰。他看起來大概七歲左右，比加奈艾或其他侍從小很多。

男孩披著一件快和棉被一樣大的黑色斗篷，邊發抖邊把我推開，完全就像隻野生小獸。

「你是怎麼進來的？又打算怎麼離開？讓哥哥幫你吧。」

「哥哥？」

這臭小鬼，剛才是在嘲笑我吧！就算很擔心他的身體狀況，我還是有點火大。

「好吧，叔叔會幫你。如果你繼續待在這裡，只會越來越難受。」

而且地板又冷又硬，我補充道。

我先兩手舉高擺出投降姿勢，然後慢慢向男孩伸出手，讓他能看見我的每一個動作。這一次，男孩只是目不轉睛地盯著我，一動也不動。

「……你什麼都不知道。」

「被發現了呢，可以幫我保密嗎？不要告訴其他人。」

我苦笑一下，把掌心覆在男孩的額頭上，果然燙得像顆火球。

「早知道就把常備藥帶在身上了。」

我知道告解聖事會見到很多人，但沒料到其中會有病患。之後是不是該拜託班傑明，請他幫忙準備退燒藥或消化劑等簡單的藥物比較好？

「別向人提起你今天見過我。」

「什麼？」

稚嫩卻強硬的聲音把我從思緒中拉了回來，只見男孩啪一聲抓住我的手腕，下一秒，我猛然雙腿一軟。

「咦……？」

眼前一陣暈眩，世界飛快旋轉，視野逐漸歪斜。在我腳下，有如間接照明般的環緩緩淡去。

「你、你做了什麼……」

我沒有得到回應，視野中僅存男孩那濃得發暗的烏黑髮絲，以及染上火紅光澤的橙色雙眼。

眨眼間，我的聖所徹底消散，我又一次失去了意識。

我們會用既視感來表達曾經遇過的事重複經歷一遍的感覺。

「你好，王子閣下，我們是第二次在這種情況下見面了。」

那如果同樣的事情經歷第三次的時候，又該怎麼描述那種心情？三視感？

「不過這次你只花了一天就醒了，看來這段時間的神力成長不少。」

歐蕾利．波帝埃樞機主教臉上帶著溫柔的微笑，給了我一個讚許的眼神。

我茫然地盯著她，而後猛然回過神，從床上坐了起來。

目光所及都是熟悉的家具和華麗壁紙，這裡是我的房間、我的臥室。

「……參見聖潔的樞機主教殿下。」

「嗯，你好啊。」

「我在神殿裡暈倒了嗎？」

「王子閣下，這一切都是我的疏失，非常抱歉。」

從另一邊傳來熟悉的聲音，我轉過頭，只見沉著臉的伊莉莎白爵士和臉色蒼白的加奈艾站在床的左側。

「不，伊莉莎白爵士，這不是您的錯。加奈艾，我沒事了。」

我努力地笑了笑。

拜託，這種躺下去和醒來的地方不一樣的體驗，希望這是最後一次了。就連目前這三次體驗我都不想要好嗎。

「你是因為耗盡以太才會失去意識，看來你真的很認真在聽大家的告解。」

「我耗盡以太了嗎？」

我把頭轉回來，面向床的右側，聽樞機主教輕聲細語地為我說明。

「如果從體內散出以太的速度比自然產生的速度快，那身體就會受到以太枯竭的衝擊。」

「……」

「和你上回經歷的以太失控症狀相反，那次是因為產生以太的速度過快，才會對你的身體造成衝擊。」

說完，她慢條斯理地端起茶杯輕啜。我努力運轉才剛清醒的腦袋，試著整理這些資訊。

「所謂的以太枯竭，本來就是一種突發症狀嗎？」

我的問題讓她優雅的雙眉輕輕蹙起，看起來有些困惑。

「在我昏倒之前，體內的以太流動都很正常，完全沒有異常徵兆，接著突然就……」

我說到一半安靜下來，記憶中浮現一頭烏黑髮絲以及一雙橙色眼眸。一張張鮮明生動的男孩臉孔像馬跑燈般掠過我的心頭。

「您發現我的時候，我身邊沒有其他人嗎？」

「是，當時還沒讓下一位告解者進去，所以並沒有其他人。」

聽到伊莉莎白爵士的回答，我不由得沉默下來，耳邊迴盪著男孩最後說的話——

「別向人提起你今天見過我。」

他為什麼要留下這種警告？他是從哪裡逃跑出來的嗎？還是犯了什麼罪？可是以年紀來說也太小了。

就算真的是逃犯好了，他這樣躲在皇宮的神殿裡也很奇怪，正常來說不都是要逃得離皇宮越遠越好嗎？

「王子閣下，需要幫您請宮廷醫師嗎？」

加奈艾輕輕地抓住我的手臂，大概是看我突然安靜下來，他有些擔心。

「不用，多虧殿下的照顧，我已經沒事了。我只是在想一些事情。」我盡可能用開朗的語氣回答。

加奈艾稚氣尚存的蜂蜜色眼睛，莫名讓我想起手腕被抓住的瞬間，那名男孩充滿決意的眼神。

突然間，我腦中閃過了一個假設。

「殿下，請問有辦法搶走其他人體內的以太嗎？」

「……」

「您也知道，我沒受過這方面的教育，就算最近很認真地看書……」

「有的。」她低聲回答，「神官與聖騎士能透過身體接觸接受或給予以太，當然也可以藉由施展環來傳遞，但最有效率的方法還是透過肌膚接觸。」

「……原來如此。」

我輕輕點頭，假裝這只是不經意的提問，內心的齒輪卻像時鐘一樣轉動起來。

直覺告訴我——是那個孩子。

突然襲來的暈眩感和彷彿墜入地底的失重感，全部都是在那個粗魯的小賊抓住我的手腕後才發生的事，他偷走了我的以太。

為什麼？他需要以太嗎？我回想起那孩子明顯有問題的身體狀況。

難道他會那樣發燒和冒冷汗，都是以太枯竭的症狀？也許那孩子……

「那是戰爭時代才盛行的陋習……最近已經很少見了，因為不再需要用到如此大量的以太。」

伊莉莎白爵士打斷了我的思緒，我轉頭看去時，她臉上的表情有點古怪。那雙灰色眼睛顯得心煩意亂，似乎流露著怒意。

我不明所以，還是點了點頭。

「那麼，皇宮裡除了我和樞機主教以外……」

——叩叩。

「進來。」

波帝埃樞機主教立刻回應了敲門聲。我本來想問「皇宮裡除了我和樞機主教以外，還有其他神官嗎？」，就這樣被打斷了。

「王子閣下，您醒了啊。」

開門走進來的是班傑明，他在看到坐起身的我之後，明顯地鬆了一口氣。我笑了笑，用眼神和他打招呼。

「賽德瑞克皇子殿下送來了一些珍貴的茶葉。」

班傑明雙手捧著的銀盤上，擺放著一只作工精美華麗的木盒。

「什麼茶葉？」

我一問，班傑明就走上前來，慢慢打開盒子。木盒裡裝滿了乾燥的草葉，飄散出一股淡淡的香氣，還不錯。

「這是有益健康的鼠尾草茶葉，殿下無法親自前來問候，所以送禮致意。」

「這樣啊？感謝他的好意。」

我乾巴巴地回應，那傢伙是怎麼回事啊？

伊莉莎白爵士在一旁喃喃自語，聽不太清楚在說什麼。樞機主教大概是累了，她深深嘆了口氣。

最後，我還是回到了神殿。

「王子閣下，您真的沒事嗎？」

「好好休息一天已經夠了，不用擔心。」

「王子閣下，這是您要的告示牌。」

我安撫了班傑明，接過加奈艾準備好的告示掛牌。木牌正面刻著「告解聖事開放」，背面則是「神官不在位置上」。這是我昨天還攤在床上時，拜託他們幫忙找人製作的，宮廷木匠應該也是第一次接到這種訂單吧。

「那我進去囉，我不會硬撐啦。」

聽完我的保證，班傑明的表情這才稍微放鬆下來。

前天我在神殿內因耗盡以太昏倒之後，波帝埃樞機主教立刻取消了我安排好的告解聖事時程表。她堅持一天進行三個小時的聖事，不利於我的以太流動和皇宮秩序維護。剛恢復意識的我找不到可以反駁的話，只能接受她的意見。

那天拿到號碼牌等後告解的人，不僅沒有不滿，反而是擔心我會出事，隔天又聚集在朱利耶宮前張望。

於是我告訴大家，只要我有空的時候，他們都可以來神殿告解，不設定確切的時間。為此，我們準備了一個掛牌作為替代方案，讓來到神殿的人知道我在不在告解室裡。

我不能放棄告解聖事這個工作，因為這是不去參加舞會的絕佳藉口。

「我們會待在神官室內。」

說完，班傑明帶著加奈艾退了出去。神殿後方有一間讓神官準備聖事或休息的側室，看來他們打算在那裡等我。

我目送兩人的背影，等他們走出視線，才把告示牌掛到告解室的門把上。我讓「神官不在位置上」這一面朝外，這樣就不會有告解者進來了。

我緊抿雙唇，邁步走進告解室，準備一整天都待在這裡等那個混蛋小鬼。

雖然他不出現我也沒轍，不過看他那時候的反應……這裡顯然有其他可以進出的密道，他絕對不是第一次跑來告解室。既然如此，肯定也不會是最後一次。

反正只要施展環，我就不會受傷；避免肌膚接觸，我就不會昏倒。雖然不清楚那個小鬼到底是什麼來歷，但我實在無法坐視身高還不到恩瑞一半的小孩，就這樣病懨懨地在皇宮裡遊蕩。

換了一個地方窩著，體感還是有差。

我在朱利耶宮的房間，就類似大學的中央圖書館。比如說，即使窗外的櫻花逐漸綻放，我也必須待在室內念書，周圍還有班傑明和加奈艾等侍從進進出出帶來的白噪音，這種氛圍實在很像圖書館。

至於皇宮神殿的告解室，感覺比較像恩瑞直到去年為止都還會去的高級K書中心。雖然狹窄昏暗，但座椅舒適又有隔間，稱得上噪音的，就只有我的呼吸聲和衣物摩擦聲，和K書中心一樣讓人昏昏欲睡。

那個小鬼怎麼還不來，我今天要做白工了嗎？

「『操控以太流向是一件說單純很單純，說複雜也很複雜的行為。最簡單的訓練方式，就是去任意變換環的大小……』，原來是這樣啊。」

為了趕走睡意，我大聲朗讀從朱利耶宮帶來的書。

這段時間我已經分不清楚自己穿的書到底是浪漫奇幻類，還是校園文藝風了。因為除了最近新增的告解聖事，我在皇宮裡能做的就只有睡覺、吃飯和念書。

當然不是說我討厭這種生活。比起被捲進與我無緣的感情世界然後死翹翹，這種奢侈的寧靜考生生活根本勝出千百倍。

於是我低下頭，看著地板上以我為中心延伸到告解室之外的環。變換大小嗎……之前樞機主教幫我補習的時候，她就能隨心所欲縮放聖所來壓制我。

來試試看吧，反正現在除了等待也沒有其他事可做。

我深吸一口氣，再緩緩呼出。集中注意力，想像自己把以太水龍頭關掉一半，然後放開。

——滋滋滋……

腳下的聖所頓了一拍，彷彿遲疑了一下，然後才開始慢慢變小。隨著光源的直徑縮小，告解室內就像從大燈換成小夜燈，光線也昏暗下來。

「居然辦到了。」

我歪著頭，又是這麼簡單就成功了。只要事關以太，感覺我每次想做什麼最後都能順利達成。比如對抗雙胞胎刺客，還有進行告解聖事的時候。其他神官也和我一樣嗎？

昨天聽班傑明說，目前常駐皇宮的神官就只有我和波帝埃樞機主教。而且正式接到派職命令的就只有我，樞機主教是以女皇伴侶的身分待在皇宮。

也就是說，我周圍可以交流的神官只有樞機主教而已。既然她被眾人稱為世紀天才，應該沒辦法當作參考標準。

算了，我這麼有天分也不錯，沒必要鑽牛角尖，我得維持正向積極的態度才行。

正好肚子有點餓了，我闔上書，打開班傑明為我準備的野餐籃。

如果被其他人看到，可能會罵我也太把告解室當成自己家了。但我也沒有其他辦法，因為只要肚子餓我的注意力就會下降。

「原來放在這裡面了。」

昨天拜託加奈艾準備的退燒藥和消化劑放在籃內一角，旁邊還有一個不知道裝了什麼的圓形藥罐，於是我把蓋子打開來聞聞看。有一股刺鼻的草藥味飄散出來，有點像擦傷時會抹的藥膏。

除了這些藥之外，籃子裡還準備了食物和兩瓶茶。但我已經等了好幾個小時，告解室內連隻螞蟻都沒看見，更別說小孩了。

再過不久就是晚餐時間，我打算再等半個小時，如果還是不見人影，今天就先收工吧。

「哇，好誇張。」

在這種時候來一口的卡利松糖[10]也太好吃了，我忍不住發出讚嘆。軟糖內吃得到水果的風味，裡面是加了哈密瓜嗎？再喝一小口銀杏葉茶，茶略帶苦澀的尾韻能中和甜味，這個搭配實在太夢幻了。

我正忙著一口點心一口茶，視線不經意落在一旁的拉繩上，發現前天被男孩扔出匕首削斷的地方仍然維持原樣。

我放下甜點和茶杯，目光轉向右邊，只見被匕首貫穿的木窗，破洞依然空蕩蕩地留在那裡。

這時我才感到不對勁。告解室都破壞成這樣了，為什麼伊莉莎白爵士一句話都沒有提到？難道她沒注意到？

在發現王子昏倒之後，不可能沒有人搜索周圍吧？就算判斷昏倒的原因可能是健康或神力方面的問題，也沒辦法確定我在獨處時有沒有發生什麼事，所以伊莉莎白爵士身為禁衛隊副隊長，不可能沒有調查現場——難道她是故意的？

我被自己的想法嚇了一跳，整個人僵在原地。伊莉莎白爵士是在假裝不知道告解室裡有武器留下的痕跡？為什麼？

——叩叩。

突如其來的敲門聲讓我再度一驚。聲響不是來自隔壁間，而是有人在敲我這邊的門。

「請問有人在嗎？」

10　卡利松糖（Calisson），一種傳統法式糖果，由糖漬果泥與杏仁糊製成，表面再淋上一層糖霜。

陌生的女性嗓音從告解室外傳來，我猶豫了一下該不該回應，最後還是打開了門。

站在門外的女人看起來大約三十幾歲，一和我對上視線，立刻慌亂地鞠躬行禮。

「天啊，參見尊貴之人。我、我沒想到王子閣下真的在……」

「沒關係，不過您怎麼知道我在告解室……」

我進來的時候，明明在門把上掛了「神官不在位置上」的告示牌。

「呃，我在地上看到這個……」

我順著她指的方向低頭看去，只見剛才努力練習縮小的環，不知不覺又變大了，還延伸到告解室外。

大概是卡利松糖太好吃，害我一時失去控制……

「喔，原來如此，好的。我正在準備告解聖事，您吃過飯了嗎？」

這實在是太尷尬了，我只好沒話找話，想到什麼就說什麼。

「王子閣下，真是感激不盡。您竟然賜皇室食物給我這樣的人……我就當作是領受聖體吧。」

聖體是什麼東西來著？印象中和賜予信徒食物的聖事有關，但對於這種聖事具體上有什麼宗教意義、該在何時給信徒什麼東西之類的細節，我的記憶就比較模糊了。之後應該要好好研究一下。

「這裡還有茶。」

我拿了三、四塊卡利松糖，又用加奈艾準備的小杯子倒了銀杏葉茶，透過破損的木窗裂縫遞過去，女人慌忙接住，指尖止不住顫抖。

「這是我的榮幸，一輩子都不會忘記的，天啊……」

「請別拘束，好好享用。」

反正我帶這些東西來也不是為了獨享。我聽著對方慢慢咬點心的聲音，耐心等待她的告解。沒多久，女人便用茶水潤潤喉，終於開口了。

「咳咳，我最後、最後一次告解是在十年……不，好像是在十二年前。」

「好的，請說吧。」

「我是阿格尼絲，和丈夫一起在皇宮後山擔任巡山員，承蒙女皇陛下的恩澤，工作並不艱辛。偶爾看見具有危險性的山中野獸，我們會抓起來處理掉，也會觀察樹木是否染上傳染病。如果遇到可疑狀況，我們再向禁衛隊長官報告。大概就是這樣。」

「您說的皇宮後山，是指朱利耶宮後方那座山嗎？」

「對，沒錯。」

我想起從自己的房間往外看時，可以眺望練武場後方的山。還記得我第一次看到的感想只有「這裡有山，那夏天應該很多蚊子吧」，沒想到那裡居然有巡山員。

「不久前，有幾隻可能是魔獸的動物在後山出沒，被我們夫妻兩人趕跑了。」

「魔獸嗎？」

我吃了一驚，不自覺提高了音量。又不是在北漢山[11]附近，我現在還得擔心野生動物襲擊嗎？

「也不是什麼罕見的事，皇宮後山是從大山脈分支出來的小山峰，所以時不時會有野獸從那邊順著山脊跑過來。不過皇宮周遭圍繞著強大的結界，危險的傢伙只會被擋在外面，最後能進來的全是兔子之類的小獸，每次都在我們沒注意的時候蹦出一兩隻。」

「呼……」

我不由得鬆了口氣。為別人的愛情賠上小命固然冤枉，但只是出門散步就被野豬咬死這種事，才真的是無妄之災。

「總之，事情是這樣的……那幾隻小獸被我們趕跑之後又出現，再趕跑又會再出現，而且不知為何也沒有被其他野獸吃掉，就這樣在山中神出鬼沒。我們實在很在意……所以幾天前，就燃起火

11 北漢山（북한산），韓國首爾市內最高的山峰，物種豐富，擁有首都圈唯一一座國家公園。

把驅趕那些傢伙。」

這我有在書上看過，雖然魔獸擁有各種能力，但懼怕水和火，只要恰到好處地利用這一點，就能輕鬆地獵捕牠們。

「在那之後牠們就不見蹤影了，我和丈夫也把這件事拋到腦後。可是今天剛好和宮廷木匠們聊到，就有人懷疑我們遇到的那幾隻……會不會其實是神獸？」

「神獸？」

我想起那本介紹魔獸的書中也有提到一句神獸相關的內容——

自古以來每逢神獸現蹤，便由具神力者引領至神器所在……之類的。書中沒有插畫可以參考神獸的外形，所以我還以為那只是一種民間傳說。

「對。聽說自從神國的王子閣下入宮，朱利耶宮的侍從就夜夜好夢。所以如果那幾隻真的是神獸，會不會就是受到這種神聖之力的吸引才跑來的？」

「哈哈……」

我雙頰發燙，沒想到「王子會帶來美夢」這種說法不只流傳在朱利耶宮，甚至已經傳遍整座皇宮了。看來不能因為侍從們年紀小，就放任他們拍馬屁，這就是為什麼大家都說早期教育很重要。

「因為就連遠在後山的我都能睡得這麼好，真是作夢也想不到。再說，我擔任巡山員這二十年來，從來沒看過這種外形的魔獸，而且還不怕人，所以越想越覺得該不會真的是神獸……」

阿格尼絲的聲音越來越小。

「因此我來尋求寬恕。聽邁可森說，折磨神獸是重罪，雖然我丈夫又說沒這回事。」

邁可森？那不是幫我製作告示牌的木匠嗎？

【嗯，首先，您們只是嚇跑小動物，並沒有傷害牠們，這一點做得很好。主神也會讚許您們的善良之舉。】

「謝……謝謝您，王子閣下。」

【即使那眞的是神獸，您們夫妻二人身爲巡山員也別無他法，因爲沒有神力者無法馴服神獸。因此……】

編到一半，我突然辭窮了。看來就算我丟掉男配角的飯碗，也很難轉換跑道來當專業的心理諮商師。

【我寬恕您，我知道兩位這麼做是擔心皇宮的安危。如果下次又發生類似事件，請務必在第一時間通知皇室禁衛隊。請將我的吩咐一併轉告給禁衛隊副隊長伊莉莎白爵士。這便是我賜予您的補償。】

阿格尼絲連連道謝，在乍亮的滿室金光中，依稀能見到她眼底的感激淚意。

我在告解室等了整整四小時，可是那個一見面就朝我扔刀子再搶走我以太的小鬼，卻連個影子都沒看到。

今天的第一位也是最後一位客人，就是阿格尼絲。

「有關魔獸的書還真多。」

而此時此刻，我正穿著睡衣站在書桌前。回房以後，我先和班傑明、加奈艾一起吃了晚餐，然後迅速洗完澡，準備在睡前翻翻一本新到手的書。

目前看來，我和那個小鬼之間會是一場長期抗戰，所以休息的時候就不用多想，還是像平常一樣專注在用功學習上就好。

「不過幾乎沒有一本提到神獸。」

難道真的只是杜撰的神話生物？如果往這個方向解釋，阿格尼絲可能會好受一些。

——啪啦、啪啦。

旁邊傳來窗簾隨風飄揚的聲音，晚風撫過書櫃，在書籍間留下簌簌聲響。

加奈艾每天入夜前都會來鎖門窗，但不知道為什麼，今天通往陽臺的落地窗居然敞開著。

「他忘了嗎？」

我走到陽臺入口前，關好落地窗、拉上窗簾。其實晚上並不冷。韓國的春天常常會突然降溫，但這裡的天氣從三月開始就一直很溫暖。

「你的侍從有完成工作。」

……什麼？

「明明擁有那麼多以太，卻遲鈍得可以。」

清亮的嗓音傳來，我緩緩轉過身，感覺身體僵硬得嘎吱作響。

視野中出現一道小小的身影。一頭在光線下依然漆黑如墨的髮絲，還有因此更加鮮亮灼目的橙色雙眼。

那個混蛋小鬼，就站在我房間的正中央。

「你……」

我立刻展開了環，金色圓陣將明亮的室內照耀得更加刺眼。

男孩不發一語，低頭盯著自己腳前的聖所。

「你是怎麼進來的？」

「……」

我拋出問題，同時觀察男孩的臉色。他看起來比那天好多了，雖然額頭上依然冒著冷汗、呼吸也稍微急促，但應該不會像之前那樣倒在地上。

「你又打算來偷以太嗎？」

這句話讓少年抬起目光，直視我的眼神中盡是倨傲。

「我沒偷過。」

「沒問過我的意願就取走，這就等同偷。」

男孩冷哼一聲。

我沒有放下警戒，只是在心裡默默感慨——現在就是這副德性，這孩子長大可有得瞧了。

「你犯了什麼罪？是逃犯嗎？」

「……」

男孩默不作聲地凝視著我，而後輕嘆一口氣，走到我剛剛翻書的那張桌子前坐下。他的姿態高雅，行動毫不猶疑，讓我瞬間產生這裡其實是他房間的錯覺。

「用環釋放你的以太。」

……這是在命令我嗎？

「我為什麼要照做。」

「你想再昏倒一次？」

「唔……」

這小鬼的理直氣壯讓我一時啞口無言。

男孩直挺挺地坐在那裡，彷彿那個位置本來就屬於他。即使我直直盯著他，他也沒有迴避我的視線。明明是在恐嚇別人，這小鬼未免也太囂張了，我得更強勢一點才行。

「在我用神諭捆住你的腳然後喊侍從過來之前，你最好先回答我的問題。」

「……」

「你現在的狀態顯然還是不太好，如果是為了以太來找我，那態度就應該更禮貌一點。」我語氣堅定地說道。

聞言，男孩雙眉微蹙。

我想到了自己的妹妹。恩瑞整體而言是個乖孩子，但是在她五六歲的時候，也和那個年齡層的其他小孩一樣，經常為了自己想要的東西鬧脾氣。

如果在這種時候順著孩子，只會讓他們養成壞習慣。所以對於妹妹的這種行為，我和哥哥試過冷處理，也試過哄勸，不過最有效的方法還是約法三章，要求她遵守規矩。

如果妳有什麼要求，就請妳先保持禮貌，這樣我也會認真聽，這就是我們家的規矩。

「在這座皇宮，沒有我去不了的地方。」

男孩終於開口了，似乎是在回答我一開始問他的「你是怎麼進來的」這個問題。雖然我對答案不甚滿意，但還是透過環慢慢釋放以太，作為他回答問題的獎勵。

我思考了一下要用哪種意象控制以太，最後想像自己正在慢慢解開毛線球，以此來進行調節。這種釋放方式大概是奏效了，男孩的神情微微放鬆，不再那麼緊繃。

「我不是罪犯，也不是逃犯。」

我進一步釋放更多以太，大概是再解開四圈毛線的感覺。

「所以我幫助你也不會有損失是吧？」

「我保證。」

哎唷，這小鬼居然這麼認真回應我半開玩笑的話，但是我當然不會相信。

如果來歷光明正大，他根本沒必要潛入皇宮的神殿告解室，也不用從陽臺闖入王子的房間。可是，他確實又對皇宮內部瞭若指掌，這可不像普通的小毛賊或是搗蛋鬼。

「嗯，我猜你是貴族或皇室成員吧？」

「……」

男孩的嘴像貝殼一樣緊閉，橙色雙眼透出不會退讓的頑固目光。

沒錯，當孩子有這種反應時，就算派我哥來也問不出答案。我輕輕搖頭，決定改問其他問題。

賽德瑞克皇子是獨生子，目前定居皇宮的皇室成員又只有女皇和皇子兩人，所以小鬼應該不是來自他們家。

《辭異女》的主角克莉絲朵也沒有這麼大的弟弟，算是先避開了兩顆大地雷。

「你也是神官嗎？」

「不是。」

這次男孩立刻回答了，真讓我意外。

就我所知，只有神官和聖騎士之間才能給予和接受以太。因為操控以太的力量——也就是神力，就只有神官或聖騎士才擁有。

「所以你是聖騎士……」

「你為什麼要看魔獸和神獸的相關書籍？」

男孩截斷我的問題，他翻著桌上的書，掃過來的目光相當銳利，小小的個頭氣勢十足。

「我還沒開始看。因為聽說後山出現了魔獸，我有點好奇牠們會不會是神獸。」

我慢慢靠近男孩，站在桌子的對面，刻意略過不提巡山員阿格尼絲。

就算我本身是個山寨神官，但不代表就會輕視這個職位，當然知道不能四處八卦信徒告解的內容。

「……這樣要談就快多了。」孩子低聲自語，隨後丟出驚人的發言。「我最近正在引領進入皇宮的神獸尋找神器，所以才會需要你的以太。」

——自古以來，每逢神獸現蹤，便由具神力者引領至神器之所在。

我腦中立刻浮現這段文字，來自那本我連書名都想不起來的書。沒想到居然在眼前的男孩身上找到相關線索。

等等，在這之前……

「真的有神獸嗎？」

「沒錯。」

「是從後山跑到皇宮裡的？」

「總不會是走正門進來。」

我一時口乾舌燥，原來巡山員阿格尼絲和木匠邁可森的猜測沒有錯。那幾隻入侵者不是魔獸，而是神獸。

「我還以為那只是傳說生物，畢竟現有文獻中幾乎沒有關於神獸的記載。」

「身為神國王子，卻懷疑神獸的存在？」男孩語帶譏笑。

「你那是先入為主的刻板印象，神國人又不一定都很虔誠。」

「離皇都最近的神器位在薩爾內茲公國，在我把神獸引到公國之前，你都要協助我。」男孩無視我，自顧自繼續說道。

等等，等一下，一口氣出現太多情報，害我暈頭轉向。我先閉上眼睛，深深呼吸，然後再睜開。來一項一項慢慢地整理吧，我舉起一隻手，首先豎起姆指。

「……神獸目前是由你引領？」

「唯擁有神力之人才能馴服神獸，你應該也知道。」

沒錯，這小子有神力。我輕輕點頭，然後豎起食指。

「皇宮裡的神官明明還有樞機主教殿下，為什麼來找我？」

「殿下無法離開陛下身邊。」男孩乾脆地反駁。

確實，女皇和樞機主教之間立下契約，成為了彼此的「宗教伴侶」。我想起班傑明講解過，樞機主教其實是以女皇伴侶的身分常駐皇宮。而成為靈魂伴侶的兩人，似乎無法與對方相隔超過特定的距離。

「第三，你說的薩爾內茲公國，是指克莉絲朵．德．薩爾內茲女爵的故鄉嗎？」

男孩大概連回答都懶了，只是微微頷首。

即使他的動作再小，也降低不了湧向我的危機感。明明絕對不能扯上關係，卻老是擺脫不掉她的名字，我無言地仰頭望天。

這是作者在搞鬼嗎？是不是在暗示，無論我做什麼都無法逃離她、逃離原作的故事設定？

不，我沒有必要自亂陣腳，還是有很多可以鑽出去的漏洞。

「要帶神獸過去也太遠了，不能養在皇宮裡就好嗎？」

不是說神獸很聽話嗎？最近的網路小說很常看到像這樣的動物小伙伴，我真心認為走這條路線也不錯，只要可以避開克莉絲朵就好。

「……現在我明白神國為何拋棄你了。」

結果這小鬼竟然同時用眼神和口頭鄙視我。

「不是你想的那樣。我只是不願意和薩爾內茲公爵扯上關係，這樣才能繼續過我的寧靜生活。」

「呵。」男孩輕嗤一聲，像是聽到了什麼荒謬的言論。

我不由得回顧了一下自己這段時間的作為。對啦，我承認告解聖事的場面確實大了一點，可是不這麼做的話，就沒辦法當成不去參加舞會的逃生出口了。

那可是主角和官配有極高機率出場的舞會，我絕對不能冒險插一腳。我的目標是全情投入神官工作，這樣李斯特社交界沒事就不會來邀請我露面了。

「我會帶牠們過去，公國的事你不用管。」

男孩冷不防地發話，我從思緒中驚醒，低頭看向這個孩子。

「你只要提供以太給我就可以了。」

「……這樣我當然沒問題，但是你真的可以嗎？就這樣自己單獨行動？」

「我和神獸的屬性很契合，不需要幫忙。」

什麼屬性，以太還有這種東西？穿越到一個陌生的世界，要學的東西還真是永無止境。

可惡，我以後再也不會說什麼要拋棄韓國去移民了，哪怕是開玩笑也不會說了。

「就算是這樣，如果你有什麼需求，還是可以隨時跟我說。你的身體狀況會這麼差，應該是因為以太枯竭的關係吧，引領神獸需要消耗這麼大量的以太嗎？」

「……」

不知不覺間，男孩的額頭已經沒有再冒冷汗了。我試探地伸出手，動作緩慢地覆上他的額頭。感覺沒有發燒，雖然他的臉色仍舊有些蒼白，但在接受我的以太之後，狀態確實穩定下來了。

這孩子還這麼小，就這樣讓他一個人奔走在皇宮、皇都，甚至薩爾內茲公國之間，我的良心實在過意不去。

「真的不能告訴任何人你的事嗎？」

「我應該交代過你要三緘其口。」

「我覺得不妨告知樞機主教殿下，如果她知道你正在做什麼，或許可以在某些方面提供協助。」

但男孩不發一語，自顧自朝桌面伸出手，掀開了放在邊角的木盒。看來他又不想回答了。

盒子內裝滿了鼠尾草茶葉，那是幾天前賽德瑞克皇子送來的禮物。

「你連碰都沒碰。」

「聽說那是很珍貴的茶葉，所以我打算分給宮裡其他人嘗嘗。」

聽到我說反正一個人也喝不完，男孩微微皺起眉頭。

「你要不要也帶一點走？」

沒想到那雙橙色眼眸反而透出了不滿。我這才想到他可能早就口渴了，於是拿來水瓶和空杯，倒了一杯水給他。

「你有好好吃飯吧？乖乖吃飯才會長高喔，像哥哥這樣。」

「……」

不知道他的沉默是打算無視我，還是純粹不想回答。

鼠尾草茶葉盒旁邊擺了一整碗的果醬餅乾，我抓了一把，用乾淨的手帕包起來。

「這給你低血糖的時候吃。」

這些果醬餅乾是加奈艾一塊一塊用紙片包好放在這裡，方便我隨時都能享用美味的點心。

男孩從我手中收下那包甜點，表情有點奇怪。

「咦？」

就在這時，他身邊飄出了一點一點的金色光團，看起來就像一群飛舞的螢火蟲。

我立刻慌張地解除聖所，心猛然下沉。怎麼會這樣，我是不是搞砸了？

「我該走了。」

不過當事人好像不覺得有什麼問題。男孩一言不發地起身往外走，逕自打開落地窗，俐落地跳上欄杆，整個過程悄然無聲。

如果不是親眼看著他移動，根本無法察覺這番動靜，我連忙追到陽臺前。

「如果我們還會再見面，你至少要先告訴我名字再走吧。」

男孩轉過頭，直勾勾地俯視著我。從這個角度仰望他的臉，總覺得他整個人的氛圍都不同了。染上粼粼月光的漆黑髮絲與群星交織，在那片觸不可及的夜幕映襯下，他的橙色眼眸火紅鮮明，彷彿冉冉升起的旭日。

我們四目交接，就這樣對望了好一段時間。

「……賽迪。」

最後，男孩拋下回答，縱身躍入黑暗之中。

隔天一大早，我就被拉到了朱利耶宮的正門前。迎接我的是侍從們鬧哄哄的喧嘩聲，還有一輛裝滿了不知道什麼東西的大馬車。

「這些是什麼？」

「這是賽德瑞克皇子殿下賞賜的禮物，殿下表示，為了慰問朱利耶宮侍從的辛勞，他要送給每人一盒珍貴的茶葉。」

班傑明為我說明，嘴角帶著淺笑。我看向加奈艾手中的小盒子，尺寸約莫是我收到那只茶葉盒的十分之一。盒蓋打開後，有一股清涼且獨特、隱約類似薄荷的香氣撲鼻而來，似乎又是鼠尾草茶。

「看來他最近迷上鼠尾草茶了。」

我的自言自語逗得加奈艾哈哈大笑。

聽說人要是突然做一些反常的事，那離死期也不遠了。不過皇子是男主角，應該不太可能隨便死掉，於是我決定窩回床上去。

能看到大家這樣聚在一起說說笑笑，感覺真不錯呢。

CHAPTER 06

公爵家疑雲

「賽德瑞克．李斯特！你敢再弄斷我的劍試試看！」

皇室禁衛副隊長——伊莉莎白．穆特追在一位男子身後，大聲吼著。

羅米洛宮作為皇子的居所，走廊中的侍從和護衛人數比朱利耶宮要多出一倍以上。然而，聽見副隊長肆意喊出皇子的全名，卻沒有半個人感到震驚，只是低下頭，臉上一副習以為常的神情。

「你怎麼不到處去炫耀一下自己的以太多到滿出來啊？」

伊莉莎白會這樣發洩忍耐已久的怒火也合乎情理，畢竟皇子的身體狀況最近有了明顯好轉。

皇子因為無法控制「力量」，最近常在對練過程中打斷對手的劍，或是燒壞對方的衣服。比起過去因以太枯竭而病懨懨的樣子，這可說是相當正向的變化。

然而，伊莉莎白只要想到自己斷成五截的劍，還有五六件袖子被燎黑的制服，就實在笑不出來。

「大衛，咖啡。」

「馬上為您準備，殿下。」

「麻煩給我果汁。」

「是，準伯爵大人。」

皇子沒有理會好友的抱怨，只是叫來侍從大衛．卡普頌準備咖啡，伊莉莎白只好先暫停，迅速加點自己要喝的飲料。反正賽德瑞克也不可能好好道歉或好好回話，但至少他的侍從會送上涼爽又好喝的果汁。

兩人隨意地坐在皇子的會客室內。

「葉瑟王子閣下昨天問我知不知道告解室內的木窗破了，還說鈴繩也斷了。」

「……」

卡普頌送來的鳳梨汁，伊莉莎白一口氣就喝掉了半杯。她脫下外套，擦掉對練時額頭和後頸流出的汗。整齊的橄欖色頭髮被撥弄得亂七八糟，不過她和皇子都不在意。

「我只好說因為這間神殿歷史悠久，我還以為木窗原本就這麼破舊，所以正打算申請修繕之類的。你知道我不會說謊吧？我的表情一定很明顯，王子閣下卻輕輕帶過，沒有深究。」

那雙灰眼憤憤瞪著皇子，但男人依然面無表情。

「我不想再對閣下說謊了，你好自為之。」

葉瑟王子性情溫和，也善於傾聽，和外面盛傳的形象完全不同。明明是靠對話就可以商量的事，沒想到皇子居然選擇丟匕首威脅，伊莉莎白實在無言以對。

雖然她早就知道皇子不是那種會忍氣吞聲的性格，但萬萬沒料到，他都落得那副模樣了，還不願意收斂一下脾氣。

「乾脆直接坦白不是比較好嗎？而且你還每天都要找他幫忙。」

「不是每天。」

男人終於開口了，橙色雙眼透著不悅。

「怎麼，傷到自尊了？你也真是……」

伊莉莎白嘖了一聲，又拿起果汁杯猛灌。賽德瑞克則陷入沉思，一口咖啡也沒喝。

向葉瑟王子坦白自身處境這種事，打從一開始就不在他的考慮範圍內。

身為帝國皇子，若是順利訂婚，他就能以「政治伴侶」的家族勢力作為後盾，一舉登上皇儲之位。所以他的身體狀況事關帝國機密，怎麼可能透露給他國「質子」？

即便葉瑟王子本人正受到神國追殺，如今孤身寄居帝國，他仍然不能冒這個險。只是……

「公國有些可疑。」

「哪裡可疑？」

伊莉莎白將空杯放回茶几上。大概是察覺到皇子並非刻意轉移話題，她也壓低了音量。

「我將神獸一路引到皇都與薩爾內茲領的邊界，牠們卻無法感應到神器的方位。」

「……必須更靠近領主城堡才行嗎？」

賽德瑞克沒有回答，只是靜靜側頭思索。

正如葉瑟王子所說，有關神獸的紀錄或情報並不多。即使翻遍皇室書庫最機密的藏書區，他依然沒有太大的收穫。

不過，只有一點肯定不會錯——神獸能從遠處感應到神器的能量，並且會本能地受其吸引，前往神器所在之地。所以神獸又被稱為「主神使者」，是上天為了守護神器而降下的神聖之獸。

也就是說，由薩爾內茲公爵家世代守護的神器——「滄海之祝福」，理應散發出吸引神獸靠近的能量。然而那些小小的神獸即使來到公國領土，也沒有任何特殊反應，只是自顧自地在皇子腳邊打轉。

原本以為只要把神獸放出去，牠們就會循著能量自行找到神器，所以賽德瑞克當下便直接折返回皇都。可是直到抵達皇宮，那些神獸依舊寸步不離地跟在他身後。

這下，事情變得棘手了。

「那件神器該不會也被偷了吧？」伊莉莎白神情凝重地低喃，想起不久前在邊境神殿鬧得滿城風雲的竊案。「或是出現了盯上神器的怪盜。」

「無稽之談。」

皇子打斷了準伯爵的異想天開，語氣近乎嘆息。

目前就姑且照伊莉莎白所說的，先把那些神獸帶到接近薩爾內茲領主城堡的地方再說。也許那群神獸只是比想像中還要遲鈍，非得把神器放到牠們鼻尖下才知道該怎麼做。

至於「神器已經失蹤」這種假設，不過是臆測而已——不，必須是臆測才行。

「我需要那件神器。」

賽德瑞克的語氣不容置疑。聞言，伊莉莎白沉默地點頭。

與薩爾內茲公爵家族訂下婚約，對賽德瑞克有莫大的幫助，尤其是，據說公爵會將家族守護的神器送給皇子作為訂婚賀禮。無論是針對皇子的慢性以太枯竭，還是無法控制的「力量」，滄海之祝福都會是解決問題的理想寶物。

「不過，使用神力的感覺很不錯吧？聽說那是一種解放的感覺，無比自由、無拘無束。」賽德瑞克冷哼一聲。

確實，從王子身上獲得以太後，這是他有生以來第一次得以盡情施展自己的力量，若要說不喜歡，那肯定是謊話。但他也不屑為了享受這種體驗就去自找麻煩。

畢竟那股「力量」不過是轉瞬即逝的小把戲，等到他與克莉絲朵．德．薩爾內茲締結婚約後便會消散。

皇子再次叫來侍從，吩咐撤下那杯已經冷掉的咖啡，重新點了一杯鼠尾草茶。

「那麼，我要開動了。」

「我叮囑過廚房了，你多吃一點。」

我不好意思地笑了笑，確認波帝埃樞機主教拿起刀叉後，我也一把抓起餐具。

午餐菜色真是極致夢幻。沒想到被位高權重的大人物親自指導，竟然還有這種福利。我像打掃一樣在她辦公室地板上滾來滾去的努力，全都值得了。

「如果你還想見一見聖騎士，我可以為你聯繫教廷。」

樞機主教切著烤得香嫩的蘆筍，一邊對我說道。我正在努力咀嚼鴨肉，聽到這句話才猛然抬起頭。

「雖然那孩子也是聖騎士，但你們應該沒有機會好好聊一聊。」

這裡說的「那孩子」，指的是彼得——那個想取我小命的雙胞胎刺客之一。辛基是神官，而彼得是聖騎士。

今天的課程快結束時，我問了樞機主教一些關於聖騎士的問題，她現在應該是在繼續那個話題。

「是啊，不過我大概猜得到那傢伙的能力，是『風』吧？」

「沒錯。」樞機主教回答道。

我想起不久前才學到的內容。神官擁有最純粹型態的「主神權能」以太，但聖騎士不同，他們是將以太轉換成四種特殊型態來使用。

聽到有四種型態時，我就猜到《辭異女》作者是把水、火、風、土這四個屬性套用在聖騎士的設定上，靈感應該是來自四元素說[12]。

既然彼得的刺殺手法是讓我窒息，他的能力肯定就是「風」了。

「也不用特地安排聖騎士來見我，人生那麼長，說不定哪天就有機會遇到一位了，對吧？」

「嗯，你說得沒錯。」

聽到我這麼說，樞機主教微微一笑，垂下視線繼續用餐。

我拿起麵包沾著白酒淡菜鍋的醬汁，心中千頭萬緒。據說聖騎士從出生至死亡，一輩子只會擁有一種屬性的特殊以太，而平時的以太消耗量，還會受實力差距影響而天差地遠。

我不由得想起昨晚溜進我房裡的那個男孩，在我又一次問他到底是神官還是聖騎士的時候，賽迪只是沉默不語。

「殿下，聖騎士或神官使用神力的時候，會常常將以太用到枯竭嗎？」

「對神官來說，這種情形很少見。」樞機主教斬釘截鐵地回答。「除非是過度使用治癒力，否則神官幾乎很少將以太消耗到見底。」

「原來如此。」

「嗯，當然也有像王子這樣的例外。」

「哈哈哈……」

我才沒有用太多以太，而是不知道被誰家的兒子偷走了。

「但聖騎士則不同，特殊以太的存在本身就會一點一滴消耗神力，當以太具現於體外時，對神

12 四元素說（Four Basic Elements），出自古希臘自然哲學，主張土（earth）、水（water）、風（air）、火（fire）是構成世界上所有物質的基本元素。

力的負擔也更大。再加上守護神官是聖騎士的職責，更是需要頻繁動用力量，負擔只多不少。」

樞機主教雙眉輕蹙，露出略顯慚愧的笑容。

「聖騎士和神官之所以結伴同行，就是基於穩定補充以太的需求。」

也就是能源效率不怎麼好的意思吧。像我們這種神官可以直接運用純粹的以太，倒是沒什麼差別。但聖騎士不一樣，他們必須先將以太轉換成水或火之類的具體型態才能使用，投入的資源可是足足多上一倍。

我繼續拋出問題：「殿下，據我所知，只有在神國才會誕生聖騎士。」

這也是我無法一口咬定賽迪是聖騎士的原因，畢竟這裡可是李斯特帝國心臟地帶的皇都，距離神國有十萬八千里遠。

「我不清楚實際狀況是不是這樣，但書上是這麼寫的：『在大陸上的任何角落都能聽聞神官降生的啼哭，此乃主神對人類的垂顧。然而，僅有在屬於神的土地上，才能目睹聖騎士迎接生命的第一道曙光……』」

「『因為聖騎士必須用生命捍衛主神』。」

樞機主教輕聲補上後面的文字，目光與我交會時，彷彿籠上一層神祕的光影。

——叩叩。

「進來。」

我原本愣愣地望著樞機主教的雙眼，這才回過神來。我轉頭看去，只見樞機主教的侍從走進了餐廳。

「殿下、王子閣下，很抱歉打擾兩位用餐。」

「沒關係，有什麼事嗎？」

「女皇陛下送來春季舞會的邀請函，我接到皇命便立刻前來轉達。」

「原來如此，已經到了這個時節啦，謝謝妳。」

啊，終於來了。雖然我完全不打算出席，心跳卻還是加快了。

女皇明知我在樞機主教這裡，還刻意挑現在送邀請函過來，這件事本身就足夠令我不安了。

就在樞機主教拆邀請函時，侍從竟端著銀盤向我走來，托盤中央安靜躺著另外兩只信封。

「這是給王子的邀請函，還有來自薩爾內茲公爵夫人的信。」

「什麼？」我正盯著櫻桃色封蠟上的女皇紋章，突然有些懷疑自己的耳朵。「給我的信？」

「是，上面寫著『致高貴的葉瑟·威涅諦安王子閣下』。」

「那位公爵夫人為什麼要寫信給我……」

侍從娜塔麗一臉為難，像是在說「我怎麼會知道」。

我勉強挪動不情願的手，拿起了另一只信封。也許是因為「薩爾內茲」這個主角姓氏，這封信顯得格外沉重。

「薩爾內茲公爵夫人現在應該到皇宮了吧，這封信是剛剛送來的嗎？」波帝埃樞機主教向娜塔麗問道。

「是的，公爵夫人帶著克莉絲朵女爵前去覲見女皇陛下，順道將這封信託給了侍從長。」

我瞥見樞機主教點了點頭，一副事不關己的態度，於是又垂眸望向手中的信封——「伊莎貝爾·德·薩爾內茲公爵夫人」的署名格外清晰。既然是指名道姓把這封信送來給我，這次就很難刻意迴避或裝作不知道了。

更讓我不安的，是克莉絲朵的存在。只要一想到她現在與我身處同一座皇宮，甚至近在咫尺，恐懼便攫住我的胸口。

「真好奇她寫了些什麼呢。」

我攤開信封中摺得整整齊齊的信紙，如果只是單純的問候該有多好。

「天氣真好，很適合散步吧？」

歐蕾利．波帝埃樞機主教溫柔地問候，卻沒有得到回應。

她今天來到羅米洛宮後院，並不是為了和心愛的教子一起散步。但既然都已經來了，又有什麼理由不享受一下這難得的時光呢？

她側頭看向走在身旁的皇子，他雖然沉默不語，卻亦步亦趨地陪伴著她。兩人並沒有帶任何的侍從隨行，園丁也知道這是皇子的散步時間，早已事先迴避。

「這邊請。」

沉默良久的青年終於開口，領著樞機主教來到後院深處的空曠角落。這裡的灌木叢修剪得相當整齊，頂端大概與樞機主教等高，果然很適合藏匿東西。

「還有誰知道牠們在這裡？」

「陛下知道，我也向卡普頌提過。」

「真難想像，到現在居然僅有四人知道。」

「您看過就能理解了。」

樞機主教藏在單邊眼鏡下的米色眼眸閃過一絲興味，雖然她如今已邁入中年，卻也是頭一次親眼見到神獸。

先前確實偶有聽過，神國的樞機主教或其他地區的主教曾目擊神獸現身的消息，但那些從未與自己有關。畢竟她所身處的皇宮中，並沒有足以吸引神獸前來守護的神器。就算放眼整座遼闊的帝國疆土，也僅有區區四件神器而已。

「教母，請您往後退。」

賽德瑞克低聲提醒，樞機主教依言退後幾步。皇子確認四下無人後，穩穩脫去左手上的黑色手套。

——噠！

伴隨著輕脆的彈指聲，一簇鮮明的橙色火焰在賽德瑞克的指尖綻放。

歐蕾利．波帝埃靜靜屏住呼吸，不論見過多少次，這孩子的力量都美得耀眼奪目。雖然很清楚他本人並不這麼想，但樞機主教始終堅信，這份力量並非詛咒，而是神所賜予的祝福。從很久以前開始，她便如此深信不疑。

——轟！

賽德瑞克俐落地一揮手臂，只見原本花蕾大小的火苗，瞬間展開成巨扇般的烈焰，紛紛落向地面。

——沙沙……

赤紅火花飛濺在清新的春日草地上，下一瞬竟泛出金色光芒。

樞機主教興致盎然地觀察眼前的光景，那絕對不是尋常現象。翠綠的植被並沒有在火焰的高溫下焦枯，反倒有如被點燃了生機，在空中綻放出一團團鮮黃光球。乍看之下，彷彿一叢叢開放的迎春花。

那些沉睡之物，似乎對皇子的以太產生反應，一團團從他腳下甦醒萌生。

「嘰！」

「嗯……？」

其中一團光球發出了與「神獸」這種偉大名號完全不相稱的聲音。

樞機主教疑惑地望向皇子，賽德瑞克只是沉默以對。

「嘰呀！」

「賽迪？」

第二團光球也發出了類似的聲音，不知所措的樞機主教喚了皇子的乳名。

「牠們不咬人。」

「我不是這個意思……」

歐蕾利．波帝埃瞠目結舌地見證神聖的守護者現世。那兩團光球不再發光，漸漸改變了外觀，在轉眼間化為完整的動物形體。

光暈退去後，輪廓逐漸清晰。

「嘰咿！」

「嘰！」

黑色的四條短腿、紅棕色的軀幹，嬌小的身體後方，有著比例恰到好處的圓滾滾尾巴。鼻頭和耳尖像沾了糖粉一樣潔白，雙眼如同鑲嵌了黑豆般烏黑圓亮。整體而言給人毛茸茸的可愛印象。

「天啊。」

「……」

雖然樞機主教也沒有期待神獸會是龍或者獅鷲，但這種造型也太出乎意料了。

兩隻玩偶……不對，兩隻神獸似乎很喜歡喚醒牠們的賽德瑞克，活潑地在他腳邊打轉，態度十分親暱。青年的長靴上很快便蓋滿了小小的泥土腳印。

「真沒想到，牠們竟是如此……惹人憐愛的孩子。」

說著，樞機主教彎下腰觀察，拉近與野獸之間的距離。

年輕時，她曾陪同女皇踏遍帝國所有角落，卻從未見過這樣的生物。始料未及的情況讓樞機主教忍不住笑出聲來。

這些小傢伙突然在羅米洛宮後院現身，驚擾了皇子；雖然怕火，卻又亦步亦趨黏著他；土屬性能力使得所到之處花草萌生……留下種種不尋常事蹟的神獸，沒想到竟然是如此嬌小可愛的生物。

「你今晚是不是要帶牠們去薩爾內茲領主城堡？稍早伊莉莎白是這麼告訴我的。」

樞機主教直起身詢問，卻發現皇子的神情不太對勁，那張俊美的臉龐上一層陰影。

「……少了一隻。」

「什麼？」

才剛從驚奇中恢復平靜的樞機主教，臉色再度一變。

三隻神獸中，最小的那隻不見了。賽德瑞克．李斯特的目光略顯複雜，抬眼望向前方不遠處那棟建築。

朱利耶宮一如往常，看上去平靜無波。

「所以說，這封信的主旨，是希望我們能找個時間見面的意思吧？」

原本靜靜坐著的我，不死心地開口詢問，班傑明聽完後點了點頭。

他正在讀伊莎貝爾．德．薩爾內茲公爵夫人的來信，也就是那封在我和樞機主教共進午餐時，由侍從轉交的信。

我因為太過在意信件內容，一直待在房間裡，連告解聖事都沒心力去處理。

「只從文字上來看，並沒有什麼特別之處。一開始問候您，接著表示能否找個適當的時間和王子閣下單獨見面。大概就是這樣。」

我輕輕呼出一口氣。雖然我讀完也是這麼想，但又擔心帝國貴族之間是不是有什麼只有他們才懂的暗語，才會把信交給班傑明過目。幸好班傑明也沒有在信中發現暗藏的含意，看來只是一封平鋪直敘的書信。

「可是她為什麼會突然來套交情，其他貴族都沒有寫信給我吧？」

聽到我這麼說，站在班傑明身邊的加奈艾瞪大金色雙眼，連忙搖頭。

「王子閣下，其實有非常非常多寫給您的私人信件，只是陛下……」

「加奈艾。」

班傑明截斷了他的下半句話，少年迅速閉上嘴。看來這段時間有不少貴族寫信給我，都被女皇攔截了。

「我很抱歉，王子閣下。」

「請閣下恕罪。」

「沒關係、沒關係，皇室會這麼做也不奇怪。」

畢竟這座皇宮既不是真的度假村，我也不是什麼悠閒長住的旅客。儘管生活就像人間仙境，每天只需要讀書、散步、吃點心，但無論如何，我的身分終究是質子，女皇當然不願讓帝國的高官貴族隨便接近我。

而且我也樂見其成，對於想盡辦法遠離社交界的我而言，女皇的干涉反而是種體貼。

「那伊莎貝爾．德．薩爾內茲公爵夫人是如何……啊，聽說這封信是透過侍從長送來給我的。」

「既然能透過侍從長傳遞書信，就代表公爵夫人已經獲得陛下的默許。薩爾內茲公爵是陛下的忠臣，這也算合情合理。」

也就是說，薩爾內茲公爵家深得女皇信任，甚至放心讓他們與他國質子通信。

這麼說來，我在穿越前就知道克莉絲朵．德．薩爾內茲和賽德瑞克皇子早晚會定下婚約了。畢竟恩瑞常常碎念「換成是我，早就解除婚約了」，所以我印象很深刻。

雖然目前還沒有正式宣布，但皇室和公爵家應該早就在討論婚事了。考慮到女皇和公爵的交情本來就不錯，兩方又預計要成為親家，女皇會這麼信任公爵家也不奇怪。

「既然如此，那應該可以不理會吧。」

我把公爵夫人的信推到桌面邊角，既然內容沒有不對勁的地方，就沒必要想太多了。

「如果公爵夫人前來求見，就算陛下不阻止，也請班傑明幫忙擋下來，就說我身體不適吧。」

「王子閣下？」

「我不想和薩爾內茲公爵這樣的權貴家族有任何瓜葛，就像我在第一天說過的，我只想過寧靜的生活。」

我笑著再次強調，班傑明有些不情願地點了點頭。

身體不舒服這種藉口如果太常用就沒人相信了，所以我一直保留著，等待正確時機，現在正好拿來避開和公爵夫人見面。

班傑明敏銳地察覺到話題已經告一段落，於是動手為我見底的茶杯重新倒滿香茅茶。

「加奈艾，那本是什麼書？」

「啊，我依照您的需求，找來了附上插圖和地圖的書。」

少年露出燦爛的笑容，將書捧到我面前。那頭湛藍髮絲，就像陽臺外的春日晴空般澄澈。

「這麼厚一定很重吧，辛苦你了，謝謝。」

「嘿嘿，沒什麼啦。」

我接過書，放了一塊超級大的克拉芙緹[13]在他手上。

等到加奈艾咬下一口櫻桃派，我才翻開這本精裝書，映入眼簾的第一頁就是一幅跨頁大地圖。

「是帝國神器的位置圖呢。」

「是啊，我本來就對神器很好奇，之前又聽到神殿的竊案，就更想深入了解了。」

面對班傑明帶著探詢的語氣，我連忙拋出解釋。反正這麼說有一半是對的，我確實想知道那座邊境神殿位在哪裡，不過今天特定找這本書出來，其實有另一個原因——我想知道小賽迪要帶神獸去的地方在哪裡。

雖然他本人堅持自己沒問題，但看到這麼小的孩子三更半夜獨自外出，誰能不擔心啊？

「薩爾內茲領地緊鄰著皇都呢。」

「沒錯，只要越過皇都西側邊界，就是薩爾內茲領地，必須再深入一點才會抵達領主城堡。」

班傑明如此回答。

所以皇都和薩爾內茲領地的相對位置，就類似首爾和京畿道富川的感覺吧。

我仔細研究著旁邊那幅精美的插畫，底下的說明文字標示著「薩爾內茲」。

「這就是由薩爾內茲公爵家保管的那件神器吧。」

13 克拉芙緹（Clafoutis），一種非常經典的法式家常櫻桃派。

「沒錯，是『滄海之祝福』。」

「從這裡騎馬到薩爾內茲，大概要花多久時間呢？」

「從皇宮出發的話……就算選最長的路線，也能在兩個小時內抵達。」

我的指尖順著地圖，從皇都到薩爾內茲，畫出了一條筆直的路線。

記憶這種東西還真是神奇，記得穿書的第一天，我為了把自己知道的情報先寫進記事本，還絞盡腦汁抱頭回想。那時對於《辭職後成為異世界女爵》的封面，腦中只浮現了兩位主角的模糊形象，衣物和飾品之類的細節全都想不起來。

明明原先是這樣……但是，當我一看到書頁上這顆用藍色絲線繡出的寶石，塵封在記憶裡的畫面就突然清晰起來。我想起封面上的皇子左手拿著一條嵌著巨大藍寶石的項鍊，右手摟著朝項鍊伸出手的克莉絲朵腰部。

謎底揭曉，甚至根本不用懷疑，既然寶石重要到會出現在小說封面上，那本尊就是公爵家賭上名譽守護的神器也不奇怪。

「如果做成項鍊應該很美吧。」我不自覺地喃喃自語。

「嘰咿！」

「……鳥叫聲？」

突如其來的聲響打斷了思緒，我茫然地抬頭望去。

為了享受春風，這段時間我都讓房間陽臺的落地窗保持敞開。那陣奇怪的聲音就是從陽臺方向傳來，各種猜測瞬間塞滿了我的腦袋。

我會不會輕忽了宮殿後面的那座山？說不定那裡有類似澳洲特產的大型昆蟲出沒，現在就爬上了我的陽臺。

「王子閣下，快來看看！」

最先來到陽臺的加奈艾，用興奮的語氣呼喚我。緊隨其後的班傑明似乎也看到了什麼，他頓住腳步，臉上浮現訝異。

我緊張地吞下一口唾沫，這才從座位上起身。既然沒人阻止我過去，應該不是什麼會造成視覺衝擊的東西吧。

「怎麼了？」

我越過有如被釘在原地的班傑明，發現一株藤蔓正沿著陽臺欄杆攀爬而上。

「天啊……」

簡直就像在看藤蔓生長縮時攝影的自然紀錄片，一片片手掌形狀的小巧藤葉，以肉眼可見的速度在陽臺各處冒出來。緊接著——

「嘰咿！」

伴隨著雄赳赳的叫聲，一隻小動物順著藤蔓爬上陽臺，彷彿在宣告終於輪到牠登場了。

居然是小熊貓！這部小說也太瘋狂了……

「嘰！」

「小熊……」

「這是魔獸嗎？」

我原本想說「小熊貓怎麼會出現在這裡」，聽見加奈艾的疑問後，立刻決定先閉上嘴。連一向處變不驚的班傑明也明顯大受震撼，總覺得這種氣氛不太對勁，就好像……

「我還是生平第一次見到這種外型的生物。」

他們的反應，就像這個世界根本不存在小熊貓一樣。

「嘰嗚！」

那隻小熊貓發出意義不明的可愛叫聲，跳下藤蔓朝我走來。

我下意識展開聖所，一座寬廣的金色圓陣瞬間出現，溫暖地圈住我們三人。

「你們兩個都先不要動。」

「是，王子閣下。」

我順手抓起旁邊桌上的水瓶。據說魔獸懼怕水和火，萬一情況不妙，就先拿水潑牠吧。不過，這隻真的是魔獸嗎？《辭異女》把小熊貓設定成魔獸？

「嘰咿！」

小熊貓發現我的聖所後，猛然用後腳直立起來，前肢亂揮，擺出威嚇的動作朝我步步逼近。那張紅棕色小臉上，除了兩頰的雪白斑紋，還有一對努力表現出凶猛的白眉毛，要瘋了……簡直可愛到爆擊心臟。

「真的好可愛哦……」我口中無意識冒出這句話。

就在這時，小熊貓竟然毫不畏懼地踏進環內。牠四肢著地，仔細觀察照亮地面的聖所、聞了聞味道，接著抬起一隻小爪子踩住陣紋，下一秒……

——沙沙……

只聽一陣彷彿風吹過草木的聲音響起，小熊貓每一步踏下的地方，都有一叢小草或野花萌生綻放。

「天啊……」

「主神在上，誠摯地感謝您……」

加奈艾發出驚嘆，一旁則傳來班傑明呻吟般的喃喃祝禱，直到此時，我才明白這隻小熊貓並不是魔獸。

我再次環顧陽臺，那些爬上陽臺的藤蔓不知不覺蔓延進欄杆內側，舉目所及都長滿了茂盛的植物。

「呼嚕嚕嚕。」

一分神，小熊貓已經來到環的中央，正抬頭仰望我。那模樣，就像遇上勢均力敵的對手，又或是發現極其可口的獵物，竟然再次直立起身。

不知道是不是很難維持平衡，牠將前腳搭在我的膝蓋上，然後張開小嘴，似乎是在進行威嚇。可是那個表情怎麼看都像在笑，讓我也忍不住失笑。

這種姿勢配上這種眼神，總覺得有點像在討食。

「這隻應該是神獸吧。」

加奈艾聽到我這麼說，立刻閉上眼睛開始祈禱。而我慢慢將水瓶放回桌上，從旁邊的果盤中捏起一塊柳橙，彎下腰遞到小熊貓面前。

小熊貓聞了聞，隨即一口咬下柳橙，整塊塞進嘴裡細細咀嚼。

「真會吃，再多給你一些嗎？」

「呼嚕嚕嚕！」

我伸出另一隻手，小心翼翼地輕撫小熊貓的額頭，牠完全沒有反抗。我馬上遞出第二塊柳橙，牠大快朵頤的樣子簡直可愛得要命。

「牠好像沒有攻擊人的意思。或許就因為是神獸，才會對人類這麼親近。」

我笑著輕點小熊貓的鼻尖，怎麼看都只是隻很會撒嬌的小熊貓嘛，完全沒有神獸的威嚴。

依照我學到的世界觀，水、火、風、土這四種屬性的神聖力量，就只有聖騎士和神獸能夠操控，魔法師和魔獸則完全被排除在外。

所以說，這隻能任意讓花草生長的小熊貓，肯定是擁有土屬性神聖力量的神獸。看來也就是賽迪口中「藏在皇宮裡，白天會陷入沉睡」的那三隻神獸之一。

不過牠怎麼會在這個時間醒來？剩下的兩隻呢？

「王子閣下果然是真正高貴之人。」

這時，班傑明的聲音把我拉出了思緒。他讚嘆的目光讓我有點難為情，畢竟我只是在餵食野生動物而已。

「據說，若一位神官的以太純淨且充盈，便會使周遭之人夜夜好夢、身體康健。我們也是透過您才得以親身體會，沒想到就連神獸也受您吸引而來……」

我聽得目瞪口呆。我一直以為他們說的天天做美夢只是一種奉承，一時震驚到說不出話來，慢了一拍才注意到班傑明的眼角泛著濕意。

我居然是人形捕夢網……

「呃……嗯，原來如此。」

「那、那我們是不是應該將這隻神獸、神獸大人，恭送到神器所在的地方？」加奈艾結結巴巴地開口詢問。

雖然神獸的相關資料很少，但看來「只要神獸現身，就必須帶牠去找神器」是所有人都知道的常識。

「這樣就需要擁有神力的人出面才行，可是樞機主教殿下無法離開陛下身邊，我也不能擅自行動。」我立刻打消他的念頭。

無論是從出現的地點還是能力本身來看，這隻小熊貓明顯就是賽迪負責照顧的神獸之一。雖說我也不是百分之百信任那小鬼，但畢竟都答應在解決神獸問題前和他暫時合作了，在沒有商量的情況下擅自把神獸帶出皇宮，這樣實在不太好。

而且，搞不好是賽迪出了什麼事，才會弄丟了一隻小熊貓。

「嚶嚶。」

「沒事的，沒關係。」

可能是感受到我心裡的不安，小熊貓發出了嗚咽的叫聲。我小心地摸摸那對積雪般的白色三角耳朵，安撫著牠。

「要給你一點以太嗎？」

小熊貓圓圓的黑眼睛閃著好奇的光芒，我緩慢地移動腳步，目光卻沒從小熊貓身上移開，觀察牠是否會跟上。

等我坐回椅子上，便一口氣收回環，跟過來的小熊貓嚇得猛然直立起身，有夠可愛！

「牠看起來像是餓了，而且說不定有其他同伴也跟來了，就暫時由我照顧牠一天吧，請先別呈報給陛下知道。」

意外的是，班傑明竟然沒有反對，就這樣默默點頭同意了。也許他也想和難得一見的神獸多相處一段時間。

「那我去拿一些神獸大人會用到的東西過來，像是碗或坐墊之類的，我還會準備很多很多的水果！」

加奈艾興奮地說完，一溜煙地跑出房間。

雖然不清楚小熊貓會不會喜歡蓬鬆柔軟的坐墊，但考慮到牠從剛剛到現在的表現，就覺得這隻小傢伙應該什麼都不討厭。

「那麼，我也去檢查一下陽臺那邊的藤蔓狀況，說不定得找園丁來處理。」

說完，班傑明也接著離開了，這時我才長嘆一口氣。

總之，現在勉強爭取到了一些時間，但如果今天晚上賽迪沒有來，明天我也別無選擇。到時候只能向女皇稟報實情，再尋求皇宮外面的神官幫忙了。

「你怎麼會跑到這裡來呢？」

我緩緩釋放以太，低頭問著小熊貓。小熊貓只是歪了歪頭，而後貼著我的小腿嗅來嗅去。

我拿起一顆櫻桃，摘掉蒂頭遞給小熊貓。牠把整顆櫻桃塞進嘴裡嚼的樣子，真是世界無敵可愛。

直到此時此刻我才總算理解，為什麼恩瑞會每天黏在 YouTube 上看那些動物影片。

「小說裡好像沒有提到小熊貓耶。」

如果這些小可愛有出現在《辭職後成為異世界女爵》的原作裡，恩瑞肯定早就用各種方式向我和哥哥推銷了。不，應該說封面上根本不可能只放男女主角。

只要網路小說有可愛寵物登場，絕對會千方百計讓牠出現在封面上，這不是業界規則嗎？像小熊貓這種可愛等級的吉祥物，作者應該不至於白白浪費掉曝光機會吧？

——叩叩。

就在這時，房間門口傳來敲門聲。我餵了一片蘋果給小熊貓，一邊回應道：「請進。」

「王子閣下，伊莉莎白爵士來訪。」

班傑明打開房門，語氣聽起來有些為難。

我整個人僵住，轉頭望了班傑明一眼，再慢慢垂下視線，與小熊貓四目相對。我光顧著沉迷於這傢伙的可愛攻勢，根本沒想到會有人來找我，這下該怎麼辦？

「葉瑟王子閣下，請容我向您說明有關神獸在朱利耶宮出沒的事情。」

看來我是白緊張了，聽著伊莉莎白爵士娓娓道來的說明，我意識到自己的擔憂根本落後了好幾步。

「也就是說，陛下已經知道我這裡有隻神獸了。」

「對，沒錯，就是這樣。」

伊莉莎白爵士今天的話似乎有點多。我可以理解，春季舞會近在眼前，進出皇宮的貴族越來越多，這段時間禁衛隊應該忙得不可開交。

「您是說有園丁目擊到了神獸？」

「對，他說……下午他到花園查看花卉情況時，發現有隻神獸爬上了朱利耶宮的外牆。」

伊莉莎白爵士目光放空地看著地毯上的小熊貓，語氣平板得有如機器語音。說完，她端起冰涼的迷迭香茶大口猛灌，像是突然渴得不得了。

也對啦，班傑明說陽臺上的藤蔓和成年男子的手臂一樣粗，瞬間長出這麼一大片綠色植物，很難不引人注目。

而罪魁禍首正忙著在我腳邊打轉，意圖敲詐更多零食，於是我遞給牠一顆草莓。甜甜的東西大概正合牠意，只見小熊貓的腳爪前立刻綻放出一朵小小的蒲公英。

「那麼，我該照顧牠到什麼時候？陛下會另外請神官來嗎？」

沒想到居然天外飛來臨時保母的工作，我一邊這麼想，一邊抬頭看向伊莉莎白爵士。她那雙總是自信滿滿的灰色眼睛，不知為何有些無精打采。

「已經有神官……不是，對，我是說，聽說馬上就會找神官進宮了。」伊莉莎白爵士滔滔不絕地說道，「女皇下令，請您晚上將陽臺打開，好讓神獸隨時感應來自外頭的神力，確保牠能自由行動……自從上次暗殺未遂事件之後，皇宮中所有侍從皆已受過嚴密的身家調查，您可以不用擔心來自內部的威脅。」

這種處理方式非常理想。就算晚上賽迪來帶走小熊貓，我隔天也可以用「神獸大概是察覺到神力流動，所以自己離開朱利耶宮了」來當藉口。想到這裡，我不由得滿意地點頭。

看見我的反應，伊莉莎白爵士呼出一口氣，將那頭滑順短髮往後一撥。她抬手的動作，讓我注意到她制服外套袖口上那塊燻黑的痕跡。

「伊莉莎白爵士，您的衣服好像燒到了。」

「哦，這沒什麼。」

她咧嘴一笑，看起來莫名有點危險。

「我就該一刀刺下去，進監獄這種事……」

「咦？」

「閣下，您見過信鴿嗎？」

我剛剛好像聽見了什麼恐怖發言，還來不及細想，伊莉莎白爵士卻突然挺身坐直，兩隻眼睛直直盯著我。我一緊張，就不太記得她之前說了什麼，美女的影響力還真大。

「我是沒有親眼見過信鴿啦。」

「我去年曾前往北方掃蕩魔獸。」

「哦，這樣啊。」

等一下，為什麼話題又突然跳到這裡，她是怎麼了？

「沒想到討伐隊在半途遇上暴雪封路，根本接近不了那些傢伙的老巢。如果改道肯定會影響行程，但北方的魔獸災情又耽誤不起，我們最後只好硬著頭皮前進。我就這樣一邊威逼利誘部下，一邊和大家一起鏟雪……那時看著天空，腦中突然冒出一個念頭——我真的好討厭鏟雪，還不如去當那隻信鴿，只要負責傳遞消息就好。」

她的每一句話都深深觸動我的心。對於曾服役於大韓民國陸軍的我來說，實在太清楚那些從天而降的垃圾有多討人厭。

「但現在真的成為信鴿了……反而深深體悟到，還是當個鏟雪的伯爵家繼承人比較適合我。」

憐憫頓時湧上我的心頭。皇宮裡的工作到底是多忙多辛苦，才會讓人懷念當鏟雪機的時光？一般人哪會想回去鏟雪啊。

「伊莉莎白爵士是優秀的禁衛副隊長，將來退伍……不，我是說，等過一陣子再回頭看，這些辛苦就會成為喝茶下酒時的笑談了。」

說完，我還補上一句「我支持您」。伊莉莎白爵士的嘴角上揚，舉起了茶杯。

「為這句話乾杯。」

「你是今天要去薩爾內茲領主城堡，對吧？」

男孩默不作聲地點頭，算是回答了我的問題。

賽迪就像第一次來訪時那樣，在半夜悄無聲息地闖進我的房間，現在正瞪著一溜煙竄到槲櫟木抽屜櫃上的小熊貓。

我透過環緩緩將以太傳遞給男孩，藉此多問幾個問題。

「如果被發現，不會引起軒然大波嗎？假如你從明天開始就不過來了，我又該怎麼解釋？」

此時賽迪總算轉頭看向我，橙色眼眸散發出自信的光芒。

「若神獸在領主城堡感應到神器，從明天起我們就不需要見面了。」

「我的意思是，那有你說的這麼簡單嗎？」

我的語氣帶著些許責備。偷偷摸摸靠近薩爾內茲領主城堡，不但可能會被公爵的士兵抓起來，甚至當場擊殺都不奇怪，這小鬼卻一點都不怕。

不，與其說不怕，他表現得更像篤定不會發生這些情況。

「我從伊莉莎白爵士那裡聽說，陛下打算另外找其他神官進宮，難道不能直接交給他們來處理就好嗎？」

「……禁衛副隊長是這麼說明的嗎？」

男孩瞇起雙眼。莫名有種被審問的感覺，我猶豫了一下才開口。

「我問她是不是有這樣的計畫，她說對。」

賽迪冷笑一聲。男孩看起來既沒有要回答，也不打算改變主意，我便沒有再多說，只是轉頭看向抽屜櫃上的小熊貓。

見我朝牠遞出一塊葡萄柚果肉，小傢伙的鼻頭動了動，這才緩緩爬下櫃子，跳到地毯上。

「嘰！」

「乖孩子。」

小熊貓眼巴巴地湊過來，搖搖擺擺的蓬鬆尾巴就像一支胖嘟嘟的熱狗。牠輕輕嗅了嗅葡萄柚，然後一口吃進嘴裡，開始賣力嚼嚼嚼。

這孩子好像也喜歡略帶苦味的食物，真讓人意外。我看著牠腳下開出的一朵指頭大小的雞冠花，忍不住笑了出來。

「……你對牠做了什麼？」

就在這時，賽迪突然說了句莫名其妙的話。

我不太明白他的意思，只能默默看著他。只見男孩蹙起濃墨般的眉毛，眼底染上錯愕。

「神獸不用進食，牠們靠以太就足夠了。」

啊……是這樣嗎？

「我也不知道。我拿給牠，牠就吃下去了。」

我只好誠實地這麼說，又低頭去看腳邊的小小神獸。牠看起來對我們的談話內容完全不感興趣，全心全意咀嚼著葡萄柚。

「神獸也不可能全都一樣嘛，這孩子大概就是特別喜歡吃東西吧。」

「……」

「所以才會自己在白天醒過來嗎？」

明明是用相同的以太封印，卻只有牠醒過來，獨自在庭院裡晃來晃去，除了肚子餓還能有什麼其他原因？

更何況，聽說這孩子是三隻神獸中體型最小的一隻，所以很有可能是被其他兩隻排擠，無論是以太或其他什麼東西都吃得比較少。

這時，總算吃完那口葡萄柚的小熊貓，毛茸茸的腦袋抵著我的掌心，用臉頰來回磨蹭，任誰看了都會認為牠還想繼續吃。

「賽迪，你要不要也吃一點？」

男孩直接無視我。算了，也不是第一次被這小鬼的沒教養搞得啞口無言，我默默多遞幾塊葡萄柚給小熊貓。

於是，賽迪靠我供給的以太充電，小熊貓則靠我餵的水果填飽肚子，這樣的時光大概度過了十幾分鐘。

「萬一這些神獸到了領主城堡附近也感應不到神器，到時候該怎麼辦？」

「那就聽公爵家怎麼解釋吧。」

也就是說，「滄海之祝福」這件神器可能根本不在薩爾內茲公國。說出這番話的小鬼，眼神不容置疑。

賽迪經常散發出很難在同齡小孩身上見到的權威感，再加上這種只有小說裡才看得到的說話方式，他說不定真的是某家名門望族的貴公子。

「該出發了。」

不知不覺間，男孩身上又冒出了一顆顆不到指甲大的金色光團。我看著這些飄浮閃爍的小小以太球，明明已經不是第一次目睹，還是覺得很不可思議。

只要光團一出現，賽迪就會起身準備離開，俐落得就像幫充飽電的手機拔掉充電器。

「希望一切順利，以後就不用再見面了。」

我目送小鬼走向陽臺，朝著他的背影說道。對一個孩子來說，不用繼續在深夜四處遊蕩當然比較好。

賽迪雖然披著寬大厚重的斗篷，依然輕盈地一躍而起，站到了欄杆上。一旁的小熊貓似乎也察覺到離別的氣氛，牠動了動耳朵，搖搖晃晃地朝這邊跑來。

「……你不參加春季舞會？」

「嗯，我還要舉行告解聖事。雖然還是有收到邀請函就是了。」

我微微一笑，伸手輕揉小熊貓的耳朵。賽迪垂眸看了我一眼，隨即將左臂伸向天空。

這小鬼也要出席春季舞會嗎？

——噠！

隨著一聲清脆的彈響，火光驟然竄起。我嚇了一跳，什麼雜念都飛走了，抬頭望向少年的指尖。

「你……」

就在男孩的拇指及食指之間，一簇拳頭大小的火焰熊熊燃燒，充滿熱意的顏色就如同他那雙眼睛。

這是我第一次見識到賽迪的能力，說不定也會是最後一次。

照亮黑夜的融融火光美得令人屏息，我一時忘了自己要說的話，只是呆站在原地。

「呼嚕嚕嚕。」

最先對火焰做出反應的是小熊貓。牠以後腿支撐身體，猛然直立起來，伸長前肢抓住欄杆。

賽迪沒給予任何指令，小熊貓腳下卻迅速長出一根粗壯的樹枝。他之前說的「屬性契合」大概就是這個意思吧。

「火屬性比土屬性厲害嗎？」

「如你所見。」

雖然只有一點點，但賽迪確實露出了愉快的神情。不知道他是滿意自己的能力比小熊貓強，還是純粹喜歡施展能力的感覺。

「走了。」

「咕嚕嚕！」

我還來不及說什麼，賽迪已經縱身躍出陽臺。只見夜色之中，橙紅火焰及金色以太球劃出一道道長長光痕，逐漸遠去。

我急忙低頭一看，小熊貓早就溜下陽臺不見蹤影了，只剩以太之力催生的莖葉在風中簌簌輕晃。

「這個道別還真是華麗呢。」我低聲嘟囔著。

可愛的小熊貓，還有雖然不怎麼可愛、但好看得媲美童星的男孩，就這樣離開了朱利耶宮。

四天後。

我在加奈艾的護送下離開女皇宮，發現班傑明正在馬車旁等著我。

「王子閣下，您外出的這段期間，朱利耶宮收到伊莎貝爾．德．薩爾內茲公爵夫人正式提出的參見請求。」

「這樣啊？」

我登上馬車的腳步頓時停住。

今天上午是每週固定來找歐蕾利．波帝埃樞機主教上課的時段，她就像之前那樣讓我狼狽地滾來滾去，親身實踐何謂「實戰勝過理論」的教育理念。而且，可能是覺得筋疲力盡的我看起來很可憐，樞機主教每次都會在課後請我吃一頓豪華午餐。

看來我這邊還在「賞一巴掌再給一顆糖」的軟硬兼施教學下瑟瑟發抖，公爵夫人那邊又跑來開新戰局了。

「那你是怎麼回覆她的？」

「公爵夫人希望能在今天下午前來拜訪，而我告知夫人，王子閣下的行程非常緊湊，安排上會有難度。由於知道您前來女皇宮的人不少，因此不便推託說您身體不適，還請恕罪。」

「沒關係，你處理得很好。」

我擺了擺手。

早上還精神奕奕去找樞機主教上課的王子，忽然就病得無法見人，這樣講也太沒說服力了，還是班傑明幫我想的藉口比較合理。

這時，嘴巴高高嘟起的加奈艾也開口了。

「就算沒什麼理由，直接拒絕也不奇怪吧？居然在拜訪的當天上午才提出求見，未免也太失禮了。」

「別放在心上，加奈艾。」

反正我本來就不打算見她，這種事無所謂啦。我忍住後半句話，朝他微微一笑。

還以為上次公爵夫人的問候信只是客套話，沒想到她是真心想見面，這讓我有些意外。

「王子閣下，我們要前往神殿了。」

在關上馬車門之前，宮廷馬夫向我通報目的地，接著行禮致意。我點點頭，將視線轉到窗外。午後的春光明媚耀眼，形形色色的花草樹木妝點著氣派廣闊的皇宮，處處美不勝收。

再過幾天就是春季舞會了，皇宮上上下下都在賣力準備，忙碌的景象隨處可見。幾名僕役正在搬運用白布包裹的家具，見到我們的馬車靠近，立刻將東西放下彎腰行禮，我也點頭回禮。

「牠不會再來了嗎？」

加奈艾的聲音聽起來不太開心，我轉過頭，發現那雙蜂蜜色眼睛有些落寞。

「我是說神獸大人。」

「嗯，看起來是這樣。這幾天確實都沒發現什麼動靜。」我這麼回答。

自從那天晚上從我房間雙雙離開之後，賽迪和小熊貓便沒有再出現過，我想他們應該是順利找到滄海之祝福了。

「沒事的，守在神器旁邊對神獸來說肯定更好。」

班傑明和加奈艾同時點了點頭。前幾天我告訴他們神獸已經在前一晚離開皇宮了，那時兩人都露出難掩失落的神情，想起這件事，我忍不住輕笑一聲。

「據說協助神獸及予以照顧者，都會獲得趨吉避凶的回報。王子閣下肯定也能得到那樣的祝福。」

「哈哈，光是聽你這麼說我就很開心了。」

班傑明的祝福讓我笑得更燦爛了。如果真的吉運加身，說不定我就可以平安回家了……一瞬間，這樣的想法閃過心頭。

「火輪菊竟然已經開了，園丁們真是辛苦了。」

班傑明指著窗外讚嘆。

我不太懂花，所以不知道他說的是哪一種。班傑明看出我的疑惑，親切地指出了具體位置。我順著那個方向看去，鮮豔如火的橙色花朵立刻映入眼簾。

……那孩子應該沒事吧？

「我們快到神殿了，王子閣下。」

加奈艾的聲音喚回了我跑遠的思緒。不久馬車便停止晃動，馬夫俐落地開啟車門。

「那麼，我們會在神官室待命。」

「加油哦，王子閣下！」

加奈艾一邊將野餐籃遞給我，一邊笑容燦爛地說道。明明剛才聽到神獸不會再來的時候差點就要哭了，恢復力還真是驚人。

我向兩人揮揮手，然後推開告解室的門走進去。掛出「告解聖事開放」的告示牌後，我一屁股坐到柔軟的椅子上，這才感覺身心終於沉靜了下來。

我突然意識到，如今這就是我的新日常了。雖然穿了書，卻果斷捨棄男配角設定的機智質子生活。

「還沒修好啊。」

我看向左側，那條斷了頭的拉繩依然掛在原處，然後轉向右側，木窗花格上的破洞也原封不動。見狀，我不禁露出苦笑。

春季舞會迫在眉睫，能調到神殿來的人手肯定不多，倒也不是不能理解。

——嘰咿……

就在這時，一道陰森的聲響鑽入耳中。那並不是神殿正門或神官室的門開啟的聲音，而是從神殿後方遠遠傳來的動靜。我本能地屏住呼吸。

——噠、噠、噠……

那是很輕的皮鞋聲，不疾不徐地靠近。

有人正從神殿後方走過來，腳步沒有半點遲疑。我皺起眉頭，思考現在可以自由進出後門的人有誰。

班傑明、加奈艾、伊莉莎白爵士和樞機主教，還有看守入口的騎士隊伍，這些人的臉孔一一在我腦中掠過。但正在靠近的動靜，聽起來並不像他們之中的任何一人。

——噠。

我的頭皮一陣發麻，不知不覺間，腳步聲已經停在告解室門外。我不再遲疑，立刻放出以太環……

——喀嚓。

我嚇到整個人差點彈起來。

隔間的門被打開了，一道人影走到告解者的位置坐下。我立刻尷尬到恨不得有個洞可以鑽進去。

「這位信徒，歡迎您。請問您上一次懺悔是什麼時候？」

為了掩飾剛才的驚慌，我率先開口招呼，表現得就像施展聖所不是因為被嚇到，而是純粹為了進行告解聖事。

「我不是來懺悔的。」

這時，告解室內響起一道清亮的女聲。不知為何，我的心忽然一沉。

那是任誰聽到都難以忘懷的迷人嗓音，帶著一種難以言喻的吸引力。

「聽說您拒絕了家母的求見，所以我特意前來當面拜託您。」

「……」

女人掀開頭上的兜帽，整個世界彷彿慢了下來，在我眼前變成一幀幀慢動作鏡頭。此時此刻，我不由得埋怨起那些沒空來修東西的宮廷木匠。

透過破裂的木窗縫隙，我清楚看見了對方的側臉。

豐潤的粉色長髮如波浪垂落，一雙水色眼眸清澈靈動、透著慧黠光彩——

她是克莉絲朵．德．薩爾內茲。

CHAPTER 07

無預警登場

「王子閣下？」

這是怎麼回事？

「……」

從哪裡開始出錯了？

「很抱歉追到告解室來，我為了避開旁人的目光，實在是別無選擇。」

有某個環節出錯了，而且還是非常嚴重的錯誤。否則，劇情沒道理會這樣發展。

是我搞砸了嗎？是在什麼時候、又是做錯了什麼？

「時間不多，我只能向您簡述家母的情形。」

儘管身體沒有異狀，我卻感到一陣暈眩。

終究還是見到「她」了，我的心臟怦怦亂跳，汗水浸濕手掌，但這絕對不是什麼悸動的心情。

「……您是克莉絲朵．德．薩爾內茲女爵嗎？」

「咦？喔，對，我太心急了，竟然忘記先自我介紹……不好意思，我是克莉絲朵．奧立維．德．薩爾內茲。」

我僅有的一絲希望，如今也在眼前徹底粉碎。

不用懷疑，塑造出克莉絲朵的所有要素，都是為了讓她脫穎而出，無法與其他角色混淆。

主角果然就是主角，即使身處昏暗的告解室，她依然是令人眼前一亮的美人。肌膚盈盈發光、睫毛又長又翹，舉手投足之間更帶著一股引人注目的魅力。

整體而言，她和《辭職後成為異世界女爵》封面上的形象很類似，卻又有些微妙的不同。尤其是她直直看來的那雙大眼，虹膜不是我記憶中的天藍色，而是帶著穩重氣質的青灰色。

不對……等等，好像也不怎麼穩重。

「克莉絲朵女爵，請問『奧立維』是您的中間名嗎？」

「哦，天啊。」

她吐出一句相當具有韓國特色的感嘆，我努力咬緊牙關，控制住表情。看來她才剛穿越沒多久，還不是很熟悉這個世界的「規則」。

「中間名只應告訴自己的重要之人，我就當作沒聽到吧。」

「……謝謝。」

聽見我從牙縫間擠出的提醒，她將頭髮往後一撥，嘆著氣道謝。

這種煎熬的感覺，其實我也一樣。為什麼我得這麼快就知道主角的中間名？劇情進度會不會太超前了？我明明完全不想參與劇情，這個進度對我來說實在太超前了。

「如果不是來告解，就請您離開吧。這次的會面我會當作沒發生過。」

我硬著頭皮把視線轉回正前方，告訴自己要狠下心。

在原作中，葉瑟．威涅諦安和賽德瑞克皇子不同，他對克莉絲朵情深義重，總是溫柔體貼，所以恩瑞才會捨棄皇子支持他，克莉絲朵也好幾次被男配角打動。

既然如此，那我就必須反其道而行。畢竟如果要問這世上有誰會想被討厭，答案肯定是我。我必須失去克莉絲朵的信任，跳出那個瘋狂的三角關係，這樣才能活下去。

「王子閣下，只要耽誤您一下就好，事關我們家族……」

「我不想聽。」

「家母想要告解，不是在神殿，而是私下與您見一面。因為……」

「辦不到。我要叫禁衛隊進來了。」

「請等一下！」

——嘩啦。

突然聽見水聲，我反射性看向放在左手邊的野餐籃，裝滿薄荷茶的玻璃水瓶一動也不動，一陣寒意竄下我的背脊。

——嘩啦、嘩啦。

「……」

水聲是從右邊，也就是從隔間穿過木窗傳過來的。我非常緩慢地轉過頭，就像忘記上油的錫樵夫[14]，全身僵硬地發出嘎嘰聲響。

「都是因為這個。」

克莉絲朵小巧的掌心之上，正懸浮著一顆蘋果大小的水珠，波光粼粼地原地轉動，剔透的水藍色讓人聯想到她的雙眼。

「那是……」

我愣愣地盯著憑空出現的水球。對於眼前的畫面、這種劇情發展，我實在不知道該怎麼理解。

「我們家族所守護的神器──『滄海之祝福』已經消失了。」

我瞪大眼睛，有太多東西爭先恐後擠進我的腦袋──滄海之祝福、薩爾內茲公國、神獸，還有那位橙色眼睛的男孩。

「這是什麼意思？」

「字面上的意思，我的身體吸收了滄海之祝福，它已不復存在。」

即使聽完她的說明，我的腦袋還是無法正常運轉。我張口想說什麼，又閉上嘴，就這樣反覆了好幾次。

這根本不可能，滄海之祝福是重要到被畫在《辭異女》封面上的道具耶。雖然長得像顆普通藍寶石，但這件神器可是推進克莉絲朵和皇子感情戲的關鍵物，怎麼可能在故事剛開始就消失了。

可是……

──嘩啦……

就像在嘲笑我一樣，那顆在克莉絲朵掌心上打轉的水珠，確實是水屬性的力量。而根據名字與

14 錫樵夫（Tin Woodman），童話《綠野仙蹤》中的角色。

外觀顏色來看，滄海之祝福顯然也是水屬性的神器。

克莉絲朵什麼時候有這種能力了，她竟然可以使用以太？如果主角有這種類似魔法異能的設定，恩瑞肯定會聊到，但我從來沒聽她說過。

就我所知，這部小說應該是那種老套的愛情故事，什麼互看不順眼的男女主角被策略聯姻強制捆綁後墜入愛河之類的。如果用一句話概括《辭異女》的內容就是這樣，現在怎麼跑出這麼多奇怪的發展？

「……關於此事，您還是去找波帝埃樞機主教比較妥當。」

我只能提供目前能想到最理性的建議，就算絞盡腦汁，也挖不出其他能平息這個局面的方法。

「若是拜訪樞機主教殿下，這件事就會牽扯到政治，至少家母是這麼認為的。她只是想以未沾染俗世塵埃的心，向來自神國的王子閣下告解。」

「克莉絲朵女爵，我……」

「家母想說的事，也涉及邊境神殿內失蹤的神器。」

「什麼？」

——砰！

這時傳來神殿正門開啟的聲音，伴隨著沉重的回音。看來是「真正」的告解者進來了。

克莉絲朵雙肩一震，重新拉上斗篷的兜帽。她握緊拳頭，懸浮的水球便啪一聲消失無蹤。

「後天的春季舞會，當晚上九點的鐘聲響起時，請您前來史卓達宮右側盡頭處的陽臺。拜託您了，葉瑟王子閣下。」

說完，克莉絲朵不等我回答，迅速離開了告解室。

剛才那串話太讓人措手不及，我還沒想好該不該叫住她，這時……

——哧啦！

「媽的。」

伴隨著布料撕裂的聲響，外頭傳來她降低音量的咒罵，應該是不小心踩到裙襬，弄壞禮服了。

「適應力強、精明幹練，偶爾有些莽撞。」

這樣的克莉絲朵，果然是恩瑞說過很喜歡的性格。

「唉……」

事態發展像海嘯般朝我襲來，我呆坐在原地，腦袋一片空白。克莉絲朵輕快的腳步聲消失在神殿後方，同時，從正門方向也傳來幾道屬於信徒的腳步聲，小心翼翼地走過來。

我只好努力平復自己紛亂的思緒，可是……這到底是什麼亂七八糟的劇情走向啊？

克莉絲朵離開後，我決定取消整個下午的告解聖事行程，直接返回朱利耶宮。

為了釐清眼前的情勢，我終於用了身體不適當作藉口。原先保留不用才不是為了應付這種狀況，可惡……

「伊莎貝爾．德．薩爾內茲公爵夫人是克莉絲朵女爵的繼母。西蒙．德．薩爾內茲公爵的原配過世後，便與她再婚。」

班傑明站在桌前為我說明，雖然都是已知的資訊，但我仍然用眼神示意他繼續說下去。

見狀，加奈艾接著補充。

「公爵夫人平時不常參與社交活動，也很少離開公國，所以關於她的傳聞本來就不多。有小道消息說她是典型的後母，也有人盛讚她溫柔高雅……不過，因為交情甚淺，其實幾乎沒有貴族瞭解詳情。」

我點點頭，一邊讀著攤開放在桌上的《李斯特雙週刊》四月一日號。刊頭標題以偌大的字體寫著〈薩爾內茲的珍寶甦醒〉，下方是克莉絲朵歷經三年沉睡後終於醒來的專題報導。

……即便在這樣的情況下，伊莎貝爾．德．薩爾內茲公爵夫人似乎從未放棄希望。根據公爵家內部人士透露，夫人曾表示「不管用什麼方法，都要讓女兒回到身邊」，展現出堅強的意志。

事後傳聞，待克莉絲朵女爵終於甦醒後，公爵夫婦皆淚流不止。尤其是伊莎貝爾公爵夫人，她哭喊著「我罪孽深重」，聞者無不動容，連侍從都紅了眼眶。便有好管閒事者認爲，她是在懊悔自己作爲母親，未能善待女爵。

我自己也訂閱了一份《李斯特雙週刊》，所以這篇報導其實九天前就讀過了。但經過與克莉絲朵的衝擊會面之後再重溫，報導中的每個句子都變得陌生起來。

宣稱「不管用什麼方法，都要讓女兒回到身邊」的公爵夫人、消失的神器「滄海之祝福」、恢復意識的克莉絲朵、高喊「我罪孽深重」的公爵夫人……雖然有點牽強，但勉強能這樣拼湊出前因後果。

事件的順序也許不是這樣，但至少目前這個版本的推論最合理——也就是說，公爵夫人為了拯救可能一睡不醒的女兒，犧牲了家族至寶。

先把「如何辦到」的疑問擺在一邊……總之，她讓女兒的身體吸收了神器。這麼做不僅讓克莉絲朵從病床上甦醒，同時，神器原有的屬性也透過以太在她身上完整展現。

如果我的假設到這裡為止全都正確，那麼公爵夫人要找我懺悔的理由又是什麼？

「私自動用神器是一種重罪嗎？」

聽到我突然拋出的問題，加奈艾的眼睛瞪得像銅鈴一樣大，感覺戳一下眼睛就會掉出來。

「當然是吧？神器可是由主神親自賜予這片大陸的寶物。」

「那麼，有制定什麼律法懲處濫用的人嗎？」

「應該沒有明文規定，但是……」為我解答的班傑明，聲音越來越小。「無論是帝國或神國，守護神器的家族皆懷抱強烈的榮譽感。他們深信自己是主神旨意的執行者，為防範妄圖染指神器的貪婪之人，即使犧牲性命也在所不惜。」

「也就是說，如果有人私自動用神器，他們不會坐視不管囉？」

「沒錯，但我相信即使無人出面阻止，主神也不會輕饒。」

我默默消化班傑明的說明。

在這樣的環境中，公爵夫人確實可能因為自我譴責，而想尋求神職人員的寬恕。雖然這是我硬湊出來的結論，但至少有一點肯定沒錯……

滄海之祝福已經不復存在，而我親眼看到了證據。

「之前那隻神獸，假如牠沒有跑到薩爾內茲公國，又會去哪裡呢？」

我想到帶著三隻小熊貓前往薩爾內茲公國的男孩。如果滄海之祝福已經消失，神獸當然感應不到神器，難怪上次他們只是在皇都邊緣徘徊。

雖然我把話題大轉彎，班傑明卻不受影響，不慌不忙地繼續解答。

「如果不是薩爾內茲……那就是距離皇宮第二近的神器，位在杜漢侯爵領的『火星之慧劍』了。」

「如果不搭乘傳送門，只靠馬匹前往侯爵領，需要花費多久的時間呢？」

「若是不眠不休地連續趕路，只需要兩天，普通的方式大約需要四天。」

我咬了咬唇。四天的話，正好是賽迪和小熊貓不再出現的時間。這麼精確的時間吻合，實在不像巧合，假設賽迪真的帶著三隻小熊貓跑去了杜漢侯爵領……

「班傑明，加奈艾。」

我鄭重地喊了兩人的名字。也許是察覺到氣氛轉變，他們的神情也凝重起來。

現在的我需要更多幫助，因為會從天外飛來的不只是橫禍——還有憑空冒出來的主角。

如果可以，我真的一點也不想對班傑明和加奈艾坦白這些事。並不是我不信任他們，而是不希望出現任何需要請他們幫忙的情況。

身為質子兼神職人員，我只是想盡可能低調地生活。但是光靠我自己，總是會有力所不及的時候。

比如現在，克莉絲朵才剛出場，我甚至都來不及抵抗，就直接被捲進主角的劇情主線。所謂的配角，感覺就像鐘錶裡微不足道的小零件，只能乖乖被龐大的故事線驅動旋轉。想到這裡，我不禁不寒而慄。

因此，為了向這幾位屬於我的「親信」求助，我才準備了今天這場飯局。

「伊莎貝爾・德・薩爾內茲公爵夫人之所以無法向樞機主教殿下告解，大概是顧慮到公爵家與皇室的婚約。」

班傑明緩緩道來，動作優雅地使用手中的刀叉。我正舀起一塊白醬燉小牛肉，聞言抬起頭。

我和班傑明、加奈艾正同桌共進晚餐，這可是我堅持自古以來談論正事就是必須在飯桌上進行，才好不容易爭取到的機會。上次賜予班傑明的補贖「與王子共進一日三餐」早就用完了，我只好藉口說這是我從小學到的規矩。

「你是指賽德瑞克皇子殿下和克莉絲朵女爵的婚約嗎？」

「王子閣下，原來您知道啊！這件消息目前只有少數人知情而已。」

加奈艾吃驚得瞪大雙眼，我放下湯匙，不好意思地笑了笑。如果你也有個愛看浪奇小說的妹妹，就會知道很多事喔……我好不容易才忍住，沒有這麼回答加奈艾。

班傑明點點頭，把他那整盤切好的夏多布里昂牛排[15]和我交換。果然是中年天使……

「我也聽過這樣的傳聞，據說會以薩爾內茲公國所守護的滄海之祝福作為結婚禮物。若真是如此，波帝埃樞機主教身為皇子殿下的教母，肯定也知曉。」

原來是定情信物啊，所以神器才會出現在《辭異女》的封面上。

我埋頭苦吃牛肉，但時不時會因為班傑明和加奈艾分享的情報，驚訝得停下叉子。

15 夏多布里昂牛排（Chateaubriand），起源於法國，烹調方式是使用厚切菲力牛肉，夾在兩塊薄肉片之間爐烤至三到五分熟，以保留牛肉軟嫩多汁的口感。

向這兩人坦白告解室內發生的事情，看來是個明智的決定，這不就解開我其中一個疑問了嗎？

「所以說，如果夫人擅自動用了禮物，又跑去向樞機主教殿下懺悔，公爵家與皇室的婚約也會因此產生變數吧。」

「沒錯，因為樞機主教殿下和女皇陛下戮力同心、榮辱與共。」

聽見我的推測，加奈艾也跟著附和。

女皇的「政治伴侶」——亞歷山大親王，在皇子年紀還很小的時候就過世了，如今可以和女皇討論兒子的婚事、同坐婚禮主桌的人，就只有她的「宗教伴侶」——波帝埃樞機主教了。

「而且即使陛下不追究，也會有人說，公爵夫人這麼做是企圖利用未來皇室外戚的身分，來掩蓋私自動用神器的重罪。」班傑明輕聲補充。

原來如此，難怪克莉絲朵會說公爵夫人去找樞機主教是「政治舉動」。就是因為夫人的出發點是虔誠的信仰之心，才會堅持要找不是未來姻親的我來進行告解。

「明明皇都之中也有其他大主教或主教，為什麼非要見我不可……」

難道找毫無關係的外國人懺悔，對她來說比較自在嗎？

「您是王族神官嘛，公爵夫人應該是自知罪孽深重，才會想對最為高貴之人懺悔。」

加奈艾一臉恍然大悟，那雙金眼不知為何閃著與有榮焉的光芒。

我那樣問才不是為了聽他們拍馬屁，只好尷尬地轉移話題。

「那麼，我應該沒必要……將此事稟告樞機主教殿下吧？」

班傑明停下手中的叉子，抬眼看向我，我則回以「拜託告訴我不需要」的眼神。

雖然我是個年近三十的成熟大人，但既然身邊有值得依靠的長輩，自然會想尋求支持嘛。而且，我一點也不想插手男女主角之間的任何麻煩事。

「依照我的淺見，王子閣下大可不必出面。」

我呼出一口氣，整個人放心下來。

「這終究是皇室和公爵家之間的事，禮物的問題不可能一直隱瞞下去，陛下與樞機主教殿下遲早會發現真相。屆時，兩家的長輩自然會妥善處理。」

班傑明溫聲說出我最想聽的答案。這時，加奈艾眼睛一亮，像是突然想到什麼。

「對了，聽說皇子殿下這幾天身體一直欠佳，羅米洛宮的侍從還說，殿下可能無法出席春季舞會了。這樣看來，殿下會不會是早就知道滄海之祝福消失的事了？」

「這也不無可能。」

既然班傑明也認同，應該八九不離十了。看來當事人該知道的都知道了，也就不用我去多管閒事，算是先卸下了一件煩惱。

「話說回來，克莉絲朵女爵還真是大膽呢，竟然為了親自傳話而潛入皇宮神殿，和沉睡前的形象完全判若兩人呢。」

加奈艾就這樣若無其事地說出了超大劇透。我連忙用餐巾遮住下半張臉，掩飾不受控制的嘴角抽動。

該怎麼說……畢竟現在是其他人占用那副身體嘛。

此時，在一旁默默聽著的班傑明，也開口附和了少年的想法。

「三年前的克莉絲朵女爵以個性內向出名，不僅從未踏出領主城堡過，也不善於表達自己的想法，這讓薩爾內茲公爵相當憂心。當初女爵舉辦成年禮時，也是基於這個原因，才沒有同時讓她在社交界亮相。」

又是一個我第一次聽到的故事設定。恩瑞整天嘰嘰喳喳掛在嘴邊的就只有「被辭職上班族穿越的」克莉絲朵，卻從來沒提過「真正的」克莉絲朵是怎樣的人。仔細想想，兩位克莉絲朵的性格差距還真的挺大。

我拿起湯匙大口吃著作為飯後甜點的黑巧克力聖代[16]，一邊陷入沉思。

不管是見我一再拒絕對話，便選擇直接秀出水球的當機立斷；又或是好幾次不小心露出馬腳，但最後還是把該講的話都說完的堅持不懈，她所展現的這些特質，讓人一眼就能認出她是主角……

「家母想說的事，也涉及邊境神殿內失蹤的神器。」

「什麼？」

啊，對了，還有這件事。

「她還提到了其他神器的事。」

兩雙眼睛同時看向我。

「女爵說，關於邊境神殿失竊的神器，公爵夫人有話想告訴我。」

「……」

空氣瞬間凝固了。加奈艾皺起眉頭，班傑明的臉色更是明顯不悅。第一次見到他們這樣的反應，我的心也不由得往下一沉。

「公爵夫人這是什麼意思？樞機主教殿下都已經親口宣告您的清白了，她到底還想說什麼？」

「王子閣下才擺脫那場風波沒多久，她居然又主動提起……」

兩人紛紛低聲道出不滿。聽他們的言下之意，好像認為公爵夫人是為了逼我見她，才刻意拿神殿事件作餌，並且覺得這樣非常無禮。

我從來沒有往這個方向想過，真是出乎意料。

「我還以為，公爵夫人是打算提供關於犯人的線索，或是打算懺悔自己偷走了那件神器。」

聽我這麼說，班傑明端起杯子，而加奈艾低哼一聲，幫他倒滿氣泡水。

我是真的沒想那麼多，但這兩人好像為此憤憤不平。

16　黑巧克力聖代（Dame Blanche），直譯「白色婦人」。是一道以香草冰淇淋為基底，配上黑巧克力醬的比利時、荷蘭地區甜點。

「如果是前者，我就去找皇室禁衛隊或帝國軍隊。」

「若是後者，閣下也不必理會，公爵夫人自會受到主神降下的懲罰。」

兩人提出建言的語氣直逼訓誡，我識相地閉上嘴，伸手去拿第二道甜點。

這種場面怎麼有點熟悉，哥哥和恩瑞好像偶爾也會這樣聯手教訓我。

「所以閣下後天打算怎麼做呢？您要去見公爵夫人嗎？」

我正拿著甜點刀朝熱呼呼的夏洛特蛋糕[17]切下去，加奈艾突然劈頭這麼問，我立刻毫不猶豫地搖頭。

「如果要見公爵夫人，勢必得出席舞會，但我不打算去。所以說，雖然我對神殿遭竊的那件神器很好奇，不過那其實不關我的事，不知道也不會怎樣。」

我實在不喜歡「躲不過就享受」這種鬼話。雖然上次閃避不及，不得已和主角見到面了，但之後只要還有機會，我打算盡全力躲到底。

如果光靠一面之緣就改變心意，那當初我又何必一刀了斷放棄當男配角？我是不會在主角閃亮登場的活動露面的，絕對不會。

對於我堅決的態度，班傑明滿意地點了點頭。

加奈艾也稱讚我思慮周密，然後理所當然地表示，既然甜點都吃完了，那就再上點肉吧。

這一餐實在讓人心滿意足，不僅獲得了許多新情報，肚子更是吃得飽飽的。

「我受夠了，我想回家……」

伊莉莎白癱在沙發上，發出要死不活的哀嘆。

去年剛榮升禁衛副隊長職位時，她還無法理解前輩口中那些「春季舞會是主神賜予這片大陸的

17 夏洛特蛋糕（Charlotte），又譯手指餅乾蛋糕，是一種由手指餅乾組成的法式甜點，可熱食也可冷食。

地獄」、「春天有那麼好嗎？蠢蛋貴族！」之類的怨言。

如今，在她終於撐到春季舞會前日的這一刻，所有抱怨都已然感同身受、刻骨銘心。想到明年又要重新經歷一遍這場混戰，她只覺得人生一片灰暗。要做的事實在太多了。

「賽迪，當初我說要加入禁衛隊的時候，你就該阻止我啊……」

「妳進皇宮應該還不到兩小時吧。」

但皇子只是冷淡地這麼回答。伊莉莎白猛然抬起埋在靠墊裡的腦袋，那雙因疲勞過度而泛著淚光的灰眼瞪得老大。

「你能理解我們這些需要上下班的公務員是什麼心情嗎？那些被臨時召回來投入國家活動的騎士，又是什麼感受……」

「休息夠了就出去吧。」

「我才剛來耶！」

她一邊碎念一邊爬起來坐好。坐在沙發對面的賽德瑞克，臉色仍然有些蒼白。

明天就必須在全帝國顯赫貴族面前現身的皇子，卻因為以太消耗過度，這幾天都一副病懨懨的樣子，難怪侍從們會如此忐忑不安。

「你確定能去舞會嗎？」

「可以。」皇子簡短地回應。

雖然兩人從很小的時候就認識了，但賽德瑞克從來沒有在伊莉莎白面前提過自己哪裡痛或不舒服，恐怕在女皇陛下或樞機主教殿下面前亦是如此。

想到這裡，伊莉莎白突然不想繼續這個話題了，反正她今天跑過來本來也不是要講這個。

「公爵家有回信了嗎？」

賽德瑞克沒有回答，只是輕抬下巴示意。伊莉莎白的視線跟著看過去，看見了放在桌上的信封。

「上面寫了什麼？」

伊莉莎白現在連一個字也不想讀。她在過去這一週實在審閱了太多文件，於是理直氣壯地要求皇子濃縮重點。

賽德瑞克的雙眉微蹙。

「說神器安好。」

雖然有點濃縮太多，但也足以理解薩爾內茲公爵的態度了。

「那是騙人的吧。」

伊莉莎白斬釘截鐵地說，賽德瑞克也微微頷首，五天前的場景依然歷歷在目。他帶著神獸悄悄接近了領主城堡，但三隻小獸什麼也沒感應到，只是在他腳邊打轉，或是滾進一旁的草叢玩耍。

顯然，公爵在說謊。公國之中已然不存在任何蘊含以太的寶物。

「見面時就能確認了。」

皇子磁性的嗓音今天聽起來格外低沉。

明天的春季舞會，薩爾內茲公爵夫婦，還有他們唯一的女兒都將到場。到時候當面問清楚，就能知道真相。

在樞機主教和女皇偕同出席的場合上，想必他們沒有膽量再說謊。那將是賽德瑞克給公爵家的最後一次機會。

——叩叩。

「進來。」

皇子同意後，會客室的門應聲推開，一名侍從走了進來。來者是大衛．卡普頌。

「殿下，葉瑟王子閣下送來了蒲公英茶。」

「……什麼？」

這個名字和名詞的組合真是出乎意料，伊莉莎白立刻伸長脖子。

「葉瑟王子閣下嗎？為什麼突然送茶過來？」

「……閣下不知從何得知殿下身體不適。」

「……」

「宮內疏於保密，還請殿下寬恕。」

看來那位王子還記得之前羅米洛宮送去的一車鼠尾草茶。只要親身接觸過王子，再想到對方的性格，會有這種回禮其實也不算意外。

雖然賽德瑞克的思緒被蒲公英茶打斷，但並沒有感到特別不悅。

「那麼，容我為您泡壺茶？」

對於卡普頌謹慎的詢問，賽德瑞克雖然一言不發，但顯然是默許了。

旁觀這一幕的禁衛副隊長，忍不住露出淺淺的笑容。

今天就是舉行春季舞會的日子。現在才想起這件事，看來我最近實在過得太安逸了。

一團皇室裁縫師從早上九點就殺到朱利耶宮，對著完美無瑕的布料猛插幾十根珠針，在我身上進行一連串忙碌的試穿。

這是怎樣？現場開拍《決戰時裝伸展臺》喔？我明明不用出席舞會，為什麼也要盛裝打扮？

「『時尚的完成度在於臉』，這句話就是用在這種時候啊。」

其中一位侍從突然冒出這句話。我不清楚他是在拍馬屁，還是真的在稱讚我，只能尷尬地笑了笑。其他協助穿衣服的侍從紛紛掩嘴竊笑，現場充滿了快活的空氣。

算了，只要大家開心就好……

「葉瑟王子閣下，能請您將手臂平展到兩側嗎？」

在服飾店長的要求下……不對，在皇室裁縫師的要求下，我乖乖展開雙臂，任由他們擺弄。

這是我第一次穿上主教的正裝——說不定王子在我穿書之前早就穿過了，但以我來說是第一次就是了。

「完成了，雖然多少看得出是趕工製成，但幸好很合身。更重要的是，正如同這位朋友所言，王子殿下本身讓這件衣服更顯出色了。」

裁縫長的鼻梁上架著一副細框眼鏡，他一邊說，一邊將一本厚厚的主神教服飾型錄翻開給我看。

主教正裝雖然沒有太多刺繡，但整體設計是以金色為主，看起來相當華麗。整套大概就只有內襯的衣物是白色。

「請看下一頁，還有再下一頁，這些紫色設計，就是只有教皇才能使用的顏色了。」

「真的呢。」

這項規定我也知道。

「不過，王子閣下已經備有紫水晶，大概也找不到比這更具象徵意義的飾物了，真是完美！」

我花了大約三秒才聽懂，原來裁縫長是在說，我的眼睛是受到「主神祝福」的紫色，與這身神職正裝相得益彰。

接著，裁縫長繼續碎碎念，抱怨著這時節要買到最上等的金緞有多難。明明我們今天是第一次見面，他對我的態度竟然馬上就這麼不保留。

——叩叩。

「請進。」

於是敲門聲一響，我立刻搶先所有人出聲回應。要是讓裁縫長繼續碎念下去，我可能還沒走進告解室就筋疲力盡了。

「王子閣下，是時候該出發了。」

來救我的是班傑明。

裁縫長說這真的是最後一步了，然後把一頂超大的主教冠戴在我頭上，白底金飾的設計和主教袍正好相反。

「您應該也知道，神官的正裝上附有特殊魔法，不僅穿著時不會讓您感到過熱、過冷或過重，即使被疾馳的馬車撞到，也能吸收衝擊力。至於這頂主教冠，在您親手摘下來之前，無論如何都不會從頭上滑落。」

哇，我是真的不知道這件事，原本還擔心要怎麼在四月中旬的氣候中忍受這種厚度的衣服，真是謝天謝地。

「但衣服本身帶來的不便無法以魔法克服，還請您今天睜一隻眼閉一隻眼，就當自己是一座最上等的衣架吧。」裁縫長的語氣不容置疑。

明明吃早餐的時候還是個人，現在開始居然淪落成無生命的展示架，我不禁有點心酸。

我之前信誓旦旦地說要以告解神官的職責為優先，所以不會出席春季舞會，女皇和樞機主教也同意了。我還沾沾自喜，以為可以趁皇室和貴族都忙著快樂開趴的時候，自己獨享寧靜祥和的時光。

結果呢？

「看來是我想得太簡單了。」

「王子閣下……」

加奈艾看著我的目光帶著憐憫。

此時，搖搖晃晃的馬車裡滿是我身上飄出的肥皂香。原來早上把我刷洗得這麼徹底，都是為了這個。

雖然班傑明一臉自責地說「沒能向您說明清楚，這都是我的疏忽」，但回想起來，眼前這種場面早就有跡可循了。

確實，出席春季舞會的貴族大多會算準時間，選擇在傍晚進宮。但原來也有不少人會提早過來遊園賞花，在舞會開場前先進行一趟皇宮春遊——今年甚至還能順道找神國王子進行告解聖事。

想必女皇早就料到今天會出現這種盛況，才會派皇室裁縫團隊一大早來幫我盛裝打扮。

統治者的大局觀果然不同凡響，反觀我這種人，平常只會煩惱「今天午餐要吃什麼」之類的問題……

「皇宮神殿就要到了，王子閣下。」

「可是怎麼都看不到？」我驚慌地回答。

從這樣的距離應該能清楚看見神殿正門才對，但舉目所及全是一排排馬車，只能勉強看到建築物的屋頂一角。停車狀況也太慘了。

「這種時候，居然還有人橫著停車……」

聽見我的喃喃自語，加奈艾發出壓抑的悶笑。

我認命地下馬車，由馬夫護送我走向神殿。一路上，維持秩序的騎士一個接一個朝我行禮，接著，神殿沉重的正門被緩緩推開。我輕輕吸一口氣，做好心理準備。

下一秒，室內人山人海的視線同時看向我。

……早知道會這樣，我是不是乾脆去參加舞會還比較好？

不，不能這樣想，冷靜點！我緩緩抬起手，拍打一下自己的臉頰。

再怎麼累，也比和克莉絲朵或皇子待在同一個空間更好。只要辛苦一天，就能避開男女主角，絕不能因為疲憊就冒出軟弱的想法。

「王子閣下，您還好嗎？等回到朱利耶宮，我馬上為您準備沐浴用水。」

「辛苦您了，王子閣下。回去後請務必好好休息。」

「兩位也辛苦了……」

加奈艾和班傑明扶著我離開神殿。

老實說，比起體力，我真正被榨乾的是精神，畢竟在告解聖事上，我其實是聽的時候遠勝於說。

可是，就算午餐和晚餐都有好好吃，我現在還是頭痛欲裂。不是因為今天用了太多以太，純粹是壓力太大了。

「加奈艾，現在幾點了？」

「晚間八點十五分。」

「謝謝。」

薩爾內茲公爵夫人約見的時間是九點，地點則是神殿對面的史卓達宮，也就是春季舞會的舉辦地點。如果我在八點半前離開神殿，應該就不會在回去的路上遇到，幸好一切都按照計畫進行。

「說真的，下次要是再有這種事，我還是直接稱病算了。」

「是，那麼做會比較好。」

聽到班傑明如此偏袒，我噗哧一聲笑了，移動腳步往馬車走去。穿著這套礙手礙腳的衣服，害我一整天身體緊繃，現在只覺得渾身痠痛。

其實告解聖事的對象換成那些貴族，和面對皇宮職員也沒什麼差別。只是衣服更高級，用詞更咬文嚼字，盯著我眼睛看的人更多，出現奇葩的頻率也高了一點……

除了這些之外，整體流程都差不多。

「剛才還有人拜託我幫忙取名字。」

聽到我這麼說，他們兩人都瞪大了眼睛。

「而且還是中間名。那名貴族說自己沒有什麼要懺悔的事，來這裡只是想請我幫女兒取個名字。」

加奈艾不可置信地搖頭，班傑明則是嘆了口氣。

至於被取名的當事人——今年四歲的「索菲」，聽家長說她最喜歡踢球，於是我送給她「席內丁[18]」作為中間名，期許她將來能成為一位了不起的人物。

考慮到作者幫帝國人取名時都是用法語名字，這應該是不錯的選擇。

18 席內丁．席丹（Zinedine Yazid Zidane），被譽為史上最強球員之一的法國職業足球員。

「接下來便送您回朱利耶宮，王子閣下。」

宮廷馬夫繞過來為我打開車門，我點了點頭，正準備踏上腳踏板，這時——

「班傑明，那個……」

我指向前方，語氣一滯。我還以為自己是累到出現幻覺，但道路另一端的景象實在太鮮活，讓人無法視而不見。

班傑明順著我的指尖看過去，雙眼突然睜大，加奈艾也跟著倒抽一口氣。

「……是神獸大人？」少年喃喃低語。

只見史卓達宮最左邊的陽臺下方，一條粗壯的藤蔓正拔地而起，以肉眼可見的速度攀上二樓。從這個距離目測，急速生長的藤蔓可能有成年男性的腰圍那麼粗，把草叢和灌木擠得東倒西歪，連這裡都聽得到響動。

——沙沙、沙沙。

「……」

好吧，這肯定不是幻覺，是真實上演的現實。

我立刻爬上馬車，動作毫不遲疑。

正在舉行舞會的史卓達宮燈火通明，火炬和魔法燈照亮了建築周圍，而神殿附近相較之下光線昏暗，我可以當作什麼都沒看到。

不管那是有隻小熊貓滯留在皇宮沒有走，或是又出現了其他神獸，全都與我無關。

「我們出發吧。」

「啊，是。」

在我略顯冷淡的語氣之下，所有人迅速行動起來。等加奈艾和班傑明上車坐好，馬夫便上前關車門。

就在此時——

「嚶嚶嚶嚶……」

「……」

小熊貓悲切的叫聲飄進車廂，迴盪在所有人的耳邊。我緊緊閉上雙眼。

從一早開始，我聽了整整一天貴族的各種懺悔，花費這麼多心力，好不容易才逃過那場舞會。如果作者還有點良心，就不該用這種方式折磨我。

「嘰咿咿咿咿……」

不管那傢伙是餓了還是病了，都不是我該插手的事。皇室成員就在那座宮殿裡，更別說還有一堆貴族，他們會自己看著辦。

既然是神獸，肯定不會隨便殺掉，頂多把牠關進籠子裡供人觀賞，或是打包送去什麼好地方吧。

「走吧，直接出……」

「嘰、嘰、嘰咿……」

我猛然從座位上站起。

如果這是一部以我為主角的網路小說，我搞不好已經在評論區留言：「劇情太鬱悶了，棄追。」

但現實中的我卻正在步下馬車，可惡。

「嘰咿。」

「沒錯，是哥哥哦，好久不見了吧？」

不知不覺間，那些粗壯的藤蔓已經纏繞上陽臺的欄杆，我踩著彎彎曲曲的莖幹，輕輕鬆鬆就爬到與小熊貓視線同高的地方。

因為這裡是史卓達宮最左邊的陽臺，我才下定決心上來探頭看看。如果是公爵夫人約定見面的右側盡頭陽臺，我真的會咬牙坐車離開。

「王子閣下沒事吧？」

「神獸並非凡物，唯擁有以太者才能使其馴服。你們派人悄悄去向樞機主教殿下稟報，動作快。」

陽臺下方，史卓達宮的衛兵和班傑明正在嚴肅地交談。

這些衛兵手中顯然沒有《神獸出沒庭園應對守則》，面對這種變故根本不知如何是好。

如果不是有裁縫長的背書——即使被疾馳的馬車撞到，神官正裝也能吸收衝擊力，他們絕對不會同意放我上來。

「哥哥現在手上沒有食物，你要不要先跟我回去？」

我穿過欄杆縫隙，朝小熊貓伸出手。

這隻正是我照顧過的那隻神獸，真是不幸中的大幸。牠圓滾滾的尾巴末段是少見的白色，所以我才能一眼認出來。

小熊貓看著我，歪了歪小腦袋。一旁，陣陣優美樂聲從半開的陽臺門內傳出，同時還有模糊的嘈雜人聲。

「嘰！」

「對，過來這邊，今天晚上就待在哥哥這邊吧。」

我打算明天一早醒來就帶小熊貓去找波帝埃樞機主教，之後不管是要拿牠怎麼辦，樞機主教肯定都會妥善處理。

我伸長手臂，謹慎地展開聖所。小熊貓感受到那股金色以太的流動，鬍鬚一顫，低頭用鼻尖蹭了蹭我的掌心。

我鬆了口氣，不由得露出笑容。這下應該沒問題了。

——噠。

就在我這麼想的瞬間，一只黑色的皮革鞋尖，突然闖入我被小熊貓佔據的視野邊緣。

我緩緩抬起頭，目光就這樣落進一位陌生青年眼底。

明明是初次見面，我卻認得這個人。

「你在這做什麼？」

那獨特的中低音，感覺也似曾相識。我搜索著記憶，但詭異的是，第一個想起的卻是某次和恩瑞的閒聊。就像戴著耳機聽重播一樣，當時的語氣和聊天內容，全都在耳邊原音重現。

「鄭恩瑞，妳不是說很討厭男主角嗎，怎麼還一天到晚把他掛在嘴邊？妳其實滿喜歡他的吧？」

「才沒有……只是因為那傢伙的臉好嗎！是臉、臉、臉！」

大聲反駁的妹妹，表情就像某張哏圖裡大喊「南瓜地瓜」[19]的演員一樣崩潰。

不過，即使恩瑞對《辭異女》男主角的長相給予高度評價，整體而言還是以批評為主，其中最具代表性的吐槽是「那張臉是羅浮宮藝術品，性格卻爛到讓人想退票」。

而此時此刻的我，油然升起反駁妹妹的論點。

「……」

那名男子見我沒有回應，視線在我和小熊貓之間來回，眉頭微微蹙起。

「……看來是神獸醒了。」

在我看來，那張臉比起羅浮宮，應該更接近奧賽美術館——是一張完美融合古典及現代之美的珍品。再加上漆黑如深淵的頭髮、璀璨如石榴石的雙眸，以及一出場便強烈主宰整個空間的氣場。

他正是我無論如何都要避開的另一號人物，《辭職後成為異世界女爵》的男主角——賽德瑞克．李斯特。

19 南瓜地瓜（호박고구마），韓國常見的改良番薯種類，特指煮熟後口感與南瓜相似的品種。

CHAPTER
08

方向盤

在這一刻，我終於深刻理解到，為什麼我是「男配角」，而皇子才是「男主角」。

「葉瑟王子是那種走在路上，回頭率肯定有百分之百的貴公子。」

記得某一次，加奈艾對我說了這種讓人難為情的話。如果用上同款比喻，那眼前這位賽德瑞克皇子的顏值，可不只吸引路人回頭的等級，甚至會讓所有人丟下手邊工作追過來欣賞。

不僅如此，即使我是由下往上目測，他看起來也至少比我高出十公分。光看這種基本條件，我們之間的差距就是天與地了。

不，不能再逃避現實了，我掙扎著讓恍神的腦袋重新開始運作。在這段等待時間，皇子只是默默與我對視。

「……」

「……」

當我見到克莉絲朵時，至少還隔著一層破損木窗。而且告解室內本來就光線昏暗，就算我控制不住表情，也不容易被發現。再加上克莉絲朵本身來去匆匆，這些條件都讓我得以掩飾心底的慌亂。

此時此地，我卻在燈火通明的庭園、視野毫無遮蔽的陽臺外，與這傢伙正面遇上。可惡，史卓達宮又不只這一座陽臺，皇子為什麼偏偏選擇來這裡透氣。

「是的，我會帶這孩子離開，並派人向波帝埃樞機主教殿下稟報。」

我總算出聲回應皇子，盡可能擺出自然的微笑。雖然省略了初次見面的寒暄，但我站在最好永遠不見的立場，一點也不覺得可惜。

我逕自低下頭，朝小熊貓伸出雙臂。然而，默默俯視著我和小熊貓的皇子突然又開金口了。

「聽說你不會出席舞會。」

「我確實沒去，只是路過時剛好看到這個小傢伙。」

我現在的形象完全就是《傑克與豌豆》裡的傑克本人，有長眼睛的人都看得出我是從陽臺外面攀著藤蔓爬上來的，這位皇子還硬要扯什麼舞會。而且，打從碰面開始他講話就不怎麼禮貌，真是令人火大。

沒想到，就連小熊貓都不聽我的話了。小傢伙大概是對新登場的人物感到好奇，竟然中途轉向，溜到了皇子腳邊。

我努力吸引神獸的注意，皇子不但袖手旁觀，還一副頗覺有趣的表情。果然是靠顏值撐場面的可惡傢伙。

為何偏偏是在我袖子裡沒有藏餅乾的時候，冒出了這顆絆腳石。

身心俱疲的我只想快點回去休息，於是忍下嘆息，猛然釋放以太。隨著腳下的聖所擴大，我四周也更加明亮。

【……狄蜜。】

而後，我低聲道出牠的名字。

稍早進行最後一場告解聖事時，請我幫女兒取名字的貴族說了這樣的話——

「俗話不是說，若以美好的名字呼喚，對方便會以美好的心意回應嗎？」

這句話聽起來還頗有道理。雖然在韓國沒聽過這種說法，但如果帝國有，我也不妨學著用用看。

既然小熊貓是土屬性，那就以大地女神狄蜜特[20]來命名。牠又是神獸，也可以說是一種半神[21]。

雖然這孩子也許明天就會離開皇宮、離開我，但……我希望，如果給牠一個我現在能想出的最美好的名字，牠也會願意帶著美好的心意來到我身邊。

「嘰咿咿咿！」

聽見我的神諭，小熊貓發出了至今最響亮的叫聲。準確來說，是介於「啾！」和「吱！」之間的聲音。

20　狄蜜特（Demeter），希臘神話中司掌農業、穀物及母性之愛的母神，也是奧林帕斯十二主神之一。
21　半神的英文為Demigod。

小熊貓再次轉向我，咧開嘴的模樣就像在對我笑，讓我的心情跟著輕快起來。就像剛才的移情別戀全是幻覺一樣，牠邁開四隻小爪子，毫不猶豫地朝我跑來。

眨眼間，小熊貓已經穿過欄杆縫隙，膽大包天地順著我的手臂往上竄。見狀，我終於忍不住笑了出來。

「狄蜜，我們回去吧。」

狄蜜用後腳撐住我的後頸兩側，整隻直立起來。我小心翼翼地抓住兩隻想繼續攻占頭頂的黑色前爪。

「什麼意思？」

皇子就在這時拋出了疑問。他從剛才開始動不動就省略主詞，看來是沒有從小培養好正確的語言習慣。

「您是指什麼？」

「名字。」

他當然不可能突然對我的名字產生好奇，肯定是在問「狄蜜」的涵義。

「那是……嗯，因為牠的顏色和多蜜醬[22]差不多。」

在沒有希臘神話的世界觀中，實在很難對人解釋狄蜜特。再說，我又不了解這裡的語言結構，突然扯到語源、單字前綴什麼的也很奇怪，所以我順口編了一個理由。

聞言，賽德瑞克皇子竟然「呵」了一聲。

「看來你還挺愛吃的。」

「我確實很會吃。那麼，我們先告辭了。」

沒必要跟他多說什麼，既然已經抓到小熊貓——狄蜜，我在這裡的任務也結束了。

22 法式多蜜醬汁（Demi-glace Sauce），法式料理中常使用的濃厚醬汁，融合了蔬菜的甘甜、紅酒的濃醇及牛肉的美味。

確認狄蜜在我肩上趴好後，我慢慢挪動腳步往下……等等。

他怎麼知道我喜歡美食？

「……」

瞬間，一股說不清的寒意竄上背脊。我只有說顏色很像多蜜醬，又沒提到我是喜歡那個醬料才以此取名。

雖然理智上知道自己可能只是多心了，但他這麼快就看穿我的飲食喜好，還是讓我心底泛起不安。我抬起研究爬下藤蔓路線的目光，緩緩看向陽臺上的皇子。

那名青年依舊目不轉睛地凝視著我。

「還有事？」

此時，鋪滿夜空的雲層正巧散去，澄澈的月色傾瀉，灑落在他的輪廓上。

漫天銀輝中，那雙虹膜燃燒著鮮明橙光，一頭微捲髮絲黑如貢緞——眼前的畫面無比熟悉。

「難道……」

——噹、噹……

我嚇了一跳，低頭往下看。守在藤蔓底端的班傑明以手指比出九，那是九點的鐘聲。

「沒事，我要走了。」

我火速吐出這些話，一邊往下跨出一步。

腦中一閃而過的猜測事關個人隱私，實在不該當面說出來。一時間，各種想法紛沓而來，讓我的心情有些複雜。

而觸發這一切的皇子只是微微側頭，並沒有其他反應。

——嘰咿……喀噠。

這時，我聽見陽臺門打開又關上的聲音。

舞會賓客的談笑聲和華爾滋舞曲突然變得清晰，又逐漸模糊。接著，耳邊傳來某人輕盈的腳步聲。

我無視那些響動，小心翼翼地移動腳步爬下藤蔓，確保狄蜜不會被晃到。

「參見尊貴的皇子殿下。」

「薩爾內茲公爵夫人。」

「嘰。」

我腳滑了一下，惹來狄蜜不滿的抗議。

「抱歉、抱歉，我的錯。」

我連忙小聲道歉，緊緊抓住眼前的藤莖，心中卻驚慌失措。

公爵夫人為什麼會出現在這裡？

「看來薩爾內茲女爵尚未抵達。」

「是的……她託人傳話，說衣裝不太方便，要換件衣服再過來。」公爵夫人的聲音微微顫抖。

雖然皇子回話的措辭有禮，但語氣隱隱滲出寒意，態度與其說是未來女婿，感覺起來更像逼債的高利貸業者。

狄蜜貼著我，尾巴在我眼角輕輕搖晃。這讓我從衝擊中回過神來，催動僵在半空的身體繼續往下爬。幸好我目前的位置已經低於陽臺，脫離了那兩人的視線範圍。

「也在此問候葉瑟．威涅諦安王子閣下。」

下一秒，伊莎貝爾．德．薩爾內茲夫人的聲音便打破了我的僥倖。

「沒想到兩位會在一起……」

從那邊應該只能看到我的頭頂才對，但仔細一想，我頭上不是還戴著超高的主教冠嗎？感覺自己就像把頭藏起來的鴕鳥，有夠蠢的。

就算這套衣服再怎麼感受不到重量或悶熱，我也太無感了吧。這麼遲鈍還當什麼人，我就是鴕鳥本鳥。

眼珠。

「……您好。」我勉強開口回應。

本來想說她認錯人了，但想也知道不會有說服力，畢竟看看我這身主教正裝，再加上這對紫色眼珠。

現在除了正面突破，別無他法。

「首先，請容我對您表達感謝之意。」

公爵夫人一邊說著，一邊靠近欄杆。當她的陰影罩下來時，我也抬起了頭。

一位比想像中年輕許多的女性正俯視著我，頂多三十歲出頭吧，但美麗的面容卻因罪惡感和恐懼而憔悴不已。

「您的身分如此尊貴……我很清楚，我們這樣擅自約見您有多麼無禮。儘管如此，您仍然前來赴約，此等聖恩，我、我真是……」

「不，公爵夫人。很抱歉，但我來此並不是為了赴約。」

「什麼？」

一滴淚水從夫人眼中墜落，撫過我的臉頰。我咬緊牙關。

「我是為了尋回神獸——也就是這孩子，才會到這裡來。如果是要見夫人，應該會去右側盡頭的陽臺吧。」

她眨了眨眼，一臉無法理解的神情。

「閣下，這裡正是右側盡頭的陽臺……」

「明明是左側盡頭。」我沉聲打斷她。

原本在後方靜靜旁觀的皇子，此時突然嗤笑一聲。

「從後門的方向看，這裡確實是左邊。」

……他這麼說道。

小熊貓狄蜜的獨門絕技，顯然就是「催生粗壯藤蔓，製造階梯供人使用」。有這種能力為什麼不早一點拿出來用——我知道這樣的抱怨為時已晚。

我將小傢伙圍在脖子上，盡可能泰然自若地從藤蔓上踏入陽臺。覺得自己很糗這種事，要是表現出來就輸了。

雖然從賽德瑞克皇子盯著我的視線中，還是能明顯感覺到嘲弄，但我假裝沒發現。

好在公爵夫人非常親切，並沒有問我是不是方向感不好之類的問題。

「那麼，我們開始吧？來進行告解聖事。」

既然都身在小說中了，我當然希望每件事情都能戲劇化地完美解決。就算會失敗，我也想以酷炫瀟灑的姿態擁抱敗北。

是那種拿著手機滑到頁尾時，會讓讀者感嘆惋惜、對角色遭遇念念不忘的失之交臂，而不是因為分不清正門後門，本來決定爽約，結果卻準時抵達約定地點的可悲失誤。

難怪剛才在史卓達宮外面沒看見馬車，因為賓客不會從後門進出，當然不會把車停在這一側。

唉，真是越想越心酸。

「你不是說來此是為了神獸？」

不講話沒人當你是啞巴好嗎，有夠讓人火大。

儘管接收到我怒火中燒的目光，皇子卻不為所動，連眼睛都沒眨一下。我只好把再度湧上心頭的羞憤壓回去，轉頭看向公爵夫人。

夫人感覺很擔心有人會突然打開陽臺門走進來，在聽到我要為她進行告解聖事時，表情稍微放鬆了一些。

「謝謝您，王子閣下。就算您轉身離開，我也不會有任何怨言……」

沒關係，我只是想守住自己最後的尊嚴——這句話在舌尖轉了一圈，最後還是吞了回去。

如果在這裡坦白說出「我確實前後左右不分，不好意思先走一步」，只會更像個傻瓜。既然事已至此，何不爽快地聽完人家懺悔再走？這樣好歹能挽回一點顏面。

而且，我也很好奇邊境神殿那件神器失蹤的內情。

「那麼，還請皇子閣下移步陽臺之外。告解聖事必須遵循一對一的保密原則。」

我下逐客令時刻意沒用「殿下」這個敬稱，但賽德瑞克皇子只是微微挑眉，給出了意料之外的回覆。

「你會需要我。」

語畢，他抬起戴著黑色手套的左手，在空中橫向輕輕一劃。陽臺門立刻傳來「喀嚓」一聲，從外面鎖上了。

公爵夫人對此面色如常，我卻無法掩飾震驚的反應。

「剛剛那是……」

「看來你沒聽過我是魔劍士的傳聞。」

確實沒聽過。但我可是記得一清二楚，恩瑞有叫過這傢伙「劍術大師」。而且也敢指天發誓，我絕對沒有搞混哪部小說的設定，因為皇子確實一天到晚在練武場揮劍，看起來就是一副只靠劍術吃飯的樣子——結果現在跟我說他是魔劍士？

而且他剛剛用的魔法，該怎麼說呢，也不是我想像中那種奇幻魔法。

現在是在演《X戰警》嗎？其實他是什麼變種人？

「王子閣下，我沒關係的。能向您懺悔，已是主神賜予的恩典。更何況……」

在我和皇子陷入僵持時，反而是公爵夫人出聲打了圓場。雖然她的聲音仍然不穩地輕顫，但漆黑眼眸中卻透出一股堅決。

「皇子殿下確實有資格，聽我一五一十陳述我的罪行。」

既然當事人都同意了，我也不好繼續堅持。

「那麼，請先坐下再說吧。」

我向公爵夫人示意欄杆前方，那座狄蜜大顯身手打造的花藤階梯。雖然我剛剛也是踩著這個走下來，所以不算非常乾淨，但陽臺上也沒有其他適合坐的地方了。幸好公爵夫人不是會介意這種事的人。

至於那位皇子，就讓他自己看著辦吧，先不管他了。

「咳，嗯，我最後一次告解是在……兩個月以前。」

公爵夫人輕咳一聲，緩緩開口。我靜靜點頭，同時展開了以太環。

【那麼，請懺悔您的罪過吧。】

我的聲音迴盪在夜色之中，可以感受到微量的以太從身體中釋放出去。金色線條交織出幾何陣紋，展開的聖所圈住了現場的三人一獸。

在神聖的金色光輝中，公爵夫人似乎陷入了思緒。我肩上的狄蜜也感應到了以太，自己跳到我腿上坐好。

我靜靜等待夫人開口。總之在回朱利耶宮前，今晚就盡量蒐集情報吧。

「西蒙，也就是我的丈夫……深愛著他的女兒。而我也是如此。」

夫人的目光沒有焦點，像是沉浸在回憶之中。提到克莉絲朵時，她的嘴角浮現一抹柔和淺笑。

「從我婚後正式入主薩爾內茲領主城堡的那天起，我就察覺到，那孩子……其實比我一開始認為的更加像我。雖然我們並沒有任何血緣關係，我和克莉絲朵卻有不少相似之處。我們都安靜、怕生，也不擅於表達自己的想法……」

我輕輕點頭。之前班傑明也提過，據說「真正的」克莉絲朵在被穿越前就是這樣的人。

「身為公爵夫人，在那座巨大城堡內的生活其實很孤單。西蒙是名好丈夫，可是他實在太忙碌了。我在婚前就知道會如此，但真正開始婚後生活時，還是感到非常辛苦……不過，因為有那孩子在，這一切都可以忍受。」

夫人粲然一笑，迅速用手絹擦去滑落的一滴淚水。談論起女兒時，夫人蒼白的面容稍微多了些生氣。

「那時，克莉絲朵只有八歲，而我是二十二歲。」

我好不容易才忍住皺眉的反射動作。

雖然知道滿十六歲在這個世界就已經是成年人了，但身為韓國人，我還是覺得夫人結婚的年紀太輕了。

以韓國年齡計算，她在二十三歲就成為了公爵夫人，很難想像她當時承受的壓力有多大。

「和那孩子共度的每一刻都幸福無比。雖然我們鮮少走出領主城堡，也因此被人指指點點……但只有我們兩人一起去郊遊、一起開小型音樂會、一起烹調料理……那些時光是如此美好，有如世上最珍貴的禮物。克莉絲朵就是我最好的結婚禮物，我是這麼想的。」

公爵夫人拭去眼角的淚水。

之前，加奈艾說他聽過公爵夫人的兩種傳言，那些關於她是位「典型繼母」的閒言碎語就是其一。但夫人如果不是真心珍惜並愛著某人，根本不可能展現出現在臉上的那種表情。不然就是她擁有奧斯卡級別的演技。

「不是說要懺悔嗎？」

此時，一旁卻傳來毫無感情的低沉嗓音。

皇子交疊著兩條大長腿，身體靠在欄杆上，注視著我和公爵夫人的目光毫無溫度。

「我不怎麼喜歡煽情劇。」

【皇子閣下……】

「王子閣下，我沒關係的，殿下所言極是。」

我正打算嗆爆那個在別人懺悔時插嘴的皇子，卻被公爵夫人勸阻了。

「我的開場白好像太長了，那個……這件事，要從克莉絲朵陷入昏睡之後講起。」

夫人吞吞吐吐地接著說。

「女皇陛下對我們家實在恩重如山，還派了宮廷醫師來為克莉絲朵看診……我丈夫也幾乎召來了全帝國的名醫，但三年下來，別說是痼疾了，就連病徵都找不到，沒有人能讓那孩子睜開眼睛。還有位醫師說、說克莉絲朵……可能一輩子都會這樣……沉睡不醒……」

「所以你們就動用了滄海之祝福？」賽德瑞克皇子單刀直入地問道。

那一瞬間，我同時冒出兩個想法，一是這傢伙的禮貌是不是被狗吃了？二是──他果然早就知道，薩爾內茲的神器已經不在了。

「不管是醫術、魔法或神官的治癒之力，都無法喚醒她……因此，就在不久前，我第一次想到可以向邊境神殿許願。」

【您是在說，偷走了那件神器的人是您？】

我吃驚地追問，她卻搖了搖頭。

「我只是想起了一則傳說──據說，只要向邊境神殿的神器許下『血願』，主神便會實現願望。於是，我向丈夫提議去祈求看看，而他……他準備了大量的魔獸鮮血，還說直到救回女兒為止，他不會停止討伐魔獸。」

真是可憐天下父母心。在那種情況下，就算只是聖書中虛無飄渺的隻言片語，不管成功的希望有多薄弱，為人父母者也都會去試一試吧。

在真正的絕望面前，旁人要議論他們瘋了也好、要施捨膚淺的同情也罷，全都無關緊要了。

「可是，就在我們夫婦啟程前往神殿之際，傳來了神器遭竊的消息。他們說，那件神器不見了，今後一段時間內，任何人都無法進入神殿。我……」

公爵夫人說出的每一句話都浸透了淚水。

大概是察覺到了她的悲傷，狄蜜發出了低低的叫聲。我抬手輕撫牠的背。

「那時，我陷入了深不見底的絕望……都還來不及嘗試，怎麼就這樣失去了機會……就在隔天，我的丈夫先開口了。他問我，我們是不是該放手，讓她好好走了……」

賽德瑞克皇子低聲嘆了一口氣。

如果我的理解沒錯，薩爾內茲公爵是想讓女兒接受安樂死。

「我……請他給我一天的時間考慮。那一整天，我都守在孩子身邊。直到那時，我才忽然想起滄海之祝福。如果無法前往邊境神殿，那麼就借用家族的神器也好……我心想這真的是最後一次……」

我雙眼圓睜，皇子則皺起眉頭。

「那……」

【您向滄海之祝福許了願？】

「王子閣下，我丈夫對此一無所知，這是我擅自做出的決定。」

她急忙補充道。

「我偷偷拿結婚時收到的藍寶石禮物，調包了神器。原本只是想擺在孩子身邊祈禱，只要一下子就好。沒想到……」

她的目光劇烈顫動，流露出掩飾不住的驚懼。

「神器突然散發出藍光，傾瀉般灑在我女兒身上。那一刻，我真的以為是主神實現了我的願望，簡直就是奇蹟。我又哭又笑，緊緊抱住醒過來的克莉絲朵……然後，先是發現滄海之祝福不見了，接著又發現……」

我迅速在腦中整理目前已知的情報。

滄海之祝福原本應該是皇子和克莉絲朵的結婚禮物，極可能也是推動《辭異女》劇情發展的關鍵道具，卻在故事開頭就消失了。

現在看來，原因就出在公爵夫人身上。她為了拯救女兒，向那件神器許下了願望。

聽起來就像早期迪士尼電影才用得到的橋段。不過，如果從作者的角度來思考，不管是安排什麼轉折，都得讓身為主角的克莉絲朵醒來才行。

就算得稍微轉一下方向盤，也得讓故事合理推進。

「女兒，不認得我了。」

【嗯。】

當然不會認得。因為她雖然是克莉絲朵，卻又不是「克莉絲朵」。只是，這點公爵夫人也無從得知。

「剛開始，我以為克利斯朵只是身體尚未完全康復，可是隨著時間過去，她沒有記憶或不知道的事卻越來越多……看著這樣的女兒，我丈夫只說孩子醒來後『像個大人了』，但我並不這麼認為。」

夫人的唇微微顫抖。

聽她這麼說，看來克莉絲朵在穿越初期，適應得並不順利。也是啦，對我來說這只是小說，但對她而言，卻是無預警掉入了另一個世界。

「我在想，會不會是我向神器許的願太過分了……是不是因為我沒能理解主神的旨意，犯下如此貪心的罪，而讓克莉絲朵受到了詛咒呢？」

「這是妳真心的想法嗎？」賽德瑞克皇子搶先我一步開口，「主神給予的詛咒，絕不會如此簡單。若妳只是想用『詛咒』一詞作為擋箭牌，減輕自身心理負擔……」

【皇子閣下，請等等。】

我阻止他繼續說下去。皇子雖然一臉不滿，卻沒有再多說什麼。

【夫人，您爲何會這麼想呢？正如您所說，女爵確實可能是因爲長期臥病在床，才會出現神智混亂的情況。】

「不，我女兒……獲得了可怕的能力。水……她能用指尖操控水。我親眼看見，浮在半空的巨大水團，依照那孩子的意志旋轉、流動。」

她居然連這個都說出來了，我與皇子的視線在空中交會。在那雙橙色眸底，各種情緒翻湧而上，轉瞬即逝。

「是我先對她坦白的，這一切都是我為了救她才犯下的重罪，而本該由我承擔的懲罰，卻轉嫁到了她身上。可是聽我說完，克莉絲朵卻這麼回答。」

公爵夫人苦笑了一下。

「她說，一個和死去沒兩樣的人得以獲得重生，為什麼會是詛咒？她還要我別哭了，說如果吸收了必須交給皇室的神器是一項罪行，那代價也該由她親自支付……」

不愧是恩瑞那麼喜歡的主角，這些臺詞既磊落又勇敢無懼。

但公爵夫人卻淚流不止，將臉埋進手絹裡。

「求您寬恕我，王子閣下。我的貪得無厭傷害了很多人，不僅是克莉絲朵和我的丈夫，就連皇子殿下……聽說殿下十分需要這件禮物，我……」

皇子的臉上毫無表情，我看不出他心裡是怎麼想的，到底是不追究了，還是在隱忍怒火？

我只好自己默默將剛才聽到的內容複誦幾遍，深怕之後遺漏什麼細節。

然後，我深吸一口氣。

【悲憫眾生的主神啊，還請您寬恕公爵夫人訴說的謊言。】

「……」

陽臺上一片寂靜，聖所沒有任何反應。這時，我才露出微笑。

【看來，您目前所說的一切都是實話。謝謝您，夫人。】

夫人驚訝得張大了嘴，皇子則無言地冷笑一聲。

這是我向波帝埃主教學來的小技巧——利用告解聖事測謊。如果對方說了假話，聖所的以太就會產生反應來淨化說謊的罪行。可是剛才什麼也沒發生，代表夫人所言全部屬實。

【很抱歉，但我必須先確保您沒有說謊。】

我露出帶著歉意的苦笑。

【還有，我呢……並不認為夫人犯了罪。您無意破壞神器，只是為了女兒而誠心祈禱。至於隱瞞丈夫這件事，是您夫妻兩人應該私下溝通的問題。】

公爵夫人緊緊抓住手絹。那條濕透的布料其實已經毫無用處。就在這時，皇子默默將自己的手帕遞給了她。

我雖然吃了一驚，但還是不露聲色地繼續進行聖事。

【我也不認同克莉絲朵・德・薩爾內茲女爵是受到詛咒的說法。水之力屬於主神權能，也是神聖的祝福。雖說聖騎士只會誕生於神國，但……或許也有後天覺醒的案例。說不定，這正是主神一時興起的恩賜呢。】

公爵夫人終於露出了微笑，而我能清楚感覺到，皇子的視線正定定落在我身上。

【您今晚對我訴說的一切，也請向女皇陛下和樞機主教殿下坦白吧。還有，請您務必與丈夫和女爵好好談一談。這便是我賜予您的補贖。】

聖所的光芒逐漸消散。

【請別擔心令嬡，她會沒事的。】

聽見我最後的神諭，夫人深深低下了頭。

她不斷喃喃道謝，感覺下一秒又要哭出來了，我急忙轉移話題。正好，我也有個疑問。

「不過，夫人，女爵她……要如何向皇室支付代價呢？」

我一邊說，一邊偷瞄皇子的反應。

就目前的氛圍來看，婚約應該是不會有下文了，但我有點好奇克莉絲朵還想不想和這傢伙結婚。

「就像您方才說的那樣。」

公爵夫人勉強擠出微笑。

「克莉絲朵說，她要成為光榮的帝國首位聖騎士，以此償還對皇室的虧欠。她還對我說，這樣一來，媽媽的心情應該也會稍微輕鬆一些吧……」

等一下，作者大大！這個方向盤未免也轉得太多了一點……

一時之間，我不知道該說什麼，只能絞盡腦汁，回想恩瑞透露給我的那些零碎線索。但無論我怎麼翻找記憶，都想不起她說過任何關於「聖騎士克莉絲朵」的設定。

我剛才之所以提到聖騎士，只是認為克莉絲朵的能力並不是壞事，才隨口這樣舉例。萬萬沒想到，劇情居然真的朝這個方向發展了。

雖然我沒讀過《辭異女》，但至少可以確定故事初期並不是這種走向。不只男女主角解除婚約，主角還準備轉職，沒想到隨著滄海之祝福消失，劇情發展會歪成這樣。

所以在原作中，到底是什麼力量實現了公爵夫人的願望？

最有可能的，果然還是邊境神殿那件失竊神器吧。如果神器還在，說不定夫人早就順利救回女兒，也不至於用掉滄海之祝福這份結婚禮物，而克莉絲朵自然也不會獲得水之力。

那麼，就只剩下一個疑問了。究竟是誰，又是為了什麼目的，盜走了邊境神殿的神器？

「那……」

——叩、叩、叩叩。

我才剛開口，便被從某處傳來的敲門聲打斷。總覺得敲門的節奏有點耳熟，拍子和「大韓民國」的加油口號完全一樣。

最先動作的是賽德瑞克皇子。似乎知道來者是誰，只見他輕嘆一口氣，抬起戴著手套的手，再次在空中劃出一道橫線。

——喀嚓。

門鎖打開的聲音輕巧響起。看了兩次，我還是覺得這招很神奇。

陽臺門緩緩開啟，一道熟悉的身影面帶笑容走了出來。公爵夫人和我雙雙站起身。

「我喜愛的人，都齊聚在這裡了呢。」

來者正是歐蕾利．波帝埃樞機主教，語氣溫柔地開口招呼。她穿著樞機主教的正裝，身上的長袍和頭上的主教冠都比我華麗了好幾倍，織料層層疊疊，妝點著大片大片的精緻繡紋。

她輕輕擺手，隨侍在她身後的那些侍從便行禮退下。

「日安，殿下。」

「參見聖潔的樞機主教殿下。」

「殿下。」

我、公爵夫人和皇子依序行禮致意。

「我也很高興見到各位。」

樞機主教說著，目光落到趴在我肩頭的狄蜜身上，那雙米色眼睛饒有興味。

「被你順利馴服了呢，那就好，我不久前才聽聞這件事。」

「嘰。」

狄蜜發出短促的叫聲，像是在回應一樣。

我這才想起來，剛剛班傑明派了衛兵去向樞機主教稟報神獸出沒的突發狀況。我正打算和樞機主教商量明天早上送狄蜜過去的事，沒想到她先開了口。

「告解聖事進行得還不錯呢，王子閣下，看來你沒有忘記我的教導。」

她一臉欣慰，我的思緒中斷了一下才慢慢跟上。

「……您都聽見了？」

「因為衛兵說情況緊急，我便拋下菲德莉奇直接過來，沒想到陽臺門卻鎖上了。既然出不來，我也只好先等在門邊，結果就聽完了全程。」

雖然樞機主教不好意思地笑了笑，卻感受不到一丁點歉意。這種行為無論怎麼看都是主動偷聽吧，不過她的神情太過人畜無害，實在很難提出質疑。

樞機主教慢慢走上前，向公爵夫人伸出了手。

「哭了這麼久，都快脫水了吧？伊莎貝爾，要不要一起喝杯茶呢？」

她的聲音溫柔得像在哄孩子入睡，讓人難以拒絕。

公爵夫人整張臉都皺成了一團，那個表情讓我想起小時候的恩瑞。

每次小恩瑞跌倒了，都會堅強地自己爬起來，直到我趕過去問她「還好嗎？」，這時她才會看著我哇哇大哭。

「嗚嗚……」

公爵夫人將臉埋進樞機主教的肩窩，這一刻我才真切感受到，她的內心究竟有多麼痛苦煎熬。

我和皇子默默站在一旁，看著樞機主教輕拍夫人的頭髮和背脊，領著她走向陽臺入口，準備返回她們兩人的伴侶身邊，也就是女皇和公爵等待著的地方。

「對了，賽德瑞克。」

樞機主教來到門前時，突然回過身來。皇子靜靜等著她的下文。

「我聽說克莉絲朵・德・薩爾內茲女爵的馬車已經抵達了，你是不是也該去迎接一下？」

「……」

「雖然原定今天公開的婚約大概得取消了，但你依然是那孩子的舞伴呀。」

說完，她也不等皇子回答，就這樣笑咪咪地轉身離開陽臺。

說真的，樞機主教雖然不是霸道的類型，但一旦堅持起來，卻莫名令人難以違抗。難道這就是所謂的領袖氣質？

「……」

皇子沒有答腔，只是目不轉睛地盯著樞機主教遠去的背影，思緒似乎飄到了其他地方。

我觀察著他臉上嚴肅的表情，這時，那些被我忽略的疲倦和心煩意亂又湧了上來。

「您請便吧。」

我敷衍地朝他點頭，一邊輕輕抓下正在啃我衣領的狄蜜。是時候撤退了。

「方才，是你的真心話嗎？」

讓人耳朵發麻的中低音從背後砸向我，我回頭望去，皇子正居高臨下地看著我。

還以為他只是喜歡省略主詞，現在看來，他根本是只挑自己想說的話講，前後文全部省略。

「您是指哪一句？」

那雙橙眸如鏡面般映出我的身影。

「……你不認為那是詛咒——」

「克莉絲朵．德．薩爾內茲女爵進場！」

一道響徹舞會大廳的宣告，打斷了皇子的話。

透過敞開的陽臺門，能聽見鬧哄哄的室內瞬間沉寂，彷彿被潑了一桶冷水。就連持續不斷的音樂演奏也戛然而止，一陣寒意竄上我的背脊。

主角在社交界的首次亮相果然不同凡響。

我克制不住忽然冒出來的好奇心，慢慢走到陽臺門邊。

先聲明，我想避開男女主角的初衷並沒有改變，可是至少就這麼一次，我想看看恩瑞如此鍾愛的角色，站在明亮之處的模樣。

這樣等我回家之後，才能告訴恩瑞角色本人是什麼形象，所以得利用這次機會記清楚。

「有興趣？」

「沒有，我只是想看一看。」

我悄悄從陽臺門外探出頭，幸虧大廳裡的賓客對我一點興趣都沒有。

身著華服的貴族不是拿著透明酒杯，就是牽著舞伴的手，目光全都集中在同一處——從二樓延伸至大廳中央的華美階梯。

一位精緻如玩偶的少女，身邊無人護送，獨自翩翩走下鋪著紅毯的長梯。

高高束起的粉色長髮隨著步伐搖曳，青灰色眼眸在枝形水晶吊燈的光線下，有如玉珠般閃閃發亮。有著華麗藍絲線刺繡的白色禮服外套輕輕擺盪，與下半身搭配的青色長褲和銀靴呈現鮮明對比。

她那略帶緊張，卻又透著自信的神情，看起來就像做好充足準備，即將上場簡報的公司職員……呃，或是要去遞辭呈的員工。

「噢……」

完全不一樣。她和《辭異女》封面上垂散著一頭長髮、身穿輕柔禮服裙的女孩差了十萬八千里。現在的克莉絲朵，看起來更像一名年輕的騎士。

——噠、噠。

少女的長靴在大理石地板上踩出輕快的節奏。大廳中的貴族有如迎接先知的羊群，齊齊為她讓開一條路。

克莉絲朵不猶豫地筆直走向目標——女皇和樞機主教的所在之處。那兩人身旁，正站著薩爾內茲公爵夫婦。

「狄蜜，等一下，我到馬車裡再陪你玩。」

我安撫著撒嬌般在眼前晃動尾巴的狄蜜，在視野被擋住的瞬間，貴族間的低語與騷動忽然變大了。克莉絲朵似乎做了什麼引人注目的舉動。

「失禮了。」

賽德瑞克皇子就在這時越過我，離開了陽臺。只見視野比別人高出許多的他掃過人群，像臺導航那樣精準找出了通往母親和教母的最短路徑。

我趁這段空檔脫掉主教冠，把狄蜜一把塞進去。小傢伙一臉滿足地窩在裡頭，耳朵邊開出了一朵小小的杜鵑花。

「噢……」

擋住我視線的貴族紛紛發出驚嘆聲，我努力伸長脖子察看情況。

只見克莉絲朵單膝跪地，彷彿要向女皇和樞機主教宣示效忠。一旁的賽德瑞克皇子則朝她伸出一隻手，簡短地說了幾句什麼。

——♩♪♫……

雖然距離太遠聽不到他們的對話，但整體氣氛看起來還不錯。

就在克莉絲朵抓著皇子的手站起身時，樂團也開始演奏耳熟能詳的華爾滋圓舞曲。
周遭的貴族不斷鼓掌讚嘆，甚至有幾位不知是受了什麼感動，熱淚盈眶地對主神祈禱。
「哇啊！」
「真是郎才女貌的一對佳人呢。」
此起彼落的感嘆聲中，賽德瑞克皇子與克莉絲朵正在翩翩起舞。
雖然一看便知道克莉絲朵對交際舞不太熟，但或許是皇子的領舞技巧太過出色，她並沒有出現明顯失誤。
皇子那身袖口以金絲裝飾的黑色禮服，與克莉絲朵的服飾意外相配。
「果然，還是走到了一起呢。」
「嘰？」
狄蜜歪著頭看我。我輕輕撫摸牠的鼻吻，心裡稍微鬆了一口氣。
雖然不清楚克莉絲朵剛才跪著說了什麼，也不知道皇子回了什麼……但男女主角在初遇時便攜手共舞，肯定是一切順利吧。
「太好了，那麼我們真的該走了。」
我這麼對懷中的小熊貓說著，抬起頭時，視線與克莉絲朵對上了。
「……」
不，這肯定是我的錯覺。距離又不是說多近，現場也人山人海。她可能是在看其他貴族，也可能只是視線無意間掠過。
我這麼說服自己，向後退了一步。
下個瞬間，塞德里克皇子帶著舞伴旋了半圈，目光準確地望進我眼底。
我肩膀一縮，連忙關上陽臺門。
透過門縫，我最後看見的畫面，是又轉了半圈回來直視著我的克莉絲朵。

「又不是什麼恐怖電影……」

我的背脊一陣發寒。這種感覺就像作者拔下了不受控制的方向盤，狠狠朝我胸口砸了過來。

「辛苦您了，王子閣下。這該怎麼辦……班傑明閣下也真是辛苦了。」

「沒事的，你也辛苦了。」

我身心俱疲地返回馬車時，迎接我的加奈艾比我更愁眉苦臉。剛才一直守在史卓達宮花園裡的班傑明，看起來也同樣精疲力竭。

加奈艾一邊噓寒問暖，一邊熟練地取出香蜂花茶、閃電泡芙，還有滿滿一籃的點心，這都是他在等待我們時準備好的補給品。

——叩叩。

我正忙著幫狄蜜剝水煮蛋殼，這時有人敲了敲馬車門。加奈艾應聲後，門便打開了，但站在車門外的並不是馬夫。

「薩爾內茲公爵夫人。」

「葉瑟王子閣下。」

夫人身邊沒有其他人。與在陽臺上那時相比，她的眼角雖然依舊泛紅，但整體氣色已經好上許多。

班傑明和加奈艾以坐姿盡可能向她行禮。我連忙請她上車入座，但她只是微微一笑，輕輕搖頭。

「我不會耽誤太久。關於邊境神殿失蹤的神器，我還有件事沒來得及告訴您。」

說著，她的目光謹慎地在班傑明與加奈艾之間掃過，無聲詢問他們是否可以一起聽。

「沒關係，您請說。」

那天在告解室，克莉絲朵確實說過夫人會提到邊境神殿神器的事，我還以為她在告解時講到的那些就是全部了。

我一頭霧水地等著夫人開口。

「雖然不能確定是否屬實，不過我和丈夫一直在打聽那件神器的事，這是透過神國的消息來源聽到的……據說神國的高階神官們，並不認為邊境神殿的神器是『失蹤』，而是『已用盡』。」

「已用盡是……？」

「意思應該是，已有人向神器許願，並且，隨著願望的實現，神器也永久毀損了。」

說到這裡，夫人攏了攏肩上那條像是匆匆披上的披肩。

「波帝埃樞機主教殿下是以代表帝國立場的身分，為王子閣下的清白背書，我聽說神國的神官也因此相信您的無辜。所以……」

我那飽受疲勞轟炸的大腦，再一次努力運作起來。

邊境神殿的神器可能不是被偷走，而是因為實現了某人的願望才會消失。也是因此引發連鎖反應，導致這部小說開頭的故事設定變得面目全非。

「我認為這件事也該讓王子閣下知道比較好。」

夫人道出最後一句話的聲音極輕。而我彷彿從眼前無數條細微且薄弱的線索中，看見了一絲閃爍著清晰光芒的可能性。

CHAPTER

09

傲慢與偏見課程

我一口氣睡了大概有十小時。

昨晚簡直是震撼彈連環爆，先是聽到主角克莉絲朵宣布轉職，又發現賽德瑞克皇子長得和某個我認識的人非常像，再加上那些關於邊境神殿神器的謎團。

要思考的事情實在太多，我還以為會睡不著，沒想到梳洗完之後，一沾到床就直接昏迷，再睜眼就是隔天早上九點了。

而此刻，四周迴盪著清脆鳥鳴。

「平和寧靜真好。」

我一邊啜著肉桂茶，一邊點頭附和班傑明的感嘆。

明明像這樣的花園早茶會，在我的堅持之下每天都會舉行，但不知道是不是昨夜的體感太漫長，現在竟然有種恍如隔世的感覺。

為了迎接賓客而格外精心打理的皇宮庭園，如今靜得像座圖書館，就像剛經歷過一場暴風雨的洗禮。

「以後再有什麼活動，記得要提前幾天放出我身體不適的風聲。」

聽到我這麼說，班傑明鄭重點頭。

我把一塊蘋果塞進膝上的狄蜜嘴裡，接著視線移向放在桌上的記事本。

無論我在記事本上亂寫亂畫什麼，班傑明都會刻意避開視線，大概是把這本筆記當成《某位人質的悲慘手記》之類的日記了吧。

我沒有刻意糾正他，畢竟這麼想也不算有錯。

△**邊境神殿失竊的神器**

並非失蹤，而是可能已被某人使用。

這是我第一件要思考的問題。

雖然接下來全都是假設，但帶著假設行動，與毫無準備地被迫捲入事件，是兩種天差地遠的選擇。

我重新推敲昨晚薩爾內茲公爵夫人追到馬車邊來告訴我的傳聞。

說不定，原本應該用來救克莉絲朵的神殿神器，被別人搶先一步許願用掉了。於是，公爵夫人不得不動用滄海之祝福，也就是原作中促成克莉絲朵和賽德瑞克皇子婚約的關鍵道具。

這可不是什麼小變動，而是直接改寫主角故事線的大轉彎。而據我所知，目前能做到這種事的外來變因只有一個——那就是我。

「嘰。」

「狄蜜，餐桌不是用來爬的喔。」

我把爪子伸到桌上的狄蜜攔腰抱住，摟著牠黑黑的小肚子，再放一顆青葡萄到牠嘴裡，小熊貓立刻就安分下來。

「葉瑟．威涅諦安」在原作最新連載中確實是死了，然後在小說更新的隔天，穿書和時光倒流便同時發生，讓他復活了過來。

我原本一直以為，這只是穿越類作品特有的「現象」。不是很多網路小說都這樣嗎？也沒有什麼特別的外力介入，主角就是某天莫名其妙穿書了。比起是怎麼穿越到書中角色身上的，這類型的劇情更側重主角穿越之後發生的事。

直到昨天為止，我都以為自己的情況也是這樣。

雖然邊境神殿的神器竊案有點讓人在意，但我忙著面對各種生死關頭，根本沒時間深入探究。

結果那居然不是單純的竊案？

會不會是有人為了讓「我」活下去，向那件神器許了願之後，才導致我穿越進這個身體？

△ **邊境神殿失竊的神器**

並非失蹤，而是可能已被某人使用。

——是誰許下了願望？

——其他神器也有實現願望的能力嗎？

那麼犯人是誰呢？

首先應該考慮本書主角。可是，就算真的是未來的克莉絲朵，在得知葉瑟王子戰死沙場之後跑去許了願，現在的她也會不知道。

我當然也想過會不會是恩瑞，但這就更無解了。身在現實世界的恩瑞，到底要怎麼施展小說裡的魔法，我完全摸不著頭緒。

那又會是誰做的？

不過老實說，雖然我有點好奇，但知道了好像也不會有什麼實質改變。

所以說，對我而言重要的是第二個問題——其他神器也能實現願望嗎？

不像邊境神殿的神器那樣，滄海之祝福可沒有類似「血願」那種廣為人知的傳聞。根據小說的設定，那只是一件符合其名的強大水屬性神器而已。

至於滄海之祝福能夠喚醒克莉絲朵這件事，應該是作者硬轉方向盤的結果。儘管如此，我還是無法抹去那一點點微弱的希望。

萬一其他神器也能對人類的心願產生反應，那麼，是不是也有機會實現我「想回家」的願望？

我也知道這種想法過於樂觀，可是……

「王子閣下，伊莉莎白爵士來訪。」

我從思緒中回過神，發現面前的記事本用線和圓圈畫滿了重點。抬起頭，就看見伊莉莎白爵士頂著一頭橄欖色短髮，昂首挺胸地走來。跟在她旁邊的還有加奈艾。

「早安，葉瑟王子閣下。」

「您好啊，伊莉莎白爵士。」

可能是因為前一晚的大型活動總算順利結束，禁衛副隊長顯得格外神清氣爽，心情似乎輕鬆許多。

我闔上記事本，收入懷中。

班傑明起身為她拉開椅子，而加奈艾開始向我報告。

「波帝埃樞機主教殿下表示，她會親自聯繫杜漢侯爵家。另外，殿下詢問您可不可以改在今天下午三點左右碰面。」

「當然可以，沒想到殿下今天還有空檔。謝謝你，加奈艾。」

也就是說，該怎麼應對狄蜜的狀況，樞機主教會再多方確認，而原定早上十一點的私人補習時間則延到下午。

因為今天比較晚起床，再加上要消化的情報有點多，我原本想乾脆暫停一次課程，結果卻得到這樣的回答。

班傑明熟練地收拾好自己和加奈艾的空杯，說完「請慢聊」後，就和加奈艾一起往朱利耶宮的方向走去。

「感謝您百忙之中還抽空來找我，昨天真是辛苦了。」

我親自為伊莉莎白爵士倒了一杯肉桂茶。她笑著接過杯子，盯著甜點的灰色眼睛閃閃發亮。

「只要有王子閣下的邀請，我就能名正言順偷懶，當然隨時歡迎囉。昨天也工作到快掛了才下班，現在舞會終於落幕，整個人都輕鬆了。」

她一邊喝茶，一邊和我細數春季舞會發生的大大小小趣事。

大部分都是來自那些難纏的貴族，比如說有些人會把禁衛隊員的話當耳邊風，直到身為伯爵家繼承人的她出現，才會比較收斂。所以只要現場有貴族作威作福，就只能由伊莉莎白爵士出面，整場舞會都在四處滅火。

「對了，聽說您昨晚也有來史卓達宮？」

「我只有上陽臺而已，為了這個小傢伙。」

我指了指正搭著我的胸口往上爬的狄蜜。

「是上次見過的那隻嗎？」
「是的，我原先以為牠已經離開了，沒想到還留在皇宮裡。不久之後，可能會送牠前往另一件神器所在的杜漢侯爵領。」
「嘰咿。」
狄蜜發出小小的叫聲，我摸摸牠的後腦勺，笑著安撫牠。
我今天一早特地邀請伊莉莎白爵士過來，是因為有話想說，但到了真正要開口的時候，才發現其實不容易。
一方面自我懷疑，不知道該不該問這個。另一方面，又覺得我也有知情的權利。
「有什麼想說的您就直說吧，王子閣下。」伊莉莎白爵士也許是讀懂了空氣，主動開口道。
於是我終於說出從昨晚以來就一直困擾著我的事情。
「最近這段時間，我在皇宮內遇見了一個小孩。他拜託我對此守密，但我覺得現在已經不能再裝作不知道了。」
「好的。」
伊莉莎白爵士把把茶杯湊近嘴邊。
「是個黑髮橙眼的小男孩，個子大概這麼高……」
「咳、咳咳！咳咳、咳咳咳咳！」
猛然嗆到的伊莉莎白爵士劇烈咳嗽起來。狄蜜嚇了一大跳，尾巴都豎直了。
我迅速把手邊的餐巾遞給她，再為她倒了一杯清水。
她咳了好一段時間才平息下來，眼角泛著淚光。
「您還好嗎？」
「請您繼……咳……請您繼續說吧。」
「啊，好的。那孩子和我有些緣分，名字叫做賽迪。」

「呼……」

伊莉莎白爵士嘆一口氣，拿了條新的餐巾捂住嘴。看來果然心裡有鬼。

「他長得很像賽德瑞克皇子，您要是親眼看到也會這麼認為。」

「是……」

「還是您已經見過了呢？」

伊莉莎白爵士自暴自棄地點了點頭。

「您認識他？」

她又再度點頭。

「他似乎隨時都能在皇宮裡自由走動，那孩子也是皇室成員嗎？」

她略一遲疑，然後點了點頭。果然，這位「皇子摯友」什麼都知道。

我腦中漸漸拼湊出一幅畫面——

動不動就罵皇子是垃圾的恩瑞。還有融合了老哏與新設定，深受讀者喜愛的《辭職後成為異世界女爵》。

雖然這種劇情在我眼中實在狗血，但如果男主角是這種類型的話，光是想知道後續發展，也會讓讀者忍不住看下去吧。

「他住在另外準備好的地方嗎？皇子有好好照顧他吧？」

「……您說什麼？」

伊莉莎白爵士愣愣地盯著我。

「那孩子還會躲進皇宮的告解室，我都開始懷疑他的生活環境是不是太惡劣了。雖然我既不是父母又不是家人，不知道該不該由我來說這種話……」

「不好意思，王子閣下。請您等等。」伊莉莎白爵士伸出雙手打斷了我。「那個……可以請問您認為那孩子是誰嗎？」

「不管皇子年輕時犯過什麼錯，都和我無關。」我回答得斬釘截鐵。
賽迪身上有神力，似乎也學過使用的方法。但根據他自己說的，他既不是神官，也不是聖騎士。而且那孩子不僅不願意透露家世背景，對於年齡也含糊其詞。
然而，從他那傲慢的語氣，和流露貴氣的行為舉止，能明顯看出身邊有個讓他耳濡目染的成年人。
「塞垃圾最好知道自己都對克莉絲朵做了什麼喔，給我懺悔一輩子！」
「快刪掉黑歷史，臭小子……」
恩瑞的聲音像警報器一樣在我腦中迴響。妹妹口中的「黑歷史」，說不定是這種意義的歷史。
「我只是因為看到處境相仿的孩子，所以忍不住多關心了一些。畢竟我也是女王陛下和神官的私生子。」
「……」
「還請您多多照顧他。」
伊莉莎白爵士緊緊咬住下唇。
大概是很難控制表情，她整張臉從脖子開始漲紅上來，身體不斷顫抖。
「狄蜜，牙籤太尖了，不可以！呸，快吐掉。」
狄蜜還在這個時候開始搗亂，我分心地低下頭，注意力離開了伊莉莎白爵士。她似乎在喃喃自語什麼「伸張正義」或「報應」之類的東西，我不是很確定。
總之，筆記整理得差不多了。透過伊莉莎白爵士，我心中那點縈繞不去的疑問也算得到了解答。早晨的茶會時光總是這麼有益身心。
「殿下，葉瑟王子閣下到了。」
「讓他進來吧。」

昨天一分一秒都過得如此漫長，今天的時間卻一眨眼就溜走了。不知不覺間就到了下午兩點四十分，我站在樞機主教的辦公室門前，最後一次檢查自己的服裝和儀容。

波帝埃樞機主教的侍從娜塔麗低聲說「很整齊哦」，然後為我打開門。

我身後的班傑明和加奈艾則輕聲說著「請小心腰」、「王子閣下，今天請稍微滾一下就好」之類的話，不太確定到底算不算鼓勵。

「你好，王子，有好好休息嗎？」

「參見聖潔的樞機主教殿下。」

我行完禮一抬頭，就看見樞機主教的單邊眼鏡下精光一閃，示意我看向辦公室另一側。那微微上揚的嘴角，讓我莫名感到一陣不安。我緩緩轉過視線。

「參見葉瑟．威涅諦安王子閣下。」

「……」

對方帶著燦爛的笑容向我行禮致意。

那雙眼睛我記得非常清楚，是我在史卓達宮的陽臺門關上前最後看到的畫面，青灰色的虹膜鮮明清透，彷彿能感受到冰涼寒氣。

服飾雖然換了，但波浪般的粉色長髮依舊如昨天那樣高高束起。

「這位是今天開始要和我們一起上課的克莉絲朵．德．薩爾內茲女爵。」

樞機主教如此宣布了課業小組的新成員。等一下，課程大綱上根本沒寫這種計畫。

「一起上課？」我傻傻地反問。

這個消息實在太震撼，我甚至忘了要先向克莉絲朵打招呼。

我為了不去春季舞會費盡心思，雖然最後踏進了半隻腳，但還能安慰自己只有半隻腳、不會有事的，結果第二天就直接和主角共處一室。發生這種悲劇，換成誰都沒辦法馬上接受現實。

「這只是暫時的安排。我們已向教廷提出申請，請他們派一位聖騎士來負責克莉絲朵的教育。

在等待教廷受理申請、核准，並任命某人至薩爾內茲公國的期間，會先由我來指導她。」

對於波帝埃樞機主教的說明，我只能在心裡嘆氣。

也就是說，樞機主教和女皇支持克莉絲朵成為聖騎士。皇室同意她以這種方式支付代價，即使婚約告吹，也不會錯放寶貴的人才。

不是說這是一對一授課嗎？我要全額退費——雖然我心裡實在很想這樣抗議，但這是樞機主教，又不是什麼補習班。這樣一位高權重的大忙人，本來就很難抽出時間分給兩位學生。

那麼在您指導女爵這段期間，我先放個春假——也不能厚著臉皮這樣說。只好安慰自己這只是暫時的狀況。

畢竟樞機主教是神官，不是聖騎士，頂多只能教克莉絲朵一些基礎理論的入門知識。

「……我知道了。還請多指教，薩爾內茲女爵。」

我故意用疏離的語氣回應，以姓氏加爵位來稱呼她，臉上也不帶笑容。

反正都這樣了，只好在上課期間多累積一些不討喜的分數。

「是，昨天真的非常感謝您，家母想找時間邀請您一同用餐。」

但是克莉絲朵看起來一點都沒有受到影響。她說的昨天，是指我在陽臺上聽公爵夫人懺悔的事吧。

公爵夫人看起來是個好人沒錯，但如果和主角的媽媽一起吃飯……光是想像就覺得壓力山大，應該會食不知味。

「感謝您的邀約，以我的處境，這恐怕有些困難。」

我用機械般毫無起伏的語氣回答。身為質子，我當然不能離開皇宮，真是萬幸。

「先坐吧，來喝杯茶。」

樞機主教露出柔和的笑容，領著我和克莉絲朵來到沙發這邊。她喚來侍從娜塔麗，同時用溫暖的目光觀察我們。我心裡更崩潰了。

這種時候，應該坐在這裡的不是我，而是那個混帳皇子才對吧……

「那麼，你們兩人今天是第一次見面嗎？」

我還在煩惱應該怎麼回答，克莉絲朵搶先開了口。

「不，我曾經去皇宮神殿告解室找王子閣下，想拜託閣下為家母進行告解聖事。」

「告解室啊，很符合聖騎士的風格呢，真是大有可為。」

樞機主教的米色眼睛彎成了兩道月弧，我和克莉絲朵不明所以，只能眨著眼睛看著她。

「在所有神殿的告解室中，都流淌著一定程度的以太，那是為了讓前來告解的人能寧靜心神，並加深信仰。對聖騎士而言，沒有任何地方比告解室更適合緊急補充以太了。」

克莉絲朵聽得兩眼放光，連連點頭。

「難怪我一進告解室，就覺得心情放鬆了一些。」

聞言，我不由得想起在告解室內見到的某個人——準確來說，是某個小孩。

「……你在這裡做什麼？」

「我……我正在聽取告解，畢竟我是神官嘛。」

「又沒人叫你做這些。」

我好像又解開了一個謎團。

第一次遇見賽迪的那天，他會急匆匆躲進告解室，原來是因為以太不夠了。

他經歷了以太枯竭的每一項典型症狀——發燒、畏寒、暈眩，卻沒辦法及時得到幫助，只好自己一個人逃進那種地方。

一想起那孩子，我的胸口再度發緊。

看來恩瑞說得沒錯，賽德瑞克皇子八成真的是個垃圾。

雖然賽迪一口咬定自己不是神官，也不是聖騎士，但如果我有這樣的兒子，無論如何都會想盡辦法找一位神官來幫他。

而且，我也絕不會讓看起來還不到小學年紀的小孩，那樣深夜獨自在外遊蕩。這根本是不負責任、是遺棄——是真正的虐待兒童。

我居然沒有察覺到那孩子身處的環境有多惡劣，實在是太沒用了。

「……以及，這是為葉瑟王子閣下準備的雛菊茶。」

娜塔麗將一杯熱呼呼的茶放在我面前，直到這時，我才從紛亂的思緒中回過神來。

不知道她什麼時候進來的，樞機主教的侍從以端莊的姿態為我們送上飲品。

「謝謝，娜塔麗。妳去休息吧。」

「是的，殿下。」

看著樞機主教親切地對侍從說話，我突然感到一絲遲來的好奇。要是今天沒有克莉絲朵在場，我真的會鼓起勇氣問出口。

在她收我當學生的那天，她說的那些話……

「有個孩子。」

「孩子？」

「嗯，我希望你能幫助他。」

那時提到的孩子，是不是就是我遇到的小賽迪？

我問樞機主教那孩子是不是生病了的時候，她回答的「類似」，是不是指以太枯竭？這就是她希望我提供幫助的部分嗎？

如果賽迪真的是皇子的私生子，那我的猜測肯定八九不離十。

既然樞機主教是皇子的教母，那賽迪就等於是她的孫輩，她不可能眼睜睜看著自家孩子受苦，所以會這樣插手，代替孩子父親向我求助也很合理。

只是我心裡還有個疑問……

「一名聖騎士通常會與一名神官配對，成為彼此託付後背的同伴。神官為聖騎士提供以太，聖騎士則守護神官，以此攜手實踐主神的旨意。」
為什麼賽迪至今都沒有搭檔的神官？
他又不是來自一般家庭，而是生於帝國皇室、能自由出入宮殿的孩子。即便是未被公開承認的皇孫，也應該能在他身邊安排一位神職人員才對。就算不是大主教，肯定也能找來其他像樣的神官。
「原來如此，真是有趣的關係呢。」
克莉絲朵一臉興致勃勃地聽著樞機主教介紹。而我則盯著茶杯內浮浮沉沉的雛菊，陷入沉思。
該不會是賽迪自己不想要神官？這一點也得考慮進去。
雖然我剛才還義憤填膺地認定這是虐待兒童，但萬一他本身是按照自己的意志這麼做，那我也只能叮囑一句「萬事小心」而已。
如果他是自己深夜偷偷溜出住處到處跑，即使以太枯竭全身不舒服，也拒絕神官幫助的話，那麼大人能為他做的事情就不多了。
再怎麼說，他都會把我喜歡吃東西的事告訴皇子了，可見父子之間並不是完全沒有交流。
「若神獸在領主城堡感應到神器，從明天起我們就不需要見面了。」
孩子清脆的嗓音迴盪在我的腦海中，我們後來也確實沒有再見過面。
雖然我又遇到了狄蜜，但不知道另外兩隻怎麼樣了。賽迪應該有好好引領牠們吧。
更何況，既然伊莉莎白爵士也知道他的情況，應該不需要我多管閒事去擔心什麼……
「王子？」
樞機主教的聲音輕輕一點，把我從思緒中拉了回來。我吃了一驚，連忙抬頭。
「在兩位女士面前神遊天外，真不像你呢。」
她促狹地笑彎了眼。不知不覺間，她們兩人的茶杯都空了一半。
「很抱歉。看來是昨晚太疲倦，我不小心恍神了。」
我用茶水潤了潤唇，隨口掩飾著。坐在主角旁邊還敢想東想西，神經也太大條了。

克莉絲朵看著我，淺淺彎起嘴角。
「其實我正想問，王子閣下也有搭檔了嗎？」
「搭檔？」
「是的，聖騎士同伴。」
「我沒有。」
她不可置信地瞪大眼睛，高高束起的粉色長髮微微一晃。
「雖然我還是初學者，但光是靠近閣下，就能感覺到您擁有著多不可思議的以太，沒想到您居然還沒有搭檔……」
她低聲嘀咕：「聖騎士都這麼清心寡慾嗎？」
我和樞機主教對視一眼。其實，我沒有搭擋，是因為我的以太並非與生俱來。
神國的聖騎士，大概沒人能從過去的葉瑟王子身上獲得所需之物，所以也不會想成為王子的同伴。
直到來帝國之前，我都只是個「徒有虛名的主教」，神國的親王和帝國的女皇也是這麼認定的。尤其是親王，他甚至只派了實力普普的刺客來除掉我。
但是在某個時刻，我體內的以太量突然暴增，親王的刺殺計畫也就跟著泡湯了。
雖然當時還不明白那些以太是從何而來，但現在我多少可以猜得到了。
「我是外國人，而且也沒有隨意進出皇宮的自由。如果和我成為搭檔，聖騎士同伴會有諸多不便之處。」
我依照現況，找了個煞有其事的說辭。
克莉絲朵一臉嚴肅地點頭。她可是前途無量的公爵千金，而我不過是神國獻出的棄子和質子，請務必找其他神官幸福快樂地攜手合作。這是我想傳達的本意，不知道她有沒有聽懂。
「不過現在又不是戰爭時期，沒必要一直維持以太在補滿的狀態，神官和聖騎士也沒必要整天形影不離吧。」

她機智地反駁我的話，看來我說的那些內容她只是純粹聽聽而已……

「聖騎士的人數一向比神官來得少，因此沒有搭檔的神官也不是什麼奇怪的事。」波帝埃樞機主教委婉地插話道，「我們這位王子當然是位優秀的主教，但他最近全心奉獻在告解聖事上，說不定很難成為和聖騎士搭檔的神官。」

這……這是在幫我解圍嗎？應該是在幫我，對吧？

「那麼，下節課我便請一位魔法師過來，幫助你們了解一下聖騎士和魔法師的不同之處吧。」克莉絲朵原本還想說什麼，樞機主教卻柔聲為今天的課程劃下句點。

我還沒搞清楚剛才那一連串的對話怎麼會發展成這樣，就稀裡糊塗地站起身。一看時間，才剛過三十分鐘。

「謝謝您，殿下。我們後天見。」

嗯……通常入門課的時間都很短嘛。我一邊向樞機主教行禮，一邊這麼安慰自己。然後與克莉絲朵簡單打了聲招呼，迅速地逃離辦公室。

雖然應該不會有這種事，但萬一她突然說想一起走怎麼辦？為了避免這種情況，我只好匆匆撤退。幸好樞機主教今天沒有邀請學生共進午餐。

可能是我的心理作用，總覺得直到門關上的那一刻為止，後腦勺都隱隱刺痛。

「如果我是你的話，今天直接就去朱利耶宮說清楚。」

隨意坐在室內練武場角落的禁衛隊副隊長大聲說著，一旁持劍默默比劃招式的皇子瞬間停下動作。

「真是的……都是因為你不說清楚！總之，如果換作是我，寧願老老實實把事情講開，再去請人家幫忙，絕對比引起那樣的誤會好上幾百倍。」

今天的伊莉莎白特別奇怪。就算皇子的火焰在對練中把她的袖子燒得焦黑，又再次折斷了她練習用的劍，她非但沒有生氣，還笑個不停。

現在想起來，她在來練武場的路上就很奇怪了。

像瘋子般捧腹大笑，一直說著什麼「啊，到底怎麼會有這種想法？是天才嗎？」，眼淚都差點笑出來，表情在深受感動和笑得要死之間不停變化。

賽德瑞克皺起眉頭。

「我應該說過，我不需要王子的幫助。」

他話剛說完，伊莉莎白就撲倒在旁邊，笑得眼淚狂流，爬不起來。

皇子這才開始認真思考，是不是要叫宮廷醫師來一趟。有個不知道該不該稱作朋友的傢伙，居然在這種天氣中暑了，真讓人困擾。

這時，侍從大衛．卡普頌正好從練武場入口處走來。賽德瑞克放下劍，轉身面對他。

「殿下。」

「來得正好。」

「我來為波帝埃樞機主教殿下傳話。」

「……」

卡普頌一本正經地說：「『侵蝕冷宮的浪潮，後天上午十一點，戶外練武場』，以上。」

皇子一言不發。一如往常，先開口的還是伊莉莎白。

「我可以跟去看嗎？」

賽德瑞克直接無視她。他再次提起劍，朝練武場中央走去。

卡普頌盯著皇子的背影看了片刻，而後向伊莉莎白致意，轉身離開了練武場。

作為侍從，他只希望……自己的主人能做出明智的選擇。

今天一整天都沒課，不過，卻有一個非常重要的行程。

「葉瑟王子閣下，您這段時間過得好嗎？」

「您好！阿格尼絲，好久不見。」

我臉上堆滿了笑容，向許久不見的巡山員阿格尼絲打招呼。阿格尼絲也彎下結實的身軀，深深地鞠躬。

她當初因為誤擊神獸而滿懷自責，來找我進行了告解聖事。現在看來，她比上次見面時平靜許多，整個人也顯得更加沉著安定。

「也和這孩子打個招呼吧！牠叫狄蜜。」

「你、你好啊……」

「嘰！」

阿格尼絲明顯不太自在，但還是朝坐在我右肩上的狄蜜揮了揮手。

狄蜜慢悠悠地移動到我的左肩，一邊晃著腦袋，一邊觀察。牠似乎還記得這位女子，可是看起來也像是沒有印象。

「狄蜜即將被送去真正適合牠的地方，您可以放心了。」

我輕聲告訴她，阿格尼絲含著眼淚點了點頭。

會選在這時候邀請阿格尼絲過來，是希望在送狄蜜離開前，能讓她親自道別。我想，這樣應該多少能讓她的心情輕鬆一點，看來這番心思並沒有白費。

「王子閣下，出發準備已經就緒了。」班傑明上前來向我報告。

今天的朱利耶宮前方，停了一輛豪華氣派的馬車。

這是杜漢侯爵家特別派來接狄蜜的馬車，刻在車門上的侯爵家徽閃閃發光，氣勢銳不可當。

我和阿格尼絲一起朝馬車走去。

狄蜜似乎還沒察覺我們正要做什麼，悠哉地隨著我的步伐擺動尾巴。

「到那邊之後不可以闖禍喔！不能亂咬尖銳的東西，不可以在大家工作的地方調皮搗蛋。」我低聲對牠細細叮嚀。

小熊貓似懂非懂，懶洋洋地咬下我遞過去的切片無花果，我聽見果肉被咬碎的啪沙聲響。明明這麼會吃，我卻沒見過牠大小便，真不知道進到牠肚子裡的水果都跑去哪裡了。

「參見神國之月，葉瑟．威涅諦安王子閣下。」

耳邊傳來陌生男人的聲音，我轉過頭。

向我打招呼的是一位深麥膚色、長相明朗的高大男子，身上雖然穿著和伊莉莎白爵士相似的制服，但裝飾更加華麗，胸前也掛了更多的勳章。

我這才認出眼前這位陌生男性的身分。也對，像今天這樣的日子，他不親自來一趟才奇怪。

「您是艾維．杜漢禁衛隊長吧？幸會。」

「見到您是我的榮幸。我從伊莉莎白那裡聽了不少關於您的事呢，哈哈哈。」

男人爽朗地笑著，朝我伸出了右手。在我穿越到這裡之後，這還是第一次有人找我握手，感覺有點新奇。

我握住那厚實的大手，回應他的問候。

杜漢侯爵家的次子、皇室禁衛隊長——艾維．杜漢，本人和我想像中那種高高在上的貴族截然不同，形象反而更像那種崇尚肌肉的猛男。

他不僅是帝國內數一數二強大的魔法師，還在今年初被《李斯特雙週刊》評選為十大黃金單身漢之一。

我才不是因為那個排名才記得這件事的。真的不是。

「您會一路同行嗎？」

「不，我只負責護衛到皇都邊境，接下來一路到侯爵領，會由帝國軍和三位司祭級神官護送。神獸們固然重要，但對我而言，最重要的還是陛下的安全。」

「那是當然。」
我點頭同意，這時，某種違和感讓我停下動作。
「您剛剛是說神獸們……？」
「沒錯，另外兩隻在馬車上。」
「另外兩隻？」
我瞪大眼睛，站在我身後的班傑明和加奈艾也忍不住輕抽一口氣。
禁衛隊長疑惑地來回觀察我們，接著伸手打開了車門。
坐在車內的三名神官一見到我，立即起身行禮。
「嘰！」
「嘰咿！」
我心不在焉回應他們的問候，目瞪口呆地看著竄到車廂門口的小熊貓。這兩隻的體型確實比狄蜜大一圈，尾巴末端也不像狄蜜有一截白色──就像賽迪說的那樣。
「牠們是皇子殿下今早親自帶過來的，三隻神獸都選擇待在朱利耶宮附近，看來王子閣下的以太果然不同凡響。」杜漢爵士笑著說道。
一直默默站在一旁的阿格尼絲也開口了。
「對，我在後山遇見的就是這三隻。」
我懷著複雜的情緒望向羅米洛宮。
自從那天晚上，賽迪離開我房間的陽臺後，他和神獸們就沒有再出現過。所以我自然是以為，那孩子早就把這些小傢伙送去侯爵領地了。
但現在看來，這段時間的賽迪，應該是用自己的火屬性能力哄睡了神獸，將牠們安置在皇宮中。要做到那種程度，明明需要比平時更多的以太……
「嘰咿──！」

狄蜜發出長長的叫聲，順著我的右臂往下爬。我動作小心地把手臂伸進馬車，以免讓牠摔下去。

「終於和家人團聚了呢。太好了，狄蜜。」

「呼嚕嚕。」

順利進入馬車的狄蜜，開始與兩隻小熊貓互相嗅著彼此，嘴巴一開一合，像是在打招呼一樣。

下一秒，牠用後腿直立起來，猛然一撲，像棉被一樣把身體蓋在其中一隻小熊貓頭上。旁邊那隻小熊貓也發出「嘰咿咿」的聲音，小小的黑色前掌搭在這兩隻背上。

三隻神獸沒多久就玩成一團，在車廂地板上滾來滾去。從這個角落撲到那個角落，再從右邊滾到左邊，畫面可愛到讓神官們驚呼連連。

「王子閣下，我的心臟好像被重擊一樣……」

「這很正常，加奈艾。」

光是一隻小熊貓就很可愛了，三隻加在一起，簡直可愛得讓人瘋掉。

我靜靜看著玩得不亦樂乎的小熊貓們，然後將兩個包裹交給其中一位神官。這是我昨晚拜託班傑明和加奈艾幫忙準備的東西。

「這包是水果，請在旅途中餵給神獸們吃。其他兩隻我不太清楚，不過尾巴末端是白色的那隻很喜歡吃。然後，這包是給各位的甜點零食。」

馬車內的神官瞪大眼睛，紛紛起身對我行禮。我不好意思地擺擺手。

其實我本來只想到要準備給狄蜜吃的東西，後來才突然意識到，也該準備一點人吃的零食比較好。明明是臨時補上的伴手禮，沒想到他們的反應會這麼激動。

「我聽伊莉莎白說，朱利耶宮的餐點都很好吃，看來司祭們還真有口福。」

旁觀的杜漢爵士爽朗地笑著，伸手扶住馬車門——道別的時候到了。

「狄蜜，到那邊也要健健康康的喔。」

我朝小傢伙揮手。

大概是這段時間產生了感情，想到這有可能會是最後一次見面，我就忍不住鼻子一酸。但是狄蜜在那裡會有更好的生活環境，也有必須團聚的家人。

也許是感受到氣氛變化，在地板上打滾的狄蜜停下動作，直直地看著我。

車門關到了一半，我努力擠出笑容，緩緩放下手。

就在這時——

「嘰咿咿咿咿！」

狄蜜發出超級大的叫聲，身手敏捷地從馬車裡一躍而出。

我大吃一驚，接住那團撲到腿上的紅棕色毛球。這還是我第一次看到牠動作這麼快，差點反應不過來。

「不可以，你要和朋友們一起走才行。」

「咕嚕嚕嚕嚕嚕！」

「牠怎麼了？」

班傑明、加奈艾、阿格尼絲和杜漢爵士全都一臉不知所措。我尷尬地笑了笑，看著瞬間占領我肩膀的狄蜜。

任誰都看得出神獸臉上有著一卡車的不滿，有如沾上白色顏料的兩道眉毛直豎。狄蜜張大嘴，像是威嚇般凶凶地露出粉色小舌頭。

我的心臟已經不是痛，是整個都麻掉了……

「狄蜜，杜漢爵士的故鄉有火屬性的神器喔，你一定會喜歡的。」

我輕聲安撫，一邊從牠的頭輕輕摸到尾巴，然後小心翼翼地抱起牠暖呼呼的身體，準備重新放回馬車。

「嘰咿咿咿！」

狄蜜急得猛然一扭身，輕巧地跳到地面上。

就在我想著「糟了，牠要逃跑了」的瞬間，狄蜜卻停在了原地。只見從牠的爪尖前冒出了葉子尖尖的藤蔓。

仔細一看，藤莖上也長滿了尖刺。

小熊貓的眉毛皺得尖尖、露出的牙齒尖尖、植物也長得尖尖，難道……

「你是……不想去嗎？」

「看來是這樣呢，王子閣下。」

杜漢爵士的語氣有點幸災樂禍，馬車裡的神官們則是一副快昏過去的樣子。

我又傻眼又有點感動，一時說不出話來，只能呆呆站在原地。這時，狄蜜忽然高高豎起尾巴。

——劈啪！

「王子閣下，拜託您快說會繼續養牠！」

加奈艾看著裂開的地面，嚇得魂飛魄散。

狄蜜在原地蹦蹦跳跳，那副得意洋洋的模樣，像是在說：「你們現在才知道我有多厲害？還不好好照顧我！」

下一秒，伴隨著「砰！」一聲巨響，朱利耶宮前出現了一座小小的坑洞，尺寸正好適合狄蜜窩進去睡個午覺。

耳邊傳來班傑明喃喃向主神祈求幫助的聲音。

繼續這樣下去，可能會有人因為狄蜜的抗議受傷，我連忙彎腰湊到牠面前。

「狄蜜，是哥哥不好。不送你走了，好嗎？」

「嘰咿。」

「真的，我保證，現在就算你說要走，我也不會讓你走了。」

「嘰。」

狄蜜歪著頭，好像還是有點不滿意。

這時，馬車上的神官突然拿出我剛剛送的水果包，遞過來給我。真是優秀的判斷力。

「謝謝你。來，這裡有藍莓喔。」

我探進包裹，隨手抓出一把藍紫色的果實。

小傢伙的鼻子湊過來，聞了聞果實的香氣，終於抓住我的手臂往上爬。

看來牠並不是真的想吃，只是希望我這個「水果搬運工」能表現一下繼續供奉水果的誠意。

地面上亂七八糟冒出來的帶刺藤蔓，開始在眾人眼前慢慢枯萎。這場鬧脾氣真是不得了。

「杜漢爵士，怎麼說呢……看來得讓狄蜜繼續跟著我了。」

「哈哈哈。好，我會親自向陛下報告。今天真是大開眼界了！」

禁衛隊長不知道在樂什麼，笑得很豪邁，我難為情地站起身。

不知不覺間，朱利耶宮和羅米洛宮的侍從全都聚集到了馬車周圍。

喂，你們真的當作是在看熱鬧啊……

「那我們就和朋友道別吧。來，說再見。」

「咕嚕。」

「嘰咿。」

「嘰。」

狄蜜朝馬車裡的同伴短短地叫了一聲，兩隻小熊貓也發出相似的回應。

「馬上就要舉辦『魔獸大討伐』了，到時候牠們三隻說不定就又能見面了。」

杜漢爵士悠哉地說道。

也許是察覺到這場道別終於塵埃落定，一旁躊躇的馬夫快步上前，小心地關上車門。而那些遠遠觀望的禁衛隊員，也牽著杜漢爵士的馬靠過來。

「您是指預計在下個月舉辦的那場比賽嗎？」

「沒錯，我哥哥正是為了那天，日日勤加磨練自己的魔法呢。」

禁衛隊長爽快地回答，隨即翻身上馬。

所謂的「魔獸大討伐」，是每年春天在杜漢侯爵領舉辦的魔獸狩獵比賽。主辦人是杜漢爵士的哥哥，也就是現任侯爵——法蘭索瓦．杜漢。

這場比賽的特色，便是侯爵每年精心準備的超豪華優勝獎品，以及幾乎每屆都到場觀戰的女皇與樞機主教。

前年，女皇甚至親自下場參賽，直接拿下了冠軍，這些在《李斯特雙週刊》內都有報導。

「那樣狄蜜應該會很開心。」

既然有這種活動，皇室說不定會讓狄蜜一起去透透氣。而且有身懷神力的波帝埃樞機主教在場，也不需要擔心狄蜜會亂跑。

我連連點頭，這時，突然想起還有件事想問，於是抬頭望向爵士。

「杜漢爵士，想請問，您明天會來參與我的課程嗎？」

「所謂的課程是……？」

「樞機主教殿下說要邀請一位魔法師來授課，所以我在想會不會是您。」

雖然我省略了克莉絲朵的部分，但也沒有說謊。

杜漢爵士聳了聳肩膀，咧嘴一笑。

「這個嘛……我是沒有接到這樣的授課邀約。不過若是由樞機主教親自挑選的魔法師，我大概能猜到是誰。」

他笑著補充：「畢竟『帝國最強魔法師』也不是我專屬的稱號嘛。」

不愧是伊莉莎白爵士的長官，字典裡好像就沒有「謙遜」這兩個字。

我噗哧一笑，接著往後退了幾步。

「那麼，請一路小心，神獸們就拜託您了。」

杜漢爵士併攏兩指輕點額頭，向我行了一禮，隨後大聲喊出指令。馬車輪開始緩緩轉動，禁衛隊員的馬匹也向前邁步。

阿格尼絲從懷裡掏出手絹，在空中大力揮舞。

我們就這樣靜靜目送，直到神獸和禁衛隊一行人完全消失在視野中。

「嘰！」

我懷裡的狄蜜再次向朋友告別。牠們說不定也是三兄妹的想法，悄然掠過我的心頭。

「參見葉瑟．威涅諦安王子閣下。」

「……您好，克莉絲朵．德．薩爾內茲女爵。」

克莉絲朵今天也一樣親切有禮，而我也一如既往地無禮冷淡。

「今天是我們第一次將課程移到戶外進行，應該會很有趣吧？」

波帝埃樞機主教這麼說道，帶著柔和的微笑。我僵硬的表情稍微放鬆了一點，點頭認同。

我本來就喜歡宅在家裡，對於在室內上課沒有什麼不滿，但來到戶外就像是晨間散步一樣，感覺也不錯。

而且，這也是我第一次踏入戶外練武場。

記得在穿越過來的第一天，我看見了皇子在這裡揮劍，嚇得我之後就連視線都不敢轉向這邊，所以更覺得陌生。

不知道是不是皇子留下來的痕跡，地面上到處都能看到類似劍砍出來的凹痕，另一側則整齊地插著滿滿的練習用劍。

「王子閣下，加油！」

「嘰！」

「加奈艾，安靜點。」

和平時不同的是，這堂課還會有人在旁邊參觀。

不知道樞機主教是怎麼想的，她允許親近的侍從一起過來，因此加奈艾和班傑明才能將狄蜜放在小推車上，一起待在陰涼處。旁邊還站著樞機主教的侍從娜塔麗。

雖然克莉絲朵的能力還沒有公開，但從這樣開放觀眾旁觀的舉動來看，也許不久後就打算對外宣布了。

我對那邊的三人一神獸揮了揮手。

「我們的魔法師還沒到呢。」

樞機主教語氣平靜地說著，然後對克莉絲朵溫柔地招招手。

「妳要不要嘗試施展一下能力呢？這裡是開放空間，而且靠近森林，妳可以盡情地自由發揮。」

克莉絲朵青灰色的雙眼閃閃發光，爽快地點了點頭。那頭粉色秀髮高高束起，牢牢固定，彷彿在宣告她的決心。

我先往後退了幾步。

——嘩啦、嘩啦。

她的掌心上方出現了一顆小小的水珠，我聽見加奈艾發出「哇哦」的聲音。

克莉絲朵微微一笑，但沒有就此停手，指尖像水流一樣輕巧舞動著。

隨著她的動作，水珠的體積也迅速膨脹。清澈透明的水球從原本的大小變得像保齡球那麼大，又繼續擴展到臉盆的尺寸。

「以太的消耗情況如何？」

「我沒有明顯消耗的感覺。」克莉絲朵回答了樞機主教的問題。「我在家裡都沒有變出這麼大的尺寸過，感覺真不錯呢。」

主角的語氣爽朗輕快，顯然對自己的能力非常滿意。

看著克莉絲朵這副模樣，我忽然對她的動機產生了好奇。平安回家是我在這裡生活的唯一目標，但克莉絲朵明顯不一樣。她說要把這股力量奉獻給帝國，意思不就是要站上聚光燈的中心嗎？

我努力回想恩瑞說過的那些「我們家克莉絲」的性格特徵。

雖然我是想和她維持疏離的關係，但熟悉主角的行為模式絕對是必要的準備。

——唰……

「哇！」

克莉絲朵將巨型水球改變形態，拉成了一股細長的水流，加奈艾忍不住發出讚嘆。

水流在空中畫出一道圓圈，轉了幾圈後，又像蛇一樣蜿蜒飄移。

大概是用指尖操控這一切的感覺太美妙，克莉絲朵也忍不住笑出聲來。然後，她突然手臂向前一伸……

——唰唰！

寬度如小溪的水流，轉眼間便朝練武場的另一頭射去。

所有人的目光都集中在水流的前端，彷彿變成球場裡盯著球跑的觀眾。就在這時……

——颼——！

某人的劍尖斬斷了水流，我被那難以置信的斬擊威力鎮住。

準確來說，是劍氣劈開了水勢，但乍看之下，就像是劍真的將水斬斷了。

四散的水珠在陽光照射下，就像玻璃碎片般熠熠閃亮，彷彿搭配了慢動作特效。

「殿下。」

隨後，熟悉的中低音傳入耳中。

男子從漫天水珠的虹彩中走出來，這幅畫面彷彿相機開了濾鏡，夢幻的感覺就像恩瑞給我看過的那些同人圖。

青年左手握著的劍正滴著水，而在他身後，是一位看起來像侍從的中年男子，以及伊莉莎白爵士。

伊莉莎白爵士越過皇子的肩膀，用眼神向我打招呼，臉上不知為何露出興奮的表情。

「歡迎，賽德瑞克，來得正是時候呢。」

樞機主教看著皇子，和藹地笑了。

雖然也不是沒料到會出現這種情況，但我還是真心希望這個傢伙不要來。

人生真難……

「這位就是今天以魔法師身分協助教學的──我的教子。」

樞機主教介紹皇子的語氣很是引以為榮，皇子掃視我們的橙眼帶著孤傲。

「嘰。」

這時，待在陰涼處的狄蜜也小小地叫了一聲，大概皇子在牠眼中也很討人厭吧。

春季舞會那晚，皇子有說過自己是魔劍士。既然他同時是魔法師也是劍士，那今天會出現也不奇怪。

昨天杜漢爵士口中那位「帝國最強魔法師」之一，想必指的就是這傢伙了。

真不愧是男主角，根本人生贏家，劍術高強、魔法優異，甚至還有個兒子……現在只差會用以太，就真的是女主角的全能型隊友了。

「那麼，我們去那邊的陰涼處等你。」

伊莉莎白爵士迅速朝加奈艾的方向走去，她好像還帶了零食，身上飄來香噴噴的爆米花味道。

皇子的侍從也跟著她退下了。

總之，這種場面對我來說還不算太壞。

最好的情況當然是我本人可以不用在場，但事已至此，至少男女主角在婚約告吹之後，又出現了新的接觸機會，這種進展也算不錯。

雖然故事開頭的劇情有點走偏，幸好目前看來，還是保有浪漫奇幻小說該有的路線呢。

我的判斷似乎沒錯，皇子和克莉絲朵馬上就深深對視了一眼。

很好很好，全能型隊友升級成戀人也是喜聞樂見的套路嘛。

「參見皇子殿下。」

「……」

然而，面對克莉絲朵的行禮問候，皇子卻只是以眼神淡淡示意，連嘴巴都沒打開。這種真正沒教養的等級，讓女主角皺起了眉頭。

我在心裡吐了舌頭。原來要做到這種目中無人的程度才能敗好感啊，有點難耶……

「您好，皇子閣下。」

「你真的是什麼都要湊一腳。」

我之所以打招呼是以為他也會無視我，沒想到他居然立刻回話。

這傢伙到底是幾歲，怎麼老是用這種語氣？不對，就算他年紀比我大，這種說話方式也太沒禮貌了吧。

「話不該這麼說吧，這原本就是我的課程，兩位才是後來加入的。」

聽到我不甘示弱的反駁，一旁的克莉絲朵微微抬頭看過來，皇子則是從正面俯視我。

這個瞬間，我突然有點後悔自己太高調了。在這兩人面前，我應該無聲無息地抹去存在感才對。

「好了，寒暄就到這裡，我們來試試實際演練吧？克莉絲朵、賽德瑞克，請站到場地中間去。」

樞機主教溫聲開口，簡直就是我的救世主。我毫不猶豫地轉身朝場邊走去。

我加入已經坐了五個人的觀眾席，班傑明一面說「您辛苦了」，一面端給我一杯上頭漂浮著玫瑰花冰塊的玫瑰花茶。這邊的氣氛完全是來郊遊的。

「參見高貴的葉瑟．威涅諦安王子閣下，我是賽德瑞克皇子殿下的侍從總管——大衛．卡普頌。」

跟著皇子過來的侍從向我致意，態度優雅得體。雖然是初次見面，但可以看出他和皇子完全不同，是位懂禮貌知進退的人。

「大衛，您好，很高興認識您。」

我堆起笑臉回應，然後向伊莉莎白使了個眼色。她立刻領會我的意思，跟著我往旁邊挪動了幾步。

確認周圍沒人注意我們之後，我低聲開口：「賽迪還好嗎？」

聽見我的問題，伊莉莎白臉上的表情顯得有些微妙。她先一下皺眉，一下抿唇，看起來心情相當複雜。

「……嗯，他非常好，非常健康。」

「是嗎？可是我發現到昨天為止，另外兩隻神獸都還封印在皇宮裡。如果用了這麼多以太，對小朋友的身體應該會造成很大的負擔吧。」

「我們有好好照顧他，所以現在已經沒事了。而且，他也喝了一些不錯的茶。」

「那就好。」

「好像喝了蒲公英茶……」

——砰！

——唰唰……

場上突然炸出巨響，我和其他觀眾齊齊轉頭望向練武場中央。

只見一道和皇子身體差不多粗的水流，被插在地面上的練習用劍擋了下來，無法再向前推進。

這場景讓人不由自主張大嘴巴。這時，稍遠處的樞機主教開口了。

「魔法師與聖騎士的差異，其實就是這麼簡單。掌握水、火、風和土屬性以太者便是聖騎士，操控其餘力量者則歸為魔法師。尤其是賽德瑞克，他的魔力……」

皇子左手持劍，右手高高舉起。

「……能對金屬產生反應。」

——咻咻咻！

他一揮臂，指尖在空中斜斜一劃，插在場地旁的練習用劍立刻一一騰空而起，朝克莉絲朵飛去。旁觀者紛紛大吃一驚，從座位上跳起身。但主角可不是省油的燈。

——唰——！

——鏘啷、鏘啷！

這一次，水並非從克莉絲朵的指尖出現，而是從地面噴湧而上，形成一面水牆，將劍全數彈開。

在一片茫茫水花中，克莉絲朵輕笑一聲，右手憑空一握。瞬間，水屬性的防護屏障便聚成圓形球體。適應力真是不同凡響。

「對新手下手也太重了吧。」

克莉絲朵一面指責皇子，一面猛然張開手掌。巨型水球以驚人的速度朝皇子撞去。

皇子並沒有閃躲，只是握緊左手的劍，毫不猶豫地朝空中一劃。

——咻咻——！

——鏘——！

渾厚劍氣和水球正面相撞。碰上纏繞劍刃的熱氣，水團瞬間破碎，如雲霧般消散。

練武場的空氣嗡嗡作響，正當眾人以為已經結束的時候……

——唰唰！

——砰砰砰砰！

巨型水錐憑空凝聚，襲向皇子後背，隨即被飛來的練習用劍全數擋下。皇子甚至連頭都沒有回一下。水珠四濺，浸濕了他的襯衫下襬和髮梢。

「從背後襲擊的聖騎士，我看就連主神都要嗤之以鼻。」

他冷笑一聲，克莉絲朵的目光則染上冰霜。

見狀，樞機主教立即介入兩人之間，進行調解。

「他們兩人還真是登對。」

看著這一幕，我小聲地說出感想。

果然，主角CP就是不一樣。

在春季舞會上看見他們共舞時，我就有這種感覺了。而此時看著那兩人一起在陽光下揮灑汗水，更是確信無疑。

那漆黑的捲髮和亮粉的秀髮、燃燒般的橙眼和冰涼如水的青灰雙眸，種種對比都是作者精心設計的安排。

而且，兩人顯然都相當好戰，只要關係變得熟一點，我想應該會很合得來……

「怎麼了？」

其它人都像見鬼一樣盯著我。

「王子閣下，您說的話好像有點……」

「嘰……」

加奈艾的語氣艱難，像是聽到了什麼困擾的話。

不只是他，狄蜜看起來也不太對勁。我有點擔心，準備去小推車那邊看看牠。

這時，遠處有位侍從急匆匆地靠近，邁出的腳步已經接近奔跑，顯然是有非常緊急的事。

見到我們整群人擠在同張桌子邊，那名女性侍從的臉上閃過一絲驚訝，隨即鞠躬行禮。

「有什麼事？」

娜塔麗率先開口詢問，看來這位女子應該是樞機主教的侍從之一。

「法蘭索瓦·杜漢侯爵在不久前公布了今年魔獸大討伐的優勝獎品。」

呃，這件事有這麼急嗎？

「哇，獎品是什麼？」

伊莉莎白爵士眼睛一亮，說她今年也想參加比賽試試身手。不知道其他人的想法是不是和我差不多，所有人的神情都沒那麼緊張了。

如果女皇和樞機主教要去侯爵領看比賽，那皇子就必須留守。而我身為質子，當然也得乖乖待在皇宮。所以魔獸狩獵賽的事和我們這些人都無關。

「就、就是神器……侯爵說要拿『火星之慧劍』當獎品，陛下為此事急著召見樞機主教殿下……」

「什麼？」

我、伊莉莎白爵士和加奈艾同時大喊，而班傑明、娜塔麗和大衛的面色瞬間鐵青，所有人齊齊看向練武場中央。

感受到視線的三人也轉頭看了過來。就在那一刻，我注意到賽德瑞克皇子手上的劍不知何時已經斷成兩截。

看看那傢伙的脾氣，又毀了一把劍啊……

CHAPTER 10

碩果僅存

在那之後，就是一陣兵荒馬亂。

「天啊，法蘭索瓦……」

法蘭索瓦．杜漢侯爵要將神器「火星之慧劍」當作魔獸大討伐的冠軍獎品，這個消息讓波帝埃樞機主教露出罕見的驚慌神色。

她立刻宣布下課，匆忙離開練武場，前去找女皇。皇子也面色嚴峻，連招呼都沒打就轉身離開。

這陣騷動讓課程不了了之，我也趁機告辭返回朱利耶宮。向克莉絲朵草草道別時，她的眼神像是在思索著什麼事情。

就連我這個才穿越滿一個月的人，都覺得這種事太荒謬，在這裡出生長大的人又該有多震驚。這片大陸上的居民相信私自動用神器會受到主神懲罰，是不可饒恕的重罪，現在居然有人拿神器來當比賽的特別獎勵？

「法蘭索瓦．杜漢侯爵……確實是做得出這種事的人。」

班傑明的語氣相當平靜，我們久違地在陽臺上享受下午茶時光。

我輕輕撫摸著狄蜜的尾巴，等待班傑明的下文。

「侯爵每年都傾盡全力選出能造成話題的優勝獎品，將魔獸大討伐打造成國家級盛事。此舉不僅讓侯爵領成為觀光聖地，同時也讓領民豐衣足食。若是侯爵已得知滄海之祝福消失一事，或許會認為自己同樣也能利用一下神器。」

也對，如果是杜漢侯爵，一定清楚滄海之祝福消失的始末。畢竟樞機主教為了託付小熊貓，親自出面聯絡了他。

如果不提滄海之祝福的消失，實在很難解釋為什麼薩爾內茲公國就在皇都隔壁，皇室還要大老遠把神獸送到杜漢侯爵的領地。

而且，既然已經決定要培養克莉絲朵成為帝國的聖騎士，自然沒必要對同樣是女皇親信的杜漢家族隱瞞實情。

「可是，私自動用神器不是一種重罪嗎？」

「確實會遭受神罰。」

「侯爵該不會是覺得，反正也沒人能把火星之慧劍帶走，所以沒關係吧？」

一直默默旁聽的加奈艾，這時提出了意見。我一時沒能理解，歪了歪頭。

狄蜜也學著我歪頭。

「為什麼帶不走呢？」

「自古以來，火星之慧劍便插在領主城堡前那片荒野中央。」

「從來沒有人成功拔起它。」

呃，是王者之劍[23]嗎……

「據說主神在賜予大陸神器時，慧劍是憑自身意志嵌入該處。還有預言說，只有天選之人能夠將其拔出，並獲得火之力。」

照抄亞瑟王傳說的設定是不是太老套了？

我一邊這麼吐槽，一邊舀起一小匙鮮奶油烤布蕾放進嘴裡。香甜柔滑的卡士達醬上，覆著一層薄脆的焦糖，口感極佳，真的是超級好吃。

「至今已有無數人嘗試拔起慧劍。無關身分或職業，成千上萬的男女老少皆懷抱著希望造訪那片原野。」

「搞不好已經有數十萬人試過了，但沒有任何人成功。」加奈艾補充道。

我看班傑明和加奈艾的盤子都空了，又幫他們一人裝了一塊鮮奶油烤布蕾。班傑明點頭致謝，然後指著我面前那本書上的神器地圖。

我低頭看去，在皇都南端，是一把絲線繡成的黑劍圖示。漆黑絲線在陽光下閃著細碎星光，彷

23 王者之劍（Excalibur），於亞瑟王傳說中登場的魔法聖劍。有些人將石中劍與王者之劍視為同一把劍，也有創作者將兩者分開。

佛混著珍珠磨成的細粉。周圍則使用奢華的腥紅絲線，繡出火焰搖曳般的飾紋。

「既然沒有人能得到，就乾脆拿出來當噱頭吸引關注嗎？」

「對，您說得非常正確，杜漢侯爵確實非常享受關注……」

聽到加奈艾低聲解釋，班傑明一臉惋惜地搖了搖頭。

「侯爵思路靈活又足智多謀，很受領民愛戴，不過在社交界內的評價就相當兩極。為了博取關注，侯爵傾盡才能和財力，什麼事都做得出來，影響力也不容小覷。當然這些特質對於陛下而言相當趁手，但……」

班傑明頓了頓，總結道：「他確實有著與侯爵之位不相襯的輕浮感。」

杜漢侯爵是什麼瘋狂求關注的網紅嗎？

「陛下和樞機主教殿下應該會勸阻侯爵吧。」

「當然必須這麼做。就算是杜漢侯爵，也不能讓他留下輕率對待神器的先例，不然肯定會造成不良影響。」

我點了點頭，抿一口菊花茶。我確實也因此對神器產生了一些不該有的興趣。

畢竟至今為止，已經有兩件神器導致了兩次穿越，如果說我在看到另一件神器時不會冒出「有沒有可能……？」的想法，那才是在說謊。

但我來到這裡的原因，應該是為了從未來可能發生的戰爭和死亡中拯救葉瑟·威涅諦安，所以在那之前我多半回不了家。

嗯，而且我現在又是個質子，連離開皇宮都很難，更別說去看一眼慧劍本尊這種事了。

「慧劍是火屬性，這樣和想成為聖騎士的薩爾內茲女爵相性不太合呢。」我自言自語道。

以太的屬性相性其實很簡單，水剋火、火剋土、土再剋水。至於風屬性，雖然不受其他屬性剋制，但也無法影響其他屬性。

除此之外，如果一名聖騎士使用與自身屬性相符的武器，就能將能力發揮到極致。這些都是我在《以太的自我介紹——聖騎士六週養成》中讀到的內容。

所以如果攜帶火屬性武器，反而很難施展水屬性能力。照理來說，克莉絲朵應該不會想要那把慧劍。

「對了，聽說薩爾內茲女爵最近這幾天約了幾位主教面談，還見了兩三位大主教。」加奈艾突然開口說道。

這位少年一直認真地履行我先前下達的補贖——「告訴我有關賽德瑞克皇子殿下和克莉絲朵·德·薩爾內茲女爵的消息」。

「她這樣接觸高階神官，應該是在尋找聖騎士的搭檔吧。」

對於我的推測，他們兩人都頷首認同。見狀，我拿起一片奇異果餵給狄蜜，心底悄悄鬆了一口氣。

雖然我自己沒什麼實感，但眾人一致認為我的以太很厲害，因此，也不排除克莉絲朵視我為搭檔候選人的可能性。

這裡可是浪漫奇幻小說的世界，也就是說，任何情況都可能是開啟感情支線的契機，我當然會對此感到不安。

幸好，目前看來克莉絲朵的腦袋很清醒，她應該是想在決定搭檔人選之前，先多方比較各種選項。所以如果她之後又來試探我的意願，我只要狠狠開出天價，就可以直接被她刷掉了。

「嘰。」

「哎呀，好美哦！謝謝。」

狄蜜在前腳掌上開出一朵橙色雛菊，用力推進我懷裡。我以為牠對菊花茶有興趣，於是在茶碟裡倒了一點，但牠卻一副愛理不理的樣子。

養隻寵物神獸也真是不容易啊。

「兄長那麼做，可能並不只是為了獲得關注。」

杜漢侯爵的弟弟——艾維．杜漢禁衛隊長以嚴肅的語氣說道。

菲德莉奇女皇一隻手托著額頭，默然不語。她坐在那張巨大的辦公桌之後，而歐蕾利．波帝埃就如同往常那樣站在她身邊。

樞機主教雖然臉上帶著如畫的微笑，但單片眼鏡下的目光卻讓人看不透。

「當然，我無法為兄長辯護說他完全不帶這種目的，但兄長他長久以來的主張，三位不也都很清楚嗎？火星之慧劍是火屬性的神器，而皇子天生就擁有火屬性以太……」

「不是天生。」

打斷禁衛隊長的……正是當事人，賽德瑞克．李斯特。那雙沉積著漫長絕望的橙眸，燃燒著炯炯火光

「是詛咒。」

「殿下……」

「一旦稍微釋放以太就會失去原有身體，這種力量要怎麼稱為『能力』？」

禁衛隊長啞口無言，令人窒息的寂靜掃過整個空間。

薩爾內茲公爵家、杜漢侯爵家，還有穆特伯爵家，這三個家族是知情皇子「身體狀況」的皇室親信。

艾維．杜漢身為其中一員，不僅誓死效忠皇室，更長年肩負守護皇子的重責大任。明明深知情況有多嚴峻，因此更該謹慎行事，但他就是無法摒棄那一絲希望。

如今，滄海之祝福已融入薩爾內茲女爵體內，原本最具可行性的計畫就此落空，那麼對忠臣而言，就只剩下這個選擇——

「既然無法以水屬性神器抑制火屬性以太，不如乾脆試著用同屬火屬性的神器去填補以太看看，這不是更合理的做法嗎？」

禁衛隊長終究還是將家族的想法說了出來。

皇子低垂著眼，視線定在自己戴著黑色手套的手上，一言不發。

樞機主教輕嘆了一口氣。

賽德瑞克．李斯特的靈魂——他的「容器」雖然龐大，卻天生帶著裂痕。

若他只是沒有能力的普通人，這一處微小缺陷並不構成問題。然而，他卻是帶著火屬性以太誕生於此世間，這便是一切悲劇的開端。

皇子在出生後不久，就因以太枯竭而陷入沉睡。

帝國最傑出的魔法師、神國最資深的樞機主教，當年那些祕訪皇宮為皇子診斷的人，都異口同聲表示此為「主神降於帝國的詛咒」。

即使高階神官們不斷傾注以太直到昏厥，皇子的意識也無法清醒太久。這無疑是個無底洞。

幼小的皇子每天都要睡足十八個小時，直到十二歲那年，亞歷山大親王逝世為止。

在那之後，皇子的身體出現奇蹟似的好轉。可是，也是從那時開始，只要皇子過度消耗以太，哪怕只有一丁點，身體便會立即發生異狀。

也正因如此，即將滿二十五歲的皇子，才會至今尚未被立為皇儲。畢竟，如果那驚險的以太平衡稍有偏差，他就會在瞬間變成幼小的孩童模樣。

「殿下，恕我不敬，還請容我斗膽進言。」

「……」

「請您參加魔獸大討伐，奪下冠軍，並拔出火星之慧劍吧。」

賽德瑞克皇子冷笑一聲。

「若非天選之人，根本拔不起來。」

「那是因為在此之前，帝國從未有過聖騎士誕生。」

「……」

「只要注入火屬性以太，神器一定會有所反應。至少，這是我們家族的信念。」

「要是注入以太後，什麼事情都沒有發生呢？」皇子的中低音越發低沉。「我不僅拔不出劍，還會在一眾帝國貴族面前變成稚童。」

「……」

「杜漢侯爵家對這種情況也有對策嗎？」

艾維．杜漢低下了頭，接替他開口的是皇子的教母。

「有個人選，正好能防止那種情況發生。」

聽懂樞機主教言下之意的女皇輕喚她一聲「歐蕾利」，但樞機主教並沒有停下。

「那孩子很善良，不會甩開你的手。」

「不能向敵國王子洩漏皇室機密。」

「皇子說得沒錯。」女皇的附和有如嘆息，那雙櫻桃色瞳眸滿是煩憂。「即使不是由我方挑起的戰爭，但兩國之間也因那次衝突斷交了三十年。王子是以人質的身份前來，並非盟友，不能輕易予以信任。」

「……」

「但他確實已被神國拋棄，而且也確實具有連樞機主教都無法估量的豐沛以太，所以……」女皇放開撐著額頭的手，將銀色短髮往後一撥。「賽德瑞克，就按照你的意願去做吧。」

聞言，皇子瞪大了雙眼。

菲德莉奇直視著兒子，繼續說道：「無論是要相信王子，接受王子的幫助取得慧劍。或是在侯爵抵達皇都之後，砍掉他一條腿，逼他換一件優勝獎品，都由你來決定。」

「……」

「就算沒有慧劍，應該也會有其他辦法。我承諾過，會給你這世上所有的機會。」

「母親。」

「不需要擔心王子背叛。如果發生那種事，就讓我來解決。」

甚至不需要身為劍術大師的她親自出面。只要女皇授意，葉瑟王子一夜之間就會變成冰冷屍體。反正那也是神國引頸期盼之事，對方應該會張開雙臂歡迎這種結果。

偌大的辦公室如同被潑了一桶冷水，陷入一片寂靜。

「……請讓我再想一想。」

良久，賽德瑞克．李斯特終於開口回應。聽到這句話，艾維．杜漢長長地吐了一口氣。

三天後，時間來到了週六。

在此期間，樞機主教又停過一次課。雖然我不知道具體原因，但她派了侍從娜塔麗親自到朱利耶宮傳達停課的消息。我想她大概還在處理火星之慧劍被拿來當魔獸大討伐優勝獎品的後續風波吧。

對我來說，倒是沒什麼損失就是了。課可以之後再補，至於克莉絲朵或皇子，當然是能不見就不見最好。

「今日下午預計前往神殿進行告解聖事，除此之外沒有其他行程。另外，已收到本月的品級津貼及俸祿，我已經如數放進金庫了。」

「我知道了……咦？」

這是我穿越過來之後第一次聽到的事，不由得提高了音量。我居然還有錢拿？

「品級津貼和俸祿？」

「是，王子閣下。我在您入宮的隔天早上有告知過您。」站在餐桌對面的班傑明恭敬地回答。

我努力搜尋穿越第一天的記憶，但能想起來的就只有認真吃飯、努力吃零食和埋頭狂寫記事本的印象。

畢竟是生平第一次穿越，應該是太過慌張，導致耳膜暫時失去作用，居然漏掉這麼重要的資訊。

「也就是說，我會……定期收到錢嗎？」

「是的，皇室每月會撥款一百萬法郎作為王子閣下的品級津貼，另外還會支付一百萬法郎作為皇宮常駐神官的俸祿。」

「那每個月都會有兩百萬囉。」

「是。」

「法郎」不是法國的貨幣單位嗎？我還以為只有帝國人的名字會借用法語，沒想到就連錢的部分都乾脆拿法國的貨幣單位來用。

都到這種地步了，我不禁開始懷疑，神國那邊該不會是用歐元吧？

「其實，我對兩百萬法郎到底是多少沒什麼概念，與神國的物價應該有很大的不同吧。」

當然，我謹慎地採用實際角度提出問題。

要我來猜的話，大概等於兩百萬韓元[24]的消費力？畢竟如果小說裡的貨幣價值與韓元一致，對作者來說換算起來比較方便。

而且我在皇宮裡的工作，就只有聽大家告解、念書、吃美食，還有陪狄蜜玩而已。以這種工作強度，再加上不只沒有管理費或房租要繳，還有侍從幫我張羅餐食、打掃、洗衣，這樣還可以每個月領到兩百萬，簡直不是划算，而是中樂透的等級了。

「我想想，兩百萬的話……應該可以在皇都郊區買下一棟不錯的宅邸，不過要買在湖旁邊可能比較困難。」

加奈艾的回答讓我的腦袋瞬間一片空白。

「什麼？」

「如果是自建，還是有機會可以選在湖畔。」

班傑明連忙補充一句，大概是誤以為我在失望自己沒辦法在湖邊置產。

24　約台幣四萬元。

我腦袋還是一團混亂，不知道該怎麼辦才好。說實話，我就只是個吃白飯的質子，他們幹嘛發這麼多錢給我？

而且還是預付的，也就是說，現在我的金庫裡已經有兩個月的額度——整整四百萬法郎。

可是我根本花不到那麼多錢啊。除非我的計畫是捲款逃到遠離戰線的領地躲起來，或是在戰爭爆發前炒房大撈一筆，不然也沒地方用。

但我偏偏是個以回家為目標的質子。

「……李斯特皇室果然非常富有呢。」

最後，我只能說出這樣的感嘆，換來了加奈艾清脆的笑聲。

「所以皇子殿下才會被稱為『帝國最高貴繼承人』嘛。」

我點點頭。也對啦，身為浪漫奇幻小說的男主角，只有身高和臉蛋出色怎麼夠呢？

「對了，可以幫忙將我的錢匯出去嗎？」

聽我這麼問，班傑明面露為難，我立刻看出他是誤會了什麼。

「我當然不是要匯去神國，我在那邊又沒有可以收錢的人。」

「那麼……」

「我想給貝朗男爵家。」

加奈艾和班傑明同時閉上了嘴。

我想起那對被神國派來暗殺我、偽裝成侍從的雙胞胎。每次想到他們殺害的那對貝朗雙胞胎本尊，我就胸口發緊，連睡覺時都會驚醒。

雖然素未謀面，那兩個孩子卻受到我的牽連，小小年紀就失去性命，我心裡實在過不去這個坎。

「我不認為金錢能夠安慰失去孩子的父母，只是……貝朗家的雙胞胎，是為了我才受到僱用的孩子。雖然為時已晚，我還是想為葬禮費用盡一分心意。」

班傑明緩緩地點頭，說他會照我的意願去安排。

「請幫我匯三百五十萬法郎給男爵夫婦。」

加奈艾吃驚得雙手捂住嘴，我朝他擠出一抹苦笑。

那筆錢對我來說只是空虛的數字，就算用掉了，下個月還是會再進帳。但是對男爵夫婦來說，或許多少能產生一點點意義。

這樣就夠了。

狄蜜無聲地靠過來，用身體輕輕蹭了蹭我的腿。

「如何？我按照您要求的，把這扇木窗改得能從王子閣下這邊打開了。」

「真是巧奪天工啊！邁可森，謝謝你。」

聽見我又說了聲「辛苦了」，宮廷木匠抓了抓後腦勺，露出靦腆的笑容。

不久之前，邁可森也受我之託製作了「神官不在位置上」、「告解聖事開放」的雙面告示牌。他同時也是阿格尼絲——朱利耶宮後山巡山員的朋友。

「打開的時候也不會有聲音呢。」

「我在鉸鍊上下了很多工夫，這種小地方，才是從高級到頂級的分水嶺呢。」他得意地向我說明。

邁可森經手修理的告解室木窗煥然一新，我連連出聲讚嘆，果然人還是得有一技在身才行。

春季舞會結束後，可能大家比較有空，包含邁可森在內的宮廷木匠們近來都頻繁進出皇宮神殿，修繕告解室。

即使我提出「希望木窗可以從神官位置這邊開啟」這種稍微有點麻煩的要求，他們也一口答應，一副這不算什麼的樣子，沒有人質疑神官該不該與告解者見面這件事。

對我來說這當然是好事，因為我是為了不知何時會再出現的賽迪，才提出這種改裝需求。

前天木匠們拆掉毀損的木窗時，還你一言我一語地討論著「這好像是被刀貫穿的」、「怎麼可能是刀」之類的猜測。雖然肇事者不是我，我還是心虛得差點維持不住若無其事的表情。

所以我下定了決心，要是再見到那小鬼，至少要讓他改掉這個壞習慣。

這時，邁可森繼續報告：「至於那條喚人用的拉繩，就不歸我們負責了。不過我問過了，他們說整條繩子都要換掉，可能會花一些時間。」

「我知道了。」我心虛地笑著回答。

其實被削斷的流蘇就在我這裡，只要縫回去就會像新的一樣了，但這些話我實在說不出口。畢竟要是這麼說，就必須解釋那天出現在隔壁間的小客人了。

「那我就先告辭了，神獸大人也要保重哦。」

「嘰。」

邁可森將工具塞進皮包，彎腰行禮，窩在我懷裡的狄蜜小小地叫了一聲。

我和班傑明、加奈艾一起送走了邁可森，又回到告解室前。差不多該開始進行下午的告解聖事了。

「狄蜜，你要乖乖跟著班傑明他們哦。」

「嘰嗚。」

我把狄蜜交給已經能穩穩抱好小熊貓的加奈艾，再從班傑明手中接過裝得滿滿的野餐籃。兩人和一隻小熊貓走向神殿後方的神官室，我看著他們關上門，然後再次確保整座神殿內沒有其他人，這才掛上「神官不在位置上」的告示牌。

——嘰咿。

我走進空無一人的告解者隔間，而不是平常我坐的神官那一側。

「在哪裡呢……」

告解室內有些昏暗，看不太清楚木牆的接縫處。可惜現在也沒有方便的手機手電筒可以用，我只好施展了環。

金色以太傾瀉而出，在地板上畫出了一座圓陣。我輕輕吸一口氣，聖所的面積瞬間縮小許多。

「應該是在這裡。」

我一屁股坐到地板上，開始檢查告解者座椅附近。今天要做的並不是什麼大事，只是出自於可解可不解的好奇心，所以我的心情也十分放鬆。

我先用力按壓了椅子正下方的地板，但似乎沒有什麼暗門。

——咚咚。

以防萬一，我還是試著敲了敲，並沒有發出空洞的聲音。看來不是在下面。

「會是後面嗎？」

告解室是一座貼著神殿牆壁的巨型木造長方體，所以無法從左右兩側偷偷進出。如果祕密通道不是在地面下，那就是後方的牆壁了。

我輕輕推開椅子，使力按壓座位後方的牆面，腦中閃過與恩瑞一起看過的某部間諜電影片段。或許只要轉動或拉動某個裝飾，就能開啟隱藏滑門，可能因為這裡是神殿，所以要……

——嘰咿。

「……」

身後傳來有人打開告解室門的聲音，我尷尬地咬緊牙關。

拜託，我都掛出神官不在的告示了，怎麼還有人硬要進來……

「你在這裡做什麼？」

是我熟悉的聲音，我放鬆下來，在地板上緩緩轉過身。

話說回來，第一次見面時，這小鬼好像也問了我同樣的問題。

「……你今天怎麼這麼正常地走進來？」

面對我的問題，賽迪只是冷哼一聲。

與我對視的這雙眼睛，是與前幾天見到的那位皇子一模一樣的橙色。

「不好意思，冒犯了。」

我依然坐在地板上，為了確認男孩的身體狀況，伸手覆上他小小的額頭。

幸好，只有微微發熱。他沒有呼吸急促，也沒有冒冷汗，看來並沒有過度消耗以太。

坐在告解者座位上的賽迪，只是靜靜觀察我的動作，沒有什麼特別的反應。

「你啊，是不是該配對一位神官同伴比較好？」

「……」

「還是其實已經有了，只是你自己偷偷跑出來？」

「……」

搞不懂這孩子到底是像誰，怎麼老是這樣，半句話都不肯好好回答。

如果他不喜歡這麼嚴肅的問題，那我就從輕鬆一點的開始問吧。

對待他要像對待那種彆扭的六歲小孩，如果問為什麼和朋友吵架時都不肯說，那就從問他今天吃了什麼點心開始，慢慢就會願意開口了。

「你是從神殿正門進來的嗎？」

「是你不知道的路，這話題到此為止。」

看吧，立刻就回答了。

「肚子會不會餓？我有芙紐多[25]，你要吃一點嗎？」

「你在神國都挨餓度日嗎？」

我忍不住噗嗤一笑，決定稍微提升問題力度。

「你有跟父親說一聲才出來嗎？」

25 芙紐多（Flaugnarde），一種法式水果派，作法與克拉芙緹（Clafoutis）相同，僅將櫻桃替換成其他水果。

「……啊？」

結果男孩皺緊眉頭，像是聽到了什麼莫名其妙的話。

我正準備問得更仔細一點時，神殿正門方向傳來開啟的笨重聲響，可是接下來並沒有聽到腳步聲。感覺像有人打開門後，只是往裡頭看了一眼。

賽迪的眼睛瞇起。

「沒關係，我有掛神官不在的告示牌。」

我的話讓男孩哼出一口氣。好吧，「神官不在位置上」的告示確實已經有兩次被某人無視，但這部分我們就先不提了。

我解除了可能會從外面看見的聖所，動作小心地握住賽迪的手肘。見我改用身體接觸來傳遞以太，男孩的眼睛稍微張大了一點。

這樣效率果然比較高，我可以感受到體內的以太正迅速流出。

我用幾乎是氣音的聲量開口：「今天就先這樣就好嗎？這裡有很多人進出，對你來說太危險……」

就在這個瞬間，只聽「喀噠」一聲。

「唔。」

告解室的門把動了，我反射性地抓住把手。不枉費我飛身阻擋，門並沒有被打開，但外頭肯定有人，我嚇得心臟狂跳。

「怎麼可能……」

我低聲喃喃自語，明明一點腳步聲都沒聽到。雖然剛剛神殿的門有打開，但根本沒有人走進來的動靜……

「噓。」賽迪的聲音輕得幾乎聽不見，只是以口型清晰地說出一個詞彙。「**魔法師**。」

——喀喀。

門外的人再次轉動門把。

魔法師？

「請問有人在嗎？」

告解室外傳來陌生女性的聲音。光憑聲音很難準確分辨，但聽起來應該是有點年紀的人。

我深吸一口氣，努力讓自己冷靜下來，然後重新施展聖所。巨大的金色圓陣瞬間擴張，擴散到了告解室之外。

在強烈的金光照映下，賽迪稚嫩的臉龐在我眼中也更加清晰。

「是，我在。但現在不接受告解，請問您來此有何貴幹？」我這麼回應對方。

只有身分明確且理由正當的人才能進出皇宮，特別是皇宮中的神殿，還有精銳騎士守在正門外。既然這人已經通過兩重身分確認，我大概也沒必要過於警戒，但……

「我是來懺悔的。啊，原來這裡掛了神官不在的告示牌呀，我都沒注意到。還請見諒。」

不清楚她是真的沒看到，還是敷衍我的藉口。年長女性的語氣乍聽之下很真誠，但又感覺有些輕浮。

她在確認告解室裡有人後，好像鬆開了門把。但我沒有跟著放手，而是回頭看向賽迪。

那孩子的眼神依舊銳利如刀。

「沒關係，告示牌對您來說可能太小，不容易看見。不過，請問您是在神殿內使用了魔法嗎？」

「噢。」

我的語氣稍微有點不客氣，門外的女人說了句「看我這腦袋，真糊塗」，像是在自言自語。

《主神教的教規與信念》第二章白紙黑字寫著，在神殿內使用魔法是對主神的不敬。雖然這項傳統也早已式微，現在幾乎沒有魔法師遵守，但原則上就是這樣規範的。

「這部分我也深感慚愧，但請相信我並非有意不敬。因為我平時都施展著魔法移動，已經形成習慣了。還請您寬恕，葉瑟王子閣下。」

她果然知道裡面是我，我輕輕呼出一口氣。

「我會寬恕您，但還請您今後多加注意。」

「好的，感謝您。那我就在這裡等候吧。」

「您要等候？」

「因為您好像在休息，我可以在外面等候，待您出來後再進行告解。」

看來她是為了告解才過來的。

——噠、噠。

這是我第一次聽到她的腳步聲。剛才她應該是使用了魔法，我們才會沒有聽到有人靠近的動靜。

我聽見衣料摩擦的窸窣聲，推測那女人應該是坐到了信徒座位區的某處。

我鬆開門把，回到賽迪身前，男孩眼中全是不滿。

「賽迪，你今天就先回去吧。」我低聲對他說，「被那個人發現你就不好了。下次如果你需要幫忙，就直接來我房間吧。」

「就這樣進行。」

「什麼？」

「沒必要非得在告解室內進行聖事吧。」

「呃，雖然是這樣沒錯……」

既然那女人都坐在外面了，那我們待在這裡聽她懺悔不就好了——這小鬼竟然理直氣壯這麼提議。

「你不能隨便參與別人的告解聖事，這是要保密的事。」我悄聲勸導著。

話說回來，我在春季舞會上聽取薩爾內茲公爵夫人的懺悔時，皇子那傢伙也是堅持不肯迴避。

我又一次深刻體會到賽迪究竟是像到了誰。

「薩拉．貝利亞爾不配得到這種顧慮。」

賽迪只是用帶刺的耳語如此回應。我瞬間一愣，他說那女人是誰？

「其實，我也沒有什麼需要懺悔的事情，只是需要一個可以發牢騷的地方而已。」

就在這時，那道女性嗓音迴盪整座神殿。我悄悄打開一點告解室的門，緊張地從門縫往外看。

一位陌生的白髮年長女性正坐在信徒席的第二排，目光遙遠地望著空中。她有著一頭精心修剪的優雅短髮，身穿高雅的綠色禮服，一看就知道不是平民出身。

據說，就像神國的神官多為貴族與王室成員，帝國的魔法師也大多來自這兩個階層。如果她真的是「薩拉．貝利亞爾」……

「我的孫子病了。可是我總忍不住想，這會不會是我的錯？」

女人繼續說著，我一時不知道該不該出聲回應。她好像進入了自我對話的狀態，感覺我還是安靜聽著就好。

察覺到這不是懺悔的賽迪，一臉理直氣壯地看著我。

好啦，你就聽吧，都給你聽。

「孫子的名字是我取的，雖然是男孩，但我還是給了他男性名字做為中間名。」

我把頭歪向一邊，這顯然不是常見的做法。

簡單解釋一下，在這部小說裡，無論是帝國還是神國人，在取中間名時都有一種特殊的習俗。

當男孩出生時，中間名會取女孩的名字；而女孩出生時，中間名則會取男孩的名字，這算是一種不成文的法則。

這個傳統源自於生活在這片大陸上的祖先，為了不讓喜愛惡作劇又善變的主神將子女帶回天上，他們便以此方式混淆孩子的性別。

由於這個世界觀使用的是歐美語系的名字，所以相較之下，名字本身的性別區分比韓國明顯很多。

「為什麼要那樣取中間名呢……只是我的一時興起罷了。那個名字有不錯的寓意，很適合我孫子，而且，我也對主神會帶走孩子的迷信抱持著懷疑態度。如果要問為什麼都超過六十歲了還那麼幼稚，我也實在無話可說。」

她乾笑一聲。我不再繼續偷看，留下門縫退回來，在地板上坐下。

「我的女兒和女婿也說這是個好名字，他們非常喜歡。直到有一天，我孫子突然倒下，陷入昏迷。在那之前，他們確實都高高興興的。」

女人的聲音乾枯得如同沙漠。

「這是很常見的故事。孩子病倒，而父母為了拯救孩子傾盡所有，卻徒勞無功。最終，這股怨恨落到了我身上。」

最後一句話夾雜著嘆息，幾乎聽不清。

我最近也接觸過類似的故事。《辭異女》主角克莉絲朵和她的母親伊莎貝爾．德．薩爾內茲，兩人的面容悄悄浮現在我心中，隨即又淡去。

「他們責問我為何要為孩子取那種中間名，又說都是因為我的傲慢，主神才會想帶走孩子。雖然我知道這有一半並非真心話，但剩下一半分明是肺腑之言……聽著那些話，我不禁心想，這就是傳說中的主神詛咒吧。無論是孫子的病情，還是因此破裂的家庭……」

我身後的賽迪吐出了長長的一口氣。我轉頭確賽迪的狀況，一邊豎起耳朵聽故事的後續。

「這就是全部了，我只是想找個人傾訴這些事。往後的一切，仍然是我和女兒夫婦的責任，不管是不治之症、詛咒，還是別的什麼。」

外面傳來布料摩擦的沙沙聲，還有皮鞋落地的聲音。

我小心翼翼地向外望去，只見年長的女人從座位上起身，準備要離開了。

「那我就先告辭了，謝謝您撥空聽老人家發牢騷，王子閣下。」

「貝利亞爾爵士。」我出聲喊住她。

貝利亞爾爵士猛然停下腳步，回望的翡翠綠眸裡浮現一絲驚訝。我透過門縫看著她。

「原來您認識我。」

「應該很難不認識。」

我苦笑著清了清喉嚨。《李斯特雙週刊》總編輯——薩拉．貝利亞爾，有著「神國專家」之稱的帝國新聞媒體名人，上個月才寫過關於我的專題報導。

「首先……對於發生在您孫子身上的事，我深感遺憾。」

聞言，貝利亞爾爵士微微點頭。即使隔著距離，我也能感受到悲傷和自責凝固了她臉上的所有表情。

「我接下來要說的話可能有些自以為是，但我希望您不要將這一切視為詛咒。」我慎重地開口。即使這只是小說中的虛構宗教，但面對這些日復一日努力生活的人，我並不想輕易去否定他們的信仰與觀念。

「不久前，我遇到一位同樣困在『主神詛咒』這種想法裡而痛苦萬分的人。當時我是對她這麼說的，現在也同樣告訴您——我相信那並不是詛咒。這不是為了安慰兩位才這麼說，而是我真心這麼認為。」

「……」

我的目光與賽迪交會，於是便朝他微微一笑。

「我認為，『詛咒』一詞本身就帶著與之相應的力量。一旦認定某件事是詛咒，聽進了那種說法，就會不由自主懷疑——這難道真是主神的旨意？然後便漸漸對此產生無力感，哪怕那根本不是真的。」

「……」

男孩那雙橙眸目不轉睛地凝視著我。

「當然，您的孫子確實病了，那是無法否認、在未來也無法抹去的事實。可是……如果就這樣接受它是詛咒，說不定會讓人更容易選擇放棄。一旦相信這一切都是主神的旨意，可能就會認定這是人力所不能及的事，無論如何都無法改變。」

我緩緩抬手，輕輕覆上賽迪的額頭。掌心下的肌膚乾爽柔軟，不知何時已經退燒了，讓我鬆了一口氣。

「我衷心希望，您與您的家人都不要輕言放棄，哪怕往後的每一步都不會容易，也能繼續奮戰，找出所有可能性。」

我小心地選擇用詞，畢竟我很清楚，當一個家庭中出現了重病患者，會是怎樣的悲劇；也知道病人身邊的人會如何陷入絕望，又會如何一點一點地從中站起來。

「雖然我知道，對您說這些實在唐突……但我認為，即使真的必須埋怨某個對象，那也應該埋怨主神。而那些心存善意、認真生活的人們，不應該責怪彼此。」

告解室外安靜無聲。這樣的發言，無論誰來聽都會覺得太多管閒事。

但是，這位女性能傾訴的對象，就只有我這個素昧平生的鄰國王子，可以想見她的內心正承受著多麼沉重且暗無天日的煎熬。

所以我實在無法對這樣的她視而不見。

「……謝謝。」

片刻後，貝利亞爾爵士用極輕但清晰的聲音這麼對我說。而後，她便俐落地轉身邁步離去。

我透過微微敞開的門縫，看見那道長長的身影走出了神殿大門，這才緩緩收回視線。

「……」

「賽迪，你的以太補充完了喔。」

不知不覺間，那小小的身體四周開始飄出金色的以太球。我在男孩面前揮了揮手，可是他卻連眼睛都沒有眨。

「怎麼了？有什麼話想跟我說嗎？」

賽迪就這樣直直凝視著我，目光強烈得幾乎讓人感到灼熱。

我擔心他是不是哪裡還有不舒服，所以打算先把身後的門關緊……

——砰咚！

後方突然傳來一聲巨響，我嚇了一跳，連忙回頭看向賽迪。

「呵……」

午後的陽光傾瀉而入，溫柔地灑在我身上，隔間裡已然不見男孩的蹤影。

原來是在上面。不是地板、也不是牆壁，那孩子的祕密通道入口，竟然是藏在告解室天花板上的一處掀蓋。

CHAPTER
11

就當作郊遊吧

轉眼間，又來到了週一。

「你見過薩拉．貝利亞爾爵士了？」

五天不見的波帝埃樞機主教，不知為何看起來有些疲憊。我向她點點頭，然後輕啜一口茴芹茶。

至於坐在隔壁位置上的克莉絲朵，則像在喝水般狂灌冰咖啡。真希望這種團體輔導趕快結束……

「她是有到神殿坐了坐。」

「這樣啊。上週六，菲德莉奇找了貝利亞爾來進行會談。」樞機主教淡淡一笑，「《李斯特雙週刊》原本打算在四月十五日發行增刊號呢。」

「增刊號？」

「是啊，法蘭索瓦偏偏選在十五日宣布要將火星之慧劍當作魔獸大討伐的優勝獎品，導致最新一期的雙週刊來不及收錄這個消息。下一次發行日又太晚了，所以貝利亞爾爵士預計先出增刊來補充報導，而我和菲德莉奇費了好一番功夫才勸住她。」

果然，大致上和我猜的差不多。為了阻止火星之慧劍變成大賽獎品的消息繼續擴散，樞機主教在這段時間感覺費了不少心力。

「我們並不喜歡控制輿論，但這次牽涉到神器，也就不得不這麼做了。」

我點點頭，繼續認真啃著加了辛香料的麵包。老實說，就算女皇和樞機主教真的喜歡掌控輿論，我也不能怎麼樣。

「但是，我們也不會自欺欺人，當作沒有這回事。」

「您的意思是……」

「慧劍依然會是魔獸大討伐的優勝獎品。」

我和克莉絲朵都瞪大了眼睛。

「還有，今年會由賽德瑞克代替我和菲德莉奇出席討伐。」

「那就和我一樣是第一次參加呢。」克莉絲朵開口說道。

我原本只是漫不經心地聽著，吃麵包的動作卻不由得停了下來。所以現在是……

「沒錯，賽德瑞克並非只是前往觀賽，目標應該是奪冠。」

波帝埃樞機主教柔聲補充。我看了她一眼，又看了看坐在我旁邊的克莉絲朵。

「薩爾內茲女爵也要參加魔獸大討伐嗎？」

克莉絲朵那青灰色眼睛閃著耀眼的光，爽朗地笑了。

「是，我決定要在魔獸狩獵賽中宣布自己志願成為聖騎士，同時藉這個機會展示一下我的能力。」

這個策略還算不錯。與其用一則報導或公告來詔告消息，不如在萬眾矚目的魔獸大討伐上，由當事人親自在一眾貴族面前展現水之力，影響力肯定更大。

再加上背後有皇室支持，以魔獸狩獵這種公益性質的活動進行初次公關，也就更容易幫她包裝形象，比如說「這是主神賜予聖騎士貧瘠之地的第一道祝福」之類的。

「太好了。」我回應道。

看來，屬於克莉絲朵和賽德瑞克皇子的戀愛篇章，終於要拉開序幕了。

他們在春季舞會時當然也度過了一段美好時光，但那畢竟是第一次見面，正式的愛情和冒險故事，感覺會從這次的魔獸大討伐展開。

雖然恩瑞每次提到男女主角都想讓他們立刻分手，可是就我這個第三者的角度來看，那兩人其實還挺登對的。

克莉絲朵點點頭，繼續說道：「所以我這幾天見了好幾位神官，想找找看有沒有人願意和我搭檔，直到魔獸大討伐結束為止。」

她停頓了片刻，雙眼看著我。

「但是，好難找到符合條件的人哦！大主教們都沒空，然後主教們大多是聽到要參加魔獸大討伐就打退堂鼓。至於那些特別積極的人……多半對我本人沒什麼興趣，而是更在乎能不能藉機出人頭地。」

這倒也不稀奇。大主教或主教大多數都忙著管理教區，或是進行檯面下的政治角力，哪會願意把時間花在還不確定能不能成為聖騎士的女爵身上？

至於那些願意把以太投資給克莉絲朵的低階神官，與其說是看好她的成長，不如說是期望藉此和薩爾內茲家攀上關係。

「那些人口中說著帝國能有自己的聖騎士是好事，可是真的需要他們出力時，卻一個個都在觀望、計算利益得失，看了就心累。」

說到這裡，克莉絲朵低聲嘀咕：「那種事我早就受夠了。」

我迅速看了樞機主教一眼，她正啜飲著咖啡，似乎沒有聽見。

幸好，目前只有我知道這位主角的實際情況……

「所以我在想，如果王子閣下願意，陛下和樞機主教殿下也允許的話……」

聽到這句不祥的開場白，我立刻舉起茶杯擋住臉。原本甘甜的茴芹茶，現在卻像苦藥一樣難以下嚥。

「我想拜託您，能否在下個月之前暫時擔任我的搭檔。等我正式接受聖騎士冊封之後，就能另外再找搭檔了。」

「……我的酬勞可不低。不只以太的質與量都十分優異，又是一位王族神官。」

幸好我的聲音沒有發抖。我繃著臉不去看她，維持著從容鎮定的姿態。冷靜點，我完全可以拒絕，也可以反過來被拒絕。

「我用錢買吧！要多少錢才夠？[26]」

等等，妳居然知道這句臺詞？請問這位穿越者的年齡是……？

26 韓劇《藍色生死戀（가을동화）》的經典臺詞。

字。

兩百萬法郎是李斯特皇室每個月固定撥給我的經費，我一時之間能想到的大筆金額就是這個數

「……每個月兩百萬？」

「說個數字吧。」

「我需要很多錢。」

級成湖景房。

根據班傑明和加奈艾的說明，這筆錢足以在皇都郊區買一棟豪華宅邸，如果選擇自建，還能升

就算是薩爾內茲公爵的獨生女，應該也不能擅自決定這麼大筆的消費吧？

「每個月四百萬。條件是，當我需要的時候，可以自行進宮索取以太。」

「什麼……？」

「哈哈哈哈。」

就在我被克莉絲朵的霸氣震撼，傻愣愣得反應不過來時，一旁傳來樞機主教爽朗的笑聲。

這還是我第一次看到她放聲大笑的樣子，她甚至把單邊眼鏡抬起來，拿手絹擦拭眼淚。到底是

有多好笑？

「哈哈哈，王子完全不了解薩爾內茲家族呢，是不是？」

「我知道公爵家很有錢……」

「我一個月的零用錢有五百萬法郎喔。」

克莉絲朵的語氣輕描淡寫，卻讓我差點嚇掉下巴。這下我終於意識到，克莉絲朵和我的穿越條

件完全不一樣。

她是帝國首屈一指的大貴族家千金，而我不但只是私生子，同時又是必須一輩子困在皇宮的他

國質子。別說待遇，就連零用錢的標準都不在同個次元。

「那就說定囉？王子閣下能暫時當我的搭檔嗎？」

「那不是我們王子能負責的事。」

回答克莉絲朵的人不是我，而是樞機主教。她不知何時已收起笑容，回到平常那副高深莫測的慈祥神情。

「王子是以皇宮告解神官的身分前來，目前正忠實履行職責、日日勤勉，因此並沒有餘裕與宮外人士進行私下交易或建立伙伴關係。」

說到這裡，樞機主教還補充一句：「我上次應該也這麼說過了。」

直到此刻我才發現，原來那雙米色眼眸也能讓人感受到寒意。

之前克莉絲朵試探我的意願時，樞機主教也是差不多的反應。這麼看來，她很提防克莉絲朵和我進一步接近。

也對啦，她可是原作中撮合了皇子和克莉絲朵的大功臣「歐老師」。對於自己視如親子的皇子配偶人選，怎能讓她和我這種質子牽扯不清。

樞機主教如果能出手幫忙阻擋克莉絲朵，對我來說絕對是好事。

「果然沒這麼容易呢。」

克莉絲朵輕嘆一聲，姿態隨興地往後靠。她嘴上雖然說著為難，臉上卻看不到困擾。

目前還是新手等級的主角，面對著關卡，感覺氣勢反倒更加頑強。

「如果是現在呢？可以請您分一點以太給我嗎？」

「在這裡？」

聽見克莉絲朵突如其來的要求，我不由得提高了音量，但她只是燦爛一笑。

「就算無法交易，我還是能拿一點試用品嘛！」

難道妳以前是做業務的嗎……我震驚得腦袋打結，跳出了毫無根據的念頭。

眼下並沒有正當理由可以拒絕，我只好偷偷看了樞機主教一眼。可是樞機主教只是側著頭，並沒有表示反對。

如果是皇子那傢伙，大概就會直接無視或冷哼一聲帶過，但以我的個性實在很難做出那種事，可惡。

「……稍等一下。」結果我只是僵硬地吐出這句話。

克莉絲朵眼睛一亮，長靴咚咚踩著地板，可以感受到她有多期待。

我閉上雙眼，施展了聖所。極少量的以太從我的指尖和腳尖流出，描繪出金色的圖樣。

樞機主教的辦公室地板亮起，一座金色圓陣悄然展開，將我與克莉絲朵包圍其中。

「哇……」克莉絲朵眨了眨那雙大眼，發出了讚嘆。「我也看過不少神官的環，可是這麼純淨明亮的聖所，還是第一次見到呢。」

就算妳這麼說，也依然是非賣品。我這麼想著，一邊在心中想像出畫面，撿起一根細細的以太線頭。感覺只要放出一圈，應該就夠了。

——叩叩。

「進來。」

就在這時，辦公室的桃花心木門傳來敲響的聲音，在樞機主教應聲後，隨即有人推門而入。

我暫時停下準備釋放的以太，轉頭一看……

「殿下。」

「你好啊，我的教子。」

今天的皇子依然頂著衝擊視覺的顏值，邁步走進了辦公室。

到底是為什麼？就算你現在還不是皇儲，但你都不忙嗎？

這些疑問在我腦中一閃而過，馬上又熄了火。

好吧，這裡是浪漫奇幻小說的世界，男女主角動不動就產生交集是理所當然的劇情。

波帝埃樞機主教大概又用上課當藉口把他叫來了，問題是，多了我這個夾在中間的電燈泡。

「你在做什麼？」

「我正準備分一些以太給薩爾內茲女爵。」

面對皇子省略問候直接進入主題的問話，我沉穩地回答。

克莉絲朵起身向皇子行禮致意，但皇子只是用眼神淡淡示意。

不管看幾次，都還是會對他這種欠揍的態度感到不可思議。

「女爵的以太看起來很夠用。」

「這是我的事，不需要殿下來判斷。」

皇子語帶挑釁，克莉絲朵則微笑著回擊，辦公室的氣氛瞬時間降到冰點。

領著皇子進來的侍從娜塔麗，不經意和我對上了視線，但她只是微微一笑，便立刻退出去關上了門。

唉……我滿懷羨慕，也從沙發上起身。

「今天不適合，我下次再給您以太吧。」

說完，我便解除了聖所，以此表達「請兩位不要吵架、好好相處」的意思。

皇子有個時常受以太枯竭折磨的兒子，看到好端端的克莉絲朵還要來分走以太，會這麼不順眼也是人之常情。

聽到我那麼說，克莉絲朵有點不情願，但還是尊重我的決定。

「今天不是要用室內練武場？」

皇子這才罷休，轉向樞機主教詢問。

直到這時我才注意到，這傢伙和上回在戶外練武場與克莉絲朵對練時一樣，都穿著方便活動的服飾。

只有他手上的黑色手套沒變，不管穿什麼都戴著同一雙。黑色皮革完整包覆手指，卻只延伸到掌部的一半，剩下的大半手背和手掌都裸露在外，這種設計怎麼看都都不太實用。

「對，是這樣沒錯。我已經請菲德莉奇空出場地，讓我們使用到十一點三十分。」

樞機主教淺淺一笑，開始收拾桌上的東西，一邊解釋她已經提前告知女皇，今天打算帶著孩子們在室內練武場上課。

感覺她和女皇之間的關係真的很親密融洽。

「那你們兩位先過去吧，我還有話要對王子說。」

我？

「沒什麼大事，只是說幾句話而已。」

她溫柔地擺擺手，示意克莉絲朵和皇子先離開。

那兩人向樞機主教行禮，並肩走到辦公室外。在門關上之前，我見到他們眼神厭惡地互看了一眼。

按照這個套路，那兩人應該馬上就會開始談戀愛了。現在該擔心的不是兩位主角，而是即將與樞機主教進行久違一對一面談的我自己。

「您想說的話是……？」

重新坐下來的我心中充滿不安，捧起茶杯緊緊握在手中。尚有餘溫的茴芹茶香，彷彿正在用最後的力量來安撫我。

「嗯，我剛剛說過，菲德莉奇和我今年不會參加魔獸大討伐吧？」

「是。」

「因此，會缺一位負責在現場聽取參加者告解的神官。」

「什麼？」

我的心跳停了半拍，猛然抬起頭，對上了樞機主教的視線。

「雖然魔獸是威脅人類生命、破壞家園的惡獸，但畢竟也是生命。在討伐前後，常有貴族會希望對殺生行為進行告解。至今為止，都是由我同行，傾聽他們的懺悔。」她以歌唱般的語調說道。

瞬間，我想到了「蝴蝶效應」這個詞。難道是因為我決定在皇宮履行告解神官的職責，才改變了劇情走向，最終走入這個局面？

「今年，我想把那項任務交給你。至於克莉絲朵，如果直到那時她都沒有找到搭檔，也請你協助她大展身手……」

樞機主教的聲音越來越小，總覺得她不是打從心底希望我這麼做。

「而賽德瑞克……你在幫助他取得火星之慧劍之後，也能與下任皇儲拉近關係，這更是有百利而無一害。」

「……」

我重新檢視了我的自我意識。雖然不確定我的決定沒有造成影響，但這個蝴蝶效應應該是從很久之前就開始了。

從邊境神殿的神器不是用來拯救克莉絲朵，而是用在我身上的那一刻起，《辭異女》的劇情就偏離了原軌。

到目前為止，我思考的方向大多是這種偏差對我和主角的影響。但現在看來，受到蝴蝶振翅掀起的風暴波及的對象，不只是我們兩人，而是三個人——還要加上男主角！

現在皇子與克莉絲朵的婚約告吹了，他無法藉由薩爾內茲公爵家的支持登上皇儲之位，想必也會產生與原作不同的打算。

「我有件好奇的事。」我沒有回答她，反而先這麼說道。

雖然被波帝埃樞機主教單獨留下讓我渾身緊繃，但我也確實有話想私下對她說。

而且，既然樞機主教已經開啟了關於皇子的話題，我開口的壓力也減輕了不少。

「想問什麼就問吧。」

「皇子閣下明明是陛下唯一的子嗣，為什麼還需要其他條件才能成為皇儲？」

只要稍加思考，就能看出這個違和的地方。

儘管帝國中包含旁支在內的皇族人數不少，但真正有資格繼承皇位的正統血脈，就只有賽德瑞克皇子一人。

也就是說，只要他本人不拒絕繼承，也沒有犯下使皇室蒙羞的嚴重醜聞，那麼皇儲之位和將來的皇位，基本上都會屬於他。

所以與薩爾內茲公爵家的婚事應該是錦上添花，進展順利的話，就能穩固他在政治上的地位。那麼問題就來了，他為什麼不積極爭取聯姻，反而……

「神器『火星之慧劍』，和皇儲之位又有什麼關聯……」

「……」

剎那間，有股直覺從我腦海中一閃而過。

火屬性的神器，以及使用火屬性以太的幼小孩子。

「該不會，這是為了賽迪吧？」

樞機主教的瞳孔明顯一震。一向讓人難以讀懂的她，此時臉上竟然露出明顯的訝異，甚至還帶著幾分錯愕。

「……這名字是那孩子告訴你的嗎？」

「是的，他是這麼自我介紹的。」

聽見我的回答，樞機主教的表情變得難以形容，看起來像是覺得有趣，又有些無奈。

我似乎也在哪裡看過這種神情，是誰呢……但現在重要的不是這個。

現在，我可以確定一件事——登上皇儲之位只是藉口，皇子需要神器的真正原因，是他那因以太不足而受苦的兒子。

「您之前請我幫忙的孩子，就是他嗎？」

我終於問出這段時間一直想確認的事。樞機主教按住一邊的太陽穴，輕輕嘆了口氣。

「沒錯。」

「……」

「我也知道之前是那孩子害得你以太枯竭。對此，我很抱歉。」

這是我第一次聽見樞機主教如此真心的道歉。

她說的「以太枯竭」，是指我和賽迪初次見面那天，我被那小鬼抽走一堆以太後昏倒的事件。

還記得醒過來時，正是樞機主教和伊莉莎白爵士兩人圍在我床邊。我還以為樞機主教是來對我施展治癒力，而伊莉莎白爵士是作為警備負責人過來慰問我……現在想想，根本是因為她們兩人都認識賽迪。

「我有好好教訓了那孩子一頓，之後沒有再發生類似的事了吧？」

「嗯，沒有……現在如果他需要以太，會透過我的環取得。」

「那就好。」

樞機主教看起來終於鬆了一口氣，但我心中的疑問仍然堆積如山。

「他沒有神官同伴嗎？」

「……那孩子也有告訴你，自己是怎麼變成那種『體質』的嗎？」

我不自覺緊閉上嘴。賽迪從來沒有正面回答過我的問題，也沒有主動說過自己的事。如果這是私人問題，那我就不好繼續追問了。

或許是看出了我的遲疑，樞機主教溫柔地笑了笑。

「雖然我也想把一切都告訴你……但還是等到他本人敞開心扉比較好。」她接著又說，「不過，好像已經敞開了不少呢。」

這點我沒辦法確定，但既然和賽迪情同家人的樞機主教都這麼說了，我就沒有再多問，只是輕輕點頭。

「那麼，現在輪到我問了。我從剛才就有些在意一件事。」

「請您儘管問吧。」

樞機主教瞇起雙眼，嘴角緩緩上揚。那種不加掩飾的愉快，簡直就像收到新玩具的小女孩。

「賽迪有向你透露自己的真實身分嗎？」

「沒有，我只是自己做了些推測。」

她並沒有問我推測出了什麼答案，只是呵呵輕笑，喝了口剩下的咖啡潤喉。

我則捧著茶杯，靜靜整理起思緒。

既然現在已經兩次證明了神器在《辭異女》世界觀中會帶來巨大影響，此時又出現能親眼見到火星之慧劍的機會，我肯定必須好好把握。

當然，現在還在小說劇情的開頭，還不知道目前的變化能不能讓葉瑟王子活過未來那場戰爭，所以神器能送我回家的機率很渺茫。

但比起什麼都沒做就先放棄，至少嘗試過後再失敗，也比較不會後悔。

更何況，如果我幫助皇子在魔獸大討伐中奪冠並取得神器，那也等於是在幫助賽迪。

雖然皇子不一定能拔出那把劍，我也搞不懂他有什麼打算，甚至對於取勝這件事，我都不認為自己能幫上什麼忙——更別說，我其實一點都不想和皇子那傢伙扯上關係。

可是……那孩子的身體那麼差。

「那麼，我也參加魔獸大討伐吧。」

我放下了茶杯，向樞機主教開口。掌心離開那份溫暖的瞬間，涼意清晰傳來。

我很清楚，自己從頭到尾都沒有選擇的餘地，但「被迫前往」與「自己決定要去」，心態肯定不一樣。

「我也會協助皇子閣下。」

聽見我這麼說，樞機主教露出了燦爛的笑容。

今天好像看見格外多次她的笑容。

「沒想到皇宮裡還有這樣的地方！」

加奈艾興奮地說道，我也笑著點點頭。

山巒間吹來涼爽的春風，輕柔地撫過低矮的草叢，又悠悠地遠去。這裡的風景實在太美，我不禁心想，如果能跟恩瑞和哥哥一起來就更好了。

「我還以為後山就是一座普通的山，沒想到竟然藏著這種祕境。」

「王子閣下，只要您想來，隨時都可以再過來走走。」

走在前面的巡山員阿格尼絲爽朗地接話。我把掛在腰間搖搖晃晃的狄蜜抱到肩膀上。

「來到這種開闊的地方，感覺很舒服吧？」

「嘰。」小熊貓開心地叫了一聲。

雖然每次去花園散步時都會帶上狄蜜，白天只要牠沒有在睡覺，我也會陪牠到陽臺吹風，但那一點活動量顯然還是太少了。

雖說是神獸，但畢竟還是隻動物，因此一定覺得很悶吧。我懷著歉意輕輕地撫摸牠蓬鬆柔軟的尾巴。

現在是星期三上午十一點，也是樞機主教的「團體輔導」時間，所以我們會跑到朱利耶宮後山的原因並不難猜。

「竟然是實地教學，讓我想起了過去呢。」

慢悠悠走在我身旁的克莉絲朵，說出了一句危險的臺詞。聽她這麼說，我差點以為她不打算隱瞞自己是穿越者的事了。

可能是見我的表情有點怪，克莉絲朵笑著解釋：「小時候我常和母親到領主城堡的小山丘郊遊。」

我點了點頭。這個藉口不錯，聽起來很自然，我在心裡默默給出評語。

「好久沒來這裡了，我也該找時間帶菲德莉奇來看看，好多以前沒看過的樹都長起來了呢。」

聽到樞機主教這麼說，我悄悄往後看了一眼。

樞機主教穿著我在她身上見過最輕便的一套服裝，勾著賽德瑞克王子的手臂走在隊伍最後方。

我再次回想整件事是怎麼演變成這樣的——時間退回兩天前的星期一，我答應參加魔獸大討伐的那天。

我和樞機主教離開辦公室後，比克莉絲朵和皇子晚了一點來到室內練武場。在我們晚到的這短短十五分鐘內，兩位主角就已經鬧翻了。

我和樞機主教一進門，立刻看見練武場像被洪水沖過那樣滿地積水，牆壁和天花板上還插滿了各種刀劍長槍，以及看起來像砲彈的東西。

克莉絲朵大概是還無法精準控制自己的力量，渾身都濕透了。至於皇子，那傢伙不僅全身乾爽，甚至連髮型都完美無缺，誇張得讓人傻眼。

波帝埃樞機主教看著兩人，溫柔地問了句：「是誰先開始的呢？」

說實話，如果是我哥露出那種瀕臨爆發的神情，我一定會立刻低頭認錯，然後解釋對方只是被我拖下水，並且馬上開始打掃以示道歉的誠心。

這種時候就該這樣好好認錯，然而我們的男女主角——

「……」

「……」

只是不發一語地瞪著彼此。

「原來如此。」

見狀，樞機主教臉上的笑容加深了。

「不過，即使克莉絲朵清光了所有水，這裡也損壞得不輕，看來得花時間重新整修了。明明是菲德莉奇經常使用的地方……」

樞機主教像是自言自語般說著，直到這時，克莉絲朵的表情才變得有些慌張。

「非常抱歉，殿下。修繕費用就由我來負擔……」

「真是花錢如流水。」

皇子卻出聲打斷了她，聽起來就像在挖苦克莉絲朵的能力，我忍不住笑了出來。

「……」

「抱歉，只是有點好笑……」

現場另外三人同時看過來，我立刻收起笑容，心虛地閉上嘴。

樞機主教緩緩移動目光，輪流看了我們三個一眼，這才再度開口。

「你們現在正值血氣方剛、精力旺盛的年紀，這也沒辦法呢。是我疏忽了，才會企圖把你們關在這種地方進行指導。」

她輕嘆一口氣，隨後說了這句話——

「下堂課，不如就去實地教學吧？」

樞機主教的雖然臉上掛著笑容，但內心肯定火冒三丈。

克莉絲朵和皇子好像總算接收到了危險信號，因此沒有任何人反對樞機主教突如其來的提議。

在樞機主教恐怖的氣勢下，就算不是實地教學而是行軍，我們也會乖乖跟去——這就是事發經過。

「您可以在這邊坐下來休息。」

阿格尼絲帶我們來到後山間的一座小山丘上，指著一處草地說道。

回過神的我幫忙加奈艾和班傑明鋪好寬敞的野餐墊。樞機主教的侍從娜塔麗和皇子的侍從大衛也整理好帶來的物品，忙著準備飲料和零食。

「真像是出來郊遊呢。」

樞機主教柔聲感嘆，所有人都點頭附和。

直到出發前一刻，「全副武裝」這種可怕的關鍵字還占據了我的心神。但走過整齊的林間小徑，來到這座翠綠的山丘之後，我的心情便不由自主放鬆下來。

於是，我們九人一神獸舒服地圍成一圈坐下。

「我要開動了。」

我用濕手帕擦了擦手，從班傑明手中接過一塊還帶著餘溫的千層麵包，以及一杯清淡的薊茶。

當我咬下麵包酥脆的外皮，焦糖的甜香率先在口中化開。偶爾咬到的杏仁碎粒添增了口感和風味，有嚼勁的麵包體則包裹著舌尖，令人回味無窮。

「真是太好吃了……」

聽見我說出和平常一樣的感想，班傑明和加奈艾一臉滿足地喝起他們的咖啡和草莓果汁。

見狀，克莉絲朵清脆地笑了。

「我之前就這麼想了，王子閣下吃東西的樣子，真的很討喜呢。」

她這麼一說，樞機主教也笑著附和道：「對吧？」

每回上課都會幫我準備點心的娜塔麗，也毫不猶豫地連連點頭。

「……謝謝。」

在原本的身體裡時，我偶爾也會聽見這種稱讚，但還是第一次在這麼多人面前受到一致好評。

我有點不好意思，只好先放下麵包，將手伸向水果盤。

「呼嚕嚕。」

我把一顆撥好殼的荔枝餵給狄蜜，看著牠心滿意足地吃掉，這才稍微平靜下來。

「……」

「請問有什麼事？」

就在這時，我和坐在對面的賽德瑞克皇子對上了視線。他一臉對什麼感到不滿的表情，手中的濃縮咖啡連一口都沒有喝。

要是咖啡太苦，加點水或糖不就好了，看我幹嘛……

「你一點感覺都沒有嗎？」他冷不防問道。

我忽然很好奇，那些浪漫奇幻小說的男主角，說話是不是全都這麼沒頭沒尾，還是只有這傢伙特別嚴重而已？

「您這麼說，我實在聽不懂。」

「你的瑪那感知力有問題。」

皇子就這樣莫名其妙下了定論，隨即猛然起身。他的侍從大衛動作流暢地接過他手上的咖啡杯。

這傢伙幹嘛突然找碴？我還眨著眼沒反應過來，下一秒手上也被塞了一杯喝到一半的黑咖啡——克莉絲朵緊接在皇子之後迅速起身。

「有東西過來了。」

「什麼？」聽見她這麼說，加奈艾一臉緊張。

克莉絲朵站到皇子身旁，兩人一同眺望著山丘的另一頭。儘管我也朝那個方向看去，卻沒有見到、也感覺不到任何東西。

「教母。」皇子呼喚樞機主教的聲音十分低沉。

那雙米色眼眸彎出柔和弧度，卻是看向了我。

「我只說了像是郊遊，可沒說真的是郊遊呀。」

——轟隆隆！

就在那個瞬間，從遠處傳來震動大地的巨響。

「哦！」

狄蜜比我反應更快，立刻豎起圓滾滾的尾巴，踏出野餐墊的範圍。牠緩緩張嘴又闔上、張嘴又闔上，看起來像是在威嚇或警戒著什麼。

「剛才那是什麼聲音？」

我問波帝埃樞機主教，她只是露出一抹如畫的微笑，卻沒有回答。

——轟隆隆……

大地再次發出雷鳴般的巨響，一行人一陣騷動，我毫不猶豫地施放聖所。金色的以太環照亮了野餐墊，在我的操控下逐漸擴張。

我的聖所最多可以延展到直徑三十公尺，足夠保護野餐墊上的七人，外加站在外面的皇子、克莉絲朵和狄蜜。

如果想要再擴大……雖然有辦法，但眼下根本無法實行。

「魔獸。」賽德瑞克皇子低聲說道。

加奈艾驚訝得倒抽了一口氣。我迅速站起身，走到狄蜜身旁，目不轉睛地盯著山丘另一頭。直到我的雙眼隱隱發痛，才隱約看到幾個紅色的小點。

「魔獸怎麼會出現在這裡？皇宮周圍應該設下了強力的結界……」

我的話說到一半，忽然閉上嘴，轉頭看向樞機主教。該不會……？

「我看大家似乎有點精力旺盛，所以暫時打開了山脈上的結界，也請禁衛隊幫忙掛了一些誘餌。」

「殿下。」

「菲德莉奇也同意了，畢竟你們把女皇常用的練武場變成了那樣嘛。」

我緊張地吞了吞唾沫。也就是說，由於男女主角將室內練武場弄得面目全非，惹怒了女皇和樞機主教，於是就決定把唯一的兒子以及別人家的金枝玉葉，一起帶到這裡進行山上寶訓[27]？

但再怎麼說，把魔獸引來皇宮後山也太誇張了吧？這裡還有一般人耶？

兩位的個性怎麼都如此極端？該不會就是因為像到她們，皇子才會是這副德性？

「光是和人對練，可沒辦法徹底備戰魔獸大討伐，所以我為各位準備了一點魔獸。」

別用介紹今天午餐菜單的語氣說這麼可怕的話！

27 山上寶訓（Sermon on the Mount），出自基督教《新約聖經》的《馬太福音》第五章至第七章，耶穌基督在山上規勸信徒的訓誡。

——咚咚咚咚……

「來了。」

克莉絲朵緊張地開口，豌豆大小的水珠浮現在她的腳邊。

地平線盡頭的紅點大幅拉近了距離，現在變成了指甲大小。

——噠噠噠噠……

「一、二、三……」

……四、五，總共五隻魔獸毫不遲疑地朝這個方向直飛奔而來。

我連忙走到野餐墊前方，形成皇子和克莉絲朵站在前線，我則在他們後方保護樞機主教和其他人的陣型。

「大家都不要離開聖所的範圍。」

「請不用擔心，王子閣下。」班傑明沉著地回應。

巡山員阿格尼絲也在觀察眾人後方，確認可以提供掩護的岩石或樹木的位置。

與第一次見到魔獸的我不同，這些本地人似乎都經驗豐富，立刻就冷靜了下來——加奈艾例外。

「我就負責為各位打氣吧。」樞機主教用柔和的聲音揶揄道。

我忍不住苦笑一聲，一邊搖頭一邊讓以太聚集到指尖。

不久後，雙掌間便湧出淡淡暖意，我的手中出現一顆饅頭大小的以太球。

「薩爾內茲女爵，請不用擔心以太，放手對付魔獸吧。」

「好，真是太好了。」

我握緊拳頭再放開，金色的以太球也像日光燈那樣，隨著我的動作一明一滅地放大。

得先讓以太順暢流動，才能加快支援的速度。

雖然還沒有使用過治癒力，但只要照書上寫的來操作，應該不會太難……

——噠噠噠噠噠……

「哞喔喔……」

魔獸吼叫的聲音傳來，遠處那龐然大物的身形也逐步顯現。

來者形似公牛，皮膚鮮紅得令人作嘔，還像蛇皮那樣油亮。脖子周圍覆蓋著濃密的雜亂鬃毛，塊頭卻是一般公牛的兩倍大。

一整群雙眼發白狂奔而來的模樣，看起來有點駭人。

「是茶毒巨牛。」

原本沉默不語的皇子，這時低聲說道。他緩緩邁出幾步，拔出斜掛在右側腰間的長劍。

他說「茶毒巨牛」？

「是那種會噴毒氣的牛型魔獸，對嗎？」

「沒錯。」

我的腦袋瞬間冷靜了下來。

之前小熊貓出現在朱利耶宮的時候，我找來看的那些魔獸書籍裡就有介紹這種魔獸。茶毒巨牛雖然是草食性魔獸，但會將吃下肚的植物毒素排出體外，藉此作為一種攻擊方式。

對付這種毒氣攻擊，其實火屬性的招式會比較有利，可惜我們這邊的戰力就只有水屬性和刀劍而已。

「不能讓牠們靠太近，牠們就連呼出的吐息都帶著毒。」

「嘰。」

我剛說完，狄蜜便低叫一聲。在我腳邊打轉的小傢伙似乎有些不滿，我彎下膝蓋，半蹲著湊近問牠。

「你很害怕嗎？要抱你起來嗎？」

「嘰嗚。」

狄蜜左右擺頭，像是在說「才不是這樣」，接著用後腿猛然直立起來。

隨後……

「嘰！」

——沙沙……

狄蜜面前的草應聲倒下一片，不對，應該說是……

「打結了。」

草和草彼此纏繞，形成一個堅固的結。我伸手扯了扯，打結的部分卻紋絲不動，沒有任何鬆開的跡象。

狄蜜應該是為了不讓魔獸靠近才做出這個，我腦中頓時閃過一個想法。

「皇子閣下、薩爾內茲女爵，我有個提議。」

清澈的水色雙眼及燃燒般的橙色瞳眸，同時回頭看向我。

——咚咚咚咚……！

「哞——！」

「吼！」

距離只剩不到一百公尺。五頭茶毒巨牛流著口水衝向我們，可以看到一叢叢野花被牠們舌頭甩出的分泌物腐蝕成焦狀物。

我將以太一股腦注入懷中的狄蜜體內。

「狄蜜，辦得到嗎？」

「嘰！」

「沒關係，就算失敗，那邊的哥哥和姐姐也會幫你解決。來，三、二、一……」

狄蜜高高舉起前爪。

「就是現在！」

——喀啦！

伴隨著有如劈裂巨大西瓜的聲音，山坡上塌陷出一座大坑。

「吼嘎！」

——砰！轟隆隆！

牛隻的吼叫和撞擊聲混雜在一起，失去平衡的茶毒巨牛群全數跌入坑洞。

儘管狄蜜選擇的位置十分精準，但坑洞本身並沒有很深。

「吼——！」

倒下的五隻魔獸開始拚命掙扎，試圖撐起牠們那龐大的身軀。

見狀，皇子不等我下達信號，已經一馬當先衝了出去。他以肉眼難以捕捉的速度飛身向前，左手揮下長劍的動作，甚至帶著幾分優雅。

空氣中劃出一道劍光……

——轟隆隆隆！

「哞喔喔喔！」

伴隨驚天動地的破空聲，皇子的劍氣精準劈開了魔獸的要害。

簡直是超凡等級的劍術，他真的不是什麼劍術大師嗎？

但現在可不是目瞪口呆的時候，有兩隻僥倖避開攻擊的茶毒巨牛，正搖搖晃晃地爬出坑洞。

「吼嘎……！」

「薩爾內茲女爵！」

我將兩掌中循環的以太一口氣灌注給還站在環內的克莉絲朵。

主角笑得如星星般燦爛，她用力吸了口氣，清脆地應聲。

「交給我吧！」

——嗞！

她一躍而出，腳步輕盈地飛奔向前，瞬間就跑遠了。

原來這就是我只在書中讀過的聖騎士特性。像這種驚人的體能，一般人連作夢都不敢想，可能就連原作裡的主角都沒有機會覺醒這種才能。

——嘩啦、嘩啦……！

克莉絲朵一靠近坑洞，水流便從她腳邊急湧而出。下一秒，一條寬闊的小河便沿著斜坡沖進坑洞中。

「吼！」

「哞喔喔喔！」

乾燥的泥土變成泥漿，兩頭荼毒巨牛雙雙從濕滑的坑壁滑落，跌回坑底。

緊接著，一道巨大水柱毫不留情地灌入坑中。本來就怕水怕火的魔獸被水淋濕後，力量飛快地流失。

「吼嚕嚕嚕……」

不久後，就只剩一頭魔獸還在苟延殘喘。

「哞喔喔喔……」

——滋滋……！

荼毒巨牛群的血和唾液融在水中，形成了一池劇毒，開始腐蝕魔獸自身。幸好能把牠們都困在同個地方。

如果只有克莉絲朵獨自應戰，一定避不開四處飛濺的毒液。皇子自己上場的話，魔獸又會分散開來，讓攻擊難以集中。

「噗嗚……」

只見最後一頭荼毒巨牛悶哼一聲，緩緩閉上了雙眼。

我緊繃的身體終於放鬆下來，呼出一口長長的氣。

「王子閣下……」

一旁的岩石後方，傳來加奈艾氣若游絲的聲音。

我回頭一看，發現班傑明、娜塔麗、大衛、阿格尼絲，這四人都仰望著天空祈禱。見狀，我無奈地笑了。

「啊，真是瘋了。」

這時，耳邊突然響起克莉絲朵的聲音。我嚇了一跳，連忙轉過頭，只見她搖搖晃晃地單腳站在我身後，只差一點就要跌倒。

狄蜜擔心魔獸會爬出坑洞，所以先將野餐墊四周的雜草都打好結了，看來她是被那些草環卡住了腳。

「……您還好嗎？」

「沒事，我忘記還有這個了。」

她朝我燦爛一笑。我也禮貌地回以微笑，然後看向一旁的皇子。

雖然早就料到了，但他果然又是毫髮無傷，正定定看著我。

「……」

「……」

還以為皇子又想來找碴，他卻一句話也沒說，只是將斷成兩截的劍丟在地上，邁步走開了。

看來他用的每一把劍都太脆弱了，承受不住他的劍氣。明明貴為皇子，卻連一把像樣的名劍都沒有嗎？

「大家都辛苦了，這個暖身還不錯吧？」

依然穩穩坐在野餐墊上的樞機主教，語氣也一如既往的柔和。她啜飲著咖啡，姿勢和茶毒巨牛來襲之前相比，並沒有什麼變化。

克莉絲朵點頭如搗蒜，笑容耀眼奪目。

我只能低下頭，拍拍埋在我懷裡的狄蜜，輕聲稱讚牠。

「做得好，狄蜜。你是今天的ＭＶＰ，真的太厲害了。」

「嘰咿咿！」

小熊貓立刻得意洋洋地抬起頭。在牠勇猛的叫聲中，我的聖所緩緩消散。

CHAPTER
12

神國花花公子

伊莉莎白爵士一口喝下半杯烏梅汁，露出了痛快的表情。

「我原本還在想，樞機主教殿下叫走了幾個禁衛隊員到底是要做什麼。」

這幾天的疑惑終於得到解答，她爽朗地笑了。春風拂過朱利耶宮的庭園，輕輕撥動著那頭橄欖色髮絲。

距離我們到後山圍毆茶毒巨牛的實地教學課，已經過去一天。而朱利耶宮今日的花園早茶會，多了一位翹班跑來的客人——伊莉莎白．穆特爵士。

「殿下平時對騎士團或禁衛隊的事毫無興趣，從來不曾主動找過我們。」

伊莉莎白爵士解釋著來龍去脈。

「但是這次她竟然特別指名，借走了幾個有討伐魔獸經驗的精銳隊員，還問他們會不會趕牛。」

我那時還以為她在開玩笑，沒想到是為了如此有意義的實地教學……真是太令人感動了。」

我默默看著爵士閃閃發亮的灰色雙眼。這人竟然如此崇敬那位在我心中逐漸成為「暴力」代名詞的波帝埃樞機主教，看來帝國的未來……似乎蒙上了一點點灰塵。

「下次如果還有那種郊遊活動，請務必讓我加入。」

「那不是郊遊。」

「去風景優美的地方吃一口朱利耶宮的美食，再揍幾隻魔獸活動筋骨，這就是郊遊沒錯。」

她是認真的。我苦笑著喝一口牛蒡茶壓壓驚。

雖然昨天的戰鬥經驗很充實，但只要想到之後的魔獸大討伐只會規模更大、戰況更激烈，我的心頭就一陣涼颼颼。而且還得跟著男女主角行動，誰知道我這個男配角會不會出什麼大事……

——沙沙。

「葉瑟王子閣下。」

伴隨著踏過草地的聲音，班傑明出現在花園一隅。他的手中端著一只餐盤，上頭蓋著銀罩，應該是為了我和伊莉莎白爵士而準備的點心。

「我有一個好消息和一個壞消息，先從好消息開始向您報告。」

「喔，好的。」

通常不是會先問我想聽哪一個嗎？

「好消息是，今天的椰子蛋糕風味絕佳。」

他揭開餐盤，露出點心的真面目。

細緻得像是牛奶雪花冰的椰子粉，如落雪般層層堆疊在蛋糕之上，中央處還插著一支黑巧克力製成的主神教象徵。

「真是太壯觀了，簡直是一幅絕景。」伊莉莎白爵士大聲讚嘆。

這真的是個令人愉快的好消息，我也忍不住笑了出來。

「而壞消息是……有您的採訪邀約，王子閣下。」

「什麼採訪……」

「該不會是《李斯特雙週刊》吧？」

我還一頭霧水，伊莉莎白爵士就代替我發問。班傑明嚴肅的表情似乎也傳染給她了。

《李斯特雙週刊》是我穿越過來之後讀得最認真的社交界雜誌，帝國有半數貴族都定期訂閱，另一半則是看朋友訂閱的那一份。

「沒錯，總編輯薩拉．貝利亞爾正式向陛下提出採訪葉瑟王子閣下的請求，而陛下也同意了。」

班傑明語氣平穩地說明，一邊把椰子蛋糕放到桌上。

我雖然順勢拿起了叉子，但腦中依然盤旋著無數疑問。

「怎麼會突然要來採訪我，我不是一直都很低調嗎？」

「其實，您也沒有那麼低調。」

聽到我這麼說，班傑明慎重地開口解釋。

手中插著鬆軟蛋糕的叉子停在嘴前，我愣愣地看著他。

「您也知道，那些由貴族送來給王子閣下的書信，都必須先經過女皇宮的篩選才能轉達。至於禮物，也因無法確定送禮者的用意，皆統一保管在皇室金庫中。」

「是這樣沒錯。」

「同樣地，來自報章媒體的接觸也會受到限制。特別是《李斯特雙週刊》，他們從您進宮的那天起，便不斷提出獨家採訪的請求，但之前陛下全都駁回了。」

果然如此。不過對我來說，受到的關注當然是越少越好，所以反而很感謝女皇這麼做。

「為什麼這次陛下會改變心意呢？」

我有點疑惑，所以這麼問班傑明。這種要求確實讓人措手不及，但如果只是採訪，我也不是不能接受。

雖然我這輩子從來沒被採訪過，不過只要好好回答對方問的問題，遇到不好回答的部分就裝傻，我想應該就能混過去了。

如果女皇宮真的有什麼需要我配合的事，只要不過分，我也樂意配合。

畢竟身為質子，我不只可以享用豐盛的三餐，睡在溫暖舒適的房間，還有錢拿，所以對於那些掌握我生殺大權的人，當然是人家怎麼說我就怎麼做，不是嗎？

我只是好奇女皇突然讓我接受採訪的原因而已。

「總而言之，是因為法蘭索瓦．杜漢侯爵。」

班傑明的回答夾帶著一聲嘆息。

聞言，原本靜靜旁聽著的伊莉莎白爵士點了點頭，低聲道：「原來如此。」

我看了看她，又望向班傑明。

法蘭索瓦．杜漢侯爵是杜漢禁衛隊長的哥哥，也是「魔獸大討伐」的主辦者。

而且，不久前他還宣布要拿神器「火星之慧劍」來當今年大賽的優勝獎品，讓樞機主教氣得一肚子火……

啊。

「難道是為了暫緩火星之慧劍的相關報導，作為交換條件，才會允許他們採訪我嗎？」

「沒錯。」

聽見班傑明毫不遲疑的回答，我也點了點頭。

關於這件事，我有聽樞機主教提過。之前杜漢侯爵宣布獎品消息時，正好錯過《李斯特雙週刊》的發行日，總編輯薩拉．貝利亞爾原本還想出增刊號來補充報導。

雖然侯爵親自公布的消息實在算不上機密，不過這件事是只在貴族內部口耳相傳，還是刊載在帝國最知名的雜誌上，兩者之間的傳播力和影響力當然是天壤之別。

「平常陛下對貴族多採取放任態度，因為陛下認為這樣比較省事。貴族們也大多會謹守分際，在不冒犯陛下的前提下，享受著被允許的自由。」

「也就是說，這次的輿論控制算是特殊情況吧。」

「是的，因此陛下大概是認為給予補償可以避免節外生枝。」

而那個補償就是我。

與其讓貝利亞爾爵士抓著這件事不放，不如丟出對方想要的誘餌來讓她閉嘴，這就是帝國女皇的作風。

「採訪是安排在什麼時候呢？」我問道。

「明天下午兩點，在女皇宮進行。」

這麼快啊。我終於吃下那口椰子蛋糕，讓香甜的滋味在舌尖慢慢融化。

也是啦，像我這種閒閒沒事做的質子，不直接抓來用，難道要等什麼良辰吉日？

至於魔獸大討伐——那是我自己願意去的，姑且不提。

「王子閣下，請務必小心貝利亞爾爵士。」

茶桌對面的伊莉莎白爵士語重心長地對我說。我停下攻擊蛋糕的叉子，抬頭看向她。

「幾個月前，連我差點也被她剝得精光呢。」

說著，禁衛副隊長抬起了左手，無名指上的戒指在和煦的陽光下閃閃發亮。

記得第一次見到伊莉莎白爵士時，我就注意過這件飾品，上頭還鑲著一顆華麗的寶石。

「這是黃鑽。」

「真稀奇呢。」

如果是真正的葉瑟王子，大概從小就見慣了這種寶石，不過對我來說這還是第一次看到。

她被我的反應逗笑了。

「雖然訂婚是私事，但我畢竟是穆特伯爵家的繼承人，所以她無論如何都想挖掘一些內幕來報導。那絕對不是容易應付的角色。」

果然是訂婚戒指啊。雖然我很好奇對象是誰，但在伊莉莎白爵士自己沒提，我也不好意思硬要追問。

總之，這麼看來，不管是在我原本的世界還是這裡，媒體追著名人跑的方式都沒什麼兩樣。畢竟《辭異女》的作者本來就是韓國人，會出現這種描寫也很正常。

我突然想起幾天前，和我一起躲在神殿告解室的賽迪，以及他當時的刺人目光。

「你不能隨便參與別人的告解聖事，這是要保密的事。」

「薩拉．貝利亞爾不配得到這種顧慮。」

他說的那句話，到底是什麼意思呢？

不只是賽迪的激烈反應，還有班傑明用「壞消息」來形容這次採訪，再加上伊莉莎白爵士剛剛提到的騷擾……這樣看來，貝利亞爾爵士八成就是那種「狗仔記者」吧？

「……謝謝。」

這句輕語，還有她那上了年紀的滄桑嗓音，彷彿還在我耳邊迴盪。

她說自己有個生病的孫子，也因此，和女兒一家的關係再也不復從前。

我當然也知道，一段心酸的故事沒辦法掩蓋其他污點，可是……也不能在見到本人之前就有先入為主的偏見，不是嗎？

我默默咀嚼著蛋糕，提醒自己不能忘記這個道理。

「總之，遇到刁鑽的問題我就裝傻，遇到簡單的提問也盡量簡短回答，這樣應該就沒問題了吧？」

我露出輕鬆的笑容，這麼總結道。

「這麼做就對了！」

「嘰。」

伊莉莎白立刻大力贊同。班傑明雖然也默默點頭，但臉上還是帶著一點擔憂。

就在這時，狄蜜突然從花園的灌木叢內一躍而出。看來牠是玩累了，開始覺得肚子餓了。

我切了一小塊芒果給牠，讓自己也休息一下，放空腦袋。

昨天打完五隻魔獸後，回到朱利耶宮又讀了一整天的書，實在是太拚了。所以明天的事就交給明天的我解決吧。

昨天的我實在太鬆懈了，怎麼老是只想到你自己啊？

「王子閣下的臉不需要過多修飾，就算是華麗一點的色系也撐得起來呢。」

「是啊，畢竟閣下的皮膚本來就這麼白皙細緻了。」

皇室梳化長拿著一支類似大毛筆的刷子，在他的另一邊，是春季舞會那天見過一面的皇室裁縫長，兩人圍著坐在高腳椅上的我，你一言我一語地討論著。

這裡原本只是女皇宮的眾多空置房間之一，此時卻擠滿了服侍我的人。說真的，壓力實在有夠大……

今天一大早，一群女皇宮侍從便殺進朱利耶宮，眼中燃燒著熱情的烈火，那架式彷彿打算把我塞進洗衣機，從頭到腳徹底洗刷一遍。

看來薩拉．貝利亞爾這位媒體大咖搶到皇室質子專訪的消息，比我想像中更令人震撼。

直到我放出「要是不讓我自己沐浴，我今天一整天就拒絕進食」這句話，那些過度積極的侍從才終於退散，簡直不亞於奇蹟發生。

我當然不打算真的餓到自己，幸好口頭威脅有效。

「沒錯沒錯，王子閣下的膚色就是那種夏日冷色調。」

坐在沙發上看熱鬧的克莉絲朵，突然冒出一句沒人能聽懂的話。這個字眼記得恩瑞也說過好幾次，但我有點想不起來是什麼意思……大概是指「夏天看起來也很清爽的皮膚」或是「適合夏日的膚色」之類的吧。

反正那是地球上的流行用語，在這裡聽不懂也無所謂。我裝作沒聽見，轉移了話題。

「您不用回家嗎？」

今天又不用上課，不要在這裡浪費生命了，快點回去啦。

克莉絲朵並沒有聽出我委婉的逐客令，完全沒有要離開的意思。

「只要不是上課，做什麼都很好玩，不是嗎？」

好有道理，我實在無從反駁。

看著緊抿雙唇的我，她微微一笑，接著便興致勃勃地欣賞起皇室裁縫團幫我準備的幾套衣服。

既然是下午兩點的採訪，我原本理所當然以為是吃完午餐才會開始準備。沒想到會從早上就這麼興師動眾，這種陣仗就連班傑明和加奈艾都被嚇到了。看來以後不管是什麼事，只要有女皇插手，一定都非同小可。

而另一件讓我無奈的事，就是明明樞機主教的週五課程已經因此取消，還是跑到女皇宮來的克莉絲朵。

「如果我整天待在家裡，家母反而會很擔心我。」

「……」

主角突然冒出這句話，讓我一時不知道該怎麼回應。

「雖然我沒有多少對家母的記憶，但看見對我好的人那麼難過，我也不好受。」她總結道，「所以只要可以出來，我就會儘量出來走走。」

看來伊莎貝爾．德．薩爾內茲公爵夫人，還是沒辦法放下對女兒的擔心吧。說到底，世界上哪有父母真正放心得下子女呢……

從她的這番話，也多少能看出克莉絲朵的個性。就像恩瑞說的那樣，她是個感情細膩的人，對「姐姐型人物」特別沒有抵抗力。

對一個二十幾歲的上班族穿越者而言，面對三十幾歲的公爵夫人，會把對方視為「姐姐」也不是什麼奇怪的事。

「殿下有著柔順的直髮，只要簡單梳一梳就行了。」

當我靜靜陷入沉思時，梳化長仔細地整理我的髮型，像是發現新大陸一樣發表著感想。

拜託，我又不是什麼偶像藝人……算了，至少不用化妝。卸妝什麼的聽起來就很麻煩，恩瑞以前也常常抱怨這件事。

「我還是第一次走到這邊，真的很華麗呢。」

克莉絲朵抬頭看著天花板的壁畫，發出了讚嘆。

不知不覺間，她就這樣和我一起在女皇宮吃了午餐，還陪我走到到採訪地點，看起來非常愉快。

剛剛她提到母親時那一瞬間的低落神色，讓我實在開不了口叫她別跟來……

「這樣啊。」

我平常也只會出入樞機主教的辦公室和餐廳，因此今天也是第一次來女皇的辦公室附近。

我們由一位女皇宮的侍從帶路，後面跟著班傑明和加奈艾，一行人慢悠悠地走在寬闊的長廊上。

「這位是……」

克莉絲朵正專注地觀察壁紙上的花紋，我則不經意地與女皇辦公室正對面那幅巨大的肖像畫四目相對。雖然不認識畫中的人物，那張臉卻似曾相識。

「是亞歷山大親王。」

班傑明回答了我的疑問。

亞歷山大・李斯特，那位拋棄公爵爵位，選擇愛情的男人。他便是女皇已故的丈夫，如今只能以畫像的形式停留在妻子每日辦公的房間前。

亞歷山大親王長得和賽德瑞克皇子幾乎一模一樣，不同的地方只有那頭長及腰間的如墨黑髮，以及一雙深海般蔚藍的眼眸。

人稱「顫慄的大魔法師」……

「殿下。」

這時，耳邊傳來加奈艾壓低聲音的緊張呼喚。我以為是波帝埃樞機主教過來了，立刻轉頭望去。

她也沒說要來旁觀採訪，怎麼會……

「……」

「……」

然而，出現在眼前的並不是樞機主教。

「參見皇子殿下。」

站在我身旁的克莉絲朵率先打了招呼，原本有些手足無措的侍從們也紛紛向皇子行禮。

與那幅沉靜注視著我們的肖像畫不同，緩步走來的他，雙眸是濃烈的灼灼夕色。

我鎮定地向賽德瑞克皇子，以及在他身後一步之遙的女人行禮。

「兩位好，皇子閣下、貝利亞爾爵士。」

女皇提供的採訪場地，比我在朱利耶宮裡的臥室還大。

我在女皇宮侍從的引導下，坐在看起來像是主座的沙發上。身體立刻陷進柔軟舒適的坐墊，真不愧是頂級貨。

薩拉．貝利亞爾爵士則是坐到了我的對面。

「看來您和克莉絲朵．德．薩爾內茲女爵的關係很親近。」

「不，並沒有。」

貝利亞爾爵士一開口就說出聽起來大事不妙的話，我立刻堅定否認。

剛才，在女皇辦公室外相遇的我和克莉絲朵、皇子和貝利亞爾爵士兩組人，氣氛尷尬地互相致意。

克莉絲朵立刻對我說了句「今天謝謝您陪我」，人就溜走了。而皇子則是一如既往地無視所有人，直接走進女皇所在的辦公室。

我原本還有點緊張，心想那傢伙這次又想怎麼插一腳，結果好像真的只是偶遇而已。

於是最後來到這間臨時採訪室的人，就如同原本安排的那樣，只有我、貝利亞爾爵士，以及另外三名侍從。

沒想到，貝利亞爾爵士似乎錯誤解讀了克莉絲朵的那句道別。

「也就是說，您還不知道女爵的中間名囉？」

「以後也不會知道。」

我斬釘截鐵地回應。打死也不能說其實我早就知道了，還是初次見面時克莉絲朵自己告訴我的。

貝利亞爾爵士從容一笑，換了其他話題。

「話說回來……沒想到今天居然能一次見到大陸第一美人、帝國第一美人和神國第一美人，我的運氣真好呢。」

這是什麼繞口令還是RAP嗎？明明也沒有用什麼艱深的字眼，為什麼還可以讓人有聽沒有懂。

也許是看出了我臉上的疑惑，貝利亞爾爵士主動補充說明。

「亞歷山大親王在世時，曾被譽為大陸第一美人。而賽德瑞克皇子殿下也是當之無愧的帝國第一美人。」

所以她指的是剛才在走廊上的賽德瑞克皇子和我，還有那幅亞歷山大親王的肖像畫啊。又不是什麼F4……這種稱號讓我想鑽進地洞，但還是忍住了那陣尷尬。

畢竟皇子和已故的親王幾乎是同個模子刻出來的，父子兩人都被稱為美人，也不是什麼奇怪的事。就連整天喊人家「塞垃圾、塞垃圾」的恩瑞，也會陶醉地盯著皇子的插圖。

「原來如此。」

「王子閣下可知道，女皇陛下為何特地將採訪地點選在女皇宮？」

貝利亞爾爵士的語氣忽然變得尖銳了一些，我下意識坐直了身體。

這間用來採訪的會客室，確實離女皇的辦公室非常近。這就是貝利亞爾爵士的第一個問題？

「陛下應該是想壓制您的氣勢吧，畢竟這裡能讓人不斷意識到陛下就在附近。」

貝利亞爾爵士的嘴角微微上揚，看來是對我的回應相當滿意。

她這副表情，讓我忍不住想起哥哥很喜歡的那部電影。就是有個難搞總編輯的那一部……是叫《穿著PRADA的惡魔》嗎？

「您的分析能力真是出色，不過，應該還有另一個理由。據說，朱利耶宮從上個月開始進行了整修工程，對吧？」

「……」

「陛下一定也不想讓我看見修繕現場。」

貝利亞爾爵士盯著我的綠眸精光一閃。

雖然這麼說很理所當然，不過現在的她，比起我從告解室門縫偷窺的那時候更加精神奕奕、容光煥發。

俐落的白色短髮、艷紅的緞面長裙，以及臉上的每一道皺紋，都充滿了壓倒性的氣場。

「整修工程已經結束了。看來您的消息滯後了呢，貝利亞爾爵士。」

至於工程是在兩天前才結束這種事，我就刻意不提了。

貝利亞爾爵士一臉意外，輕聲笑了。

朱利耶宮之所以會進行局部整修，是因為上個月我在對付雙胞胎刺客的時候，毀掉了一整間臥室和所有玻璃窗。

看來女皇連那些痕跡都不想讓貝利亞爾爵士看見，畢竟還要防止任何目擊證詞外洩。所以女皇才會把訪談地點安排在女皇宮，而不是我居住的朱利耶宮。

「我還以為您是個溫柔可親的人，沒想到也滿棘手的呢。」

貝利亞爾爵士沒有拐彎抹角，直接對我這麼說。

說實話，聽到這種評價讓我不太開心，不過在儒家思想中浸泡了二十八年之後，還是很難馬上推翻舊習，開始對長輩頂嘴。

再說，我也不打算輕易上她的當，於是只是淡淡一笑，轉移了話題。

「我只是陳述事實而已。聽說這次採訪有時間限制，還是快點進入正題吧。」

女皇只給了貝利亞爾爵士三十分鐘，說短不短，但說長也沒有多長。

「那麼，就從我們讀者最關心的問題開始吧。」

《李斯特雙週刊》的總編輯翻開手中的小型筆記本，並戴起一副小巧的眼鏡。

我再次在心中複誦今天的採訪方針——難回答的問題就裝傻，能回答的也儘量簡短。

「請問您對於『神國花花公子』這個稱號有什麼看法呢？」

「貝利亞爾爵士，不得對高貴的閣下如此無禮。」

聽見貝利亞爾爵士不客氣的提問，站在我身後的班傑明立刻出聲制止，不失禮節的態度下是滿滿的怒火。

我轉過頭，無聲地對他說了句「沒關係」。

畢竟對方可是帝國最暢銷刊物的總編輯，聽到這種突擊式的問題，其實我不怎麼意外。

「這個嘛，花花公子啊。」

我放慢了語氣開口回答。其實，我也很好奇這個稱號的由來，從穿越的第一天起就在意到現在。真正的「葉瑟王子」，到底是過著怎樣的生活，才會被公開稱作花花公子？

儘管我常常讀到相關報導，比如他在神國緋聞纏身、擄獲眾多貴族女子芳心之類的，但根本無從判斷是真是假。

恩瑞也沒有聊過葉瑟王子的過去，平常掛在嘴邊的幾乎都是他對克莉絲朵有多麼溫柔體貼、痴心專情。

「我沒有特別的想法。」

所以我直接這樣回答了。反正那也不是在說我。

「呵呵呵，這其實是讓您辯解的機會呢。」貝利亞爾爵士輕笑著說道。

辯解？我得先知道前因後果才能辯解吧？

「具體來說，是希望我辯解什麼事呢？」

「您竟然反過來問我。嗯，首先想到的是王子同時與兩位已婚婦女曖昧不清的傳聞，聽說其中一名是即將臨盆的孕婦，另一名則是新婚的司祭。這件事在神國可說是無人不知無人不曉。」

我驚訝得張大了嘴，身後同時傳來加奈艾倒抽一口氣的聲音。

現在我應該對哪個部分更震驚？是葉瑟王子的誇張婚外情？腳踏兩條船？還是鄭恩瑞竟然喜歡這種傢伙？

等等，這種設定在原作裡真的有提過嗎？

「王子閣下。」

班傑明平靜地輕喚，輕輕搭上我的肩膀，而後立刻放下。

我這才在心裡拚命甩頭，努力振作起來。現在連這種事蹟是真是假都還無法確定，冷靜點，鄭睿瑞，照著方針回答就好。

「……我不知道這件事。」

「您不清楚啊。」

這種棘手問題，最好的應對就是裝傻到底，更何況我是真的不知道。

貝利亞爾爵士用羽毛筆在筆記本上簡短寫了些東西。

「那麼，您認為這些全是誣陷囉？」

貝利亞爾爵士下顎微收，從眼鏡上方盯著我。

但我滿腦子都是「已婚婦女的四角婚外情」，這記重擊讓我思緒大亂，一時不知道該怎麼回答。

「聽說，神國的沃爾諾親王殿下為了毀損王子的名聲，可謂傾盡心力。這種傳聞即使在帝國也廣為流傳。您是否也認為，那些醜聞可能同樣是出自親王之手？」

瞬間，我的目光一震，腦中清醒得彷彿丟了顆薄荷巧克力進去。

貝利亞爾爵士的說法，確實挺有道理的。

威涅諦安神國的親王沃爾諾．威涅諦安，也就是克莉絲汀娜女王的丈夫，和女王育有二女。他為了鞏固長女愛麗莎王儲的地位，不只將女王的私生子葉瑟送到帝國當質子，甚至試圖暗殺他。

即使愛麗莎作為女王的婚生長女，其繼承人身分具有充分正統性，但親王依然十分忌憚葉瑟王子居高不下的絕佳人氣。

如果真的是親王為了抹黑王子而四處造謠潑髒水，那麼前因後果就全都說得通了。

難怪恩瑞會覺得葉瑟王子既可惜又可憐。明明沒有做錯任何事，他卻醜聞纏身、受人唾棄。好不容易遇見克莉絲朵、愛上了她，卻又得不到她的心，最後甚至為了她而死。

「……親王殿下格外關心神國的未來，他內心的深意，我也無法擅自揣測。」

過好一段時間，我才終於開口回答。

因為這複雜又讓人頭痛的設定，我的聲音不由自主地低了下來。貝利亞爾爵士似乎把這種反應當成是我的真心話了。

「神國的未來……在我聽起來，就是親王為了愛麗莎王儲，將王子排除在外呢。」

「王子閣下已經回答了，換下一個問題吧。」

這次替我出聲的是加奈艾。我抬眼望向他，淺淺一笑。

加奈艾的臉色忿忿不平，感覺到我的視線後便努力收起情緒。這孩子真的很善良呢。

「那麼，我可以問一個比較敏感的問題嗎？」

貝利亞爾爵士摘下眼鏡，輕輕放在桌上，向我這麼問道。從我的方向，可以看到筆記本上密密麻麻地寫滿了字。

「剛才那些問題早就很敏感了，不是嗎？」

聽見我的回答後，貝利亞爾爵士忍不住大笑出聲。我也毫不示弱地揚起嘴角。

這場對談，終究是我贏了。

儘管在外人聽來內容不太舒服，但我透過不久前的問答，已經從她那裡得到了重要情報。

一開始太緊張，都忘了她是所謂的「神國專家」。只要好好利用今天的採訪，我就能從薩拉．貝利亞爾身上挖出各式各樣的資訊。

對這裡的世界觀一無所知的我，本來就沒有什麼可損失的。

「那麼，接下來是政治方面的問題。」

「聽起來挺有趣的。」

「王子閣下之所以會作為質子來到這裡，是因為神國違反斷交協約，入侵了北方國境，對吧？」

「沒錯。」

「聽說這場衝突，是愛麗莎王儲的單方面行動所造成的。」

……嗯？

賽德瑞克．李斯特走出女皇的辦公室，卻停下了腳步。

他轉過頭，凝視著走廊的另一端。一股如南方原野般遼闊、如花風拂面般柔和的以太氣息清晰地傳來。

他感受過無數神官的以太，包含歐蕾利．波帝埃樞機主教在內，但只有一人的以太會給他這種感覺。

「……看來王子的行程還沒結束。」

「是的。」侍從大衛低聲回應。

皇子一言不發，低頭望著自己的左手，握了一下拳頭又放開。今天的身體狀況還不錯。

不，自從王子入宮後，他的健康狀況一直都不錯。只有在他過度釋放力量時，才會變成孩童模樣。

即便如此，若是附近有水井，先將水桶裝滿才是明智之舉——即使那只水桶附帶著細小裂縫。

「稍作休息吧。」

「會客室旁邊的房間正空著，今早曾作為王子閣下的準備室。」

機靈的大衛立刻提出了最合適的選項。皇子頷首，朝會客室的方向邁步。

雖然無法直接接收王子的以太，但光是待在他附近，體內翻湧的火焰就能明顯沉靜下來，神殿告解室的以太完全無法比擬。

皇子和他的侍從很快便來到會客室隔壁的房間。

大衛一邊想著要為皇子準備咖啡，一邊輕輕推開門。沒想到，裡頭已經有一名客人了。

「……」

「……原來薩爾內茲女爵閣下也在這裡。」

「再次參見皇子殿下。」

一頭豐盈粉色長髮高高束起的克莉絲朵・德・薩爾內茲，從座位上優雅地起身行禮。

皇子頓時感到一陣煩悶。他確實知道克莉絲朵日作為賓客來訪女皇宮，但沒想到對方直到現在都還沒走。

有那麼一瞬間，皇子的內心閃過轉身離開的幼稚衝動。

「大衛，咖啡。」

「是。請問女爵閣下需要什麼飲品？」

「啊，請給我加冰塊的淡咖啡，謝謝。」

克莉絲朵的水屬性以太總是讓皇子感到不悅。當他們處在同個空間，特別是室內時，一股本能的排斥便會席捲而來，讓他神經緊繃。

雖然無法確定，但他想對方對自己的火屬性以太，大概也有類似的感受。

「這間房間的風景真不錯呢。」

見大衛退到一旁，克莉絲朵熱情地向皇子寒暄。可是，當女爵與皇子的目光在空中交會，她的眼神卻冷冽如霜。

果然，兩人的相性不合。

「……」

「……」

默默準備著飲品的大衛・卡普頌，在一瞬間萌生了不忠的念頭——好想丟下主人，立刻離開這個地方。

作為服侍賽德瑞克皇子最久的人，同時也是羅米洛宮的侍從總管，他能在任何情況下保持平常心應對。然而眼前的情景，連他也是頭一次遇見。

賽德瑞克皇子明顯對克莉絲朵・德・薩爾內茲女爵感到排斥，但他不知道確切原因。問題是，對方貌似也同樣難以忍受皇子的存在，窒息的空氣就這樣占據整個房間。

「皇子殿下及女爵閣下的咖啡來了，請用。」

「謝謝。」

薩爾內茲女爵禮貌地對侍從道謝，皇子則是以眼神示意。而後，室內又再度陷入沉默。大衛猶豫著自己是否該退下，留下這兩人獨處。

要說皇子與女爵為何關係如此不好，他唯一能想到的理由就是撤銷婚約那件事。可是兩人之所以議婚，本來就不是建立在情感基礎上，就算沒有談成，聽說皇室和薩爾內茲公爵家也沒有產生齟齬。

而且，在初次見面的春日舞會上，他們不是還一起跳了舞嗎？當然，皇子身為皇室一員，本來就善於維持表面態度……

——喀噹。

冰塊在薩爾內茲女爵的咖啡杯晃動，發出清脆的聲音。大衛從思緒中回過神，習慣性地看向自己的主人。

只見皇子的臉色在不知不覺間變得更難看了。

「大衛。」

「是，殿下。」

「你去休息吧。」

這是要他退下的意思。那一瞬間，大衛想起這兩人將室內練武場弄得面目全非的場景，但這裡畢竟是女皇宮。

更何況薩拉．貝利亞爾爵士就在隔壁的會客室裡。再怎麼樣，他們應該不至於又鬧出風波吧。

說服自己後，侍從向皇子與女爵鞠躬行禮，然後退了出去。

「……」

「……」

房間裡再度陷入令人窒息的寂靜。

克莉絲朵・德・薩爾內茲——也就是「咸佳潾」，好不容易才控制住自己幾乎皺起的眉頭。

在她活過的三十一年歲月裡，尤其是在漫長的職場生活中培養出的表情管理技巧，在穿越後也派上很大的用場。

儘管她實在看主位上的那名男子不順眼，但依然可以維持著臉上的笑容。

自從穿越以來，對她來說每個人都是初次見面，也都很新鮮，但這還是她第一次毫無理由地覺得某個人這麼礙眼。

「呼。」

克莉絲朵小聲地深呼吸，努力讓自己不去在意皇子的存在。

在和葉瑟王子分開後，她沒有馬上返回皇都的薩爾內茲宅邸，並不是為了和這男人展開無謂的心理戰。

此時此刻，就算不刻意去集中注意力，她也能感受到隔壁房間中王子的以太氣息。

克莉絲朵還沒正式受封為聖騎士，因此只有「上課」時可以使用能力，也沒有過以太不足的經驗。

所以這更像是某種芳香療法。用聲音來比喻的話，那就是ASMR。只要感受到王子的以太，心靈便會變得平和，體內的波濤也同時平靜下來。

她接觸過的其他神官都將以太控制得極為嚴謹，不會像這樣散逸在體外，而且他們的以太本身也沒有這麼純淨，反而是像皇子這樣……

等等，皇子？

「……」

「有事？」

見克莉絲朵睜大雙眼看著他，賽德瑞克皇子不悅地開口。雖然沒有直接皺眉，但從那張英俊的臉上也找不出一絲好感。

克莉絲朵內心那股莫名的煩躁，似乎逐漸浮現出輪廓。她帶著一股莫名的勝利感，不答反問。

「皇子殿下不是神官吧？」

「……」

「但我卻從您身上感受到了以太。」

聽見克莉絲朵犀利地直指癥結，賽德瑞克．李斯特只是沉默以對。

至今為止，帝國從未出現過任何聖騎士。因此，也一直無人能感應到他體內的火屬性以太。就連治癒神官，都得先施展特殊的環、釋放以太，才能確認他的狀態。

然而克莉絲朵．德．薩爾內茲卻不同。正如他所料，這女人對他的火焰有著敏銳的反應。事情變麻煩了。

「您是說，邊境的武力衝突是愛麗莎王儲單方面引發的？」

「會對我說悄悄話的小鳥，可是有上百隻喔。」

對於我的反問，貝利亞爾爵士只是微笑著拐彎抹角。

我端起女皇宮侍從送來的乾檸茶，藉由喝茶的動作重新控制表情，口中酸酸甜甜的滋味也讓我稍微放鬆了一點。

「其中大約有二十隻偷偷告訴我，那場騷動完全是王儲的一意孤行，並沒有事先與沃爾諾親王商議。」

「即使您所說的情報屬實，愛麗莎王儲應該負所有責任，這也改變不了什麼。」我回答道。

事實就是如此。不管到底是不是親王唆使，王儲都違反了斷交協約，才導致我作為質子被送到帝國來。就結論而言，父女兩人都是為了同一個目的而行動。只是一次沒有配合上而已，根本影響不了大局。

「確實如此。不過，倒是有五隻小鳥……對我說了不同的內容。不對，是六隻嗎？」
貝利亞爾爵士喃喃說著自己上了年紀、數字都記不清楚了，接下來的話更是小聲得幾乎聽不見。
「他們說——王儲和親王，並沒有站在同一陣線。」
「您這是非常危險的發言。」
我故意冷淡地回應，儘管心跳確實加快了。又得到了新的情報，就算這只是空穴來風，但知道「有這種傳聞」與一無所知還是有差別。
愛麗莎王儲比葉瑟王子大兩歲。雖然我不知道實際上她和王子的關係如何，但既然恩瑞把葉瑟王子一家形容得像狗血八點檔，那神國王室這三兄妹的感情肯定好不到哪裡去。
應該就像宮鬥劇裡那些同父異母的手足一樣，只維持著表面和平，背後都在勾心鬥角。至少我哥看的那些中國宮廷劇都是這樣演的。
「親王殿下可是將愛麗莎王儲殿下，視為比自己性命更重要的存在。」
所以，我也說出了人人皆知的事實。
「但愛麗莎王儲也是這麼看待親王嗎？」
薩拉．貝利亞爾意有所指地反問，那雙碧綠眼眸彷彿能看穿人心。
儘管如此，她也無法從我這裡套出什麼話。
「我不知道。」
因為我真的一無所知。我平靜地說完後，將茶杯舉到嘴邊——原本是想這麼做。
——嘩啦……
茶杯裡的水面詭異地晃動了一下。我嚇了一跳，但還是咬緊牙關忍住了驚呼。
「……」
「原來這一點您也不知道。」
「貝利亞爾爵士，我認為有關神國政局的提問還是到此為止比較好。繼續下去，兩國間的關係可能會受到影響。」

這時，班傑明嚴肅地插嘴。貝利亞爾爵士聳聳肩，輕輕嘆了口氣。

而我連一秒都無法從茶杯上移開視線。

由於貝利亞爾爵士說她從不在採訪中喝東西，婉拒了飲品，因此目擊這種詭異現象的就只有我。

剛才茶杯中的動靜，可不是我身體晃動或地面震動造成的，茶水確實就在我眼前猛然鼓起，又立刻回落，甚至一度露出了杯底。

雖然現在一切恢復如常，彷彿什麼都沒發生過，但剛剛根本就像電影裡會出現的那種……

——鏘啷啷！

牆壁後方突然傳來玻璃破裂的聲音，我猛然抬起頭。

正在翻閱筆記的貝利亞爾爵士，以及站在我身後的班傑明和加奈艾，也都因突如其來的聲響面露訝異。

「看來隔壁的整理工作還沒結束，應該是侍從失手了。」班傑明冷靜地說道。

我一臉意外地轉頭看向班傑明，這時加奈艾也親切地補充。

「上午作為王子殿下臨時準備室的地方，就是隔壁那間房。這間會客室和那間房共用一座壁爐。」

我看了一眼貝利亞爾爵士身後的壁爐。

原來那座壁爐內部不是實牆，而是直接與隔壁房間相通，難怪那邊的聲音能這麼清楚地傳過來。

也對，這裡可是女皇起居的宮殿，隔音怎麼可能那麼差。

「我們早上不是在更遠的房間準備嗎？我記得離陛下的辦公室還有一段距離。」

「那是因為我們走的是東側階梯，繞了一圈才到。直接從中央樓梯上來會近很多。」

「我還以為根本在不同樓層。」

「呃，王子閣下……」

加奈艾用非常惋惜的表情看著我，班傑明也小聲地嘆了口氣。

「別這樣，雖然我確實不太會記路……」

「這又是另一個有趣的話題了。」

默默旁聽的貝利亞爾爵士，這時眼中閃過精光，我連忙閉上嘴。

「人稱神國之月的您竟然是路痴，不對，應該說是方向痴嗎？」

她重新戴上剛剛摘下的眼鏡，拿起羽毛筆奮筆疾書。可惡，才不是好嗎！

「……我的程度應該和一般人差不多。」

我好想辯解一下，只要打開地圖APP我就沒在怕了，也是可以自己趴趴走沒問題，偏偏穿越者的身分讓我什麼都解釋不了。

本來是想挖掘一些新情報，結果一不小心反而暴露了自己的弱點。

——轟轟！

就在我越想越委屈的時候，壁爐裡的火焰猛然竄升，高度甚至超過貝利亞爾爵士的肩膀。

「咦……」

這次加奈艾似乎也看見了。

儘管火焰立刻平靜下來，恢復成原本的大小，但我卻擺脫不了心頭湧起的不安。

貝利亞爾爵士注意到我們僵硬的臉色，便扭身打算回頭察看。

「那個，您有聽說神獸的事嗎？」

我只好迅速拋出誘餌，果然，《李斯特雙週刊》總編輯立刻坐正，再次興味盎然地盯著我。

「您指的是那隻沒有送去杜漢侯爵家，而是由王子收留的神獸嗎？」

「沒錯。」

雖然我知道這個話題也不算安全，但我有股強烈的預感，絕對不能讓她注意到那種奇奇怪怪的爐火，或是有如靈異現象的茶杯。

在這座李斯特皇宮，除了練武場以外的建築，都在地面和牆壁鑲了抗魔石，防止任何人在皇宮內隨意使用魔法。至於神殿，那是屬於教皇的領土，所以不算在內。

也就是說，剛才發生的事，不可能是某個人施展的魔法。

「牠的名字是『狄蜜』，在過來女皇宮之前，我把牠留在花園裡玩耍了……」

我開始聊起沒人問的話題，成功把貝利亞爾爵士的視線固定在我身上。

先不管隔壁房的壁爐是被倒了油還是酒，也不管凶手到底是誰。讓茶杯表演起水舞秀的人，倒是有個顯而易見的嫌犯。

而且就我所知，她的能力還不能在這裡公開。

她為什麼還不回家？

「一定很可愛。」

「是，非常可愛。牠最近看起來也對我吃的肉產生了興趣……」

我咬牙扯出笑容，繼續與貝利亞爾爵士閒談。

必須挖掘全新的情報、盡可能不暴露我的私生活，同時還必須守護克莉絲朵．德．薩爾內茲的祕密，我的舌頭差點沒被自己咬掉。

好想叫她請我吃頓飯，補償我受到的折磨，可是又擔心這樣我們會變熟，根本不敢開口。

這世界真是……

CHAPTER
13

嘩啦啦暈頭轉向

就這樣度過壁爐熊熊燃燒的星期五之後，很快便迎來了星期一。

窗外正飄著綿綿春雨。

「快過來吧，王子。」

「參見聖潔的樞機主教殿下。」

上午十一點，我在波帝埃樞機主教的溫暖歡迎下，走進了她的辦公室。已經有兩位先到的客人坐在沙發上了。

其中一位就算看見我也不發一語，另一位則是站起身來鄭重地向我打招呼。

「參見葉瑟王子閣下。」

「兩位好，薩爾內茲女爵、皇子閣下。」

「……」

和表現得成熟莊重的克莉絲朵不同，賽德瑞克皇子今天的心情看起來超級差。不過他沒有像平常那樣找我碴，這也算不錯就是了。

「因為外面在下雨，皇子的狀態不太好。」

因為外面在下雨？這傢伙是在傷春嗎？我努力不讓自己撇嘴，在距離兩位主角比較遠的位置坐了下來。

浪漫奇幻小說的男主角竟然開始傷春了，真是可喜可賀，拜託快點開始談戀愛吧。

「再加上被處以禁足處分，所以更加鬱悶了。」

「殿下。」

聽見皇子冷冷出聲，樞機主教輕笑了一下。

我眨了眨眼，來到這裡之後，還是第一次聽到「禁足」這個字。皇子被禁足？為什麼？

「我也一起被禁足了。」

克莉絲朵傾身越過茶几，壓低聲音對我補充，笑咪咪的表情看起來既漂亮又令人不安。

「為什麼……兩位闖禍了嗎？」我試探地問道。

皇子立刻皺起眉頭，下一秒，空氣中填滿了主角樂不可支的笑聲。

「嗯，闖了個大禍，菲德莉奇氣得火冒三丈。」

回答我的並非兩位當事人，而是波帝埃樞機主教。仔細一瞧，樞機主教的臉色也不太好看，感覺心情不是很好。

我心中隱隱有了猜測，便側頭看向克莉絲朵。

「薩拉．貝利亞爾爵士採訪我的那天，薩爾內茲女爵就在隔壁房間。該不會……」

「皇子殿下也在喔。」

克莉絲朵一臉愉快地回答，像是回想起什麼開心的事，看不見絲毫的反省。

我簡直啞口無言，只好又轉頭去看皇子。他正眨也不眨地瞪著我，像是打算用那雙橙色眼睛把我燒成灰。都闖禍了還有什麼好囂張的……

我來總結一下，也就是說，這兩位之前毀了室內練武場還不夠，現在連在女皇宮也要上演這種打情罵俏的戲碼。

就算克莉絲朵覺醒成聖騎士，但他們好歹是男女主角，這樣是不是太暴力了點？我都要開始擔心看這部作品的青少年讀者會被教壞了。

再怎麼情緒激動也要有限度吧，媽媽就在隔壁辦公耶，你們還敢這樣互摔東西？克莉絲朵甚至動用了以太？

「這次真的是兩位不對，應該要好好相處才是。」

我的語氣不容置疑，結果皇子竟然嘖了一聲，克莉絲朵也露出為難的神情。

所以說，幸好我那時因為擔心貝利亞爾爵士發現隔壁的異狀，狂聊了一堆狄蜜的話題、美食的話題、狄蜜吃美食的話題。否則，要是皇子和女爵在女皇住處打起來的消息被媒體報導出去，光是想像標題會怎麼下我都要頭痛了，更別說想像原作的戀愛線會歪到哪去。

你們可不可以正正常常談戀愛就好，拜託？

「王子說得對。克莉絲朵才十九歲，控制不住脾氣還情有可原。可是賽德瑞克，你八月就要滿二十五歲了不是嗎？」

十九歲……主角的年齡讓我有點震驚，於是悄悄看了克莉絲朵一眼。雖然心算一下就能算出這個數字，但我之前一直沒有認真思考過主角的實際年齡。

滿十九歲的話，正好和恩瑞同齡。儘管內在靈魂是和我年紀相仿的上班族，但我實在無法對看起來這麼小的人產生戀愛方面的感情。更別說，我打從一開始就不準備和主角談什麼戀愛。

「所以，接下來這一週，賽德瑞克將不得參與政務，克莉絲朵也不得以見習聖騎士身分上課。」

樞機主教轉而對我說明，皇子則一臉不滿地盯著空氣。

看來，他雖然還沒正式成為皇儲，但已經有參與一點政務了。這麼說，他現在是二十四歲。才剛拿到身分證沒幾年的小鬼，竟然對比自己大四歲的哥哥這麼沒禮貌……

「不僅如此。」

單片眼鏡下的米色瞳孔閃著一絲危險的光芒。

「由於兩位毀壞皇宮器物，增加了侍從的負擔，因此作為懲罰，你們必須去清掃地下傳送門，且不能接受任何人的幫助。」

「教母。」

「唉……」

皇子的聲音低得可怕，克莉絲朵則輕輕嘆了口氣。

雖然我不知道地下傳送門在哪，也不知道長什麼樣子，但一起打掃什麼的，也太像學校的勞動服務處罰了。

看著這一對大齡高中生超級不情願的臉，我差點笑出來。

「希望王子閣下可以幫忙監督他們。」

「什麼？」

我嘴角的笑容瞬間蒸發，意料之外的攻擊打得我後頸發涼。

「為什麼要我……」

「我需要有人幫忙監視，以免他們又打起來。既然如此，就必須找知道內情的人，地位也不能太低，不然我擔心他們可能不會聽勸。」樞機主教說明道，接著又補上一句，「而且，大家還得顧及自己的工作。」

她用優雅的語氣拐著彎說，反正你這個閒人也沒事，就去幫忙監視一下小屁孩吧。

不過，我也有能在這時使出的絕招。

「我今天還有告解聖事的行程。」

「這兩位可是犯下了不敬帝國女皇之罪，請先去監督他們贖罪的樣子吧。」

「……」

絕招已達使用次數上限，可惡。

這兩人要打也不去遠一點的地方，都怪他們在家裡鬧翻天，害我也被掃到颱風尾……

「……」

「……」

我強忍著一肚子牢騷抬起頭，卻正好對上克莉絲朵的目光。見到那雙青灰眼睛中的滿滿愉快，讓我不自覺狠狠咬牙。

我憤憤轉頭，看向與她相隔三公尺遠的另一名罪魁禍首。那傢伙倒是一臉不為所動，還若無其事地用戴著手套的手遮住嘴。這個混蛋……

「既然勞動了神國之月出手相助，今日的午餐請務必讓女皇宮來招待，我們會提供不限人數的全套大餐。」

「……我會好好監督他們的。」我這麼回答。可惡。

既然如此，我就要努力工作，然後帶加奈艾、班傑明、狄蜜過來大吃一頓！

我、賽德瑞克皇子和克莉絲朵，就這樣被踢出了樞機主教的辦公室。

樞機主教似乎有先交代過，門外已經有約莫十名的禁衛隊員列隊待命。他們恭敬地齊齊行禮，接著立刻圍上來護送我們前行。

途中，我簡單向班傑明和加奈艾說明了前因後果，交代他們先回去準備，晚點再過來吃大餐。

「沒想到皇宮裡竟然還有傳送門。」

我的聲音在通向地面之下的樓梯間迴盪。

不知不覺間，我們已經來到女皇宮最陰暗的區域。走在前面的幾位禁衛隊員，動作俐落地點燃牆上的火把。

「自從戰爭時代後，就沒有再用過了。」

我只是自言自語，沒想到皇子竟然低聲接下話題。

我點點頭，想到之前大略讀過的歷史書。既然發生過那種事，確實該把女皇宮的傳送門封起來。話說回來，這可是在歷代皇帝和女皇住處設置的傳送門，不得不說是種超級自信的象徵。

——咚、咚、咚……

——噠、噠、噠……

樓梯間的空氣中，再次只剩腳步聲迴響。

禁衛隊員各個目不斜視，像機器人一樣筆直往下走。原以為會吵吵鬧鬧的克莉絲朵和皇子也意外安分，彼此之間連半句話都沒有說。

我看了一眼旁邊的皇子，又回頭望向走在我們後方幾階的克莉絲朵。

難道真的只要有我在，他們就不會吵架？

「兩位很安靜呢。」

「你希望我們吵架？」

「不，我希望兩位好好相處。」

聽到我這麼說，皇子微微皺眉，克莉絲朵也一言不發，實在搞不懂這兩人到底是哪裡出了問題。

不過，在原作中男女主角也是從死對頭到日久生情，這樣看來，應該是克莉絲朵在陰錯陽差之下得到了武力，才導致他們的前期衝突變得更加劇烈。

「我們相處得很不錯喔。」

又往下走了好一段時間，克莉絲朵突然開口這麼說。可喜可賀呢。

「那還真是個好消息。」

「我也知道了皇子殿下的一個祕密。」

有幾名禁衛隊員嚇得腳步一歪，差點滾下樓梯。我反而整張臉都亮了起來。

「真是太好了。」

「太好了？」

皇子冷冷地反問，年紀輕輕的還真是殺氣騰騰。

又怎麼了，人和人之間不都是靠著交換祕密來拉近距離嗎？這也要挑毛病？

「有了能分享祕密的朋友，這不是很棒嗎？」

「我們到了。這邊請，殿下。」

皇子看起來還想繼續反駁，結果被禁衛隊員搶先了一步。

我們一行人停在一扇石門前，我抬頭一望，視野幾乎被龐大的門扉占滿。與鋪滿卡拉拉大理石地面、到處覆蓋精美壁紙的樓上不同，這裡看起來就像遊戲中那種地下城。

整體色調非黑即灰，天花板高聳，空氣又濕又悶。不過再怎麼樣，這裡都還是女皇宮的一部分，所以沒有看見老鼠或是蟲子之類的東西。

「開門吧。」

皇子一頷首，禁衛隊員們便分列左右，動作劃一地推開石門。
——轟隆隆……
兩片厚重門扉順暢地向後移動，看來這地方並沒有上鎖。
穿越後我還是第一次來這種地方，所以看什麼都覺得新奇。說不定連恩瑞都還沒讀到這一段呢。
石門完全敞開後，門後寬敞的空間映入眼簾。
「咳、咳咳！」
「咳咳咳咳！」
「哈啾！」
率先進去點火確認安全的禁衛兵，一個個開始揮動手臂，咳嗽、噴嚏齊發。甚至有人鼻水眼淚一起流，感覺過敏發作得挺嚴重。
皇子並沒有猶豫，大步走向前，我和克莉絲朵連忙跟上。
「……這要什麼時候才能打掃完啊？」
我看著眼前的景象，低聲嘀咕。
剛剛那條走廊雖然有點陰森森，但大致還算乾淨。可是這間設置傳送門的圓廳就不同了，簡直就像幾百年沒人踏足過。
圓形拱頂上垂落的蜘蛛網交錯纏結，像吊床般橫跨在四處，地板上的灰塵也厚得看不出原本是什麼顏色。
看來女皇這次是真的氣得不輕。
也是，在皇帝居所鬧出這種事，這兩人沒被流放或關進地牢就該謝天謝地了。如果真的變成那樣，不知道薩爾內茲公爵夫婦會作何感想。
「那個，掃把和水桶已經準備好了，就在這邊。抹布也……」
「殿下，如果真的很勉強，我們可以協助一部分……」

「要不要先為您整理出可以坐下休息的地方？」

一路上都專業地維持面無表情的禁衛隊員們，看見現場狀況後紛紛面露遲疑，感覺沒辦法就這樣把我們丟在這裡，自己先走一步。

雖然只是退到外頭走廊和階梯下方站崗，不是真的撤退上樓，不過要留下未來皇帝、鄰國王子以及權貴女爵三人做這種打掃工作，似乎讓禁衛隊員們很過意不去。

「沒關係，你們去忙吧。」我只好這麼告訴他們。

為什麼是我來說？因為皇子不只頂著一張雕像般的藝術品臉，也媲美真的雕像那樣站在原地紋風不動。克莉絲朵則是從剛才就到處晃來晃去。因此，在場三人中就只有我能夠出面圓場。

「葉瑟王子，這樣真的……」

「那兩位可是因為對女皇陛下大不敬，才會來這裡受罰。各位該不會是想包庇他們吧？」

「當、當然不是！」

禁衛隊員連忙大聲否認。看來他們終於搞清楚一點狀況了。

「那就好，所以各位可以離開了。不用擔心，我會好好監督他們。」

我笑著將他們送出門外。隊員們雖然再三猶豫，但最後還是乖乖離開。

我揮了揮手目送他們離去，然後緩緩轉身看向男女主角。呼……

「兩位真的能自己清完嗎？」

「沒什麼做不到的。」

皇子這麼回答。把不可能變成可能的意志，非常好。本教官對各位的期望不多……

「我一個人就行了。」

不知何時晃回來的克莉絲朵丟出這句話，我驚訝地轉頭看她。

只見我們的主角攤開手掌，籃球大小的水球「嘩啦」一聲浮現兩掌之間。

哇喔，沒想到還可以這樣。

「樞機主教殿下只有說不能接受任何幫助，可沒說不能使用能力呀。」

她露出惡作劇般的笑容，像個調皮的小孩。我也不禁笑了出來。

——嘩啦、嘩啦！

——唰唰……

一道直達拱頂的巨浪席捲整座圓廳，激烈拍打著環形牆壁。浪花之下則捲起一股股比小指還細的水流，如水蛇般貼著地面滑動，沖刷陳年的污垢與灰塵。混濁的污水最後匯成小溪，辛勤地流入石門外的排水溝裡。

這個過程大約重複了二十分鐘。

我站在入口右側的走廊上，揚聲問道：「女爵閣下，您還好嗎？」

「我沒事，還不覺得暈！」

圓廳裡傳來克莉絲朵充滿朝氣的聲音。

根據我看過的神學相關書籍，聖騎士相當熱衷使用神力。現在看來，透過具現特殊以太再釋放，確實能讓聖騎士身心舒暢、情緒高漲。

我轉過頭，看向斜靠在左側牆邊的皇子。

那張認真的側臉，讓我忽然想起了某個人，於是話沒經過大腦便先衝出了口。

「那個，不用太擔心。」

「……」

他默默看過來，似乎沒有聽懂我的意思。我輕咳一聲，再補了一句。

「我指的是賽迪。」

皇子的瞳孔一震，「你說什……」

「兩位可以進來囉。」

克莉絲朵清亮的聲音從圓廳中傳出，打斷了皇子。

不知何時，地面上的水漬都消失了。我探頭一看，石門內的空間和我們三十分鐘前目睹的荒廢景象，簡直是天壤之別。

看來應該要播一下《全能住宅改造王》的改造完成BGM了。多麼令人驚奇的改變……

「哇……」

「真是太美了，對吧？」

除了感嘆，我說不出任何話。而克莉絲朵回過頭來，笑容燦爛地看著我。

對於她的問題，我只能愣愣地點頭。

這座地底大廳，明明連一絲陽光都照不進來，卻彷彿自己在發光一樣，整個空間簡直像是由星星雕琢而成。

「是白金嗎？好像又不是……」

我一邊喃喃自語，一邊走進門。

圓形大廳的地板、牆壁和拱頂，全都由相同材質構成，看起來是種金屬。

洗得一塵不染的空間中，從各處散發出白中帶點淡藍的光芒，在各處平面互相折射。低頭一看，地面上隱隱約約映照出我、賽德瑞克皇子和克莉絲朵的輪廓。

看起來也有點像科幻電影裡的場景。

「哎呀，頭好暈喔。」

克莉絲朵這時才踉蹌了一下，我趕緊扶住她的手肘。

畢竟她剛才具現出大量形態各異的水，消耗的以太一定比和皇子對練時，或是應戰荼毒巨牛時還多。

「先待在我的環裡吧。」

「謝謝。」

克莉絲朵笑著道謝。我放開她的手肘，緩緩施展聖所。

散發著金光的圓陣將我們三人籠罩在內，與折射出點點藍星的空間交織，營造出格外神祕且夢幻的氛圍。

我源源不絕地釋放以太，克莉絲朵的臉上也逐漸恢復了血色。

皇子只是靜靜站在一旁，看著這幅光景。

「這應該就是傳送門吧。」

克莉絲朵一邊吸收以太，一邊指向中央的地面。

我順著她的指尖探頭看去，只見在圓廳正中央的位置，刻著一座巨大的圓環……不，準確來說，那形狀並不是「環」，而是兩座正方形交錯相疊而成。

走近一看才發現，那是在地面上仔細鑿刻出的細溝所構成的龐大圖形。

「好華麗喔。」

「我聽說以太環和魔法陣長得完全不一樣，原來是真的。」

克莉絲朵和我看著精緻繁複的陣紋連連讚嘆。與之相比，我展開的聖所看起來就像四歲小孩的塗鴉。

不過，這座魔法陣卻不完整。中心處有道清晰的裂痕截斷了陣紋，像是曾經有人用長矛或戰斧狠狠劈砍過這處地面。

「難怪會說傳送門沒有再用過。」

我喃喃低語，一旁的皇子頷首同意。

看來在很久以前，這座魔法陣的一部分遭到破壞，自此這處傳送門也成了無用之地。

儘管地面上有百分之九十九的文字和圖形都是我無法解讀的內容，有一句話卻清晰地映入我的眼簾。

「……『致我心愛的朱利耶』。」

我讀出那句刻在魔法陣邊緣的話。

「朱利耶……那不就是王子閣下居住的宮殿嗎？」

克莉絲朵也湊過來看。我點了點頭，想起大約一個月前，班傑明在下午茶會時說過的故事，這也是出現在好幾本歷史書裡的內容。

現任女皇菲德莉奇的祖父——羅米洛先皇，曾與一位名叫「尤莉特」的女子相戀，並訂下婚約。

尤莉特是威涅諦安神國的貴族神官，當時李斯特和威涅諦安之間沒有任何外交問題，因此皇室與王室間的跨國婚姻並沒有阻礙。

「尤莉特」若是以李斯特帝國的方式發音，念起來就會是「朱利耶」，尤莉特尤其喜歡戀人這麼喊她。於是，羅米洛先皇為了這位摯愛，在皇宮裡建造了兩座全新的宮殿——羅米洛宮及朱利耶宮。

據說，羅米洛宮之所以擋在朱利耶宮前方，是象徵先皇會永遠成為愛人護盾的決心。然而……

「朱利耶背叛了羅米洛先皇，這也是為什麼朱利耶宮後來被稱為『冷宮』。」

聽我說明到這裡，克莉絲朵歪了歪頭。

「看來回家之後，我要再向家庭教師好好請教一下。自從生過那場大病，我有好多記憶都想不起來了。」

我微笑著點頭贊同。

克莉絲朵醒來之後，光是適應穿越生活就夠忙亂了，難怪沒有多餘的時間了解歷史。

哪像我這種被塞在角落的質子，時間多的是。更何況，身為「限期男配角」，為了活下去，我還有不得不搜集情報的壓力，和主角不能比。

總之，若這座傳送門是為了朱利耶而建造的，那會設置在女皇宮之中也就能理解了。羅米洛先皇一定是希望，朱利耶隨時都能毫不費力地來到自己身邊。

只不過在故事的最後，先皇從這扇傳送門迎接到的，卻是一群來自神國的聖騎士。

我想，或許就是羅米洛本人親手破壞了魔法陣吧。

「那麼，就算在這裡注入瑪那，也不會發生任何事囉？」

我轉頭詢問皇子，他以理所當然的語氣回答：「當然。」

嗯……

「真想試一次看看。」

一旁的克莉絲朵這麼說道，看來她和我有一樣的想法。我偷偷觀察皇子的臉色，克莉絲朵則毫不掩飾地仰頭盯著他。

那雙橙色眼眸微微瞇起。

「怎麼？」

「我真的很好奇它亮起來會是什麼樣子。」

「反正又不能啟動。」

皇子一問，我和克莉絲朵便爭先恐後地勸說。

賽德瑞克皇子和我們不同，除了劍士的身分，他同時也是能夠使用瑪那的魔法師。也就是說，只要皇子願意，就能將瑪那注入這座被破壞的魔法陣中。

反正傳送門也沒辦法把我們送到任何地方，這麼做不只沒有危險，還是個能近距離觀賞戰爭時期遺跡的千載難逢機會。所以我們會被勾起好奇心，也很正常嘛。

「唉。」

「既然我都獨自打掃完這裡了，皇子應該可以提供這點服務吧。」

克莉絲朵用充滿她個人風格的調皮語氣說道，上次她和我要「以太試用品」的時候也是這種感覺。

皇子沉默片刻，長長地嘆出一口氣。接著，他將左手伸到了魔法陣上。

正好克莉絲朵的狀態看起來也穩定下來了，我便先解除聖所。我想看魔法陣沒被我的以太環遮擋的完整樣貌。

「……」

——沙沙……

皇子戴著黑色手套的指尖，緩緩逸出一縷赤紅霧氣，那就是魔法的源頭——瑪那。

雖然我看過他用魔力操控金屬的樣子，但這還是第一次目睹他純粹將瑪那釋放出體外。

瑪那有如染料在水中暈染般柔和沉降，接著化為煙霧四散開來，逐漸包圍整座魔法陣。

我和克莉絲朵靜靜看著這一幕，不敢大口喘息。

——嗡……

魔法陣發出了奇妙的聲響，很像是會出現在科幻電影裡的音效。

那團紅霧迅速化為液態，沿著精密的魔法陣刻痕奔流，赤色液體以驚人的速度注滿原本空蕩的凹槽。

——錚！

就在陣紋全數染紅的瞬間，隨著震動大地的嗡鳴，傳送門迸發出赤紅如血的光芒，帶著金屬般的鋒利質感，令人寒毛直豎。

「天啊……」

「瘋了……」

我忍不住瞪大雙眼，克莉絲朵也不敢置信地喃喃驚呼。我胡亂點頭附和，低頭盯著腳下的光紋。

這座魔法陣可說是華麗繁複與精緻細密的代名詞。雖然正中央那道裂痕讓傳送門無法啟動，可是我感覺自己像坐上了掛著濃郁芳香劑的小轎車，越來越……

「嗚嘔。」

一股噁心感猛然襲來，我乾嘔一聲，下意識捂住嘴。這是怎麼回事？

「王子閣下，您還好嗎？」

克莉絲朵吃了一驚，湊過來查看我的臉色。

面對這種突發狀況，皇子似乎也心神一亂，立刻撤回了正釋放瑪那的手。

我只覺得臉上的血色迅速褪去，整個人搖搖欲墜。

「只是有點不舒……」

我的額頭變得冰冷，虛汗一點點滲出，話還沒說完，我便雙腿一軟——

「咳！」

皇子一把抓住我的後領，沒有讓我摔下去，可是……神經病，我要被勒死了！

「都意識不清了。」

「快點放手，殿下！」

克莉絲朵的聲音猛然拔高。

皇子一鬆手，我立刻撐著自己站穩，大口大口喘氣。

「呼、呼啊……」

儘管視野逐漸變回清晰，但胃裡的翻攪感仍在。這種症狀和以太枯竭截然不同，不，這完全是……

「我好像有點暈、暈車，嗚嘔……」

我強忍著反胃，痛苦地低喃。嘴裡一股酸味冒上來，讓我忍不住皺起眉頭。

下一秒，地面上的血色光芒瞬間消失，圓廳裡就像什麼都沒發生過，再次變回一片典雅的藍白色調。

不知道是不是紅光讓人心煩意亂，總之魔法陣一熄，我似乎也好了一點。

我緩緩地抬起頭，迎上那雙從正面俯視而來的橙色瞳眸。皇子好像收回了全部的瑪那。

「看來是傳送門暈眩症。」

「什麼？」

磁性的中低音在耳邊輕輕震響。我明明清楚聽見了他說的話，但腦袋還是一片空白。

傳送門什麼？

「是瑪那感知力有問題，請宮廷醫師看看吧。」

「等一下，怎麼會有那種暈眩症……」

我艱難地吞下口中積聚的唾沫，努力擠出一句話。雖然胃已經沒那麼難受，但頭還是有些昏沉，感覺確實像暈車的後遺症。

可能是看我站得搖搖晃晃，克莉絲朵輕輕扶著我的腰部。而皇子那傢伙，已經邁開他的大長腿，不知不覺間走到門口了。

「不是吧，誰會因為搭傳送門暈成這樣……」

而且魔法陣甚至都沒有啟動！

聽見我的喃喃自語，克莉絲朵小聲地回應。

「王子閣下就會。」

「……」

「是傳送門暈眩症。」

唉……

「這是出現在瑪那感知力極低者身上的症狀。王子閣下的身體承受不住傳送門魔法陣上的瑪那，才會有這種反應。」

宮廷醫師語氣專業地說明。

我靠坐在床頭，把狄蜜抱在肚子上聽醫生診斷。班傑明和加奈艾也憂心忡忡地守在床邊。

宮廷醫師身旁則是波帝埃樞機主教，還有一位今天初次見面的訪客。

全套大餐？隨風去了。

全怪皇子那傢伙向樞機主教報告我在地下傳送門暈了一下的事，害我只能喝兩碗清湯填飽肚子。

恩瑞說得沒錯，那傢伙絕對有毛病……

「就算不是魔法師，一般人也多少具備一定的瑪那感知力，起碼能分辨出眼前的動物只是普通野獸還是魔獸。不過偶爾，也會出現魔獸主動釋放魔力才認得出來的人。」

醫生娓娓道來，在我聽來像一下又一下的補刀。

我想起自己在朱利耶宮後山時，也是直到目睹茶毒巨牛施展能力後，才真的有遇到魔獸的感覺。所以那種「是屎還是大醬要舔過才知道」的人，說的就是我。可惡……

「像這樣先天缺乏瑪那感知力的人，很難使用一般的傳送門。」

宮廷醫師語氣凝重地總結，我則是靜靜嘆了口氣。

原本還覺得穿越之後得到一身大量的以太賺到了，現在看來，魔法方面的天分根本是一丁點都沒有。能力值全都壓在神官那邊了。

「若是無法使用傳送門，就得搭乘馬車參加魔獸大討伐了。聽說路途艱辛，這讓我有點擔心……」

認真聽完宮廷醫師診斷的波帝埃樞機主教，這時開口了。那雙米色眼眸中浮現明顯的擔憂。

我也正好在煩惱這事。一般情況下，身為質子的我無法離開皇宮，也就沒有機會使用傳送門，但是下個月，我得去杜漢侯爵領參加魔獸狩獵大賽。

「搭馬車也沒關係，一天一天慢慢走就好。」

我提出自己的想法。儘管使用馬車會拉長旅途、整體花費也會增加，但我實在沒有勇氣再挑戰一次傳送門。光是回想那團血色紅光，就讓我胃裡一陣翻湧。

還不如一邊欣賞帝國風景，一邊慢慢前進，這樣肯定好上一百倍。

「不，請交給我吧，葉瑟閣下。」

就在此時，那位一直默不作聲的陌生男子終於說話了。

我看向站在樞機主教右側的瘦高訪客。他是一名有著深麥膚色、眼瞳卻是淺粉色的俊美男子，散發著和他那位親弟弟——杜漢禁衛隊長截然不同的氣質。

「請問杜漢侯爵有什麼更好的辦法嗎？」

聽見我的提問，杜漢侯爵勾起嘴角，開始在自己的手提箱中翻找起來。一旁傳來樞機主教輕輕的嘆氣聲。

法蘭索瓦．杜漢侯爵是專精於瞬間移動的魔法師，他發揮自己的專長，大力投資於傳送門的研究和開發之上。

這次是樞機主教一聽說我確診了傳送門暈眩症，便臨時請正好在皇都的侯爵前來，以備不時之需。雖然她現在看起來有點後悔就是了……

「就是這個！」

不久後，侯爵便以誇張的動作高高舉起手臂。他的手中拿著一片圓形的不明杏色布料。

「只要把這個貼在耳後，傳送門暈眩症就會奇蹟似地消失！」

你這傢伙，這可是剽竊專利！

法蘭索瓦．杜漢侯爵把巨大的手提箱擺到一邊，一手拿著小貼布開始說明。他的單人秀一開場，宮廷醫師便默默收好診療工具，迅速退了出去。

這種畫面怎麼好像很常在車站附近看到？

「這片貼布背面塗有一種非常特殊的凝膠，各位似乎很好奇，要不要我給一個提示呢？試著把『魔獸』和『阿膠』聯想在一起看看吧。哈哈哈，只要將這部分貼在耳朵後面，阿膠和貼布上封存的瑪那就會交融，產生非常特殊的反應。這也是我親自參與研究的產品……」

杜漢侯爵真的話很多，也和我聽說的一樣喜歡受眾人注目。他的所有動作都又大又誇張，感覺就算閉上嘴也能靠肢體語言吵吵鬧鬧。

波帝埃樞機主教直接無視他的說明，一把將暈車……不對，暈傳送門貼片從侯爵手中抽走。

「啊！您果然很感興趣呢，歐蕾利殿下。」

「法蘭索瓦，可以請你小聲一點嗎？王子可是病患。」

樞機主教的語氣中帶著一點不耐煩。這是我第一次看到她用這種態度對人說話，真是不可思議。

然而，杜漢侯爵顯然一點都不氣餒，繼續滔滔不絕。

「不好意思，是我失禮了。不過葉瑟閣下很快就會沒事了，請不用擔心。來，這裡還有。」

杜漢侯爵露出燦爛的笑容，開始翻找另一只提包。

雖然這人實在不太穩重，但畢竟是聽說了我的情況後特地趕來的，這點還是得感謝他。

而且，聽說侯爵頭腦靈活，也很關心領地居民的福祉，代表他應該是個不錯的領主。儘管言行有點輕浮，但兼具顏值和財力，權衡之下，還算是個加分的人。

「來，請收下吧。」

侯爵一跛一跛地走過來，將止暈貼片遞給我。

我這才察覺，自己剛才只顧著聽宮廷醫師說話，都沒有發現他身體的異狀。

「您的腳還好嗎？」我問道。

侯爵彷彿早就在等著這個問題，立刻擺出誇張的動作，輕撫著自己上了夾板的左腿，覆著淺粉色雙目的眼簾甚至微微顫抖。真的好像在看舞臺劇……

「是親愛的女皇陛下代替主神，給了我這世上最痛苦的折磨。」

原來是小腿被被踹了啊。

「我有聽說，您領地上的神器『火星之慧劍』，會成為魔獸大討伐的優勝獎品。」

我默默略過侯爵的詠嘆，跳到下一個話題。除了慧劍之外，女皇應該也沒有其他理由傳他來踢一腳了。

之前為了收拾侯爵大嘴巴的善後，不僅樞機主教砍了好幾堂我的課，女皇還拿我的專訪作為籌碼，讓薩拉・貝利亞爾爵士取消大肆報導。

雖然女皇會親自踹人讓我有點驚訝，但根據這陣子聽聞的菲德莉奇女皇事蹟，這種程度好像也還在合理範圍內。

「沒錯，雖然那都是出自我與家族的赤誠忠心，但陛下的貴顏還是吹起了冷冽北風……」

「你的腿還接在身上就該感到慶幸了。」

樞機主教冷冷打斷他，而侯爵竟然真的發出了一聲嗚咽。好像在看相聲，我忍不住笑了。

大家總說杜漢侯爵是女皇的心腹，現在看來，還真是某種程度上的「家人」。

「總之，謝謝你的防暈貼片。」

我忍著笑意，接過侯爵遞來的外用藥。他則用極為浮誇的動作，優雅地向我一鞠躬。大概就是因為運動量這麼大，他整個人才會如此瘦長吧。

「所以殿下從神國過來時，才會一路搭馬車吧？真是辛苦了。」

樞機主教看著我柔聲說道，語氣中透著遺憾。我不禁一愣，完全沒料到她會提起這件事。

仔細想想，前因後果確實是這樣。雖然不知道威涅諦安神國有沒有設傳送門，但葉瑟王子擁有這種體質的話，應該也無法使用。如果真的用了傳送門，大概就會以半昏迷的狀態穿越國境了。

「沒什麼，都已經過去了。」

我含糊地帶過。樞機主教那雙米色的眼眸浮現出一絲惻隱的情緒。雖然我不是刻意賣慘，但看來不小心拿到了一張同情票。

「如果藥效真的有用，就可以再試著搭乘傳送門了。」

她輕聲提議，我有些勉強地點了點頭。畢竟都收到特製的貼片了，還寧死不從的話就太矯情了。

反正無論是用哪種方式，只要出了家門都不會輕鬆到哪裡去。而且，這次外出應該是第一次也是最後一次，我決定盡量樂觀面對。

「嘰。」

這時，趴在我身上睡覺的狄蜜醒了，在我胸前發出一聲輕叫。我輕輕撫摸牠睡得暖暖的小腦袋，心中默默計算日期。

魔獸大討伐預定在五月八日舉行，而今天是四月二十七日。

從皇都到杜漢侯爵的領地，快馬加鞭也得花上整整四天。要是這貼片沒什麼用，最後還是得搭馬車過去的話，那時間一定會拖得更久。

嗯，好像不怎麼有餘裕呢？

「無論王子閣下何時到來，我們杜漢侯爵家都將傾盡全力、竭誠款待！」

侯爵張開雙手向我保證，動作有種孔雀的既視感。我只好尷尬地回以微笑。

在那之後度過了非常和平的三天。

也就是說，在這三天之中，我都沒有見到克莉絲朵或是賽德瑞克皇子。禁足真是太棒了。

「宴會上穿的衣服要放哪裡呢？」

「放到那個角落的提包裡。鞋子下午會送新的一雙來，之後再整理吧。」

「是，班傑明閣下！」

「班傑明閣下，主教冠有三頂……」

「加奈艾閣下，由於凌晨還得另外準備王子閣下的點心……」

從清早開始，就有許多人在我的房間和走廊、室內和室外之間來來去去。不只是班傑明和加奈艾，朱利耶宮的所有侍從和僕役都忙得不可開交。

這都是因為，我明天就要出發前往杜漢侯爵家的領地了。

由於班傑明警告我「待著不動就是幫了大忙」，因此我舒適地坐在沙發上，努力降低存在感。

剛剛只是想自己摺一下睡衣，馬上就收到幾位侍從犀利的眼神警告，真不知道誰才是主人……

「狄蜜，過來這邊。」

「呼嚕嚕。」

我把正在地毯上快樂打滾的小熊貓叫來，讓牠坐在我的腿上，接著拿起侍從剛送來的上等信紙與羽毛筆，在紙上刷刷作畫。

「嘰！」

「噓，大家都在工作，要安靜一點。」

狄蜜似乎對只要動一下就會出現墨水的筆很好奇，黑色小爪子隨著我落筆的動作不停揮舞。這樣我根本看不清楚紙張，沒辦法好好畫環的陣紋。

本想利用空閒時間練習一下，結果我的寵物神獸一點都不配合。

——叩叩叩。

「您好，葉瑟王子閣下。」

就在這時，門外傳來敲門聲與熟悉的聲音。我抬起頭向來者打招呼。

「您好，伊莉莎白爵士。」

今天看起來也容光煥發的伊莉莎白爵士，勾著加奈艾的手臂走進房間。加奈艾臉上泛起淡淡紅暈，手上正端著一盤點心。

其實我早就覺得，他們的感情還真好呢。

「加奈艾，你也坐下來休息一下吧。」

「可是……」

聽見我的邀請，少年的表情有些猶豫。大概是覺得，大家都在忙，自己一個人偷懶有點不好意思。

「你不是準備了兩杯果汁要和我一起喝嗎？」

伊莉莎白爵士以打趣的語氣插話，加奈艾立刻漲紅了臉。

「那、那個是……！」

「加奈艾，你現在好像一顆番茄。」

「剛好果汁也是番茄汁呢。」

我和副禁衛隊長你一言我一語地調侃，加奈艾看起來都快哭了。

再鬧下去感覺加奈艾要翻臉了，於是我安撫地笑了笑，把他拉過來坐下，然後轉移話題。

「明天就要出發了，想必事情很多吧。」

「我只是去玩的，所以很開心，果然出差最棒了。」

伊莉莎白爵士露出燦爛的笑容，高高舉起番茄汁，像是要乾杯慶祝。我不由得想起她之前說想參加今年魔獸大討伐時的樣子。

就在加奈艾幫我倒熱呼呼的接骨木莓果茶時，副禁衛隊長用番茄汁潤了潤唇，隨即切入正題。

「那麼，我來簡單說明一下明天的行程。明天上午十一點，將利用離皇宮最近的傳送門前往皇都南部。傳送門位於皇都中心的勒戈地區。」

我一邊點頭，一邊把香蕉靠到狄蜜嘴邊。只要我撥好皮，狄蜜就會抓著我的手腕，一口一口吃下。

「我們只會使用傳送門一次，所以那趟就會是您此行之中的唯一一次。」

「我知道了。」我回答道。

過去這三天，我在宮廷醫師、樞機主教和杜漢侯爵的陪同下，進行了幾次防暈貼片測試，感覺就像成為了藥物上市前的人體實驗對象。

這麼看來，我作為質子也算是被活用得相當充分了。

總之，我在耳後貼上貼布，直接站上女皇宮地下傳送門的實驗結果是，一天使用一次傳送門應該沒有大問題。但從第二次開始，就算貼上了特效藥，也會覺得相當吃力。

「這樣看來，您應該三天內就能抵達。早上貼一片，搭傳送門，休息。隔天早上再貼一片，搭傳送門，休息。像這樣反覆進行就沒問題了！」

當時的杜漢侯爵簡直像個瘋狂科學家，興奮地總結實驗成果。

「可能會出現副作用，因此我不建議在旅途中全程依賴藥物。」

宮廷醫師以極為理性的態度提出意見，替侯爵踩了煞車。

「法蘭索瓦，打你的背並不有趣，所以別太得意忘形。那麼，還是第一天使用傳送門，從第二天起換乘馬車比較妥當。」

最後還是波帝埃樞機主教一錘定音。

這個世界觀的傳送門，並不是像電話那樣，想打到哪就能接通到哪個地方，而是比較類似地鐵的概念，只能一站接著一站移動。

最理想的情形，當然是從皇都勒戈地區的傳送門直接跳到侯爵領。但現實是，我們得先從勒戈的傳送門移動到另一個地區，再從那個地區的傳送門繼續往下一站移動，以此類推。

而且傳送門還收費高昂，一般平民或拮据的貴族根本連考慮都不敢考慮。

「從皇都南部換乘馬車，預計至少需要四天才會到杜漢侯爵領地。根據天氣或路況，實際天數也可能產生變動。」

伊莉莎白繼續說明，我點點頭。

「了解。」

雖然要長途跋涉至少四天，但我的心情還是像畢業旅行前一天一樣興奮。

直到昨天為止，我都還有沒什麼實感。可今天一早，看著朱利耶宮上下為我的遠行忙得不可開交，心裡便莫名激動起來，對宮外的世界也產生了好奇。

我去過女皇宮的地下空間，也爬過後山、進出過各種建築物，甚至依自己的喜好改裝了神殿。但直到現在，我的行動範圍始終沒離開過皇宮。

雖然我對此沒有什麼不滿，但可以踏入更遼闊的《辭異女》世界，了解更多的世界觀，肯定有利無弊。

「您看起來心情很好。」

「因為是第一次外出，果然很開心吧。」

伊莉莎白爵士和加奈艾一臉欣慰地笑著。

我有些不好意思，摸了摸狄蜜柔軟的黑肚子。我表現得有這麼明顯嗎？

「總共會派出十輛馬車，其中八輛載侍從、護衛和行李……」

「十輛？」我驚訝地問道。

我還以為頂多只有三、四輛，十輛未免太誇張了。

難道不會在質子身上花太多錢了嗎？不，正因為是質子，所以才會特別慎重其事？

「我又不會逃跑。」

「哈哈哈哈。」

聽見我下意識說出的話，伊莉莎白爵士忍不住哈哈大笑，但我是認真的。

反正我也無處可去，自己一個人流落在外也很危險，那又何必逃出這個媲美五星級飯店的地方，去外面自討苦吃呢？

對我來說，最重要的就是活下去。

「這句話，請您之後再對『小鬼頭』說吧。」

「小鬼頭是指……」

我的聲音越來越小，然後停住了。伊莉莎白爵士瞇起貓咪般的灰眼，朝我狡黠一笑。

所以她指的確實是賽迪。我偷偷看了一眼加奈艾，幸好他的注意力都在狄蜜身上，似乎沒有留意我們在說什麼。

「請繼續說明行程吧。」

我轉移了話題。畢竟是在這種人來人往的地方，還是別提到賽迪的事比較好。

伊莉莎白爵士沒有反對，她勾起嘴角，從懷中取出一張帝國地圖。

五月悄悄到來的這一天，朱利耶宮和羅米洛宮之間排起了長長的馬車隊伍。體態健美、毛色光亮的一匹匹駿馬，靜候著出發的指令。鑲在黑色馬車兩側的巨大皇室紋章在陽光下閃閃發亮，即使在五百公尺外也清晰可見。

班傑明和加奈艾已經先搭上我被分配到的第六輛馬車，而我還在等溜去花園的狄蜜回來。我打算一看見牠出來就直接綁架，所以站在原地沒有動，只是在腳下展開環，釋放出以太。

「狄蜜，快過來，要去見你的朋友們囉。」我提高聲音朝花園喊道。想起那兩隻先前往侯爵領的小熊貓，我便嘴角上揚。就在這時……

——喀嚓。

停在我們馬車前面的第五輛馬車，車門被打開了。我下意識轉頭看向聲音傳來的地方。

「……太慢了。」

伴隨著像是職業聲優在朗誦詩詞般的中低音，一張熟悉的青年面孔出現在我眼前。我的心猛然一沉，腳下的聖所隨著情緒波動瞬間擴大。

結果根本還沒搭上傳送門，我就已經開始暈眩了。

CHAPTER
14

逃出皇宮第一名

馬車輕輕搖擺，緩緩前行。加奈艾的聲音也隨著馬車的晃動顫抖。

「是我罪該萬死，王子閣下。請您原諒我。」

「沒關係，加奈艾。太忙的時候會忘記也很正常。」

「但是……」

「真的沒事，我不在意。」

我笑著安慰加奈艾，少年原本畏畏縮縮的金色眼眸這才變亮了一點。

為了避免加奈艾繼續道歉，我趕緊塞了三顆馬卡龍到他手裡。目睹全程的班傑明默默嘆了口氣。

不久前在花園等狄蜜時，我遇見了從隔壁馬車下來的賽德瑞克皇子。

雖然那傢伙擺出一副我延誤大家出發的態度，但我要鄭重聲明，本人可是直到那一刻才知道我們得和皇子一起走。

難怪會派出十輛馬車，難怪禁衛副隊長會隨行，明明之前出現了這麼多提示，我卻一個都沒發現，可惡……

雖然看見意料之外的人讓我有點震驚，但老實說，現在這種程度的衝擊已經不會讓我崩潰太久了。

連皇子都為了節省開銷、體恤民情，決定搭馬車出行，我一介質子又能反對什麼呢？

「我本來是要告訴您皇子殿下會同行的，都怪我昨天太分心……」加奈艾的聲音越說越小。

我想起昨天他和伊莉莎白爵士一起來找我，那時候，加奈艾確實是……

「對啊，你忙著看狄蜜，連果汁都沒有喝完。」我輕鬆地說道。

加奈艾愣了一下，慢了半拍才連連點頭。我懂，狄蜜確實可愛得太超過了。

至於伊莉莎白爵士，她肯定是為了捉弄我，才會故意隱瞞皇子的事。

「反正我們搭的馬車不同，行程也不會因為皇子閣下改變，所以沒關係。」

我笑了笑，對他分析事實。

聽我這麼說，加奈艾的表情總算恢復開朗。他將今天發行最新一期、還熱騰騰的《李斯特雙週刊》遞給我。

封面上寫著斗大的標題——〈貝利亞爾提問，威涅諦安回答〉。

看來薩拉．貝利亞爾爵士對我的採訪報導是這期的重點。雖然我事前就知道會刊登，但親眼看到還是讓人超級羞恥。

「居然也報導了魔獸大討伐優勝獎品的事。」

我努力無視那行標題，只提起封面下方的一行小字。

〈魔獸大討伐與火星之慧劍——神器正靜候侍奉之主〉，還真是戲劇化的字眼。原來上個月十五號來不及報導的內容，現在終於得到女皇的許可刊登了。

我不由得想到前面那輛馬車上的皇子。

他可是帝國最強的劍士，在大賽中奪冠應該難不倒他。問題是，他要怎麼拔出那把慧劍，難道要把整塊地挖開來嗎？

「王子閣下，您應該是第一次來到這個區域吧。」

這時，班傑明溫聲開口。我順著他的示意望向窗外。

馬車剛經過女皇宮，正載著我們路過下一棟建築，我忍不住瞪大雙眼。

「哇，這裡真的什麼都好大喔。」

聽見我的感嘆，兩名侍從輕笑起來。

馬車都還沒駛離皇宮，我第一次見到的景物卻已經多到眼花撩亂。平常我活動的範圍大多集中在皇宮深處，所以從來沒跑到外圍這邊過。

儘管這麼比較可能有點誇飾，不過一座和朱利耶宮一樣大的噴水池，以及面積比女皇宮大三倍的花園映入我的眼簾。

隨後是好幾棟不知道用途，但看起來金碧輝煌的宮殿。

接下來，又看到菲德莉奇女皇的母親——雪琳先皇的銅像，目測至少有五公尺高。

「現在要通過正門了。」班傑明又提醒道。

就在我目不暇給地欣賞皇宮風景時，馬車已經抵達皇宮大門了。不知道為什麼，我突然有些緊張。

馬車緩緩減速停下，又在一陣隱約的馬蹄聲中重新前進。我把額頭貼在車窗上，努力觀察窗外的情形。

只見漆黑壯麗的皇宮正門大開，身著銀色盔甲的騎士一個個單膝跪地，列隊為我們送行。準確來說，是恭送皇子出行。

「好帥喔，狄蜜，快看。」

我拍拍像塊起司一樣融化在我腿上的小熊貓。牠好像在花園裡玩累了，現在一副睡眼惺忪的樣子，連頭都懶得抬。

我只好輕輕撫著狄蜜的背，一面靠著車窗，靜靜看著皇宮之外的世界在我眼前緩緩展開。

「不是吧，人怎麼會這麼多？」

「王子閣下，這句話您已經講第四遍了喔。」加奈艾笑著搖搖頭。

我自己也有發現，從剛才開始我嘴裡就只剩下「不是吧」、「可是啊」、「真的耶」這類沒頭沒尾的感嘆詞。光是皇宮裡沒去過的區域就已經讓我看花了眼，結果出了皇宮之後，這座皇都才真的是讓我大開眼界。

舉目所及是一片整潔美觀的街道，華服貴族與素衣平民摩肩接踵，隨處可見販售街頭小吃和鮮花的攤販。兩端的房屋漆著五顏六色的彩漆，像是從童話故事搬出來的建築。而往來的行人大多掛著朝氣蓬勃的神情，為城市帶來熙熙攘攘的活力。

真不愧是居住了帝國百分之十人口的皇都，果然名不虛傳。

「王子閣下，從窗外應該也能看見車廂內部，所以還請您留意一下表情。」

聽見班傑明的提醒，我連忙從車窗邊縮回來。

這時我才發現，不知從什麼時候開始，整條街上的人竟然全都在朝我們的馬車行禮。還以為多少會有人偷瞄，結果居然沒有半個人抬起頭。

就連從建築物窗戶探頭出來的人，也都脫下帽子或低頭以示敬意。這場面讓我不禁起了雞皮疙瘩。

「帝國人民對皇室的尊敬還真是驚人。」

「這樣就感到驚訝還太早了，王子閣下。」

班傑明的嘴角帶著笑意，語氣相當柔和。看著我這樣一路驚呼連連，似乎也讓他樂在其中。

「馬上就要到傳送門了，王子閣下。」

加奈艾說著，從隨身的手提包裡拿出防暈貼片遞給我。

我將杜漢侯爵牌的防暈貼片貼在耳後，感覺馬車正在漸漸減速。

勒戈地區位於皇都中心，也是最繁華的地段，因此流動人口極高，成為全帝國最早設置傳送門的地點之一。

我們預計先從勒戈傳送門移動到皇都南部，再轉乘馬車前往杜漢侯爵領。

「好像到了，王子閣下。」

「這麼快？」

「這是提早為皇子殿下進行街道管制的成果。」

我知道了，這就等於是總統如果要搭車去哪裡，一定是前後警車開路，光化門前的車輛全部淨空，皇子也是一樣的排場。

「王子閣下，待會您下車後，可能會有人上前來搭話，不過不用一一回應也無妨。」

「聽說皇子殿下連一句話都不會回。」

那傢伙的個性本來就是這麼差。我努力吞下差點脫口而出的話，以微笑帶過之後，又把視線投向窗外。

馬車隊伍行經之處，路邊所有人皆無比恭敬地行禮致意。不久之後，皇室馬車便依序在一棟金碧輝煌的建築前停下。即使還比不上皇宮那麼華麗，但光看就知道這不是一般人能隨便進出的地方。

——叩叩。

馬夫輕敲車廂，隨後恭謹地將車門打開。

我最後再檢查一遍自己的儀容，也沒忘了問班傑明和加奈艾，我的額頭上有沒有因為趴在窗戶上太久留下痕跡。

雖然我一向不喜歡人多的地方，也不習慣被這麼多雙眼睛盯著看，但現在是該下車的時候了。

我就直接說結論吧。

這座「勒戈綜合交易所」，用韓國來比喻的話，就是位於首爾江南的COEX購物中心[28]。

我盡力不讓自己露出疲態，懷中的狄蜜則是舒適地睡著大覺。真讓人羨慕。

「王子閣下，只要直視前方前進就好。」

「好，班傑明。」

建築物內充滿了各式各樣的商店，內部路線宛如迷宮般複雜，大廳連接著傳送門入口，有時還會有名人出現，吸引一大票民眾圍觀，把室內擠得水泄不通……

真的就和COEX購物中心一模一樣，而現在也是——

「皇子殿下，祝您長命百歲！」

「參見輝煌如日的賽德瑞克殿下。」

28 COEX購物中心（COEX MALL），位於首爾市江南區的綜合貿易中心館內，是韓國最大的購物商場。

「皇子殿下萬歲！」

「請您務必取得優勝！」

自從穿越以後，這是我頭一次真心覺得，有賽德瑞克皇子在真是太好了。

「他的人氣也太誇張了。」

「是啊，因為殿下已經參加魔獸大討伐好幾次了。」

在喧鬧聲中，加奈艾神奇地捕捉到我的自言自語，湊過來小聲解釋。

我不著痕跡地點了點頭，順勢偷瞄了走在前面的皇子一眼。

至於走在他身旁的伊莉莎白爵士，不同於平日的笑容滿面，此刻正面無表情地為他開道。

禁衛隊員在我們和人群之間築起兩道分隔線。交易所大廳的人潮像紅海一樣被分成兩邊，每個人都想湊上前，現場一片鬧哄哄。

也多虧了大家全把注意力放在皇子身上，讓我可以稍微遠離鎂光燈的中心。

「皇子殿下！」

「我死而無憾了……」

這時，幾名含淚注視皇子的女子映入我的眼簾。雖然搞不懂到底有什麼好如此感動，但看看皇子那張臉，好像又不是完全無法理解。

我還看見有人在他腳邊獻花，原來路邊那些賣花束的攤販就是為了賺這個錢啊。

「每年殿下生日的時候，這裡的大廳裡都會掛上祝賀廣告哦。」

「嗯？」

我一邊看熱鬧一邊走著，卻突然捕捉到不可思議的話，瞬間懷疑自己的耳朵。

「雖然殿下平時公開行程不多，但大家實在太喜愛他了嘛。」加奈艾興奮地說明。

我們什麼時候從浪漫奇幻變成都市奇幻小說？實在覺得太荒謬，我忍不住追問。

「所以……是寫著『你是我的星星』這種嗎？」

「王子閣下也真是的，哪敢用這麼隨便的句子。應該是『八月十三日的奇蹟，殿下乃吾等之晨星』，像這樣才對。」

我的臉部肌肉開始不受控制地抽動。

面對接踵而來的過多不必要資訊，以及出現在古典歐風浪漫奇幻小說裡的生日廣告，現在的我已經不知道該先對哪一邊感到傻眼了。

所以這個地方完全就是COEX嘛。

「葉瑟王子大人，感謝您的仁慈！」

就在這時，一名男子的聲音在耳邊響起，我反射性轉頭看去。

一名中年男子正含淚望著我，身上的衣服陳舊卻乾淨，像是已經盡力讓自己顯得體面。那副模樣，讓人很難狠心無視。

「你說的仁慈是指什麼呢？」

我走近幾步詢問，周圍的人群也如海浪騷動起來。我能感受到無數小心翼翼的目光正打量著我，於是尷尬地擠出笑容。接著附近傳來「真的是紫色」的竊竊私語。

「聽、聽說您賜給貝朗男爵一筆鉅款，多虧如此，我們領地上發生了許多好事。不只開始修建運河，領主也正在蓋一座很大的孤兒院。這全部、全部都是多虧了您的恩澤啊，王子大人！」

男人一臉感激涕零，語速極快地說著。

儘管他聲音發顫，說話含混，但我大致聽懂了。他是在說我匯了一筆錢給那對過世雙胞胎的父母這件事。看來他是貝朗男爵領地的居民。

「不，那都是男爵夫婦的功勞，我只是補貼了一點葬禮費用而已。」

聽到我這麼說，那名男子便深深彎下腰向我行禮。

「願、願主神的永恆祝福降臨於您。」

「謝謝，回家路上還請小心。」

我向他點頭致意後，重新邁開腳步。抬頭一看，才發現皇子已經穿越大廳，在傳送門入口盯著我看了。

畢竟他無視了所有從凌晨便來守候、只為了與他說句話的人，當然走得很快。

他又對我投以一道「太慢了」的眼神。

「來了來了。」我小聲嘀咕著。

我不能讓自己看起來太著急，還要維持端正得體的步伐，結果不小心同手同腳了一下。這時，我注意到了落在地上的花朵中，似乎有三分之一是紫色的。

不會吧……我下意識看了看四周，果然，無數熾熱的視線正朝我射來。

我的耳尖瞬間燒了起來。哇，不知道還比較好。

「現在為您開門，殿下。」

等我好不容易硬著頭皮走到傳送門前，一名看起來像是工作人員的人立刻恭敬地向我們行禮。

皇子一言不發，只是微微頷首。

——轟隆隆。

隨即，一扇巨大的古銅色雙開門緩緩朝兩側敞開。

聽說，在女皇的命令下，今天上午這座傳送門暫停對外開放，特地為我們保留。

而門後的空間也和位於女皇宮地下的傳送門有幾分相似——一座圓廳出現在我們眼前，地面中央也同樣刻有繁複的魔法陣。

「兩位終於來了，參見皇子殿下及葉瑟王子閣下。」

除此之外，還有一手拿著鞭子的克莉絲朵．德．薩爾內茲。

……咦？

——轟隆隆……

等所有預計搭乘傳送門的人進入圓廳，厚重的門又再次關閉。

我和塞德里克皇子站在隊伍最前方，正好與克莉絲朵面對面。

「……」

皇子面無表情，但看得出來有種莫名的不爽。他看起來一點都不驚訝，八成早就知道克莉絲朵會來傳送門這裡會合。

又來了，又只有我什麼都不知道！

「薩爾內茲女爵，您怎麼會……」

不對，問這個不是廢話嗎？浪漫奇幻小說的男女主角不管怎樣都會產生交集，這本來就是理所當然的劇情，我不是一次又一次這麼告訴自己嗎？

而且，克莉絲朵之前就說過要參加魔獸大討伐了，會來搭乘傳送門也很正常。反正這兩人就是註定要再見面，不需要大驚小怪。

我一邊哄著懷裡還在賴床的狄蜜，一邊思考怎麼修正問到一半的問題。

「……怎麼會拿著那根皮鞭呢？」

光滑油亮的深藍色皮革，看起來就很不好惹。

「啊，我在樓上撿到的。」

克莉絲朵揮了揮拿著鞭子的手，爽快地回答。

我正猶豫著該不該表現出聽得懂「撿到＝便宜買到」這種表達方式，我身旁的人先一步開口了。

「好久不見，克莉絲朵女爵。您是打算拿皮鞭來當武器嗎？」

開口的是我們此行的同行者──伊莉莎白爵士。

她的灰色雙眼閃閃發光，興味盎然地湊到克莉絲朵身邊。

這兩人上次是在戶外練武場短暫碰過面，但當時課上到一半就緊急解散了，應該還來不及好好交談。

「您好，伊莉莎白爵士。」
「如果不介意的話，能讓我看看皮鞭嗎？」
「好呀，隨便看。其實我是完全沒練過肌肉的人，突然要用劍或長槍實在太吃力了。所以我就去煩公國的騎士，逼他們幫忙找適合我這種新手的武器，結果他們就推薦了皮鞭。」
「只要好好訓練手臂，皮鞭會是很好的選擇，這條看起來品質也不錯。」
「謝謝，幸好我的手腕還算靈活。」
克莉絲朵笑得很開心，從伊莉莎白爵士手中接回皮鞭。看得出來，她對這位新聊天對象的好感度不低。
伊莉莎白爵士也笑著點了點頭，表示如果需要對練，克莉絲朵隨時都可以找她。
我之前就覺得她們兩人應該會合得來，現在看來，說不定真的能變成好朋友呢。
「閒話說夠了就出發吧。」
而硬要在這片其樂融融的氣氛中潑冷水的，自然又是那位皇子。
我用帶著一絲絲憐憫的眼神，抬頭看了他一眼。今天又重新理解為什麼皇子除了伊莉莎白爵士以外，都沒有其他朋友了。
真想叫他也和克莉絲朵多說兩句閒話，別一見面就吵架動手。
「抱歉，殿下。全體注意！護衛隊一半留下，最後一輪再傳送。另一半往這邊……」
伊莉莎白爵士迅速收起笑容，畢恭畢敬地向皇子回話，然後開始指揮禁衛隊員。隨行的侍從及傭人則待在指定位置排隊等候。
克莉絲朵一臉依依不捨，目送禁衛隊副隊長去忙之後，才走過來站在我旁邊。
現在變成男女主角一左一右把我包夾在中間，這種站位實在讓人窒息。我默默摸著懷裡睡得正熟的狄蜜，當作是一種動物療癒法。
不久後，先遣隊伍搭上傳送門，前往皇都南部。

魔法陣迸發炫目的金屬紅光將眾人吞沒，先遣隊伍便像塵埃一般在空中散去。即使已經不是第一次目睹這種景象，我的胸口還是充斥難以言喻的敬畏與不安。

輪到我們的時候，我忍不住有點緊張。問題不在於瑪那感知力，而是我個人的心理因素。

「我聽說王子閣下的情況了，您有使用防暈貼片嗎？」

克莉絲朵非常貼心，刻意搭話讓我分散注意力。

「啊，對，貼好了。」

「那應該沒問題。」

「大概吧，都做過臨床試驗了。」

我的回答讓她發出清脆的笑聲，還鼓勵我說太好了。

和我們一同站上巨大魔法陣的伊莉莎白爵士、加奈艾、班傑明，還有皇子的侍從大衛，每個人都輪流安慰我，叫我不必擔心。

在大家的陪伴下，我確實安心了一些。

「不需要魔法師。」

正當我放鬆地露出笑容時，耳畔響起冷冷的中低音。怎麼了嗎？

我轉頭看去，只見勒戈傳送門專屬魔法師一臉尷尬地停在魔法陣之外，前方則是及拒他於千里之外的皇子。

「發生什麼事了？」

「字面上的意思。我會用我的瑪那，不需要其他魔法師。」

那雙橙眸充滿戒心，看來他不喜歡其他人的瑪那碰觸到自己。

我忍不住嘆了口氣。個子長這麼高，行為卻像只有二十四個月大的寶寶，而不是二十四歲的成年人。

波帝埃樞機主教不在，現場唯一能打圓場的人，恐怕只有我了。

「……就這麼辦吧。這位魔法師，很抱歉，請當作是為您節省瑪那吧。」

聽到我道歉，皇子的眉頭微微蹙起。

見傳送門魔法師在行禮後迅速退下，我轉向皇子交代道：

「那麼，還請您務必要像那位魔法師一樣親切有禮，請數到三再注入瑪那……」

「現在開始。」

——錚！

不等我說完，皇子直接將赤紅瑪那傾灑在魔法陣上。相較之下，之前他在女皇宮地下傳送門的表現只是預告片，此時皇子的瑪那就像恣意噴發的岩漿，猛烈地吞噬了整座魔法陣。

克莉絲朵無奈地露出苦笑，伊莉莎白爵士則是搖了搖頭。

——嗚嗡！

「你……」

傳送門啟動的速度比我用牙縫擠出辱罵的速度更快，而狄蜜就選在這一刻醒了過來。我緊緊地抱住掙扎著抗議的小熊貓，狠狠瞪向皇子。而那雙眼眸就如飛散的火花，消融在赤紅的瑪那漩渦之中。

下一刻，我腳下的地面突然一空，感覺自己就像被他的瑪那扣住後頸懸在空中。

我慌忙低頭，只見我的指尖、腳尖，以及狄蜜的尾巴末端，全都像粉末般一點一點碎裂消散。

魔法師先生，我好像要吐了……

幸好腸胃一切安好，杜漢侯爵的防暈貼片效果真的是無敵棒！

抵達皇都南部時，我一點頭暈目眩的感覺都沒有，上了馬車之後狀態也沒有變差。

不過，此次傳送門之旅還是有扣分的地方，某個小傢伙正因為其他理由不太開心。

「嘰！」

「喔喔，被嚇到了呢，一定很委屈吧。」

「嘰咿咿！」

「嗯嗯，哥哥沒有先叫醒你就突然搭上傳送門，所以你很生氣。」

「嘰咿咿咿！」

「對對，哥哥真的錯了。善良的狄蜜就饒過我這次吧！狄蜜是神獸，哥哥只是普通人類嘛。」

「王子閣下。」

班傑明喊了我一聲，臉上寫著他覺得這樣的行為好像不太恰當。

我這時才覺得有點羞恥，默默把捧著的狄蜜放到腿上。小熊貓用頭撞了撞我的手掌，看起來還沒消氣。觸感暖呼呼、軟綿綿，還挺舒服的就是了。

「杜漢侯爵說過沒問題，我也就信了，但現在看來……果然還是應該叫醒牠才對。」

我嘆了口氣。

幾天前，法蘭索瓦·杜漢侯爵還信誓旦旦地保證，神獸的瑪那感知力很強，使用傳送門絕對不會有問題。

老實說，我有點半信半疑。因為早一步出發的兩隻神獸，就是擔心會出狀況，才沒有搭乘傳送門前往侯爵領。

侯爵那時才對我坦白。

「其實我試過一次，兩隻手臂各夾一隻神獸施展瞬間移動，非常順利！所以請您不用擔心。」

真是瘋子……

「沒事的，王子閣下。狄蜜大人連剛才在那麼吵的交易所內都睡得很熟，您應該也很難叫醒牠。」

加奈艾輕聲安慰我。

仔細想想，他說得也沒錯。我露出笑容，拿了三顆覆盆子遞給狄蜜。

小傢伙看起來還有點氣噗噗，但終究無法抗拒水果新鮮又香甜的氣味。

——喀滋喀滋喀滋……

「吃得真香啊。」

總之，我們平安度過了傳送門這個大難關。接下來只要在魔獸大討伐中保住我和狄蜜的小命就好。

至於男女主角——他們會自己看著辦。

「王子閣下，我們抵達下榻處了。」

「嘶……」

我從睡夢中驚醒，迅速擦掉嘴角的口水。

午餐時，我在馬車上吃掉了醃牛肉乾、庫洛米耶起司、沙拉，還有四個加滿各式餡料的鹹派，然後直接睡到不醒人事。

隱約記得好像有瞄過幾眼窗外的風景，不過就像在高速公路上開車，五分鐘後景色看起來就全都長一樣了，帝國的森林風光果然也是越走越千篇一律。

當我醒過來，眼前已是落日餘暉。

「儘管相較於皇宮，這裡顯得相當簡陋，但因為是貴族和皇室成員偶爾會留宿的地方，還是有維持最低限度的品質。」

班傑明補充說明，我點頭表示明白。

我們要暫住一晚的地方，不是某位貴族的城堡，而是「旅館」。

雖說有皇子同行，聽起來似乎不太合理，但杜漢侯爵家位於帝國南部，從皇都南下的這一路並不好走。途中沒有適合稍作休息的領主城堡，如果非要找城堡過夜，那就得花時間得特地繞遠路。

也就是說，一味追求五星級待遇，反而會拖慢整體行程。因此，我們才會在這座名叫「盧卡」

的村莊度過旅途的第一晚。

——喀噠、喀噠、喀噠。

馬車漸漸減速，最後完全停了下來。

我抱起恢復生龍活虎的狄蜜，讓牠坐到肩膀上。在馬夫的協助下，我走下馬車，環顧四周。

「哇……」

在忙得不可開交的皇宮侍從及僕役的身影之間，一棟潔白雅致的旅舍映入眼簾。以旅館來說，整體規模偏大，更像歐洲鄉間那種風情十足的小型飯店。從這邊望去，簡直就像在欣賞風景明信片。

旅館各處亮著魔法燈光，既不黑暗，也沒半點危險的氛圍。門前高高掛著一塊木招牌，寫著「西普路旅館」。

「王子閣下。」

班傑明低聲呼喚，我瞬間回過神來，轉身看向他。

「咦？」

我輕輕倒抽了一口氣。

眼前大約有一千多位的盧卡村居民，全都聚集在旅館前方，一片烏壓壓地跪伏在地。雖然在皇都也曾見過類似的場面，但這裡給人的感覺截然不同。

在皇都，民眾的致意是出自於對皇室的熱愛和尊敬，而此刻，這裡的居民流露出的情緒則更接近敬畏，不少人的背影甚至微微顫抖著。

「參……參見……皇……皇子殿下……必將輝煌……如日的……」

接著，我聽見小孩子快哭出來的說話聲。回過頭才發現，在賽德瑞克皇子身前，正站著一位捧著花束的小女孩。

那孩子看起來大約才十歲，卻要以村莊代表的身分出來迎接皇室成員。逼小孩做這種事的大人最可惡了，不過眼下不是責怪的時候，我立刻加快腳步靠近皇子。

我擔心他對待小孩子也一樣冷酷無情，但沒想到……

——唰。

皇子俐落地接過花束，小女孩嚇了一跳，立刻雙膝跪地、低下了頭。我也有些意外地眨了眨眼。

「……將貨物拖出來發放下去。」

「是，殿下。」

隨著皇子一聲令下，侍從們又更加忙碌起來。

我這時候才明白，為什麼他會有這麼多行李，也總算理解他為何要利用傳送門運送全部共十輛馬車。

那些帶來的行李，打從一開始就不是他自己要用的東西。

「請排成五列縱隊！現在要分發皇子殿下的賞賜。」

「請在這裡寫上名字，還有這裡……」

「感謝皇恩浩蕩……」

……這實在不像是會獲得「塞垃圾」評價的人。

我環顧四周不斷鞠躬彎腰的村民，然後快步跟上皇子，往旅館移動。

克莉絲朵不知何時靠了過來，她望著皇子的背影，口中冒出「哎呀……」的感嘆聲。

這是重新審視一個人的感嘆。

「參見尊貴的皇子殿下。」

「我們會盡一切努力提供您最好的服務。」

一走進旅館大廳，整齊劃一的鞠躬及問候便迎面而來。站在那裡的，是一排打扮得乾淨俐落的員工，以及看起來像是老闆的人。

離開皇宮之後，這種過度的禮節反倒讓人有些不自在。幸好我們租下了整棟旅館，至少在房間內應該可以不用那麼拘束。

——啪沙。

「咦？」

皇子把剛才收到的花束隨手塞進我懷裡，連頭也不回，就這樣在旅館老闆的引領下走了上樓。

這是怎樣？

「非常抱歉，葉瑟王子閣下。殿下不喜歡手上拿著東西的累贅感……請交給我就可以了，我來處理。」

皇子的侍從大衛迅速上前向我致歉，也就是說，那傢伙把花束當垃圾扔給我了？喂，你這樣難怪鄭恩瑞要說你是塞垃圾……

「自己加的分，轉眼就自己扣回去的個性，活得還真累。」

克莉絲朵在旁邊發射了一枚愛國者飛彈。大衛顯然聽見了，但只能露出苦笑，無從反駁。

緊跟在後的伊莉莎白爵士抓著加奈艾的手臂，幾乎倒在他肩上。我聽見她悶笑的聲音，無奈地嘆了一口氣。

「那這束花我就拿去房間裡插著吧，這樣丟掉會讓我覺得過意不去，而且也很可惜。」

「那就由我來提供水吧。」

聽到我這麼說，克莉絲朵笑咪咪地開口，不知道是調侃，還是在支持我的做法。

我此時突然很想趕快吃完晚餐，再躺上床睡個好覺。

CHAPTER 15

第二人生

「孩子們都不在，皇宮裡好像有些冷清呢。」

歐蕾利・波帝埃輕聲感嘆，她一手端著咖啡杯輕嗅，細細品味著香氣。

對面沙發上，菲德莉奇女皇姿態隨意地靠坐，處理著手邊的政務。聽見樞機主教的話，她只是冷哼了一聲。

「那兩個才出去一下而已，有什麼好冷清的。」

「可是接下來有十天以上見不到面啊。」

「我們自己出席魔獸大討伐時不也一樣？」

「嗯，那倒也是。」

樞機主教溫柔地含著笑，輕啜一口咖啡。

女皇的辦公室再次恢復悠然的靜謐，女皇在翻閱文件時，偶爾會咂舌或小聲罵人。樞機主教則沙沙翻著書，時不時嘮叨她幾句。

巨大的高窗外，漫天晚霞籠罩大地，那濃烈的灼灼色彩，與她們心愛孩子的眼眸如出一轍。

這是個平靜安寧的五月。

每年到了此時，兩人都忙著搭乘傳送門前往杜漢侯爵領地。如今，難得能度過一個寧靜的春天，確實讓人心情舒暢。

「現在這個時候，他們應該已經抵達那座村莊了吧。」

樞機主教又再次開了口。女皇的視線依舊緊盯著文件，慢了一拍才答話。

「什麼村莊？」

「旅館老闆喜歡賭博，但居民都很善良的村莊。」

菲德莉奇微微皺了一下眉，此時的她，特別能讓人聯想到賽德瑞克皇子。更準確地說，是賽德瑞克的性情很像他的母親。

「那種村莊又不只一兩個。」

「有一次不是有座傳送門出現裂痕，我們不得不換乘坐馬車嗎？途中遇上了暴風雨，最後的落腳之處就是那家旅館。」

樞機主教笑著回憶從前。女皇這才抬起那雙櫻桃色眼睛，看向與自己訂下契約的人。瞇起的細長眼尾，像是在從記憶深處摸索著某段舊時光。

「如果是我想的那個地方，那個旅館老闆應該已經被關進領主城堡的監獄了。」

「啊，對喔，我都忘了。畢竟是很久以前的事了嘛。」

歐蕾利喃喃著「都快十年了吧？」，又啜了一口咖啡。

話題本身有些無趣，女皇把視線轉回手中的文件。辦公室內再度靜了下來，只有衣袖摩擦與紙張翻動的聲音，在兩人之間輕柔流轉。

「我打算在晚餐時開瓶新的葡萄酒。」

「現在那間旅館是由誰在經營呢？」

就在此時，兩人不約而同地開了口。

菲德莉奇原本打算叫侍從長送來葡萄酒單和品酒筆記，現在略微不滿地望向歐蕾利。

樞機主教彎起那雙米色的眼睛，笑著安撫女皇。

「因為孩子們住在那裡，我會擔心嘛。」

「應該是由當時被逮捕那位的家人在經營吧，至今都沒有傳出什麼特別的評論，原則上不會有問題。」

「嗯，也對。」

「賽迪和伊莉莎白都快達到劍術大師等級了，王子又是主教級的神官，薩爾內茲家的孩子甚至是見習聖騎士。妳就別作多餘的擔心了。」

「好啦好啦。我今天突然想吃鮮魚料理了。」

女皇總算滿意頷首，叫來了侍從長。剛好西方地區進貢了一批品質不錯的白葡萄酒，聽說值得一試。

樞機主教很清楚，女皇並非不在意孩子們，而是因為信任他們，才顯得如此泰然。她努力讓自己也從女皇的角度去思考。

兩個孩子，不……是包含伊莉莎白和克莉絲朵在內的四個孩子，一定能平安地度過這段旅程，最後安然歸來。

即使中途出現什麼插曲，也一定能妥善處理。尤其一行人之中還有最年長的葉瑟王子坐鎮，他也早已不是什麼年幼無知的小孩了。

樞機主教喝完杯中最後一口咖啡。她突然覺得自己就像甩手把一群脫韁小鬼丟給家庭教師的貴族父母，心中不由得浮現一絲愧意。

「哇，真的好好吃。」

「沒錯，真美味！」

「我也覺得不錯。」

「嘰！」

我、加奈艾、班傑明和狄蜜，在享用完令人滿意的晚餐後，各自發表了感想。其實狄蜜整餐只啃了皇子丟給我的花束而已，幸好牠也覺得那些花很好吃。

要求客房服務，是我今天最英明的決定之一。能和相處融洽的人圍坐一桌吃飯，就算遠離熟悉的皇宮，也依然令人感到安心平靜。

——叩叩。

「請進。」

班傑明代替我回應了敲門聲。

隨後，一位體格還不錯的旅館員工進來收拾碗盤。男子看起來大約二十多歲，給人溫和的印象。

稍早也是他幫我們將行李扛到三樓，後來又負責送餐。跟在他身後的是兩位板著臉的禁衛隊員，進門後便站在一旁警戒。

「晚餐我們吃得很滿意。」

「不、不敢當，王子大人。」

本來覺得光坐著不說話有些尷尬，才會向員工搭話，沒想到員工卻嚇得低下頭。

雖然他掩飾不住慌張的神情，但收拾餐桌的動作卻俐落又確實，看得出來訓練有素。

接著甜點被端了上來——是酸酸甜甜的橙酒可麗餅[29]。

「光是看就覺得好吃了。」

我的感想逗笑了加奈艾。

「我十年前來的時候，也在這裡吃過橙酒可麗餅，王子閣下一定會喜歡。」

班傑明慈祥地看著我。他說以前在服侍女皇和樞機主教時，曾經在這裡落腳過。

我拿起一把新的餐刀，豎起耳朵聽他講古。

「我記得，那時發生了一件不太愉快的事。」

——鏘啷！

清脆的碎裂聲打斷了班傑明，大家都嚇了一大跳，紛紛轉頭察看。

原來是那名員工打破了一只大瓷盤，正一臉慌張地僵立在原地。

禁衛隊員才靠近幾步，他就像觸電般渾身一顫，然後迅速跪倒在地上，好像想徒手撿那些碎片。

「您沒事吧？」

「是，我、我沒事。實在很抱歉，王子大人。」

「這樣會受傷的，應該先拿掃把……」

29 橙酒可麗餅（Crêpe Suzette），食用前澆上烈酒或白蘭地並點燃的橙香薄餅捲。

外。

「啊！」

鮮紅的血液滴落在地上，我立刻停下勸說，快步走向員工。班傑明和加奈艾也起身跟了上來。禁衛隊員已經用腳將陶瓷碎片踢得遠遠的，這大概是他們的緊急應對方式，避免再發生其他意外。

我扶著員工的手臂檢查傷口，男子的右手掌上被劃出一道長長的血痕。

「傷口看起來很深，要幫你找其他員工來嗎？」

「不用，沒關係，我自己止血就可以了。」

「那我請人送藥過來客房吧。」

「不、不用了。王子大人，藥很貴……」

我搖了搖頭。

「藥物費用由我來支付。」

「那個……」

男子講話吞吞吐吐，像是在煩惱該不該開口。我靜靜看著他，沒有催促。

「我自己用掉的藥物費用，必須由我本人償還給旅館，這是西普路的規定。」

「……意思是，員工在工作中受傷，還得自己掏錢買藥？」

「是、是的。」

我簡直不敢相信，轉頭看向班傑明和加奈艾，用眼神詢問他們這是不是李斯特社會的普遍價值觀，那兩人立刻朝我搖頭。也就是說，這間旅館的老闆不是個符合社會通則的人。

「那就在沒有用藥的情況下好起來就可以了吧。」

「咦，什麼？」

「請張開手，我要施展治癒力了。」

我話音剛落，那人便猛然從地上彈起來。

「我、我種人怎麼敢接受……」

「我也只是學過而已，這還是第一次實際操作。就當作是讓我試手吧，放輕鬆。」

我盡量用平靜的語氣安撫他，而我說的也是實話。

神官在使用治癒力時，必須熟記對應陣紋，才能施展出特殊的治癒環。這和「聖所」完全不同，聖所的陣紋是反映神官的性格與神力而成，神官也能以自身意志自由描繪。

也因此，這片大陸上才會有專職的治癒神官職位。果然不管是現實世界還是書中世界，要成為醫師都不簡單。

所以，最近我開始在波帝埃樞機主教的建議下，一邊在紙上練習描繪治癒環，一邊努力背起來。治癒環的種類相當繁瑣，我目前記住的，是能處理輕微刺傷與割傷的一款基本治癒環。

「請不要覺得有壓力，您反而是在幫我一個忙呢。」我這麼補充道。

男子抬起頭，看了看站在一旁的加奈艾、班傑明和禁衛隊員們，這才慢慢點了點頭。

接著，他小心翼翼地向我伸出那隻沾滿鮮血的手掌。

「那麼，我要開始了。」

我立刻閉上眼睛，穩穩地雙膝跪地，然後深吸一口氣，讓體內的以太從頭頂循環至腳尖。最後，我在腦海中精準地繪製出對應的治癒環陣紋。

同時，我也沒忘記詠唱發動的禱詞——

【掬主神之淚爲君止血。】

說完，我睜開眼……

——嗡……

一座天青色的圓陣從地面緩緩升起，將那名員工與我一同籠罩其中。正如書中所述，那是近乎透明的清澈色澤。

治癒環在原地順時針緩慢轉動，像是在探查什麼。

——沙沙……

緊接著，男子受傷的手掌上，出現了一個小小的奇蹟。

澄藍的以太光點滲入那道看起來相當長的傷口，整個畫面彷彿電視廣告裡的場景。只見原本汩汩流淌的鮮血瞬間止住，裂開的皮肉也緩緩癒合。

就連親手使用治癒力的我也不自覺地張大嘴巴。

「啊……」

那名員工眨了眨眼睛。他像是無法相信發生在自己手上的事，不停地握拳、張開、再握拳。下一秒，他竟然匆匆跪倒在我面前。

「非、非常謝謝您，王子大人！感謝您願意賜福給我這樣一介平民……萬分感謝。」

「我才要感謝你的配合。」我尷尬地笑道。

聞言，男子露出了進房以來的第一個笑容，開朗地說要為我重新送上一份橙酒可麗餅。

到了晚上九點，房裡就只剩下我和狄蜜。加奈艾和班傑明已經回到隔壁的雙人房休息。

「嘰嗚……」

「這一天很漫長吧？不過旅行本來就是這樣。」

狄蜜趴在我的肚子上，長長地嘆了口氣——至少在我看來是在嘆氣。

我斜靠著床頭，一邊安慰小傢伙，一邊在紙上練習畫以太環。

晚餐時，在治療旅館員工「莫里斯」的那一刻，讓我深切體悟到一件事——治癒環的畫法，果然還是記得越多越好。

「如果回去之後也能有這種能力，那該有多好。」

聽見我喃喃自語的小熊貓，突然豎起尾巴。看到牠那副樣子，我忍不住輕笑出聲。

我也知道這種事情根本是天方夜譚。就算我在現實世界中能夠使用治癒力，大概也會因為無法準確記住那些複雜的陣紋而失敗吧。

病情和傷勢越嚴重，對應的環就越難背，繪製起來也越繁複。所以現階段還是不要好高鶩遠，一步一腳印，從最簡單的陣紋開始熟悉吧。

今天的練習差不多告一段落後，我拍拍小熊貓。

「要不要先來洗澡，今天早點睡呢？」

——叩叩。

就在這時，有人敲響了房門。

包含我入住的三樓在內，目前西路普旅館的所有走廊都部署了皇室禁衛隊，所以即使現在是深夜，也沒必要特別提防訪客。

我放下手中準備幫狖蜜擦拭身體的濕毛巾，起身打開房門。

「您好，王子閣下。」

「……薩爾內茲女爵。」

我的心臟瞬間漏跳好幾拍，這時才意識到心律去顫器有多重要。

這還是自從在皇宮告解室的那次初見後，我第一次與克莉絲朵單獨見面。那時候我們之間至少還隔著一扇木窗，反觀現在的我，上身只穿著一件解開兩顆鈕釦的襯衫。

「您用過餐了嗎？」

「當然，女爵用過餐了嗎？」

我儘可能自然地將右手抬起，覆在左側鎖骨上。這樣多少能遮住一點……吧。

雖然我知道這種舉動是有點自意識過剩，但是面對浪漫奇幻小說的主角，配上這時間、這穿著、這地點、這情境，怎麼看都讓人不安。

「嗯，我也吃飽了，所以才想出去散散步，聽說今天盧卡村有夜市唷。」

克莉絲朵嫣然一笑，那張彷彿能照亮整個世界的笑容，讓我內心蒙上一層陰影。

居然還想出去，聖騎士的體力真不是開玩笑的……

「您要不要考慮找伊莉莎白爵士一起去呢？我有點累了。」

我沒有退開門邊半步，委婉地拒絕了她的邀請，嘴角差點因為強撐微笑而抽搐起來。

「我也是這樣想，第一個就先去問了伊莉莎白爵士。可是她說自己還在值勤，沒辦法抽身離開旅館。除非皇子殿下或王子閣下您親自外出，否則很難同行。」

伊莉莎白爵士！

「那您可以請皇子閣下一起去就好。」

我只能再次微笑，克莉絲朵的水色雙眼卻微微瞇起。

「您明知道我和殿下的關係不怎麼和睦，該不會是在捉弄我吧？」

「不，怎麼可能？要是皇子閣下也想去，我自然會同行。」

「嗯哼。」

這步棋走錯了嗎？我看見那雙青灰眼眸閃過一絲危險的光芒。

克莉絲朵若有所思地撫著下巴，接著突然動作標準地優雅行禮。她朝我燦爛一笑，隨即轉身走向樓梯。

我迅速關上門，一把抱住了狄蜜。

「哇，太恐怖了……」

她不會真的把皇子那傢伙帶來吧？

他不會真的來吧？

難道？

不會吧？

結果真的就是那個難道。

「人數……變多了呢。」

我打開房門站定，看向這群在走廊上排排站的中二屁孩。

一臉興奮的克莉絲朵、假裝鎮定但實際上很雀躍的伊莉莎白爵士、不知道為什麼會在這裡插上一腳的加奈艾，還有……

「您不累嗎？」

那傢伙直接無視了我的問題，一臉若無其事。

不知道克莉絲朵到底用了什麼話術說服皇子，但她真的成功把皇子拉來了。他披著一件長長的黑色斗篷，直挺挺地站在那裡盯著我。

怎麼可能？不是說你們不合嗎？

我懷疑她是用了什麼脅迫的手段，但事已至此，我也沒有退路了。

「就這樣出去太引人注目了，尤其是各位……的外貌可是一點都不低調。」

我試圖做最後的掙扎。

「所以我都準備好囉，鏘鏘！」

克莉絲朵露出燦爛的笑容，遞給我一只小籃子。

我偷偷一瞄，只見裡面裝滿看起來十分可疑的藥水和眼鏡等東西，我緊張地吞了吞口水。

窩在床上的狄蜜發出懶洋洋的呼嚕呼嚕聲。

「我們還是第一次來這樣的地方呢，對吧？」

「是啊。」

將橄欖色短髮改成褐髮的伊莉莎白，還有將湛藍色頭髮同樣換成褐髮的加奈艾，兩人相親相愛地走在最前頭。

克莉絲朵在勒戈綜合交易所可不只是買了皮鞭而已，不清楚她是不是早就預想到會有這些活動，已經提前準備好各種喬裝打扮的魔法道具。

聽說她還買了很多其他的東西，我連開口問的念頭都不敢有。

我左側是皇子那傢伙，主角則走在我右手邊，一行人在夜市閒逛。

中間我也好幾次試圖放慢腳步往後退開，但克莉絲朵每次都像未卜先知一樣發覺我的動作，還盯著我看，讓我根本逃不掉。

小巧廉價的魔法燈用盡全力照亮街道，人潮熱鬧非凡，彷彿整座盧卡村的居民都湧了進來。

四周密密麻麻全是販賣各種雜貨、飲食和酒水的路邊攤，將一座小小的噴水池包圍在正中央。狹窄的通道間，還能看見大型犬與孩子們一起奔跑追逐。

這裡呈現的氣氛，與皇宮或皇都有著十萬八千里的差異。

「王子閣下，您要不要試看看那個？」

我才剛露出愜意的微笑，克莉絲朵卻在這時向我搭話。滴了眼藥水而呈現茶褐色的眼睛正看著我，我將視線轉向她指著的地方。

投擲短劍比賽！

「……看起來很危險。」

「他們說刀子磨鈍了，沒問題啦。讓我看看喔，『射到靶就送獎品，射中靶心者，會奉上老闆特製煙燻牛肉三明治與火龍果汁！』啊，是吃的喔，可是我比較喜歡錢耶。」

「來試試吧。」

我這麼開口。

「咦？」

「既然都到夜市來了，怎麼能不瞄準優勝獎品呢？」

「突然就認真起來了。」

「走吧，皇子閣下。」

聽到我這麼說，皇子低聲嘆了口氣。

出發前，因為皇子不喜歡用藥水，最後只戴上了喬裝眼鏡。但在知道他真實身分的我們眼裡，他就只是個眼鏡版的皇子，一點喬裝效果都沒有。

不過這東西也不便宜，看起來是真的有效，因為來來往往的路人都對他毫無反應。

「歡迎光臨，三位嗎？十法郎可以挑戰三次！」

「好，我來付。」

繫著圍裙、看起來善良純樸的老闆招呼我們，克莉絲朵爽快地掏出三十法郎遞給她。

伊莉莎白和加奈艾不知何時各變出了一支雞肉串，一邊啃一邊津津有味地作壁上觀。

「謝了，薩爾內茲女爵。」我小聲地道謝。

「不客氣，那我先丟囉。」

「祝好運。」

老闆說著，遞過來一把老舊的短劍。

克莉絲朵稍微撩起頭上的斗篷兜帽，擺好姿勢，那頭變成茶褐色的長髮整齊地編成辮子貼在背後。她瞄準靶心，握著短劍的右手臂高舉，然後向前一甩……

——啪！

「噢噢！」

一刀中靶！旁邊兩位觀眾舉著雞肉串熱烈鼓掌。

雖然不是靶心，但第一次就直接命中目標，看起來頗有天分。

「那這次換我丟。」

我從老闆手中接過短劍。燻牛肉三明治與火龍果汁，這可是絕對不能放棄的組合。

克莉絲朵笑著問我怎麼一臉悲壯，但我實在笑不出來。仔細想想，我在大學的時候連去酒吧玩飛鏢都沒中過一次，這次該不會也……

在身心俱疲的我旁邊，另外三人嘰嘰喳喳，一點情面都不留。

「王子閣下看來真的只有以太多到滿出來。」

「女爵，請別說了……」

「王子閣下，請打起精神！等到了侯爵領，我馬上請主廚幫您做一份燻牛肉三明治。」

「謝謝哦……」

「王子閣下，投擲靠的是手腕，不能用手臂。」

「太晚講了……」

在包含老闆在內的五個人圍觀下，我扔出的三把短劍全部壯烈犧牲。

我忍不住咬牙切齒地埋怨起作者，什麼鬼「男配角」，既沒有瑪那感知力，就連運動神經也廢到底？

克莉絲朵的三把短劍就能全部輕鬆中靶，換成我，就必須面對老闆忍笑忍到臉抽筋的臉……

「那邊的老爺爺不來試一把嗎？」

女人的聲音將我從泥沼裡拉了出來。我轉過頭，發現老闆正在對皇子說話。

看來在其他人眼中，戴著眼鏡的他就是位爺爺。伊莉莎白立刻捂著嘴笑了起來。

「……」

雖然皇子的表情有些不悅，沒想到卻沒有拒絕，就這樣接下了短劍。他掂了掂手中的短劍，看向劍身的橙眸閃過一抹異彩。

等等，那傢伙該不會……

——砰！

克莉絲朵把喝了一半的啤酒杯砸在桌上，又圓又大的眼睛裡滿滿都是不服氣。

「使用魔法太犯規了！」

「女爵，請您冷靜，嘗一口這個吧。」

我把桌上的燻牛肉三明治推給克莉絲朵。

老闆在她親手烤的黑麥麵包中間，夾入自製的燻牛肉和涼拌高麗菜，這樣塞滿厚實餡料的三明治，足足給了三個！

我已經吃掉一個了，另一個正由伊莉莎白爵士和加奈艾相親相愛地對半享用。

現在是晚上十一點左右，但這家路邊的小酒館依然人聲鼎沸、熱鬧非凡。

「要是把短劍泡水再丟，我也能擊中靶心，絕對辦得到。」

「那妳怎麼不這麼做？」

對於克莉絲朵的抗議，皇子這麼回擊。

在稍早的「投擲短劍比賽！」上，皇子連續擊中三次靶心，毫不費力就贏下了三組三明治套餐，雖然他一口都沒有動就是了。

我倒是因此撿到便宜，沒想到他們兩人又這樣吵了起來。

「很感謝您贏得三明治，但也請您別再逗女爵了。」

「所以果然是在笑我啊？你喝了酒講話太認真，我還以為你是真的想問。」

克莉絲朵打斷了我，氣勢洶洶地瞪著皇子。

她是不是醉了啊？我偷瞄了一下她的啤酒杯，可能有七百五十毫升吧，她居然喝到快見底了。還真會喝。

「不是，他沒有在笑您啦。」

我立刻改口這麼說。皇子挑起一邊眉毛，但我選擇視而不見。

其實我從幾天前就開始思考，是不是該慢慢地調整策略。如果這兩人總是在我身邊出現，那與其糾結自己躲不開，不如乾脆撮合他們比較輕鬆。

雖然兩人之間的感情發展不是我能掌控的事，但還是想努力一下。

「而且女爵也有拿到獎品啊。」

「對，很漂亮吧？三明治吃掉就沒有了，這個可以當紀念品，還不錯。」

她用這種方式自我安慰，邊說邊掏出彩線編織的小飾品。

這些飾品同樣出自老闆之手，分別模仿了神器「滄海之祝福」、「火星之慧劍」及「飛廉之方舟」的造型，老闆將這些送給了有中靶的克莉絲朵。

據說在帝國，到處都能見到這種以四大神器為主題的紀念品。就類似在巴黎賣艾菲爾鐵塔鑰匙圈，或者在慶州賣瞻星臺[30]巧克力的感覺。

「這個我自己留著，這個給王子閣下，還有這個……」

克莉絲朵猶豫了一下，才氣噗噗地嘟著嘴，把慧劍造型的吊飾推給皇子。

我勉強壓住不由自主想往上翹的嘴角。

「獻給皇子殿下。」

「謝謝您，女爵。」

我擔心皇子那傢伙會拒絕，連忙以迅雷不及掩耳的速度營造出必須收下禮物的氣氛。

至於克莉絲朵還沒動過的三明治和果汁，則被我推給坐在對面的伊莉莎白爵士和加奈艾。自己在旁邊快樂聊起來的兩人，高興地笑著收下。

「……」

皇子不發一語地盯著桌上的慧劍吊飾，接著伸手拿起，塞進了斗篷的口袋。

那一瞬間，我簡直全身都爽快了起來。早知道就該早點試試這招！只是稍微推一把，這兩人就變得親近了一點！

30 慶州瞻星臺（경주 첨성대），韓國慶州的地標之一，是東洋現存最古老的天文臺。

「謝謝大家今晚陪我出來。」

眼前燃起新希望的我在心裡大聲喊著鄭恩瑞，這時，克莉絲朵卻突然開口了，手裡拿著酒館老闆娘剛幫忙續滿的酒杯。

「我有好多事想做，但是從家裡帶來的侍從總是把我保護得太緊，讓我覺得很壓抑。我能理解他們都是好意，但……」

說著，她又一口氣灌了好幾口啤酒。

伊莉莎白因為還在執勤，不方便喝酒，加奈艾則是津津有味地吸著火龍果果汁。而我本來就滴酒不沾，皇子也沒有點任何飲料，所以我們這一桌在喝酒的人就只有克莉絲朵。

「只要想到這是我第二次的人生，就越來越想不留遺憾地活下去。所以才會在這麼晚的時間打擾大家，真的不好意思。」

「沒關係，克莉絲朵女爵。我能理解。」

伊莉莎白爵士熱情地回應，用自己的果汁杯輕碰克莉絲朵的啤酒杯。

我一方面認為克莉絲朵在發酒瘋，但另一方面，她那番話又觸動了我的內心，讓我忍不住露出苦笑。

聽在另外三人耳裡，也許只是病癒後重獲自由的感慨，可是我知道她的真實情況。

「有很多想做的事」、「第二次的人生想不留遺憾地活下去」，如果是遞出辭呈後穿越到異世界的她，會有這樣的想法再自然不過了。

我本來就想過，她會不會是帶著這種「動機」在行動，沒想到在主角眼中，這已經不是動機，而是現實。

我很清楚這裡是小說世界，但對克莉絲朵來說，此處卻是重啟人生的全新機會。

「夏天的話，往北方走會比較涼快。我們到時候可以一起……」

「喂，就跟你說過佣金的最後期限是到今天午夜十二點！」

突然，一道粗魯的男聲蓋過了伊莉莎白爵士的輕聲提議，我們幾個不約而同地轉頭望去。

原本熱鬧喧騰的路邊酒館，氣氛一瞬間凝滯下來。

「那個，我先拿去還其他的債了……」

「債？欠旅館的就不是債？你當西普路好欺負？」

一名一看就知道是流氓的男子踹了木桌一腳。

——鏘啷！

杯盤碎了一地，食物撒得到處都是，酒館內一片狼藉。

我皺起眉頭，那個人剛才提到的，是我們下榻的旅館。

「菲利克斯，這裡還有其他客人在，你何必這樣。」

就在這時，有人出聲勸阻，站到酒館老闆娘面前擋住了她。我看清楚對方之後，瞪大了眼睛。

那是幾個小時前，我用治癒力幫忙療傷的旅館員工——莫里斯。

那流氓也認出了他，這才稍微收斂了一點。

「閃開，這女人上個月也是用這種方式逃掉的。」

「阿姨那邊我會好好解釋。」

「你……」

流氓悻悻然地盯著莫里斯。見狀，我開始思索莫里斯口中的「阿姨」是誰，難道……

「你這麼懦弱要如何繼承旅館？能控制村莊嗎？」

「我從來沒有那種想法。」

「真沒出息，給你在這種鄉下地方當領主的機會，你都不會把握。」

流氓朝地上吐了一口唾沫，朝站在莫里斯身後的酒館老闆娘揚了揚拳頭，這才轉身朝其他攤位走去，警告意味十分濃厚。

鬧事的人離開後，酒館又慢慢地恢復生氣。我將視線轉回同伴身上。

「天啊……」

加奈艾滿臉震驚，顯然是被剛剛那幕嚇到了。伊莉莎白爵士則沉著臉看向皇子。

「殿下，您打算怎麼做？」

「……」

皇子陷入思索，目光略顯陰沉。我小心翼翼地開了口。

「我認識莫里斯，就是剛才那位介入調解的人。他是旅館員工。」

話才說完，坐在我旁邊的克莉絲朵猛然起身。我抬頭望向一臉嚴肅的……咦，等等……

作者大大，主角在笑欸？

人生果然充滿了未知數。

直到昨晚，我都還覺得自己和加奈艾、班傑明、狄蜜單獨吃飯比較開心，結果今天一大早，我就自動自發地下樓吃早餐了。

當然，旅館提供的不是現代常見的自助式早餐。

我和克莉絲朵、伊莉莎白爵士，以及賽德瑞克皇子圍坐在一張圓桌旁。整頓早飯吃下來還算平靜。如果是其他時候，這樣的組合一定會吵翻天，但我們四人昨晚在回到旅館前，已經達成了某種協議。

不知不覺間，桌上的餐盤已經見底，皇子也放下了餐具。我將鮮奶油與黑醋栗果醬抹在熱呼呼的可頌上當作甜點，然後大口咬下。

「真的好好吃。」

我明明說得很小聲，克莉絲朵卻看著我笑了。

這時有人敲了餐廳的門。

——叩叩叩。

「進來吧。」

伊莉莎白爵士應聲後，一位女性出現在我們面前，後面則跟著五名禁衛隊員。是皇子召見了旅館老闆。

「參見尊貴的皇子殿下，也見過威涅諦安王子大人、穆特準伯爵大人與薩爾內茲女爵大人。」

走進餐廳的旅館老闆——克勞迪娜．格林，深深地鞠躬。

我謹慎地觀察她的臉。

昨天送皇子到客房的也是她，目測大約三十幾歲，果然與旅館員工莫里斯有著相似的溫和氣質。很難立刻聯想到她會做出「那樣的行為」。

「我想感謝盧卡村和西普路旅館的熱情款待。」

「不勝惶恐，殿下。我們的微薄心意和接受的皇恩相比，實在不值一提。」

皇子的稱讚讓克勞迪娜更深地低下頭，回答顯得相當謙遜。聽說她是平民出身，不知道是不是因為有接待貴族和皇室的經驗，儀態和說話方式都十分得體優雅。

皇子的橙眸微微瞇起，說出預先準備好的臺詞。

「所以，我們打算多住一晚。」

「……什麼？」

克勞迪娜驚訝地抬起頭，又馬上意識到對方的身分，匆匆垂下視線。

「薩爾內茲女爵大病初癒，易感疲倦，我們稍作休息之後再走。」

背誦臺詞的中低音雖然冷冽如冰，卻意外有說服力，只見克勞迪娜連連點頭。

畢竟克莉絲朵沉睡了三年這件事，在帝國無人不知無人不曉。而我們昨晚的外出，則是只有班傑明和大衛才知道的祕密。

「為了不辜負皇子殿下的信任，我們會盡最大的努力款待。」

克勞迪娜的聲音變得高亢而明亮。皇子沒有回應，只是將視線從她身上移開。那似乎是某種信號，禁衛隊士兵隨即領著她離開餐廳。

接著，旅館員工有條不紊地進入餐廳收拾餐具，準備上餐後甜點。

克莉絲朵嚶嚀著「啊，這惱人的缺鐵性貧血」，盡責地演出一位虛弱病人，我趁機仔細打量每一張員工的臉孔。找到了。

「你好啊，莫里斯。」

「早，葉瑟王子大人，您昨夜睡得好嗎？」

聽到我叫他，莫里斯嚇得肩膀一縮。我露出大大的笑容，看著他將一盤妝點在雪酪上的鬱金香餅乾放在我面前。

而後，就在員工們行禮準備離開餐廳時……

「莫里斯，關於昨天發生的事情，我有話要和你說。」

我出聲叫住他，一邊抬起右手輕輕揮了揮，刻意將掌心朝外。他立刻用力點頭，走到了我面前。其他員工可能以為我要訓斥他，紛紛低下頭，加快腳步離開餐廳，飛快地關上了門。

——喀嗒。

一直安靜站在一旁的加奈艾，動作迅速地扣上門鎖。莫里斯瞪大眼，像受驚的小牛般怯怯地眨了眨眼。

「你的手還好吧？」

「咦？啊，是的，全都是托王子大人的福，感謝您的恩澤。」

「那就好。我還有其他事想問你。」

「是，您儘管問。」

他恭敬地站直，兩手貼著腿側。我直視著他，慢慢開口。

「昨天晚上在夜市裡，有個名叫菲利克斯的人威脅酒館老闆娘，我想聽聽你的解釋。」

青年倒抽一口氣。他戰戰兢兢地抬起頭，察覺到我們全都盯著他後，臉色瞬間變得慘白。

「所以說，旅館老闆克勞迪娜就是莫里斯的阿姨？」

「是的，雖然年齡差距不大……但在我成為孤兒後，是爺爺和阿姨收留了我。」

莫里斯向我們說明。他龐大的身軀蜷縮在一張小椅子上，正在接受我們不是盤問的盤問。

而他口中的「爺爺」，就是在克勞迪娜接手旅館之前的經營者。

根據班傑明的說法，那人曾用各種不正當手段敲詐勒索村民的錢財，被剛好在此地下榻的波帝埃主教當場人贓俱獲。當時同行的菲德莉奇女皇立刻下令，把他送進了領主城堡的監獄。

那已經是十幾年前的事了，之後負責經營旅館的就是罪犯的女兒——克勞迪娜。

「所謂的佣金……就是西普路旅館向村民收取的費用。每次只要皇室成員或位高權重的貴族來到這裡，阿姨都會派人去夜市和商家收錢。」

伊莉莎白爵士的臉上掠過驚愕。

「難道說，殿下分發的賞賜，被她搶走了一部分？」

「沒錯，準伯爵大人。」

莫里斯愁眉苦臉地回答，滿是愧疚的聲音越來越沉重。

「尊貴的大人們為了答謝村民的歡迎，總是會送來貴重的禮物。阿姨覺得那是因為有西普路旅館的存在，村莊才能獲得這些好處。如果沒有旅館，大人們就不會來到這裡，村民也就拿不到賞賜。」

聽了這段說明，我們四人不約而同地皺起眉頭。

克勞迪娜的話，乍聽之下並非全無道理。

多年以來，這裡一直是皇室成員和位高權重的貴族時不時會投宿的場所，而每當這個時候都會發放賞賜，所以她認為這是旅館的功勞也不無道理。但是，那絕不構成搶奪他人財物的正當理由。

而且，村民收到這些賞賜，也不是坐享其成。聽說自從我們通知投宿行程開始，他們便每天清晨就開始打掃街道，把村莊裡的每一個地方都裝飾得漂漂亮亮。

沒有人支付他們報酬，他們卻自發修整道路，還幫禁衛隊員烤麵包。就連昨天獻給皇子的花束，也都是村民親自種植、精心挑選後獻上的心意。

「我罪該萬死，皇子殿下。雖然勸阻過阿姨好幾次……但都沒有用。請從我、從我開始罰吧。」

莫里斯深深彎下腰，整個身體都在顫抖。

依照莫里斯剛剛說的，他爺爺入監服刑的時候，他也才十三歲。當年的莫里斯除了阿姨就沒有其他親人，更何況又是未成年，本來就無力改變這種惡行。

如果就連旅館的藥都必須付錢才能用，那也不難想樣，克勞迪娜實際上是怎麼對待這個外甥的。

「只聽你的言論，無法判定全貌。」

一直沉默不語的皇子終於開口，莫里斯的背脊一僵。

我察覺到，那對夕色虹膜正靜靜燃燒著怒火。

「召集村莊代表吧，該來辦場午宴了。」

皇子如此宣布，而這也是第二階段作戰的開場。

繼賽德瑞克皇子召來克勞迪娜．格林慰問辛勞，並表示要多住一晚後，緊接著又舉辦午宴，邀請兩位村莊代表前來參加。

明眼人都看得出來，皇室對村莊與旅館的服務感到非常滿意。因此，與皇子同行的羅米洛宮主廚一整天都在廚房忙碌……到目前為止都是一則佳話。

「……」

「……」

問題在於，坐在旅館餐廳裡的兩位村代表，因為深陷恐懼之中，一句話也說不出來。

見狀，我忍不住苦笑。而坐在我對面的克莉絲朵，似乎正在認真煩惱某件事。

如果兩位中年人只是畏懼皇子的威嚴，那還容易處理，我只要提醒皇子收斂一點壓迫感就好。

但此刻，他們真正顧忌的人分明是……

「今天的最後一道主菜是紅酒燉雞，請慢用。」

……是她，克勞迪娜正帶著親切的笑容為我們服務。

一開始還想說是因為皇子特別設宴，旅館老闆才會親自出面侍應。可是開胃菜出餐不到五分鐘，我就發現她別有目的。

每次兩位中年人碰巧與她對視，就會立刻低下頭，死死盯著自己的餐盤。而克勞迪娜每次看向他們的時候，都會刻意凝視許久。

她臉上堆著熱情好客的笑意，眼底卻是對村莊代表的無聲威脅，要他們少胡說八道。

皇子不發一語，只是將餐桌上發生的一切盡收眼底。

眼下我們必須先支開克勞迪娜，才能順利聽到村莊代表的真心話。

我正苦思對策，卻看見克莉絲朵微微側身，朝鄰座的伊莉莎白爵士無聲說了幾個字。

「**快裝病**。」

清楚明白的口型，一看就懂，伊莉莎白的灰色眼睛睜得超大。她伸出食指指著自己，嘴唇微動。

「**我？**」

「**對，快裝病**。」

克莉絲朵分別用左眼和右眼輕輕眨眼。真厲害，我哪一邊都做不好。

「咳。」

伊莉莎白低聲清清喉嚨。她咬住下唇，大概是因為突然要上場演戲，整個人顯得既尷尬又彆扭。

我也跟著緊張起來，緊緊盯著她。

「噢、我、突、然、肚、子、好、痛……」

噗。為了不讓自己笑出來，我趕緊拿起餐巾假裝在擦嘴。

突如其來的生硬演技，讓皇子也握緊了餐刀。

還好嗎？你也嚇到了吧？

「哎呀，準伯爵大人，您還好嗎？」

原本在長篇大論介紹料理的克勞迪娜猛然停下，轉而關切地望向伊莉莎白。正巧，我們的主角克莉絲朵就在此時搖身一變，以節目主持人之姿華麗登場。

她著急地撫摸準伯爵的頭髮和臉頰，擺出悲慟的姿態，開始進行表演。

「穆特準伯爵這段時間真的是太辛苦了，她身為禁衛隊副隊長，不僅要輔佐皇子殿下，還得顧及身子羸弱的我，全心全意提供幫助。說起來，她從早餐的時候開始，臉色就不太對勁，都怪我太漫不經心了。殿下，我們現在應該先送準伯爵回客房，再安排可以照顧她的人，讓她好好休息。」

哇……這真的是即興發揮嗎？我還張著嘴愣在原地，就見已經大致掌握狀況的皇子微微頷首，然後看向克勞迪娜。

「準伯爵是我的摯友，就由妳來親自照顧。」

「咦？是，殿下。我會竭盡所能。」

克勞迪娜雖然略顯錯愕，卻不敢違抗皇子的命令。

在不知情的人眼中，伊莉莎白緊閉雙唇、滿臉通紅的狀態確實不怎麼正常。克勞迪娜立即上前，扶起她離開。

沒多久，餐廳內就只剩下我、克莉絲朵、皇子、班傑明、加奈艾、大衛，還有那兩位村莊代表。

站在我身後的加奈艾，突然湊到我耳邊，用著急的聲音悄悄對我說。

「閣下，剛才喬治是真的不舒服才……」

我回頭一看，發現少年的臉色出奇蒼白。喬治？是在說伊莉莎白嗎？

「伊莉莎白爵士很好，只是在裝病而已。別擔心，加奈艾。」我趕緊安撫他。

聽到這話，那雙金色眼睛緩慢地眨了眨，然後逐漸冷靜下來。接著，少年綻放出藍天般明朗的微笑。

這裡居然還有一個人相信那種蹩腳演技……我回以微笑，然後把視線轉向克莉絲朵。

「……感謝您清場，女爵。」

「不客氣，記得之後要請伊莉莎白爵士吃頓大餐，拖延時間可不輕鬆呢。」

她的青灰眼眸閃著耀眼的光芒。

我點點頭，帶著微笑望向今天的客人。兩位中年人眼神呆滯地看著我們。嗯，應該是被嚇到了。

「我們已經透過莫里斯大致瞭解了情況。」

我開門見山地說明，畢竟從現在開始要速戰速決。

「自從她父親被抓進監獄後，克勞迪娜就惡毒了起來。」

「她整個人完全變了，小時候明明是個乖巧的孩子。」

兩位村莊代表——「泰迪」與「瑪麗」用顫抖的聲音開始講述來龍去脈。

我偷偷觀察兩人面前的餐盤，主菜幾乎沒碰，感覺得出他們有多坐立難安。

「克勞迪娜的父親……很喜歡賭博，起初只是和熟人小玩幾局，後來卻慢慢開始找更多人到旅館聚賭。」

「我們都聽說了，他誘導村民拿皇室或貴族贈送的賞賜當賭注，再詐賭全部搶走。」

「是、是的，就是這樣沒錯，王子大人。」

瑪麗深深嘆了一口氣，低下了頭。

十幾年前，波帝埃樞機主教在此地破獲的正是一起詐騙賭局。

據班傑明所說，當時那位罪犯被押走時，還向村民吐口水，破口大罵「你們也跟我一樣骯髒」，那場面他至今仍記憶猶新。

「她父親被抓走後，克勞迪娜有段時間只埋頭整修旅館。」

「村民們也繼續過自己的生活。直到幾個月後，有位貴族大老爺來村莊落腳，克勞迪娜就是從那時開始強迫我們繳交部分賞賜當作佣金。」

「盧卡村居民都沒想過要集體反抗嗎？」

克莉絲朵詢問泰迪，我對這一點也相當好奇。

再怎麼說，這裡可是有近千人口的村莊，連旅館的員工也大多是本地人。如果全村團結起來反對，不論西普路飯店再怎麼是盧卡村的招牌，克勞迪娜也無可奈何吧。更何況，當年的克勞迪娜不過二十幾歲，幾乎是孤身一人。

「那個……我們一開始都覺得她在胡鬧。」

「沒什麼人理她，直到那位貴族老爺發完賞賜後離開，都沒有人交佣金。」

「那又怎麼會……」

「可是克勞迪娜把大家召集了過來，然後放火燒旅館。」

「什麼？」

「西普路旅館嗎？」

我和克莉絲朵異口同聲地驚呼。賽德瑞克皇子那雙石榴石般的橙眸，剎那間宛如岩漿翻湧。

「對。她說既然這樣，那大家就一起去死吧，看看沒有了旅館之後，我們還能不能過現在這種生活……她一邊在玄關潑油，一邊像她父親那樣大吼大叫，那時我們才發現事情大條了。」

瑪麗用拳頭捶了捶胸口，可能是這樣也無法消除喘不過氣的感覺，她反覆地深呼吸。

「當時是我們去滅火的。」

「……」

「旅館有三分之一都燒起來了，是我們打赤膊衝進火場、一桶一桶打水送水，克勞迪娜連一步都沒動過。是我們怕了，怕尊貴的大人以後都不會再來，所以才救下這座旅館……都是我們。」

「克勞迪娜什麼都沒做，她只是在旁邊看著，就像在監督我們一樣。」

兩個人的聲音越來越小。他們像是在哭，又像在苦笑，滿臉的失敗與羞愧。

我深深呼出一口氣。

所以從那天開始，克勞迪娜徹底奪走了村民的主導權。

剛才聽到的故事在我腦中打轉，克勞迪娜的溫和笑顏也同時浮現，讓我一陣毛骨悚然。雖然我一直知道外表與本性並不總是相符，但差距這麼大的情況也算罕見了。

「事情會變成這樣，有一半是我們自己造成的。」

終究，泰迪還是自責起來，我連忙搖了搖頭。

「當初克勞迪娜的父親靠賭博去騙那些搞不清楚狀況的人時，確實有很多人都覺得和自己沒關係。還有些人會說那些人活該，誰叫他們要去賭場。所以後來克勞迪娜接手旅館，會變成這樣也是……」

「請別說這種話。」

我阻止他。如今加害者這樣理直氣壯，可不能讓村民繼續畏縮不前。

中年人微微顫抖，抬頭望向我。

「如果發現原先擁有的事物可能會失去，任何人都會下意識去阻止，這是人之常情。更何況這件事又牽涉到生計，更不可能無動於衷。那天撲滅火勢，是你們為了活下去所做的選擇，並不是什麼可恥的事。真正該羞愧的人，是克勞迪娜，因為她把你們的生活拿來當威脅的籌碼。」

不知何時抬起頭的瑪麗，也愣愣地望著我。

感覺到四道視線齊聚而來，我的兩頰瞬間發燙。就算是這樣，我還是得把想說的話說完。

「詐欺賭博也一樣，真正的罪犯就關在牢裡，希望大家別忘了罪魁禍首，不要只是一味責怪自己。」

我說到這裡，總算閉上嘴巴。

我平時並不是話多的人，但只要情緒激動，我就會像炸開的餃子那樣，藏在心中的內餡全都一口氣跑出來。

泰迪和瑪麗沉默良久後，才緩緩點了點頭，一邊抹著臉頰上的淚痕。整間餐廳一時靜默無聲，只剩下抽噎與呢喃著「謝謝」的低語。

「……就依照計畫進行吧。」

這時，靜靜注視著我的皇子開口了，那張俊美得不可思議的臉上沒有任何表情。所謂的「計畫」，就是以皇子的名義逮捕克勞迪娜，再關進領主城堡監獄。這是最簡單、最確實的做法，也是十年前菲德莉奇女皇採取的處置。

昨晚，當皇子聽到母親解決的事件又再次死灰復燃，滿臉都是壓抑不住的不悅。

我朝皇子輕輕點頭。既然來龍去脈已經掌握得差不多了，是時候收尾，然後啟程離開了。

「你們退下吧。」皇子對兩位村莊代表說道。

從某方面來看，這確實是符合「塞垃圾」名號的冰冷逐客令，然而我知道，這一次，他其實是為了這兩人著想。

畢竟這場午宴，在沒有消化不良就已經是萬幸的情況之下，他們又是訴苦又是哭泣，如今看起來已經都精疲力竭。再說，萬一這副模樣被克勞迪娜看見，難保她不會察覺什麼端倪。

聞言，兩位中年人立刻從座位上起身，行了一個大禮。

「容我再問一件事。」

就在這時，克莉絲朵的聲音清晰而堅定地響起。

「如果可以回到旅館起火的那一天，您們會還做出同樣的選擇嗎？」

「不，不會的，女爵大人。絕對不會。」

瑪麗急忙擺手否認，泰迪也躬身附和。

「當年是剛好遇到乾旱，日子真的過不下去了。但現在……即使沒有賞賜，只要我們互相幫助，至少不至於有人挨餓。」

「……這樣啊，我明白了。」

克莉絲朵點點頭。她剛剛一直沒有說話，聚精會神不知道在思考什麼。

等兩位村莊代表退出餐廳，門也確實關上後，我轉向克莉絲朵，壓低聲音開口。

「女爵，您該不會……」

「我認為村莊的居民需要第二次的機會。」

克莉絲朵那雙清澈無瑕的水色眼睛，毫無閃躲地與我對視。她的決心是如此清晰可見，我頓時說不出其他的話來。

「正如王子閣下所說，那是為了生計採取的行動，但也是因此才受制於人，十年來都被困在那場火災裡。就這樣抓走旅館老闆，或許確實能解決眼前的難題，可是……」

她少見地沒把話說完，用力握著水杯的指尖都泛白了。

「就算打垮了克勞迪娜，他們垮掉的心也不會自己重新立起來。」

說著這些話的克莉絲朵，就像夜空中唯一閃爍的星星般耀眼。我不禁出神地看著她。

我知道她是《辭職後成為異世界女爵》的主角，也是恩瑞整天掛在嘴邊、最為鍾愛的角色。第一次見面時，我也確實感受到她身上有著主角該具備的氣質與風采。但……

「我想讓盧卡村的居民，也像我一樣獲得一段全新的人生。既然如此，最好還是靠自己的力量站起來。」

直到此時，我才真正體會到，她就是「主角」。那無法坐視不義的天性、絕不妥協的善意，清晰得讓人無法移開目光。

「殿下，您認為如何？」

克莉絲朵側過頭，抬眸看向皇子。青年濃黑的眉峰輕輕挑起。

隔天早上。

盧卡村的西普路旅館，從清晨開始就陷入一片忙亂。今日，皇子一行人將啟程離開旅館。

即使知道這個月將領不到工資，員工們依舊忙著搬運貴重行李、清理內部環境，連喘息的空閒都沒有。

每次只要有身分高貴的客人到來，旅館老闆克勞迪娜就會理所當然地宣布，他們這個月的薪水就是那些賞賜物。這樣的規則，即使是她的外甥莫里斯也不能例外。

連對待家人都這麼冷酷無情，他們這些非親非故的人去抗議大概也討不了好處，所以眾人今天也只是一如往常地默默工作。

雖然在旅館裡的奴役生活既痛苦又悲哀，但只要想到一起咬牙堅持的鄰居和家人，就覺得還可以忍受。

「地毯上的灰塵太多了，皇子殿下怎麼可以踏過這種東西？快去拿新的來重鋪！」

「是，克勞迪娜女士。」

克勞迪娜．格林用力地捏了捏皺起的眉間。

要滿足這些身分高貴的客人，就必須將一切都做到盡善盡美，但這些愚笨又遲鈍的村民實在差得太遠了。

儘管如此，憑著父親和自己十多年來的嚴格教導與管束，最近他們總算稍微有了點人樣。每個月給那一點教育費根本不夠，他們還敢耍賴，硬要分走四成的賞賜，真是讓人忍不住要嘆氣。

明明怕得要死，深怕沒了西普路就會餓死，卻死都不肯為旅館多做些貢獻。真是又可笑又可悲。

「皇、皇子殿下過來了。」

一位旅館員工匆忙跑下樓報信。

克勞迪娜立刻檢查自己的髮型與衣著，接著以手勢和眼神示意員工們排成兩列，還不忘迅速掃視所有人的儀容，還好暫時沒發現什麼特別明顯的問題。

不久，樓梯上方同時響起沉重的腳步聲與輕盈的腳步聲。

——咚、咚、咚……

——噠、噠、噠……

一對美得令人目眩的男女，緩緩出現在更換了新地毯的走廊盡頭。

見到這兩人的克勞迪娜．格林，轉眼間換上另一副和藹可親的旅館老闆形象，聲音也變得柔和許多。

「皇子殿下、女爵大人。非常感謝兩位此次入住西普路旅館，祝您一路順風。」

說完，她深深地鞠躬。

雖然那兩人沒有回應，但皇室成員或大貴族不和平民說話本來就不足為奇。

克勞迪娜緊盯著無視自己並走出旅館大門的兩道背影，心中暗自鬆了口氣。幸好，最擔心的情況並沒有發生。

昨天皇子說要召村莊代表來共進午宴時，她內心其實相當緊張。因為泰迪和瑪麗在愚蠢的村民之間，多少算是值得尊敬的角色。

中途，克勞迪娜不得不離席去照顧身體不適的準伯爵，原本還擔心那兩個傢伙會趁自己分身乏術時對皇子說些多餘的話，但看來警告發揮了效果。

午宴後，皇子和女爵兩人便到旅館後院散步獨處，今天也同樣挽著手離開，大概是沉浸在愛情中，眼中除了彼此什麼也看不見。這對她而言是再好不過的事。

「正好。」

「什麼好？」

突然的搭話讓克勞迪娜吃了一驚，她轉過頭，只見那雙耀眼奪目的紫羅蘭色眼睛，正垂眸看著自己。她懊惱自己的自言自語，連忙低下頭。

「葉、葉瑟王子大人。」

「這段時間謝謝你的協助。」

「不敢當，能侍奉神國的王子大人，這才是我的榮……」

「不，我是對莫里斯說的。」

王子輕柔地打斷克勞迪娜。

克勞迪娜一陣心慌，差點咬到舌頭，好不容易才維持住低眉順目的表情。

而站在對面的莫里斯，正慌慌張張地朝王子行禮致意。

那個該死的討厭鬼這兩天負責打理王子的客房，聽說不只一次被王子私下叫去訓話。明明費了那麼大力氣嚴加管教他，結果卻一點成效都沒有。

克勞迪娜默默決定，等有空一定要好好收拾莫里斯一頓。等回過神，王子已經帶著兩位侍從穿過門廊離去。這一季最重要的工作，眼看就要畫下完美句點。

「皇子殿下萬歲！皇子殿下萬歲！」

「感謝皇恩浩蕩！」

西普路旅館所有員工和盧卡村居民，全都聚集在廣場上，齊聲高呼，甚至還有許多人跪伏在地面上。

由十輛馬車組成的皇室車隊，載著貴賓們慢悠悠地轉過街角，漸行漸遠。克勞迪娜滿意地看著最後一輛馬車消失在眼前，就在這時……

——轟隆！

「哇啊啊啊！」

伴隨著恐怖的爆炸巨響，西普路旅館陷入一片火海。

——《男配角罷工後會發生的事01》完

CD045

男配角罷工後會發生的事 01

서브 남주가 파업하면 생기는 일

作　　者　Sookym

譯　　者　林禎雅、陳麗璇

封面設計　P_YuFang

封面繪者　MITORI

責任編輯　林雨欣

校　　對　呂佳諭

發　　行　深空出版

出 版 者　星巡文化有限公司

地　　址　臺北市中正區重慶南路一段 57號 3樓之 5

電　　話　(02)7709-6893

傳　　真　(02)7713-6561

電子信箱　service@starwatcher.com.tw

官網網址　www.starwatcher.com.tw

初版日期　2025年 9月

總 經 銷　聯合發行股份有限公司

地　　址　新北市新店區寶橋路 235巷 6弄 6號 2樓

電　　話　(02)2917-8022

國家圖書館出版品預行編目(CIP)資料

男配角罷工後會發生的事 / Sookym 著 .

-- 初版 . -- 臺北市 :

星巡文化有限公司出版 : 深空出版發行 , 2025.09

冊 ;　公分

ISBN 978-626-74126-7-1(第 1 冊 : 平裝). --

862.57　　114005834